Heibonsha Library

三ギニー

Three Guineas

イブラリー

Heibonsha Library

三ギニー

Three Guineas

戦争を阻止するために

ヴァージニア・ウルフ著
片山亜紀訳

平凡社

本著作は、平凡社ライブラリー・オリジナル版です。

目次

写真一覧*1

凡例

一、本書は Virginia Woolf, *Three Guineas* (Hogarth Press, 1938) の全訳である。

一、訳文では、読みやすさを考慮して適宜改行を加えた。

一、原文の（ ）と［ ］はおおむねそのまま訳文に用いた。

一、原文のイタリックによる強調は傍点を付し、引用文中の省略は……で示した。

一、原文の引用符〝 〟は「 」に置き換え、原文に引用符はないが読みやすくなると訳者が判断した箇所には〈 〉を補った。

一、原則として書名、雑誌名、詩集名などは『 』、詩篇は「 」によって示した。

一、原著にほどこされている著者自身による注（原注）は本文中に注番号を☆1、☆2……によって示し、注記は巻末に掲げた。

一、訳者による補足ならびに注記は、本文中に〔 〕を用いて挿入したほか、注番号を＊1、＊2……によって示し、注記は巻末に掲げた。

一、引用の翻訳はすべて訳者による。

一、原文には、今日では差別的と考えられる表現もあるが、時代的な背景を考慮してそのまま訳出した。

第一章

三年というのは手紙に返信しないでいるには長い期間ですが、貴兄《あなた》からいただいたお手紙には返事を書かないまま、三年以上が経ってしまいました。返事はおのずと明らかだろう、あるいはだれかが代わりに返事を書いてくださるだろうと、わたしは思っていたのでした。しかし手紙はそのまま、貴兄のご質問もそのまま、ここにあります。つまり〈どうすればわれわれは戦争を阻止できるとお考えですか?〉というご質問に、返答しないままになっています。

さまざまな返答が思い浮かびはしたのですが、説明を要しないものは一つとしてなく、説明というものは時間を要します。それにとくにこの場合、誤解を招きかねない理由がいくつも存在します。弁解したりお詫びを申し上げたり、わたしには不向きです、能力がないのです、知識がありません、経験がありませんなどと書き連ねたりして、それだけで便箋一枚が埋まってしまいそうです——しかもこれらはすべて本当のことなのです。そしてそう書き連ねてなお、根源的なところで困難がいくつか残ることでしょう。そのためあなたがたには理解できず、わたしたちとしても説明できないという結果に陥るかもしれません。

しかし、貴兄のお手紙のように注目に値するものをなおざりにしたくはありません。貴兄のお手紙は人類の通信史上、おそらく例のないものです。いったい〈教育のある男性〉が一介の女性に向かい〈どうしたら戦争を阻止できるか、お考えを聞かせてくださいますか？〉などと尋ねたことが、これまで一度だってあったでしょうか――返答はまだだとしても。というわけで返事を書いてみましょう――しくじってしまうかもしれませんが。

＊

では最初に、手紙を書くすべての人が本能的に思い描くもの、すなわち手紙の宛先となってくださる方のスケッチを描いてみましょう。手紙の向こう側に暖かく息づくだれかがいないなら、手紙というものは価値のないものです。ご質問をくださった貴兄は、こめかみに少し白髪が混じっていらっしゃいますね。頭のてっぺんの毛髪も、ずいぶん薄くなりました。貴兄は法廷弁護士を務めてこられ、中年に達しました。その人生に苦労がなかったわけではありませんが、全体としては順調な人生を歩んできました。貴兄のお顔には、硬直した表情も、卑しさも、不満のある様子も見受けられません。

そしてお世辞ではなく申し上げるのですが、貴兄はそうした順風満帆の人生——奥様と子どもたちと家屋のある人生——に、じつにふさわしい方でいらっしゃいます。貴兄は中年におなりですが、満ち足りて鈍感になったりしてはいません。それは、手紙の差出人住所がロンドン中心部の事務所になっていることからわかります。貴兄はノーフォーク州〔イギリス東部の州〕に数エーカーの土地をお持ちですが、そこでのんびり寝転んだり、飼育中の豚をつついたり、梨の木の剪定《せんてい》をしたりしているわけではありません。銃声のこだまを聞きながら手紙を書き、集会に出席し、あれやこれやの代表を務め、数々のご質問をなさっておいでです。そしてその他の経歴としては、貴兄はあの偉大なるパブリック・スクール[*1]の一つで教育を受け、そのあと大学で学業を修了された——と申し上げましょう。

さて、貴兄とのコミュニケーションの最初の難点がここに登場してきました。どういうことか、取り急ぎ説明しましょう。現代は混成の時代、家系は混在してきたものの階級はいまなお固定的です。この現代にあって、わたしたちはおたがい〈教育のある階級〉と便宜上呼ばれている階級の出身です。顔を合わせれば同じアクセントで話をします。ナイフとフォークの使い方も同じです。ディナーの料理は女中が作ってくれるもの、後片づけも女中がやってくれるものと信じていられます。ディナーの席上では政治と民衆について、戦争と平和について、未開と文明について——じつに貴兄の手紙に書かれているような疑問のすべてについて——大した支障もなく語り合えます。それに、自分の生活費を自分で稼いでいる点も同じです。でも……。この「……」は切り立った断崖、わたしたちと貴兄を隔てる深淵の象徴《しるし》です。この深淵があまりに深く切れ込んでいるせいで、わたしは三年以上も断崖のこちら側に座ったまま、向こう側に語りかける試みなんて無駄ではないだろうかと自問してきたのです。だれか他の人、たとえばメアリ・キングスリ[*2]に、代わって語ってもらいましょう。

貴方に打ち明けたことがあったかわかりませんが、ドイツ語のレッスンだけが、わたしに許された唯一の有償の教育でした。かたや弟の教育には二〇〇〇ポンドが使われました。無駄な出費でなかったらいいと、わたしはいまも願わずにはいられません。[☆1]

〔スティーヴン・グウィン『メアリ・キングスリの生涯』(一九三二)一五頁〕

〔強調はキングスリによる〕

メアリ・キングスリは自分のことを語りながら、たくさんの〈教育のある男性の娘たち[☆2]〉を代表して語っています。そして〈教育のある男性の娘たち〉に関するきわめて重要な事実、つまり彼女たちの全人生に影響をもたらしてきた〈アーサーの教育資金〉という事実に注意を喚起しています。

『ペンデニス』〔一八四八～五〇〕をお読みになったことがあれば、〈アーサーの教育資金〉を表す謎めいた頭文字AEFが家計簿にどう記されたか、覚えておいででしょう[*3]。一三世紀このかた[*4]、イギリスの家族はこの費目にずっとお金を注いできました。パストン家[*5]からペンデニス家に至るまで、つまり一三世紀から現在に至るまでの〈教育のある〉家庭のすべてが、この費目にずっとお金を注いできたのです。それは飽くことを知らない器です。教育を受けるべき息子がたくさんいれば、家族はそれだけ多大な努力を払ってこの器を満たし続けねばなりません。というのもあなたがたの受けてきた教育とは、たんに書物から何かを学ぶことだけではないからです。スポーツは身体を鍛えてくれます。友人は書物やスポーツよりも多くを教えてくれ、友人との会話によって見識は広がり精神は豊かになります。休暇中に旅行をすれば芸術の鑑賞眼が養われ、外国の政治についての知識も蓄えられます。それに貴兄が自活できるようになるまで、お父様は貴兄に生活費を出してくれ、そのおかげで貴兄は職業訓練を受けることができ、その結果として現在、名前の末尾に勅選弁護士《KC》[*6]の肩書きをつけることができています。それらのすべてが〈アーサーの教育資金〉から捻出されたのでした。

　メアリ・キングスリが注意を喚起しているように、あなたがたの姉妹はこの〈アーサーの教育資金〉に貢献してきました。彼女たちの教育費は、ドイツ語の先生へのささやかな謝礼以外、すべてこの〈資金〉に回されました。そしてまた教育に欠かせない贅沢や特典、つまり旅行、社交、一人きりの時間、実家を離れての一人暮らしなどに用立てるはずだったお金も、この〈資金〉に回されたのでした。

〈アーサーの教育資金〉は飽くことを知らない器、しっかりした事実です。たいへん強固な事実で、風景全体に影を落とすくらいです。その結果、同じものを見てもわたしたちには違って見えます。あの建物群――修道院風で、礼拝堂やホールや芝生の運動場のついた、あの建物群は何でしょうか？　あなたがたにとってはご自分の卒業された学校、イートンやハロウ〔いずれも代表的なパブリック・スクールの名称〕です。ご自分の卒業された大学、オックスフォードやケンブリッジです。数限りない記憶と伝統の源《みなもと》です。でも〈アーサーの教育資金〉の影を通してものを見ているわたしたちにとって、それは教室に据えつけられた一つきりのテーブル、一つきりの授業に向かうための乗合馬車、充分な教育も受けていないのに病気の母親を養わねばならない赤鼻の小さな女性、年に五〇ポンドの小遣い――その金額内で服を揃え、贈りものを買い、成年に達したら旅行代も出さねばならない――に見えてしまいます。そんな諸々が、わたしたちにとっての〈アーサーの教育資金〉の影響です。〈アーサーの教育資金〉は風景を魔法のように一変させるので、オックスフォードやケンブリッジの気品ある中庭も、〈教育のある男性の娘たち〉の目からすると、あちこち綻びのできたペティコート、冷えた羊の脚肉、外国行きの臨港列車にやっとのことで乗り込むやいなや駅員にドアをピシャリと閉められるという一場面――に見えることもあります。

〈アーサーの教育資金〉がホールや運動場や礼拝堂の風景を一変させてしまうという事実は重要ですが、この点についてはあとで論じることにしましょう。ここではある明らかな事実にのみ注目します。つまりこの重要な問い、すなわち〈あなたがたが戦争を阻止するために、わたしたちにはどんな手助けができるだろうか?〉という問い*7について考えようとすると、教育の有無が大きくものを言うという事実です。戦争をもたらす諸因を理解するには、政治、国際関係、経済の知識がなくてはなりません。哲学や神学も役に立つでしょう。しかし教育のないわたしたち、訓練を経ていない精神しか持たないわたしたちに、その種の問いはとうてい満足には扱いきれません。個人を超えた諸力の結果としての戦争は、訓練を経ていない精神には把握しきれない――これには貴兄も同意してくださいますね。

しかしながら、人間の性質の結果としての戦争となると話はべつです。戦争とは普通の男女の持っている性質や動機や感情から引き起こされるもの――もし貴兄がそう考えておいででないとしたら、手助けをしてくださいと、わたしたちに依頼の手紙を書きはしなかったでしょう。貴兄はこう考えたに違いありません――男も女も、いまここで意志を示すことができるはず。チェスの駒でもなければ、見えざる手に糸で操られ踊らされる人形でもないのだから、行動して自分で考えることができるはず。たぶん他の人びとの考えや行動に影響を与えることもできるはず——。おそらくそう推論なさったからこそ、貴兄はわたしたちに手紙をくださったに違いありません。そしてその推論は妥当です。幸運なことに「無償の教育」という項目に入る教育が一つあります。つまり人間とその動機を理解することがそれで、〈心理学〉という用語に科学的な含みがなかったら、そう呼んで差し支えないものです。結婚は、太古の昔から一九一九年[*8]に至るまで、〔〈教育のある男性の娘〉という〕わたしたちの階級に開かれた唯一の職業でした。結婚とはいっしょにうまく生活していける人間を選ぶ技術のことと考えれば、結婚によってわたしたちは〈心理学〉の技能を教わってきたはずです。

ただ、ここにいま一つの困難があります。男女に多かれ少なかれ共通する本能もたくさんありますが、戦闘はつねに男性の営為であり、女性の営為ではありませんでした。この違いが生まれつきのものか偶然のものかわかりませんが、法律と慣習がこの違いを助長しています。歴史上、女性の構えるライフル銃に倒れた人間はほとんどいません。鳥獣が数多く殺害されてきましたが、その大多数はわたしたちではなくあなたがたが仕留めたものです。自分たちのものではない行為について判断するのは難しいものです。[☆3]

だとしたら、どうすればあなたがたの問題を理解できるのでしょうか？　もし理解できないとしたら、〈どうすれば戦争を阻止できるのでしょうか？〉という貴兄のご質問に、どうしたら答えられるのでしょうか？　なぜ闘うのか、わたしたちの経験と心理に基づいて考えても、意味のある答えは出てきません。あなたがたにとって戦闘には何らかの栄光、何らかの必然性、何らかの満足があるようですが、それらを感じたり楽しんだりしたことがわたしたちには皆無なのです。完全なる理解は、輸血と記憶の注入のみによってしかなしえないでしょう――でもそんな奇跡はいまのところ科学の限界を超えています。

しかし現代には輸血と記憶の注入の代用品があり、こんな緊急事態に役立ってくれるに違いありません。人間の動機を理解するための素晴らしい一助となり、現在では新しいものが続々と出ているのに、まだあまり活用されていないもの――それは伝記と自伝です。新聞という未加工の歴史もあります。したがって、実体験のささやかな範囲――わたしたちにとって、その範囲はいまなお狭くて限定的ですが――にとどまっているいかなる理由もありません。他の人びとの人生のイメージを眺めて、それで自分の体験を補えばよいのです。もちろんいまのところ、それはただのイメージにすぎませんが、それでも役に立ってくれるでしょう。

では、戦争があなたがたにとってどんな意味を持つのかを理解する試みとして、ごく簡単に伝記を眺めてみましょう。伝記から数行の引用をします。

まず、ある兵士の伝記から。

ぼく〔フランシス・グレンフェル[*9]〕は可能な限り最高に幸福な人生を歩んできて、つねに戦争に向けて努力を重ねてきました。そしていま、兵士として人生の頂点に差しかかろうとしています。

〔ジョン・バカン[*10]『フランシス・グレンフェルとリヴァスデール・グレンフェル――回想録』〔一九二〇〕二〇五頁〕

うれしい、あと一時間で出発だ。この素晴らしい連隊！　部下たち、馬たち！　一〇日もすれば、ぼく〔リヴァスデール・グレンフェル[*11]〕はフランシスといっしょに馬を並べ、ドイツ軍に向かって進軍する。

〔前掲書、二〇五頁〕

伝記作者はこう付け加えます。

最初の一時間から彼〔リヴァスデール・グレンフェル〕は最高に幸せだった。なぜなら真の天職を見つけたのだから。

〔前掲書、二〇五～〇六頁〕

ある空軍将校の伝記も引用してみましょう。

わたしたちは国際連盟〔一九二〇年に発足〕について、平和と軍備縮小の見通しについて話をした。この話題になると、彼〔ネブワース子爵〕[*12]は軍人というより元帥《げんすい》のような口ぶりになった。解決不能な問題があるのです、と彼は言った。恒常的な平和が訪れ、陸海軍が存在しなくなったら、戦闘によって発達してきた男らしい性質はどこに発散させればいいのでしょう、人間の体格も人間の性質も退化してしまうでしょう——と言うのだった。

〔リットン伯爵[*13]『アントニー（ネブワース子爵）——ある若者の記録』〔一九三五〕三五五頁〕

これらの引用から、男性を戦闘に向かわせる三つの理由がただちにわかります。戦争とは職業である、幸福と興奮の源である、男らしい性質を発散させるものであり戦争がなくなれば男は退化する——。ところが、男性全員がこうした感情や意見を持っているわけではないということが、いま一つの伝記の引用でわかります。ウィルフレッド・オーウェン[*14]、ヨーロッパ戦争〔第一次世界大戦〕で死んだ詩人の伝記から。

ぼくはすでに、国家単位の教会組織の教義には一度たりとも受け入れられたことのない、ある真理を理解していた。すなわち、キリストの教えの中核にあるのは、いかなる犠牲を払おうと受動的であれ！　ということなのだ。不名誉と恥辱にまみれたとしても絶対に武器に訴えてはならない。脅され怒りを向けられ殺されようとも、汝《なんじ》殺すなかれ……。こうしてみると、純粋なキリスト教は、純粋な愛国心と相容れないことがわかる。

［エドマンド・ブランデン編[*15]『ウィルフレッド・オーウェンの詩集』〔一九三一〕二五頁］

そして詩の構想メモにはこうあります――生きてその詩を書くことはなかったのですが。

武器は不自然……戦争は非人間的……戦争はとうてい支持できない……戦争はおぞましい

ケダモノ……戦争は愚行。

［前掲書、四一頁］

これらの引用から、同じ性別でも、一つのことにさまざまな意見があるとわかります。しかし意見を異にする男性もいるにしても、最近の新聞からは、今日の大多数の男性が戦争に賛成していることがわかります。〈教育のある男性たち〉のスカーバラ会議でも、〈男性労働者たち〉のボーンマス会議でも、年間三億ポンドの軍事費が必要という点で意見が一致しています。[*16]両会議とも、ウィルフレッド・オーウェンは間違っていた、自分が殺されるより相手を殺すほうがよい――という意見なのです。

ともあれ伝記には多様な意見が表明されているのですから、この圧倒的な見解の一致は、何か理由があってのことに違いありません。それをたんに「愛国心」と呼びましょうか？　すると次に問わねばならないのは、あなたがたを戦争に向かわせるこの「愛国心」とは何なのかということです。高等法院首席裁判官の解釈はこうです。

イギリス男性《イングリッシュメン》はイギリスを誇りとしています。イギリスの学校や大学で教育を受けた者たち、そして一生の仕事をイギリスでなしてきた者たちにとって、祖国イギリスへの愛ほど強靭な愛は他にほとんどありません。他国のことを考えるとき、他国の政策の長所について判断を下すとき、われわれはイギリスを基準とします。……自由はイギリスを住処《すみか》としております。イギリスは民主主義諸制度の故郷《ふるさと》であります。……たしかにわれわれの只中にも、たぶんあまり予想していないような場所にも、自由の敵は存在していることでしょう。しかしわれわれは断固たる態度を貫いております。〈イギリスの男性の家は彼の城である〉[*17]という言い回しがあります。自由の家もまたイギリスにあります。そしてそれはたしかに城——最後まで護り抜くべき城——なのです。……そう、われわれイギリスの男性は最高に恵まれています。

［ヒュワート卿、カーディフの聖ジョージ協会の晩餐会で、「イギリス」への乾杯を提案して[*18]］

愛国心が〈教育のある男性〉にとってどんな意味で、どんな義務を課すのかについての公正なる一般見解というと、こんなところです。しかし〈教育のある男性の姉妹〉にとっては、「愛国心」とはどんな意味なのでしょうか？　イギリスを誇り、イギリスを愛し、イギリスを護ろうとする同じ理由が彼女にあるでしょうか？　彼女はイギリスで「最高に恵まれて」きたのでしょうか？　歴史や伝記にそう問いかけてみると、〈自由の家〉におけるこれまでの彼女の位置は、〈兄弟〉の位置とは異なるものだったことがわかるでしょう。心理学によれば歴史というものは心身にかならず影響するようですから、「愛国心」という言葉についての彼女の解釈が、男性の解釈と違っていても当然です。そしてこの違いのせいで、男性にとって愛国心がどんな意味なのか、どんな義務を課すのかが、彼女にはきわめて理解しにくいのかもしれません。

こうしてみると、〈どうしたらわれわれは戦争を阻止できるとお考えでしょうか？〉という質問へのお返事が、もしも男性を戦争に駆り立てる理由、感情、忠誠心について理解しないと書けないものだとしたら、書きかけのこの手紙も破いて屑かごに放り込んでしまうほうが賢明でしょう。これまで述べてきたような違いのせいで、明らかに各々は理解不能です。生まれつきの違いに応じ、わたしたちは明らかに異なった考え方をするようです。グレンフェル兄弟の視点、ネブワースの視点、ウィルフレッド・オーウェンの視点、高等法院首席裁判官の視点、そして〈教育のある男性の娘〉の視点。いずれも異なっています。

でも、どこかに絶対的な視点はないのでしょうか？　燃え上がる炎に象《かたど》られた文字ないし金の文字で「これは正しい。これは誤り」などという道徳的判断がどこかに書きつけてあって、どんな違いがあれ、だれもがそれを受け入れねばならない――ということにはならないのでしょうか？　道徳を職業としている方々、すなわち聖職者の方々に、戦争の是非という問題について伺ってみましょうか。この方々に「戦争は正しいのでしょうか、誤りなのでしょうか？」とシンプルに問えば、きっと否定しようのない率直な答えが返ってくるかもしれません。でも違いました――イングランド国教会[*19]なら世俗の混乱を超越してこの問いに答えてくれそうなものですが、意見を二分させています。主教の方々からして言い争っています。ロンドン主教は「今日、世界平和にとっての真の脅威は平和主義者である。戦争は悪だが、不名誉のほうがはるかにひどい悪である」とおっしゃいますが［『デイリー・テレグラフ』紙、一九三七年二月六日］、バーミンガム主教はご自分を「極端な平和主義者」と呼び、「……わたしには戦争がキリストの精神と調和しうるとは思えない」と述べておられます［同紙、一九三七年二月五日］[*20]。

したがって、教会の助言も一つではありません。状況しだいでは戦闘も正しい。いかなる状況でも戦闘は正しくない。これには混乱し、困惑し、途方に暮れてしまいますが、事実は認めねばなりません――地上にも天上にも、絶対確実なものなどないのです。実際、伝記を読めば読むほど、スピーチを聴けば聴くほど、ご意見を伺えば伺うほどいっそう混乱してきます。あなたがたを戦争へと駆り立てる衝動、動機、道徳観がわたしたちには理解できないのだから、あなたがたが戦争を阻止する手助けになりそうな提案などできそうもない、と思えてしまいます。

しかしながら、伝記や歴史からは人びとの生活と心情についてのイメージが得られますが、それらとはまたべつのイメージもあります――実際に起きている事実についてのイメージ、つまり写真です。もちろん、写真は理性に訴えかける議論ではなく、視覚にアピールする事実を提示したものにすぎません。でも、その単純さが何かに役立つかもしれません。そこで、あなたがたとわたしたちは同じ写真に同じことを感じるかどうか、調べてみましょう。目の前のテーブルの上には数枚の写真があります。一週間に二回ずつ、スペイン政府が辛抱強く送り続けているものです［一九三六～三七年に執筆］*21。見て楽しい写真ではありません。たいがいは遺体の写真です。今朝送られてきた写真の中には、男性の遺体か女性の遺体か判別不能なものもありました――身体の一部が吹き飛ばされているために判別しがたく、豚の死骸かもしれません。でも、こちらの数枚に写っているのは明らかに子どもたちの遺体で、あちらは間違いなく家屋の一部です――爆撃を受けて壁が破壊され、室内が覗いています。おそらく居間だった部屋で、いまなお鳥かごがぶら下がっています。家屋の他の部分は中空に浮いており、棒積み遊びで積み上げた棒のようです。

これらの写真は議論とは違います。事実をそのまま提示し、視覚にアピールしているにすぎません。それでも視覚は脳に、脳は神経系につながっています。神経系は過去のあらゆる記憶と現在のあらゆる感情に瞬時にメッセージを伝えます。それらの写真を見ると、貴兄とわたしたちにはある種の融合が起きます。教育がいくら違っても、これまでの伝統がいくら違っても、わたしたちの感覚は同一であり強烈です。貴兄はそれらの写真を「おぞましく厭《いと》わしい」と形容します。わたしたちもまた、おぞましく厭わしいと形容します。そして同じ言葉が口をつきます。貴兄はおっしゃいます――戦争とは唾棄すべき野蛮です、何が何でも止めねばなりません。わたしたちも貴兄の言葉を繰り返します――戦争とは唾棄すべき野蛮です、何が何でも止めねばなりません。こうして貴兄もわたしたちもようやく同一のイメージを見ています。貴兄とともに、同一の遺体と同一の倒壊家屋を見ているのです。

これまでわたしたちは〈あなたがたが戦争を阻止する手助けがどうしたらできるか?〉という問いに答えるために、男性を戦争に駆り立てる理由を政治と愛国心と心理学の観点から考察してきましたが、その試みはいったん中止しましょう。感情が強烈すぎ、冷静な分析が続けられません。貴兄がわたしたちに検討してくださいとおっしゃる、具体的な提案のことだけを考えましょう。提案は三つありました。第一に、新聞への投書に署名すること。第二に、協会に加入すること。第三に、協会の運営に出資すること。一見、どれもごく簡単そうです。一枚の紙に署名をするのも、集会に参加して、平和を維持すべしという意見をすでに共有している人びとのあいだで、同じ意見の同工異曲に耳を傾けるのも簡単です。それらの概ね賛同できる意見に賛成して小切手を振り出すのも――簡単とは申し上げませんが――良心と便宜上呼ばれているものを宥《なだ》めるのには安上がりな方法です。

しかし、わたしたちにはためらう理由がいくつかあります。これらの理由についてはあとで戻ってきて詳しく説明しなくてはなりませんが、いまはこう申し上げておきましょう。すなわち、ご提案の三つの方法でもよいのですが、ご提案どおりのことをしてもあれらの写真の引き起こす感情には収まりがつきません。その感情、かなり強烈なその感情が要求するのはもっと強力なこと――紙切れに署名をする、一時間の講演を聴く、わたしたちにも供出できる金額、たとえば一ギニー[*22]〔約二万円〕の小切手を振り出すという以上のもっと強力な何かです。何かもっと渾身の力で、何かもっと行動を伴う方法で、わたしたちの信念、つまりウィルフレッド・オーウェンの言うように戦争は野蛮である、戦争は非人間的である、戦争はとうてい支持できないおぞましいケダモノであるとの信念を表現しなくてはならない――と思えるのです。

でも率直に言って、わたしたちにはどんな行動ができるのでしょうか? 比較しながら考えてみましょう。あなたがたはもちろん、もう一度武器を取ることができます――フランスやスペインで、[*23] 平和を護るためにそうしてきたように。試みられてきたその方法を、貴兄ご自身はたぶん拒否なさっているのかもしれませんが、いずれにしてもわたしたちにその方法は選べません。陸軍も海軍も女性には開かれておらず、わたしたちには戦闘が認められていません。また証券取引所[*24]の会員にもなることも、わたしたちには認められていません。したがって、わたしたちは腕力にも経済力にも訴えることができません。さらにわたしたちの兄弟は〈教育のある男性〉として、外交の場でそして教会で、直接的ではないにしても効果的な武器を振りかざすことができますが、わたしたちにはそれらの武器も使用できず、説教も、条約を結ぶための交渉もできません。たしかに報道機関で記事を書いたり投書したりはできますが、報道機関を動かしているのは――何を活字にして何をしないかを決めているのは――完全にあなたがた男性です。

二〇年前から、女性も公務員と法廷弁護士の職に就けるようになりましたが〔性差別廃止法が施行された一九一九年以来ということ。本章訳注＊8参照〕、これらの職種での女性の地位はまだおぼつかないものであり、ごくわずかな権限しかありません。そのため〈教育のある男性たち〉が自分たちの意見を受け入れさせるべく行使している武器のすべてが、わたしたちにはまったく使えないか、かろうじて使えたとしても何の痛痒《つうよう》も感じさせることはできません。あなたがた男性弁護士なら、何らかの要求を通すために一致団結して「〇〇が認められないなら働かない」と言えば、イギリスの法律は運用されなくなってしまいます。しかし女性弁護士が同じことを言っても、イギリスの法律に何の変化も引き起こせません。

同じ階級の男性とは比較にならないほど微力なわたしたちは、労働者階級の女性と比べてもやはり微力です。もしイギリスの女性労働者が「あなたがたが戦争をするとしても、わたしたちは武器弾薬の製造を拒否する、その他の物品の生産にも手を貸さない」と言えば、戦争遂行はかなり難航するでしょう。[*25] しかし〈教育のある男性の娘たち〉が全員団結して明日仕事を放棄したとしても、イギリス人の生活にも戦争遂行にも大した支障は出ません。「〈教育のある男性の娘たち〉という」わたしたちの階級は、イギリスのあらゆる階級の中でももっとも微力で、自分たちの意志を通すための武器をいっさい持っていないのです。[☆4]

こう申し上げると、お決まりの答えが返ってきそうです。なるほど〈教育のある男性の娘〉に直接の力はないかもしれませんが、〈教育のある男性〉に影響力を及ぼすことができます、これこそ最強の力ではないでしょうか――というものです。もしもこれが本当なら、つまりわたしたちの最強の武器がいまなお影響力であって、あなたがたが戦争を防ぐ手助けとしてそれが効果のある唯一の武器であるというなら、その影響力がどういうものか、貴兄の声明に署名して協会に加入する前に考えてみましょう。それほど重要なものであれば、明らかに時間をかけ詳細に検討するに値します。わたしたちにあまり余裕はなく、急いで部分的に検討することしかできませんが、それでもやってみましょう。

明らかに戦争と密接な関連のある職業、つまり政治に関して、過去の女性たちがどんな影響力を行使してきたかを考えてみましょう。ここでもたくさんの貴重な伝記がありますが、たくさんの政治家の伝記から〈女性が政治家に及ぼす影響力〉というこの特定の傾向のみを抽出する作業には、錬金術師だって悩んでしまいそうです。わたしたちの分析はささやかで表面的かもしれませんが、問題を検討可能な大きさに絞り、ここ一五〇年間の伝記だけに目を走らせてみましょう。すると、政治に影響力を与える女性がこれまで存在してきたのは否定しようもないとわかります。有名なデヴォンシャー公爵夫人、パーマストン子爵夫人、メルボルン子爵夫人、リーヴェン公爵夫人、ホランド男爵夫人、アシュバートン令夫人[*26]――有名な方々の名前を次々に拾い上げてみるに、全員が間違いなく多大な政治的影響力を持っていました。彼女たちの有名な邸宅の数々、そしてそこで開催された晩餐会の数々は、当時の政治家の回想録において多大な役割を担っています。そうした邸宅や晩餐会がなかったら、イギリスの政治にしても、おそらくイギリスの戦争にしても違ったものになっていたでしょう。

しかし、それらの回想録には共通する特徴が一つあります。政界の偉大なるリーダーたち、つまりピット、フォックス、シェリダン、ピール、カニング、パーマストン、ディズレーリ、グラッドストーン[*27]の名前はあらゆる頁にちりばめられていますが、〈教育のある男性の娘〉のほうは階段の上で客人を迎えていることもなければ、邸宅のもっと私的な部屋に控えていることもありません。魅力、機転、地位、服装に何か不足があったのでしょうか？　理由はどうあれ、頁を繰り本から本へと探しても、〈教育のある男性の娘〉の兄弟や夫なら、たとえばシェリダンはデヴォンシャー・ハウスに、マコーリーはホランド・ハウスに、マシュー・アーノルドはランズダウン・ハウスに、そしてあのカーライルですらバース・ハウスに来訪していたことがわかるものの、[28]ジェイン・オースティン、シャーロット・ブロンテ、ジョージ・エリオットの名前は登場しません。[29]ミセス・カーライルは姿を見せるものの、居心地が悪かったようです。[30]

それでも、貴兄はきっとこうおっしゃるでしょう。〈教育のある男性の娘たち〉は、別種の影響力をすでにお持ちではないですか、財産や地位に左右されない影響力、貴婦人の邸宅をかくも魅力的にしていたワインや食事や正装などの贅沢品、そのいっさいに左右されない影響力をお持ちではないですか——と。たしかに、わたしたちはこれまでにない確固たる基盤の上に立っています。過去一五〇年をかけて〈教育のある男性の娘たち〉が強く訴えてきた政治目標、つまり参政権[31]を、わたしたちがようやく手にしていることは言うまでもありません。しかし、この主張を勝ち取るためにどれだけ長い時間と労力を要したかを考えると、この影響力に政治的武器としての効力を持たせるには経済力と組み合わせる必要があるだろう、したがって〈教育のある男性の娘たち〉の発揮できる影響力は小さく、きわめて緩慢な作用しかなく、じつに使いづらいだろうと結論せざるをえないのです。[☆5] たしかに〈教育のある男性の娘たち〉が政治において獲得したのは素晴らしいものでしたが、そのために一世紀以上、じつに苦労の多い肉体労働をしなくてはなりませんでした。デモ行進をし、事務所で作業をこなし、街頭で演説し、しまいには暴力を振るったという理由で刑務所に送られ、現在なお刑務所で服役を続けているはずでした。ところが兄弟たちが暴力を振るったときに手助けをしたことで、矛盾するようですが評価され、[*32] イギリスのじつの娘とまではいかないとしても、義理の娘に相当するくらいの権利を与えられたのでした。[☆6]

そういうわけで改めて考えてみると、影響力とは地位や財産や豪邸などと結びついてのみ、充分な効果を発揮するようです。影響力を持っているのは〈教育のある男性の娘たち〉ではなく〈貴族男性の娘たち〉であり、しかもその影響力とは、優秀な法廷弁護士であった故アーネスト・ワイルド卿[*33]が述べておられる類のものです。

ワイルド卿は、女は男につねに間接的な影響力を行使してきたし、これからもそうあるべきだと主張していた。男とは、実際には女が望んでいるように事を運んでいるにすぎないときも、すべて自分がやっていると考えていたい。賢い女は、実際には違っていたとしても、つねに男に自分が取り仕切っていると思わせておくものである。政治に関心のある女性は、たくさんの投票者に影響力を及ぼすことができ、一票を行使するより参政権などないほうがはるかに多大な力を有している。卿は、女を男のレヴェルまで引き下げるのは誤りだと感じていて、自分は女を尊敬しており、これからも尊敬していたいとのことだった。騎士道時代が終わるのはよくない、自分を気にかけてくれる女がいれば、どんな男でも、その女に輝かしい自分を見せたいと思うものだからと語っていた。

〔ロバート・J・ブラッカム『王立顧問弁護士《KC》、アーネスト・ワイルド卿の生涯』〔一九三五〕一七四〜七五頁〕

等々と、卿の言葉は続きます。

もし、わたしたちの影響力の実態がこうした性質のものだとして、この説明ならわかる、この種の影響力なら知っているというのなら、わたしたちの多くは美貌もお金も若さも持ち合わせていないのだから、この種の影響力とは手の届かないものであると割り切るか、こんな影響力なんて軽蔑にすら値しないと考え、こんなものを使うくらいなら、わたしは売春婦であるとさっさと名乗ってピカデリー・サーカスの街灯の下に堂々と立つか、[*34] 二つに一つです。いずれにしても、もしこの〔女性の影響力という〕有名な武器の本質、隠れた性質がこの種のものなら、わたしたちはこれを使わずに物事を進めねばなりません。わたしたちのささやかな力をあなたがたの実質ある力と合わせ、貴兄のおっしゃるように投書に署名し、協会に加入し、ときどき少額の小切手を振り出すという手段に頼らねばなりません。

影響力の性質について考えてみると、こうした憂鬱な結論に行き着く以外ないようです。しかし参政権、それじたいとしても無視できない参政権が、☆7〈教育のある男性の娘たち〉にとって大きな価値のあるもう一つの権利となぜかつながった――なぜなのか納得のいく説明がなされてはいませんが*35――ために、話はまったく違ってきます。このもう一つの権利にはじつに大きな価値があり、この権利のために「影響力」という言葉をはじめ、一冊の辞書に載っているほとんどすべての単語の意味が刷新されました。これが誇張ではないということは、つまりそれは自分の生活費を自分で稼ぐ権利のことですと申し上げれば、貴兄もわかってくださるでしょう。

この権利は、およそ二〇年前の一九一九年、職業を女性に開く法律〔性差別廃止法〕ができたときにわたしたちに与えられたのでした。個々の家庭のドアが大きく開け放たれました。〔〈教育のある男性の娘〉の〕どの財布にも新しい六ペンス硬貨*36が入るか、これから入るだろうという見通しが生まれたため、硬貨の発する光を受けてあらゆる考え、あらゆる光景、あらゆる行為が違って見えるようになりました。二〇年というのは過ぎてみれば長い年月ではありませんし、六ペンス硬貨もそれほど重要な硬貨ではありません。伝記を開き、新たに六ペンス硬貨を手にした女性たちの生活と心情についてのイメージを得ることは、まだできていません。それでも想像すれば、〈教育のある男性の娘〉がそれぞれの家庭の薄暗がりから出てきて、旧世界と新世界をつなぐ橋の上に佇《たたず》み、大事な六ペンス硬貨を手のひらの中で転がしながら「このお金で何をしよう？　このお金で何を見よう？」と自問している姿が思い浮かびます。この硬貨の輝きのために、目にするものすべてが、男性と女性が、車と教会が違って見えるようです。月もまた、よく観察すれば忘れ去られたクレーターが穿《うが》たれているにしても、彼女にとっては白い六ペンス硬貨、清純な六ペンス硬貨、〈わたしは二度と媚びへつらう側には立ちません、自分の手で稼いだ聖なる六ペンス硬貨で、わたしは自分が好きなことをします〉と誓うための祭壇に見えたのでした。

貴兄は地に足のついた良識で想像力の飛翔を抑え、こう反論されるかもしれません。一つの職業に寄りかかるのもべつの形の奴隷制にすぎません――と。でもそうだとしても、ご自分の経験を振り返っていただけたら、父への依存よりも職業への依存のほうが、奴隷制の形態としては我慢できるものだとおわかりになるでしょう。思い出してください――初めて書類を作成して最初の一ギニーの報酬を受け取ったときの喜びと、〈アーサーの教育基金〉に依存する日々もこれで終わりとわかったときの自由の深呼吸を。その一ギニーから、まるで子どもが火をつけるとムクムクと木が出てくるあの不思議な球〔玩具の一種だが詳細は不明〕のように、貴兄が大事になさっているすべてのもの、つまり奥様、子どもたち、家屋、そして何より他の男性たちへの影響力が出現したのでした。もし貴兄がご家族の懐からいまなお年に四〇ポンドもらい、それ以上必要なときにはお父様のご親切に頼らねばならないとしたら、その影響力はどうなるでしょうか？

詳しい説明はいらないでしょう。貴兄の姉妹が一九一九年に、一ギニーならぬ六ペンス[*37]を稼ぎ出すようになったときの興奮について、貴方もご自分でお持ちの自尊心、自由を愛する気持ち、偽善を憎む気持ちなどをもとに理解してくださるでしょう。その自尊心を嘲笑したり、そのお金は正当なものではないと否定したりはなさらないでしょう。アーネスト・ワイルド卿が説いたような影響力を、貴兄の姉妹はもはや使わなくてすむのです。

こうして「影響力」という言葉の意味が変わりました。〈教育のある男性の娘〉は、それまで持っていた影響力とはまったく異なる影響力を行使できるようになりました。それはあの〈接待役《セイレーン》〉の貴婦人が持っていた影響力ではありません。参政権のなかったときに〈教育のある男性の娘〉が持っていた影響力とも違います。参政権はあっても、自分の生活費を自分で稼ぐ権利から阻まれていたときの影響力とも違います。この影響力にはだれかを魅惑しなくてはならない、そうやってお金を引き出さねばならないという要素がありません。女性はもはや、父や兄弟からお金を引き出すのに自分の魅力に頼らなくていいのです。お金を渡さないことによって懲らしめるということが家族にはできないので、彼女は自分の意見を述べることができます。好き嫌いというのはしばしば無意識にお金の必要性に左右されるものですが、彼女は正直に好き嫌いを言えます。つまりへつらう必要がなくなって批判も可能になり、こうしてついに公平無私の影響力を手にしたのでした。

以上ざっと急いで見てきたのが、わたしたちの新兵器、つまり生活費を稼ぐことができるようになったいま〈教育のある男性の娘〉に行使できる影響力の性質です。したがって次に論じるべきは〈あなたがたが戦争を阻止する手助けをするために、女性はこの新兵器をどう使ったらよいだろうか?〉という問いについてです。もしも職業に就いて生活費を得ている男女に差異がないなら、この手紙はここで終わりでしょう。わたしたちの視点があなたがたの視点と同じなら、わたしたちの六ペンスをあなたがたの一ギニーと合わせ、あなたがたの方法に従い、あなたがたの言葉を繰り返せばよいのです。

しかし幸か不幸か、それは真実ではありません。二つの階級にはいまなお大きな違いがあります。このことを証明するのに、心理学者や生物学者の危なげで曖昧な理論に頼る必要はありません。事実をいくつか参照しましょう。教育に関する事実を考えてみましょう。あなたがたの階級は、パブリック・スクールと大学で五〇〇年も六〇〇年も教育を受けてきましたが、わたしたちの階級は六〇年にすぎません。財産に関する事実を考えてみましょう。☆8 あなたがたの階級は、イギリスの資本、土地、財宝、篤志家による支援の実質的すべてを生まれつきの権利として、つまり結婚によってではなく持っています。わたしたちの階級は、生まれつきの権利としては、つまり結婚を介してでないなら、イギリスの資本、土地、財宝、篤志家による支援を実質的にまったく持ち合わせていません。こうした差異が精神と身体にかなり大きな差異をもたらすということは、心理学者であれ生物学者であれ、否定しないでしょう。

したがって「わたしたち」――身体と頭脳と精神によって構成された、記憶と伝統の影響下にある総体としての「わたしたち」――が、「あなたがた」――その身体と頭脳と精神には「わたしたち」とかなり異なる訓練を施され、記憶と伝統の影響も女性とは異なっている「あなたがた」――と、いまなお本質的ないくつかの点で異なっているのは揺るぎない事実である――ということになります。同じ世界を、あなたがたとわたしたちは違った視線で見ているのです。そのわたしたちにあなたがたの手助けができるとしたら、それがどんなものであれ、あなたがたがご自身でされることとは異なる手助けに違いありません。それにたぶん、わたしたちの手助けに価値があるとしたら、その異なっているという事実にこそ価値があるのです。

そこで、あなたがたの声明に署名したり協会に加入したりする前に、両者の違いがどこにあるのかを見極めるとよさそうです。そうすれば、どこで手助けができるかわかるかもしれません。ごく手始めに、ある一枚の写真、ごく簡単に彩色した写真をあなたの前に置かせてください。わたしたちは個別の家庭から一歩足を踏み出し、聖パウロ[*38]が被りなさいとわたしたちに命じたヴェールにいまなお視界を遮られながら、私的家庭と公的生活の世界をつなぐ橋の上に立っています。これはそこから見えるあなたがたの世界の写真です。

あなたがたの世界、つまり職業人の世界、公的生活の世界は、この角度からすると疑いようもなく奇抜に見えます。一見したところはたいへんな壮観です。じつに小さな空間に、聖ポール寺院、イングランド銀行、ロンドン市長公邸《マンション・ハウス》、王立裁判所――陰気ながらどっしりした胸壁〔正面入口上部のベランダ部分を指す〕がついています――がひしめき合っています。左手にはウェストミンスター寺院と国会議事堂もあります[*39]。こうして橋の上を移動中のいま、わたしたちは立ち止まって呟きます。〈父も兄弟も、あそこで生涯を費やしてきた。数百年間このかた、あの石段を上がり、あのドアから出入りし、説教壇で説教して、金儲けして、人を裁いてきた。私的家庭（ウェスト・エンド〔ロンドン中央部の西側に広がる富裕なエリア〕のどこかにあるとしましょう）の信条、法則、服装、敷物、牛肉、羊肉も、こちらの世界から得たものだったというわけね〉。

さて、いまなら許可も出たことですから、これらの聖なる建物群のいずれかの回転扉をそっと押し、忍び足で内部に入ってよく見てみましょう。何て大きいのだろう、何て立派な石造建築だろうという最初の感想は、〔内部に入ると〕無数の驚きと問いに拡散します。まず、あなたがたの衣装には驚愕させられます。[☆9]公的業務に携わっている〈教育ある男性〉の方々の衣装は、何と多様で、何と豪華で、何とたくさんの装飾がちりばめられているのでしょう！　こちらでは紫の衣をお召しで、宝石を嵌めた十字架が胸元で揺れています。あちらでは肩からレースやアーミン〔黒い斑点のついた白い毛皮で、オコジョの冬毛から作られる〕が垂れ、たくさんの鎖が宝石で留めてあります。頭に鬘を被り、巻き毛が房になって襟首に垂れています。[*40]帽子はボート型だったり、先が尖っていたり、黒い毛皮の円型だったり、真鍮の石炭入れみたいだったり、赤い羽毛や青い羽毛が載っていたりします。足元はガウンで覆われていることも、ガーター勲章[*41]をつけていることもあります、ライオンと一角獣〔イギリス王室の紋章〕の縫い取りのついたタバード〔短いコート〕を羽織っていることもあります。星型や円型の金属片が、胸元で煌《きら》めいていることもあります。あらゆる色——青、紫、真紅——のリボンが一方の肩からもう一方の肩へと掛けられています。あなたがたが家庭で比較的シンプルな服を着ていることを思えば、あなたがたの豪華な礼服は眩《まばゆ》いばかりです。

最初の驚きから回復すると、他にも二つ、いっそう奇妙な事実が際立ってきます。第一に、男性の衣装は夏も冬も同じです——女性は季節に合わせ、そして個人的な好みや快適さに応じて服装を変えるので、これは奇妙な特徴と感じられます。そして第二に、すべてのボタン、バラ飾り、袖章には何か象徴的な意味があるようです。簡素なボタン以外つける権利のない男性もいます。バラ飾りはつけてよいとか、袖章を一本だけ、あるいは三本、四本、五本、六本とつけてよい男性もいるようです。どの曲線ないし直線の袖章も、きっかり等間隔で縫いつけられています。ある男性は一インチ間隔、べつの男性は一と四分の一インチ間隔などと決まっているのかもしれません。肩の金モールにも、ズボンの組紐にも、帽子の花型記章にも規則があるようです。とはいえすべての区別を見分けることも、それぞれが何を意味するのかを正確に説明することも、一人の目には無理なのですが。

しかしながら、それらの象徴的で豪華な衣装にもまして奇妙なのは、それらの衣装を身にまとってあなたがたが行っている儀式です。あなたがたは跪《ひざまず》き、お辞儀をし、銀の〈火掻き棒〉[*42]を手にした男性を先頭に隊列を作って歩きます。彫刻のついた椅子に座ります。彩色した木片〔十字架〕に敬意を表しているようです。細かな縫い取りの織物を掛けた机の前で身を屈《かが》めます。これらの儀式の意味がどうあれ、あなたがたはつねにいっしょに、つねに足並みを揃え、各人および各場面にふさわしい制服《ユニフォーム》をつけて儀式を行います。

儀式のことはさておき、こうした装飾的な衣装は、わたしたちには一見したところいかにも奇妙に感じられます。これらの衣装に比べれば、女性のドレスは単純です。女性のドレスには、身体を覆うという第一の機能の他に、あと二つの機能があります。見た目の美しさを作り出す

という機能、そしてあなたがた男性の称賛を得るという機能です。結婚は一九一九年まで――まだ二〇年も経過していません――わたしたちに開かれた唯一の職業だったので、一人ひとりの女性にとってドレスがどれほど大切だったかは、いくら強調してもしきれません。女性にとってのドレスとは、貴兄にとっての依頼人と同じくらいの意義がありました。女性が大法官相当の地位[*43]を得たいなら、ドレスこそが主要な手段、たぶん唯一の手段だったのです。

ところが、じつに入念に誂《あつら》えられたあなたがたの衣装には、明らかにもう一つべつの機能があります。裸体を覆う、虚栄心を満たす、見た目に楽しいものにするという以外に、着ている人の社会的、職業的、知的地位を宣伝する役割があるのです。慎ましいたとえを許していただければ、あなたがたの衣装には食料品店の値札と同じ機能があります。ただしこの場合「これはマーガリン――これは純正バター――これは本店一番の高品質バター」という表示の代わりに、「こちらは文学修士にしてそれなりに優秀な男性――こちらは文学博士にしてもっと優秀な男性――こちらはメリット勲章[*44]の受勲者にしてとびきり優秀な男性」という表示になるのですが。

あなたがたの衣装の持つこの機能――宣伝機能――は、わたしたちにははなはだ異様なものと映ります。聖パウロのご意見では、このような宣伝は少なくとも女には似合わない、女には厚かましすぎるということでしたから、ごく最近までわたしたちには利用できませんでした。

したがって、金属片、リボン、色のついたフードやガウンを身につけ知的価値ないし道徳的価値を示すというのは野蛮なこと、未開人の儀礼に対するのと同じ嘲笑に値することという思いは、伝統ないし信念としてわたしたちに沁みついています。左肩に馬の毛を一房垂らして自分は母であると宣伝する女を、尊いとは思えない――これには貴兄も同意してくださるでしょう。

でもわたしたちのこのような相違は、目下の問題にどんな光を投げかけてくれるのでしょう？〈教育のある男性〉の豪華な衣装と、倒壊家屋や遺体の写真〔二二頁〕にはどんなつながりがあるのでしょうか？　明らかに、衣装と戦争には遠からぬつながりがあります――あなたがたのうち最上の衣装をまとうのは軍人なのですから。実際の戦闘では赤や金や真鍮や羽根飾りは外してしまうことを考えれば、それらの高価な装飾、たぶん衛生的とは言えない装飾は、見る者に軍務は素晴らしいと思わせること、若い男たちの虚栄心《ヴァニティ》をくすぐり軍人になりたいと思わせることを視野に入れて考案されたのでしょう。するとここで、わたしたちの影響力と差異が役に立つかもしれません。軍服の着用を禁止されているわたしたちには、軍服姿を見てもうれしいとも見事だとも思わない、と意見を述べることができます。それどころか馬鹿らしい、野蛮です、不快な光景《スペクタクル》ですと言うことができます。

しかし〈教育のある男性の娘〉であるわたしたちは、影響力をべつの方向、つまり自分たちの階級、〈教育のある男性〉の階級に向けると、より効果を発揮できそうです。というのも法

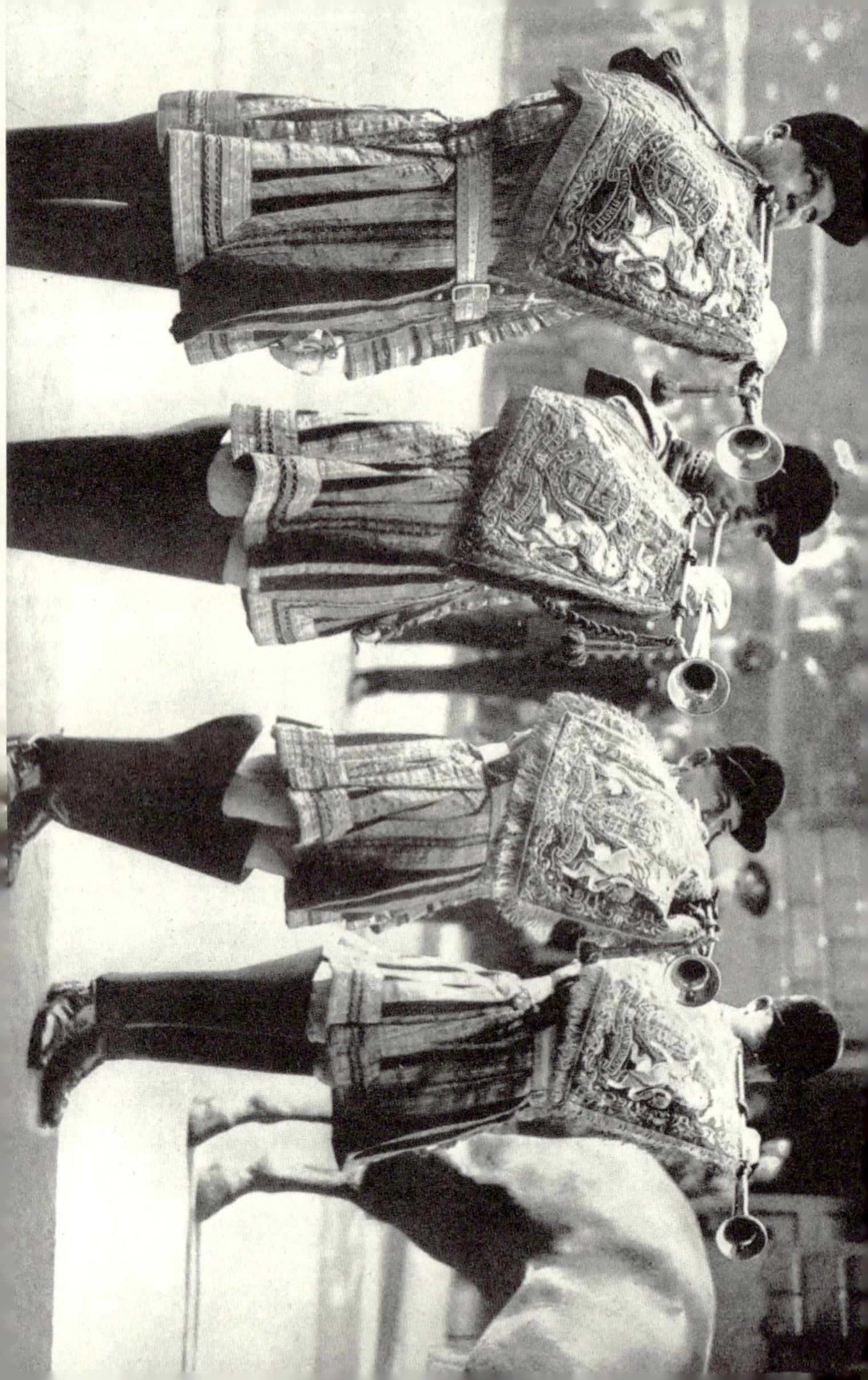

廷にも大学にも、衣装に対する同様の愛情が見られるからです。そちらにもヴェルヴェットや絹、アーミンその他の毛皮があります。〈教育のある男性たち〉は、他人とは異なる衣装をまとい、自分の名前の前後に称号やら肩書きやらを追加して、自分は他人より生まれがよい、他人より頭がよいなどと強調したがります。この行為が競争心と嫉妬心を煽《あお》り、そうして戦争に向かう気質が養われる――これには伝記の証明も心理学からの例示もいらないでしょう。そんな権威づけをなさったらご本人が馬鹿みたいに見えますよ、せっかくの学識も軽蔑したくなりますよ――とわたしたちが意見を述べれば、戦争に向かう気分を抑えるのに間接的ではあれ何事かをなしたことになるはずです。さらにうれしいことに、意見を述べる以上のことも現在のわたしたちにはできます。わたしにはそんな格づけはいっさいいりません、そんな制服はいっさいいりません――と、きっぱり拒むことができます。これは目下の問題、つまりどうすれば戦争を阻止できるかという問題への、ささやかではあれ確実な貢献となるでしょう。そしてこれは、異なる訓練を受け、異なる伝統のもとにあるわたしたちだからこそ、あなたがたよりも容易に実行できるのです。☆10

ともあれ物事を外側から俯瞰した結果は、あまり期待の持てるものではありません。彩色した写真からは、たしかに目立った特徴がいくつかあるとわかりましたが、同時にわたしたちには入れないたくさんの秘密の小部屋が奥にあることも気づかされました。わたしたちの前で、まだ数多くのドアは閉ざされたままか、せいぜいわずかに開いただけで、後ろ盾となる資力も腕力もわたしたちにはありません——それなのに、法律、ビジネス、宗教、政治に、どんな真の影響力を及ぼすことができるというのでしょうか？　わたしたちの影響力は外側だけで終わりのようです。外側に関して意見表明をしただけで、なしうることをすべてやってしまいました。外側と内側には何らかのつながりがあるにしても、戦争を阻止する手助けをするのであれば、何とかして外側を突破する努力をしなくてはなりません。そこでべつの分野を探ってみましょう——〈教育のある男性の娘〉にふさわしい分野、つまり教育の分野です。

うれしいことに、この分野であればあの年、つまり聖なる一九一九年に助けてもらえます。この年に〈教育のある男性の娘〉は自分の生活費を稼ぎ出す力を得たので、ついに教育に対して真の影響力を行使できるようになりました。お金ができました。さまざまな目的を支援するためにお金を寄付できます。名誉会計係〔無給の財政管理者のこと〕の方々も支援を求めています。その証拠に、偶然ここにも一人の名誉会計係から手紙が届いており、[*45]貴兄の手紙の隣にあります。こちらの名誉会計係は、女子学寮《カレッジ》の建て替えのための寄付金を求めています。さて、名誉会計係が支援を求めているのなら、当然、交渉を持ちかけることができそうです。わたしたちには会計係にこう述べる権利があります。「貴姉《あなた》の学寮建て替えのお手伝いとして、わたしたちは一ギニーを寄付できます。ただし、わたしたちに手紙をくださったこの紳士が戦争を阻止するのを、貴姉にもお手伝いしていただけるなら――という条件つきです」。わたしたちは会計係にこう言えます。「若い人たちが戦争を憎むような教育をしなくてはなりません。戦争は非人間的である、ケダモノである、とうてい支持できないものであると感じられるように教育しなくてはなりません」。でも、どんな教育をわたしたちは求めることになるのでしょうか？　どんな種類の教育なら、若者は戦争を憎むようになるのでしょうか？

これじたいが難問ですし、メアリ・キングスリと同じ境遇の者――自分では大学教育を受けたことのない者――にはとうてい答えられない気がします。でも、およそ人類の生活における教育の役割とはじつに多大なものですし、貴兄の質問へのお答えのかなりの部分を占めると思われるので、どうすれば教育によって若者が戦争に抵抗するようになるか、考えようともしないのは臆病にすぎるというものでしょう。

そこで、テムズ川の橋の上から移動して、べつの川に架けられたべつの橋、偉大なあの二大学〔オックスフォードとケンブリッジ〕にある橋の上に佇んでみましょう。両大学には川が流れており、わたしたちの降り立つことのできる橋があります。もう一度言いましょう――丸屋根と尖塔、講義室と研究室の立ち並ぶこの世界は、見晴らしのよいこの地点から見ると何と風変わりなのでしょう！　あなたがたの目に映っているであろう光景と、わたしたちに見える光景とは、何と違うものでしょう！　メアリ・キングスリと同じ角度――「ドイツ語のレッスンだけ、

が、わたしに許された唯一の有償の教育でした」――から見る者にとって、それはきわめて疎遠、きわめて強固、きわめて込み入った儀式や伝統の世界と思え、批判や意見を述べても徒労ではないか――と思えるくらいです。

ここでも、あなたがたの豪華な衣装にわたしたちは目を見張ります。ここでも、職杖が屹立《きつりつ》して隊列が作られるのが見えますが、あまりに眩しすぎて、帽子かフードか、紫か真紅か、ヴェルヴェットかただの布か、縁なし帽かガウンかという微妙な違いは判別できませんし、ましてやそれらの意味を説明することなどとうてい不可能です。厳粛きわまりない光景《スペクタクル》です。『ペンデニス』のアーサーの歌[*46]の言葉が口をつきます。

ぼくは中には入らずに、
その前で逡巡する。
時折ぼくは歩みを止め、
聖なる門の前に立ち、
憧れの眼差しを投げかけながら待ち侘びる、
もしかしたら……。

先を続けると、

ぼくは中には入らないでおこう。
あなたの清らかな祈りを
乱れた思いで穢《けが》してしまいそうだから。
でも、この禁断の地の前で
逡巡するのは許してほしい。
少しだけ滞留して
まるで見捨てられた魂のように、
天国の門の向こうに
天使たちの姿を覗き見るのは許してほしい。

でも貴兄も、そして学寮建て替えの寄付金を募集中の名誉会計係の方も返信を待っていらっしゃるのですから、古い橋にもたれて昔の歌を歌うのはやめねばなりません。教育という問題に、どんなに不完全な結果になろうと取り組まねばなりません。
では、この「大学教育」とは――メアリ・キングスリの姉妹がさんざん話に聞かされ、さんざん骨身を削って協力してきた「大学教育」とは——どんなものなのでしょうか？　その謎めいた課程とは——修了までに三年の年月〔イングランドの大学は三年制〕とかなりの現金をかけ、未熟な人間を完成品つまり〈教育のある〉男女に仕立て上げていく課程とは——どんなものなのでしょうか？　まず、それが至上の価値のあるものということは疑いようがありません。伝記に証拠を求めるなら——英語が読めればだれでも公共図書館で手に取れるものを証拠にするなら——この点についての意見は一致しています。教育の価値は、およそ人間の重んじる価値の中でも最大級のものです。

伝記はこれを二通りの方法で証明しています。第一に、この五〇〇年間イギリスを支配してきた男性たち、そしていまも国会議事堂と官公庁からイギリスを支配している男性たちの大多数が、大学教育を受けているという事実があります。第二に、この五〇〇年間、莫大な金額が教育に費やされてきたという事実があります。第二の事実についても伝記には数多くの証言があり、そのためにどんな労力を払わねばならなかったか、どんな欠乏に耐えねばならなかったかを考えると、第一の事実よりこちらのほうがいっそう目を引きます。オックスフォード大学の収入は四三万五六五六ポンド（一九三三〜三四年）、ケンブリッジ大学の収入は二一万二〇〇〇ポンド（一九三〇年）。大学全体としての収入に加え、各学寮にはそれぞれの収入があり、時折新聞で贈与がなされた、遺産が贈られたと報じられる例から察するだけでも、それらの収入はかなりの金額に上るに違いありません。[☆11] さらに有名なパブリック・スクール——大きいものだけ挙げても、イートン、ハロウ、ウィンチェスター、ラグビーなどがあります——の収入のことも考えれば、総額はじつに莫大で、人間が教育に途方もないくらいの価値を認めていることは疑いありません。加えて貧しい人、無名の人、無学の人の伝記を読めば、優れた両大学のいずれかで教育を受けるためなら、その人たちはどんな努力も犠牲も厭わないだろうと推察できます。[☆12]

でも、教育の価値について伝記から拾い出せる証言のうち、おそらくもっとも重みのある事実とは、〈教育のある男性の姉妹たち〉が、兄弟を大学に送るために自分たちの喜びと楽しみを犠牲にしただけでなく、自分たちも教育を受けたいと願ったということにあるでしょう。教会がこの件について下した裁定は、ごく数年前まで効力を保っていました——ある伝記では「学びたいという願望を女が抱くのは、神の御心《みこころ》に反することだと告げられた」とあります[☆13]〔メアリ・バッツ[*47]『クリスタルの飾り棚』〔一九三七〕一三八頁〕。このことから考えても、彼女たちの願望は相当なものだったに違いありません。また、大学教育を受けることで兄弟はさまざまな職業に進むことができたのに対し、それらの職業のすべてが彼女たちには閉ざされていたことを考えると、彼女たちには教育それじたいが素晴らしいものに思えたでしょうし、教育の価値についての信念もいっそう強固なものになったことでしょう。他方、唯一女性に開かれていた職業、つまり結婚には教育などいらないと見なされていましたし、たしかに結婚は、教育を受けると不向きになる性質のものでした。そしてそうであれば、彼女たちが教育を受けたいという願望も、受けてみようとする試みも諦め、兄弟の教育のために尽力することで——つまり無名の貧しい大多数の女性は家庭内の出費を抑えることで、ごく少数の豊かな貴婦人は男性のために学寮を創設して基金を贈ることで——満足しようとしたとしても、驚くにはあたらないでしょう。

実際、女性たちはそうしてきたのでした。しかし、人間には教育を受けたいという願望がもとから備わっています。伝記を読むと、伝統や貧困や嘲笑などのあらゆる障壁を越え、女性たちがこの願望を持ち続けたことがわかります。その証拠に一冊だけ、メアリ・アステル[*48]の伝記を調べましょう。[☆14]アステルのことはあまり知られていませんが、およそ二五〇年前、この「教育を受けたいという」根強い、おそらく従順とは言えない願望をアステルが抱いたことがわかっています。実際、女性のための大学を作りましょうと提案したのでした。そして同じくらい注目すべきことに、アン王女[*49]は一万ポンドを出資しようとしました——女性が好きに使える金額としては、当時でも現在でもじつに高額です。すると——ここでわたしたちは、歴史的にも心理学的にもきわめて興味深い事実にぶつかります——教会が待ったをかけました。バーネット主教[*50]の見解では、〈教育のある男性〉の姉妹に教育を受けさせると、キリスト教会の中でも邪悪な部類、すなわちローマ・カトリック教会を助長させることになりかねない[*51]――というのでした。一万ポンドにはべつの用途が与えられ、女性のための大学は開設されませんでした。

しかし、これらの事実には二面性があるようです――事実とはしばしばそういうものですが。つまり、教育の価値について改めて確認させてもらえる一方で、教育そのものに積極的な価値があるわけではないことも明らかにしてくれます。すなわち、教育とはあらゆる状況で万人にとって善なのではなく、ある種の人たちに限り、ある種の目的に限って善なのです。イングランド国教会への信仰をもたらすなら善、ローマ・カトリック教会への信仰をもたらすなら悪。一方の性別の人たちがある種の職業に就くためなら善、もう一方の性別の人がいま一つの職業〔結婚〕に就くためには悪――というわけです。

伝記から引き出せる答えは、少なくともそんなものだと思います。〈お告げ〉はあるのです[*52]が曖昧です。しかし教育を通じて影響力を行使し、戦争に抵抗できる若者を育てるのはきわめて重大なことなので、伝記の示すところが曖昧すぎると困惑したり、あるいは伝記の魅力に気を取られたりしているわけにはいきません。現在、〈教育のある男性の姉妹〉がどんな教育を受けているのかを検討しなくてはなりません――そうすれば、わたしたちは影響力を、その影響力にふさわしい〔女性のための〕大学という場で行使でき、しかも外側だけでなく内側にまで踏み込めそうです。幸い、もう伝記に頼る必要はありません。伝記とは個人の人生に関わるものなので、どうしてもさまざまな個人の意見が衝突する場になりますが、ここでわたしたちは公的生活の記録、つまり歴史に助けてもらえます。アウトサイダー[*53]であるわたしたちも、公的組織の年鑑なら調べることができます。そこには私人の日々の雑感ではなく、〈教育のある男性たち〉が集団で熟考した意見が、国会や大学評議員会館で格調高く表明される様子が記録されているはずです。

歴史がただちに教えてくれるのは、オックスフォードでもケンブリッジでも、〈教育のある男性の姉妹〉のための学寮が一八七〇年頃にいくつか作られ[*54]、現在に至るということです。しかし歴史の教える事実の中には、女子学寮に入学する若い女子学生が戦争に抵抗できるように、教育をとおして影響力を行使しよう、などという試みはすべて放棄しようと思わせるものがあります。それらの事実の前には「若者を変えよう」なんて時間の無駄、語るだけ労力の無駄、名誉会計係に一ギニーを寄付する前に条件をつけるのも無駄、〈聖なる門〉〔四七頁〕の前で逡巡などしていないで、ロンドン行きの次の列車にさっさと乗り込んだほうがよいのです。でもそれらの事実とは何ですか、歴史上の嘆かわしい事実とは何ですか?――と、貴兄はお尋ねになるかもしれません。そこで、それらの事実を貴兄にお見せしましょう。ただし、それらはアウトサイダーにも入手できる記録から、しかも貴兄の卒業された〔オックスフォード〕大学ではなくケンブリッジ大学の年鑑から取り出したものです。そうすることで、貴兄も昔の絆や、かつてお受けになった恩恵に対する感謝に左右されず、公平で私心のない判断が下せるでしょうから。

先ほどの中断の後を続けます。アン王女は死に、バーネット主教は死に、メアリ・アステルは死にました。しかし女性のために大学を作りたいという願望はなくなるどころか、むしろ強まりました。一九世紀半ば、その願望はきわめて強力なものになったので、女子学生が滞在できるように建物が借りられました。素晴らしい建物とは言えず、庭もなく、往来の激しい街中にありました。二軒目の建物が借りられ、嵐になると食堂は浸水するし、運動場はありませんでしたが、最初の建物よりは立派でした。しかしやはり手狭でした。教育を受けたいという願望は切迫してきており、部屋数がもっと必要で、歩きまわる庭や競技のための運動場も必要でした。そこで次の建物が必要になりました。

さて歴史の教えるところでは、その建物を建てるにはお金が必要でした。その点は貴兄も不審に思われないかもしれませんが、次の点、つまりお金を〈借りた〉という点には、疑問をお持ちになるかもしれません。お金を〈もらった〉――というほうがしっくりする気がするでしょう。貴兄はこうおっしゃるでしょう――〈他の学寮にはお金があります。その収入は間接的に、ときに直接的に、姉妹から得たものです。そのことはグレイの「頌歌《オード》」*55が証明してくれます〉。そして貴兄は、寄進者の方々――ペンブルックを創設したペンブルック伯爵夫人、クレアを創設したクレア伯爵夫人、クイーンズ・カレッジを創設したマーガレット・オブ・アンジュー、セント・ジョンズ・カレッジならびにクライスツ・カレッジを創設したリッチモンド・ダービー伯爵夫人*56――を讃えるグレイの詩句を口ずさむかもしれません。

気品とは何だろう、力とは何だろう？
それはより大いなる苦労、より大いなる犠牲。
どんな輝く報酬が得られるというのだろう？
それは善き方々への感謝の念。
春雨の息吹は甘く、
蜜蜂の集める宝は甘く、
音楽のとろける調べも甘いが、何にも増して甘く、
慎ましい感謝の声が聞こえてきている。
［「音楽のための頌歌《オード》」、初演はケンブリッジの評議員会館にて、一七六九年七月一日］

貴兄は普通の調子に戻ってこうおっしゃるでしょう――〈これまでの借りを返すチャンスですね〉と。総額いくら必要だったのでしょう？　ほんの一万ポンド――約二世紀前に主教が横

領した〔五一～五二頁〕のと同額です。もちろん、教会はもらった一万ポンドを返してくれるのではないでしょうか？　でも教会というところはもらったものを簡単には返しません。〈それなら他の学寮はどうでしょう？〉と、貴兄はおっしゃるかもしれません――〈これまで援助してもらったのですから、お金を寄進してくれた貴婦人方を偲《しの》んで、喜んで寄進してくれるのではないでしょうか？　セント・ジョンズ、クレア、クライスツにとって一万ポンドくらい何でしょう？　それに〔女子学生のための建物を建てる〕土地はセント・ジョンズのものだったのではないでしょうか？〉。

しかし歴史の教えによれば、セント・ジョンズの土地は〔寄進ではなく〕貸与されたのでした。一万ポンドの贈与はなく、個々人の財布から苦労して集められました。中でも一〇〇〇ポンドの寄付をしたある女性はずっと記憶されねばなりません。また名前の残っていない人たちも、各々のお望みの範囲で感謝の気持ちを受け取ってもらわねばなりません――二〇ポンドから一〇〇ポンドの寄付をしたのですから。いま一人の女性は、母親の遺産のおかげで、給料が支払われなくても教師を務めることができました。[*57] そして女子学生たちもできるだけ協力し、自分でベッドを整え、食事の後片づけをし、不便を凌《しの》いで質素に過ごしました。貧しい女性たちの寄与と若い女子学生たちの協力を集約してとなると、一万ポンドはささやかな金額ではありません。お金集めには時間とエネルギーと頭脳を必要としますし、出資には犠牲が伴います。もちろん〈教育のある男性〉の中にはたいへん親切な人もいて、姉妹たる女性たちに講義をしてくれましたが、それほど親切ではない男性は講義を拒みました。☆15〈教育のある男性〉の中にはたいへん親切で、女性たちを勇気づけてくれる人もいましたが、それほど親切ではなく、勇気をくじく人もいたのでした。

それでも、女子学生たちが〔卒業〕試験に合格する日がどうにか到来した——と、歴史は教えてくれます。そこで校長か学寮長か、何かそんなふうに自分たちを呼び習わしていた女性たち——給与も出ない女性の役職名など、そもそも疑わしいのですが——が、大学総長や講師たちに向かい、合格した女子学生にはどんな肩書きがふさわしいでしょうか、みなさんと同様に自分の名前のあとに肩書きをつけ、試験に合格したという事実を知らしめてもよいでしょうかと尋ねました。これはぜひやるべきことでした。現トリニティ学寮長のJ・J・トムスン、*58メリット勲章受勲者《OM》〔本章訳注＊44参照〕、王立学会員《FRS》*59は、名前のあとに肩書きを付したいという「寛容に見過ごしてやりたい虚栄心」をもっともらしく面白がったあと、こう続けます——「学位を持たない一般の人たちは、名前のあとに文学士《BA》とついているかどうかを学位のある人たち以上に重視する。ゆえに学校長たちは、この肩書きを付すことのできる者を教師に迎えたがる。ところがニューナムとガートンの女子学生はこの肩書きを付すことができないので、就職に不利である」。

貴兄もきっとこう問いたくなるでしょう——就職しやすくなるなら、名前のあとに文学士の肩書きをつけさせまいとする、いかなる理由があるというのでしょうか？　この問いに、歴史は答えてはくれず、答えを見つけたければ心理学や伝記を参照しなくてはなりませんが、ともあれ歴史は事実を提供してくれます。くだんのトリニティ学寮長によると、試験に合格すれば女子学生も名前のあとに文学士とつけてもよいとする提案は「じつに断固たる反対に遭った。……投票日には学外生もなだれ込んできて、一七〇七対六六一という圧倒的多数で提案は否決された。こんなに投票者が多かったことはその後もなかったと思う。……評議員会館で投票結果が発表されたあと、度外れに不埒で不名誉なふるまいに及ぶ男子学生もいた。徒党を組み、評議員会館を出てニューナムに赴き、初代学寮長ミス・クラフを記念して建てられたブロンズ門を破壊した」[J・J・トムスン卿『追憶と内省』〔一九三六〕八六〜八八、二九六〜九七頁]。[*60][*61]

これで充分でしょうか？　大学教育を介して若者に影響を与え、戦争に抵抗できる若者になってもらおうという試みはすべて放棄せねばならない——というわたしたちの主張の根拠を示すのに、歴史や伝記からさらに事実を拾い上げる必要はありませんね？　教育、それも世界最良の教育ですら、腕力を憎むことではなく使うことを教えるのです。教育とは、学ぶ者に気高くあれ、寛大であれと教えるどころか、所有物を独占したい、あの詩人の言う「気品」と「力」を自分たちだけで独占していたいと願わせ、持っているものを分けてほしいと頼まれようものなら、腕力よりもっと狡猾な方法で妨害するのではないでしょうか？　そしてこの腕力とか所有欲というものこそ、戦争と密接な関係があるのではないでしょうか？　人びとに影響を与えたい、戦争に抵抗できるようになってもらいたいというときに、大学教育が何の役に立つのでしょうか？

でももちろん歴史は続きます。一年また一年が過ぎていき、歳月は変化をもたらします。少しずつ、目に見えないながらも変わっていきます。歴史の教えてくれるところでは、時間をかけて粘り強く交渉した結果——大学当局に対し、頼みごとをする女性に求められる慎ましさを忘れずに懇願を続けたことを考えれば、それは計り知れない粘り強さでした——、名前のあとに文学士の肩書きをつける権利は認められました。しかし歴史によれば、その権利とは名ばかりのものです。一九三七年現在、ケンブリッジにおいて女子学寮は——なかなか信じていただけないかもしれませんが、絵空事ではなく事実として——大学の構成員と認められてはいません。[☆16]また男女ともに大学の財政に出資しているのに、大学教育を受けることのできる〈教育のある男性の娘〉の数は、現在もかなり限られています。[☆17]貧困については『タイムズ』紙が数字を出していますし、金物屋も一フィート定規を用意してくれますが、男子学寮で奨学金に使える金額と、女子学寮で女子学生のために使える金額とを比べれば、いろいろなものを計算してまわる労を省いてこう結論できるでしょう——〈教育のある男性の姉妹〉のための学寮は、そ

の兄弟の学寮と比べると、信じられないくらい、恥ずかしいくらい、現在なお貧しいのである、と。[☆18]

この結論は、名誉会計係の手紙とぴったり符合します。名誉会計係は、学寮建て替えのための寄付をしばらく前から募っており、現在なお継続中です。しかしこれまで述べてきたことを踏まえると、会計係が貧しいという事実も、女子学寮に建て替えが必要だという事実も、何ら悩むべきことではありません。ここまでの事実を踏まえた上で悩ましい、いっそう悩ましいと思えるのは、学寮建て替えの手助けを求めている会計係に、どう返答したらよいかということです。歴史と伝記、そして両者の中間形態である新聞を参照するに、会計係には返信を書くのも条件をつけるのも困難です。歴史と伝記と新聞からはさまざまな疑問が浮かびます。第一に、大学教育を受ければ戦争に反対するようになると考える、いかなる理由があるでしょうか？〈教育のある男性の娘〉がケンブリッジに進学できるように応援したところで、彼女は学ぶことよりも闘うこと、つまりどうやって学ぶかではなく、兄弟たちと同じ利益を勝ち取るにはどうやって闘うかを考えるのではないでしょうか？　それに、〈教育のある男性の娘〉はケンブリッジ大学の構成員ではない以上、大学教育に発言権がないのですから、わたしたちが頼んだとしても教育を変えることなんてできないのではないでしょうか？

それにもちろん、他の疑問も浮かびます――現実的な疑問で、同じ名誉会計係の貴兄、お忙しい貴兄ならよく理解してくださる性質のものです。学寮建て替えの資金集めに奔走している相手に、教育の質についてお考えください、それが戦争にどんな影響をもたらすかをお考えくださいと申し上げても、すでに抱えている重荷をさらに増やすことになるのではないか――これには貴兄も真っ先に同意なさるでしょう。それに、発言権のないアウトサイダーがそんな依頼をしても、とてもここに書けないような乱暴な返事が返ってくるかもしれませんし、そうなったとしても仕方ないのかもしれません。

しかしながらすでにわたしたちは、自分の影響力、働いて得られたお金に見合うだけの影響力を使って、あなたがたが戦争を阻止するためのできる限りの手助けをします――と誓ったのでした。それに教育は明確な方法です。名誉会計係は貧しいがゆえにお金を求めており、お金の出資者には条件をつける権利があります。そこで試しに手紙の下書きを作り、学寮建て替えのためのお金に条件をつけてみましょう。では、ここに書いてみます。

貴姉《あなた》からのお手紙に返事を差し上げるまで、しばらく時間がかかってしまいました。でも、いくつか懸念と疑問があるのです。お金を寄付してくださいとのご依頼でした。アウトサイダーであるこちらは事情をわかっておりませんが、アウトサイダーならではの率直さをもって、こちらの懸念と疑問について述べてもよろしいでしょうか？

貴姉は学寮建て替えのために一〇万ポンド集めたいとおっしゃっています。でも、どうしてそんなに愚直なのでしょうか？　小夜啼鳥《ナイティンゲール》と柳の陰にずっと引きこもっておられたせいでしょうか？　縁なし帽やらガウンやらの深遠なる問題、はたまた大学総長の部屋に連れていくのは男性学寮長のパグ犬が先か、女性学寮長のポメラニア犬が先かという問題に深くお悩みのあまり、新聞を読む時間もないのでしょうか？　あるいは関心など持ってくれそうにない一般大衆から一〇万ポンドを上手に引き出すという問題で頭がいっぱいで、依頼文を書くとか集会を開くとか、バザーとかアイスクリームとか、苺には生クリームを添えなくてはとか、そんなことしか考えられないのでしょうか？

それならわたしたちが教えましょう。陸海軍には毎年三億ポンド[*62]が使われています。貴姉の手紙の隣にある手紙によれば、戦争の危険が差し迫っています。それなのになぜ、学寮建て替えのためのお金がほしいなどと、真面目に頼んだりできるのでしょうか？　学寮の建物が安普請だったのです、だから建て替えが必要なのですとおっしゃるのなら、それは本当かもしれません。でも、一般の方々は寛大です、いまなお学寮建て替えのための多大な費用も出してくださいますとおっしゃるなら、トリニティ学寮長〔Ｊ・Ｊ・トムスン、五七頁参照〕の回想録に出てくる示唆的な文章を読んでみてください。

しかしながら幸運なことに、今世紀〔二〇世紀〕に入ってまもなく、大学はかなりの金額の遺贈や寄贈を次々と受け取ることができた。これらの収入と政府からのかなりの助成金のおかげで大学の財政はかなり好転し、各学寮からの納入を増額する必要もなくなった。すべての財源からの大学の歳入は、一九〇〇年には約六万ポンドだったのに比べ、一九三〇年には二一万二〇〇〇ポンドにまで増加した。こう申し上げてもまったく的外れの推論でもないと思うのだが、これは多分に、ケンブリッジにおいて重要でじつに興味深い発明がいくつもなされたせいかもしれない。純粋に追求した研究から実際的な結果が得られた例として、ケンブリッジは今後引き合いに出されるだろう。〔J・J・トムスン卿『追憶と内省』二九六〜九七頁〕

最後の一文だけに注目してみましょう。「純粋に追求した研究から実質的な結果が得られた例として、ケンブリッジは今後引き合いに出されるだろう」。大手の製造会社に働きかけて寄付金を出してもらうべく、貴姉の学寮はどんなことをなさいましたか？ 兵器の開発において主導的な役割を担ったことがあったでしょうか？ 貴姉のところの女子学生は、資本家としてどのくらいビジネスに成功したのでしょうか？ 〔これらのことができていないのであれば〕どうして「かなりの金額の遺贈や寄贈」を期待できるでしょうか？

それに、貴姉はケンブリッジ大学の構成員ですか？　そうではありませんね。お金の配分について発言できますか？　できません。だからこそ貴姉は帽子を手に戸口に立ち、パーティを催し、寄付を募って体力と時間を使わねばなりません。これは明白です。しかしもう一つ明白なのは、こうして貴姉が忙しくしておられ、学寮建て替えのための寄付を募っておいでだとわかれば、アウトサイダーとしてはこう自問するに違いないということです。寄付しようかやめようか？　寄付するのであれば、このお金で何をしてくださいと言おうか？　これまでの方針に沿って学寮を建て替えてくださいと言おうか？　違ったふうに建て替えてくださいと言おうか？　それとも、ボロ切れと石油と、そしてブライアント&メイのマッチ[*63]を買ってください、そして学寮を焼き払ってくださいと言ってしまおうか？

こうした疑問があったせいで、貴姉の手紙には長いこと返信が書けなかったのでした。これらの疑問はじつに難問で、たぶん考えても無駄なのかもしれません。でもこちらの男性から尋ねられた質問を前に、これらの疑問を放っておくわけにはいきません。こちらの男性は、戦争を阻止するための手助けを、みなさんはどうやってしてくださいますかと尋ねています。自由を護り文化を護る手助けを、どうやってしてくださいますかと尋ねています。それにこれらの写真、遺体や倒壊家屋の写真のことも考えてください。これらの質問と写真を視野に入れれば、学寮建て替えに取り掛かる前に、きっと貴姉は慎重に考えねばならないはずです――教育の目的とは何だろう、どんな社会、どんな人間を作ることを目的とすべきなのだろう？ と。ともかく、戦争阻止に資する社会を作り、人間を育てるのにお金を使いますと、貴姉がわたしを納得させてくださらない限り、学寮建て替えのための一ギニーをわたしは寄付しません。

では、できるだけ手短に、どんな教育が必要なのかを論じてみましょう。歴史と伝記を読むと――アウトサイダーに入手できる証拠と言えばそれだけですが――、古い学寮の古い教育ではとくに自由を敬うことにはならず、とくに戦争を憎むようにもならないようなので、明らかに貴姉の学寮は違ったふうに建て替えねばなりません。貴姉の学寮はできたばかりでお金もありませんが、その性質の利点を生かし、貧しさと若さを基礎に据えましょう。すると実験的な学寮、冒険心に溢れる学寮でなくてはならないのは明白です。独自の方針で建設するとよいでしょう。彫刻を施した石材やステンドグラスを使わず、埃を溜め込むことも伝統を捏造することもないように、何か安価で燃えやすい材質で建設しなくてはなりません。礼拝堂を作ってはなりません。[☆19] 博物館もいりませんし、書物に鎖をつけて初版本をガラスケースに収めるような図書館もいりません。絵画や本は新しいものにして、つねに取り替えましょう。内装はその世代ごとに新たに自分たちで手掛け、安価に済ませましょう。存命中の画家の作品は安価ですし、飾っていただけるならどうぞ——と、無償で贈ってくれることも多いものです。

次に、この新しい学寮、この貧しい学寮で教えられるべきものは何でしょうか？　他人を支配する技術でも、統治の技術、殺人の技術、土地と資本を獲得する技術でもありません。これらの技術には、給料やら制服やら儀式やらの諸経費がかかりすぎます。この貧しい学寮では、安価で教えられるもの、貧しくても実践できるもの、つまり医学、数学、音楽、絵画、文学が教えられねばなりません。人と関わるための技術、他人の人生や精神を理解する技術と、それらと併せて会話術、服の着こなし、料理なども少しずつ教えられるべきです。この新しい学寮、安価な学寮が目的と掲げるべきは、分離することや専門分化することではなく、組み合わせることです。どうしたら精神と身体が協調するようになるかを探らねばなりませんし、どんな新しい組み合わせによって、人生によい統合が生まれるのかを発見せねばなりません。

教員は、上手にものを考える人から、そして上手に生きている人から選ばねばなりません。そんな人びとを集めるのは、何ら難しいことではありません。昔からある財源豊かな大学は、財産や儀式という障壁、宣伝や競争という障壁があるために生きづらい場所になっています。紛争の都と化していて、これには鍵をかけてしまい込み、あれには鎖をつけておくという場になっています。チョークで引いた線を踏み越えてしまうのではないか、お偉方を怒らせてしまうのではないかとだれもが不安におののき、自由に歩きまわることも自由に話すこともできません。しかし、貧しい学寮には賞品も何もないので競争はなくなります。そこでの生活はオープンかつ簡素です。学ぶことじたいを愛する人が、喜んで集まるでしょう。音楽家、画家、作家が、自分にも学ぶところがあるという理由で教えてくれるでしょう。書くという技術について、作家が人びと――試験のことや学位のこと、文学を勉強すればどんな名誉あるいは利益が得られるだろうかと考えている人びとではなく、書くという技術そのもののことを考える人びと――と議論できるとしたら、当の作家にとってこれ以上有益なことはありません。

他の技術について、他の芸術家についても同じことです。この貧しい学寮にやってきて自分の技を披露してくれるでしょう。なぜなら自由な社交のある場だからです。そこではお金がない／ある、頭がよい／悪いなどの哀れな差別化が図られることはありません。あらゆる段階と種類の心と体と魂が協働によってたがいを利する場なのです。

それでは、この新しい学寮、貧しい学寮の建設に取り掛かろうではありませんか。そこでは学問が学問じたいのために探求されます。宣伝は廃止され、学位はありません。一方的な講義も行われません。説教もありません。古びて汚れた虚栄心や、競争心と嫉妬心を煽る行進なども……。

手紙はここで中断してしまいました。書くことがなかったわけではなく、むしろ結びの言葉をちょうど書こうとしていたところでした。中断してしまったのは、便箋の向こうの顔が――およそ手紙を書く人がつねに見ることになる宛先人の顔が――何か憂鬱そうに、すでに引用した本の一節にじっと向けられている気がしたからでした。「ゆえに学校長たちは、この肩書きを付すことのできる者を教師に迎えたがる。ところがニューナムとガートンの女子学生はこの肩書きを付すことができないので、就職に不利である」〔五七頁参照〕。建て替え基金の名誉会計係は、その一節を凝視していました。「学寮を違ったふうに変えようなんて考えたところで、何の役に立つのだろう？　学寮で、学生は就職のために勉強しているのに？」と、その表情は語っているようでした。「勝手に夢を見ていればいい」とつけ加えた会計係は、ちょっとうんざりという様子で向きを変え、テーブルの上の支度に取り掛かろうとするようです。何かのお祭り、たぶんバザーの準備をしていたのです。「でも、わたしたちは現実と向き合わねばならない」。

すると、会計係が凝視していたそれが「現実」なのでした。つまり、学生は自分で自分の生活費を稼げるように勉強しなくてはなりません。それに他の学寮と同一の方針に沿って学寮を建て替えねばならないというのが「現実」であれば、〈教育のある男性の娘〉の学寮においても、研究から実際的な結果を得なくてはならず、お金持ちの男性からの寄贈と遺贈を引き出さねばなりません。競争を煽り、学位と色つきフードを受け入れねばなりません。多大な財産を蓄えねばなりません。その財産の分配から他人を排除せねばなりません。そうやって五〇〇年も経てば、この学寮からも貴兄《あなた》と同じ質問が出てくるでしょう――「どうしたらわれわれは戦争を阻止できるとお考えですか?」という質問が。

これは望ましくない結末だと思います。そんな結末のために一ギニーを寄付するのでしょうか? この問いにはどうにか答えられます。働いて得たお金の一ギニーたりとも、古い計画に沿って学寮を建て替えるのに使ってはなりません。しかし、新しい計画に沿った学寮再建にも一ギニーたりとも使えない――これも同じくらい確かです。したがって、わたしたちの一ギニーには「ボロ切れ、石油、マッチ」と、用途を指定せねばなりません。そして以下のメモをつけねばなりません。

この一ギニーで貴姉の学寮を焼き払いなさい。古い偽善に火を点けなさい。燃え上がる建物の光で小夜啼鳥《ナイティンゲール》を脅かし、柳の木を真紅に染めなさい。〈教育のある男性の娘たち〉に炎を囲んで踊らせ、両腕いっぱいの枯葉を次々と炎に投げ込ませなさい。〈母たち〉には、建物の上の窓から顔を出させ、こう叫ばせなさい――「燃えよ！　燃えよ！　こんな〈教育〉はもういらない！」。

これは空疎なレトリックではなく、前イートン校長、現ダーラム首席司祭〔C・A・アリントン〕[*64]の拝聴すべきご意見を踏まえての提案です。[☆20] しかしながら、次のように事実と少々衝突していることからわかるように、やはり空疎なところがあります。つまりすでに申し上げたように、〈教育のある男性の娘たち〉が戦争阻止に向けて行使できる影響力と言ったら、生活費を稼ぎ出すことで手に入れた公平無私の影響力しかありません。もし〈娘たち〉に生活費を稼ぐべく訓練を受ける手立てがないなら、その影響力もおしまいでしょう。仕事を得ることができません。仕事が得られないとすれば、〈娘たち〉は父そして兄弟にふたたび依存しなくてはなりません。父そして兄弟にふたたび依存するとなれば、意識的にせよ無意識的にせよ、ふたたび戦争に賛成するでしょう。それは間違いない――と歴史は示しているようです。したがって学寮建て替えを求めている名誉会計係に、わたしたちは一ギニーを送り、使い道は彼女に任せねばなりません。その一ギニーの使い道に条件をつけるのは、現状では無理なのです。

〈教育のある男性の娘たち〉のための学寮の指導陣に、教育を介して戦争を阻止すべく影響力を行使してくださいとお願いできるだろうか？――という問いへの答えは、こんなふうにいささか拙《つたな》いもの、憂鬱なものになってしまいました。まるで何もしないでくださいとお願いしているようなものです。これまでどおりの道を、これまでどおりの目的に向かって進んでもらわねばなりません。アウトサイダーとしてのわたしたちの影響力は、およそ間接的なものだけにとどまります。もし教えてくださいと頼まれたら、求められている教育の中身を精査して、戦争を支持する技術や知識を教えるのを拒否できます。また礼拝堂や学位や試験の価値を、やんわり嘲笑できます。何かの賞を受けた詩について、受賞したという事実に関わりなく価値のある詩だと、それとなく示すことができます。何かの書物について、それが〔ケンブリッジの〕卒業試験《トライポス》で〈秀〉の成績を収めた人の書いたものという事実があったとしても、それでもなお読む価値があると主張できます。講義をしてくださいと頼まれたら、講義などという中身のない悪しき制度を支持するのはお断りです――と、講義じたいを拒否できます。[☆21] そしてもちろん、役職だとか名誉だとかを授けられそうになっても、それらを拒否できます。実際、さまざまな事実を鑑みれば、それ以外ありうるでしょうか？

しかし現状を考えたら、あなたがたが戦争を阻止するための手助けを教育によって行おうとするなら、〈教育のある男性の娘たち〉の学寮にできるだけ寛大な寄付をするのがもっとも効果的である――という事実に疑いはありません。というのも、繰り返しましょう、〈娘たち〉が教育を受けられないなら、自分の生活費を稼ぎ出すことはなく、私的な家庭内の教育だけにふたたび制限されることになり、私的な家庭内の教育だけに制限されるなら、意識的かつ無意識的な影響力のすべてを行使して、ふたたび戦争支持に、まわることになるのです。そのことについて、ほとんど疑問の余地はありません。

もしお疑いになるのなら、証拠がほしいというのなら、ふたたび伝記を参照してみましょう。この点についての証言はじつに明晰ですが、その量もきわめて膨大なので、何冊もの本を圧縮して一つの物語にしなくてはなりません。一九世紀に私的な家庭で父や兄弟に依存していた〈教育のある男性の娘〉の生活は、およそ次のような物語になるでしょう。[*65]

――暑い日なのに、彼女は外出できなかった。「家族の馬車にはわたしが座るだけのスペースがないからとか、散歩に付き添う暇のある女中がいないからという理由で、長く退屈な夏の日々を、いったい何日、こうやって室内に閉じこもって過ごしただろう」。日が暮れてから、年に四〇～一〇〇ポンドの小遣い[☆22]の範囲内でできるだけ身だしなみを整えて、ようやく外出した。しかし「どんなおもてなしの場に行くときも、父か母か、既婚女性のだれかが付き添わなくてはならなかった」。そうやって身だしなみを整え、そうやって付き添われて赴いたもてなしの場で、彼女はだれと会ったのだろう？〈教育のある男性たち〉――つまり「大臣、大使、有名な将校などで、みんな素敵な服をお召しで、いくつも勲章をつけていた」。話題は何だったのだろうか？　仕事を忘れたい多忙な男性の気分転換になるなら何でも――。「社交界のゴシップ」でその用は果たされた。

日々は過ぎて土曜日になった。土曜日には「下院議員のような多忙な男性も社交を楽しむ時間があるので」、お茶に、夕食に訪れた。翌日は日曜日。「わたしたちのほぼ全員が、当然のしきたりとして朝の礼拝に行った」。

季節はめぐり夏になった。夏には田舎で訪問客、「たいていは親戚」をもてなした。冬になった。冬には「歴史と文学と音楽を勉強し、スケッチと油絵を試みた。素晴らしい作品ができなくても、制作過程で多くを学んだということになるのだった」。そして病人を見舞ったり貧しい人びとにものを教えたりしながら、歳月は過ぎた。

これらの歳月、これらの教育の大いなる帰結、そして目的とは何だろうか？　もちろん結婚だった。「……結婚するかどうかではなく、結婚相手がだれなのかだけが問題なのです」と、〈娘〉の一人は語っている。[*66] 結婚を前提として精神教育がなされた。結婚を前提として彼女はピアノを弾いたが、オーケストラへの入団は許されなかった。[*67] 罪のない日常風景のスケッチはしたが、ヌードモデルから学ぶことは許されなかった。[*68] こちらの書物は読んだが、あちらの書物を読んで感動したり、話題にしたりするのは許されなかった。結婚を前提として身体教育がなされた。女中がつけられ、街路が閉ざされ、草原が閉ざされ、一人にさせてはもらえなかった――〔将来の〕夫のために身体を無疵《むきず》で保つべく、それらが禁止されたのだった。端的に言って、彼女の言うこと、考えること、なすことのすべてが結婚という目標下に置かれたのだった。しかしそれ以外、どうすることもできなかった。結婚だけが、彼女に開かれた職業だった。☆23

ここから〈教育のある男性の娘〉について、そして〈教育のある男性〉についてわかることはとても興味深いので、いつまでもこの情景を注視していたくなります。キジ狩りが恋愛にもたらした影響だけでも一章分の物語になるでしょう。☆24 でも〈家庭教育がキジ狩りにいかなる影響を及ぼしたか？〉という問いは面白いにしても、わたしたちはいまその問いの答えを探しているわけではありません。探しているのは〈こうした家庭教育を受けると、どうして人は意識的かつ無意識的に戦争に賛成するようになるのか？〉という問いへの答えです。

意識的に戦争に賛成するようになる理由は明白です。結婚を達成する手段――女中、馬車、上質の衣類、上質のパーティ――を自分にもたらすシステムを強化するためであれば、彼女は自分の手中にある影響力を手当たりしだい、使わざるをえないのです。一日の労働のあとで気分転換を求めている多忙な男たち――将校、裁判官、大使、大臣――を宥めてよい気分にするために、彼女は意識的に自分の魅力や美を手当たりしだい、使わざるをえません。意識的に、彼女は彼らの見解を受け入れ、彼らの命令に従わねばなりません——そうしなければ、結婚の手段を得るため、あるいは結婚そのものを得るために、彼らを懐柔できないのですから。[☆25]端的に言って、彼女の意識的な努力のすべてが、ラヴレス伯爵夫人〔本章訳注＊65参照〕の言う「われわれの栄《は》えある帝国」を支持するものでなくてはならないのです。伯爵夫人はこうも付言しています——「帝国の存続と引き換えに、女性は多大な犠牲を払っている」[＊69]。この言葉を疑う人も、犠牲の大きさを認めない人もいないでしょう。

しかしながら、彼女は無意識の影響力によっていっそう強硬に戦争を推進しました。そうでなければ、一九一四年八月〔第一次世界大戦の開戦時〕のあのうねりをどうやって説明できるでしょうか？ 家庭教育を受けた〈教育のある男性の娘たち〉は、病院に突進しました——女中に付き添われている人[＊70]もいました。貨物自動車を運転し、畑で農作業をし、弾薬工場で働きました。そうすることで、これまでに蓄積されてきた膨大な魅力と共感のすべてを使って、あなたがたの戦闘は英雄的です、戦闘で負傷すればわたしがあらん限りの看護をしてあげましょう、たくさん褒めてあげましょう——と、若い男性たちに説いたのでした。彼女がそう説いた理由は、同じ家庭教育にあります。個別の家庭の中での教育を、その残酷さ、貧弱さ、偽善、不道徳、愚かさを、無意識においてとことん嫌っていたために、その教育から逃れるためであればどんなに卑しい手作業であっても引き受け、どんなに死をもたらすような魅力であっても惹かれたのでした。こうして、彼女は意識的に「われわれの栄《は》えある帝国」を望みながら、無意識においてく〈われわれの栄えある戦争〉を望んだのでした。

というわけで、もしわたしたちに戦争を阻止する手助けをしてほしいのなら、この帰結しかありえないようです。すなわち、わたしたちは、学寮建て替えを手伝わなくてはなりません。学寮は、いかに完璧とは言いがたくても私的家庭での教育に取って代わる唯一のものです。そのうち教育の中身も変えられるだろうと、わたしたちは希望を持たねばなりません。一ギニーを〔建て替えのために〕寄付しなくてはなりません——貴兄がご自身の協会のために一ギニーをくださいとおっしゃっているのを差し置いてではありますが、それでも同じ目的、つまり戦争阻止という目的に寄与するために。一ギニーは稀少なもの、貴重なものですが、建て替え基金の名誉会計係には無条件で送ることにしましょう——そうすることで、戦争阻止に向けて積極的に貢献できるのですから。

第二章

学寮建て替えのために一ギニーを寄付したいま、貴兄《あなた》が戦争を阻止するための手助けとして他にも何かできないか、検討してみなくてはなりません。するとただちに明らかなのは、わたしたちが影響力について申し上げたことが本当なら、職業に就いている方々にお願いしなくてはならないということです。生活費を稼ぎ出すことを〔大学で〕若い人に教えている方々にアピールすべく、大学という〈禁断の地〉や〈聖なる門〉の前でいつまでも逡巡するより、自分の生活費を稼ぎ出すことができ、この新兵器――つまり、わたしたちの唯一の武器である〈自立した収入に基づく自立した意見〉――を実際に手にしている人たちに向けて、戦争に抵抗するためにその武器を使ってくださいと説得するほうが、より大きな助けになりそうです。したがって、これまで検討してきた課題以上にこの課題は重要だと言えましょう。

そういうわけで、戦争を阻止する手助けをしてくださいという貴兄のお手紙を、自立を果たした方々、社会人の方々、さまざまな職業に就いて生計を立てている方々に提示してみましょう。レトリックの必要はありません。議論の余地はほとんどないと思います。こう言えばいいのです。「こちらの男性は、わたしたち全員の敬意に値するお方です。この男性によれば、戦争になるかもしれない、おそらくその可能性が高いだろうとのことです。自分の生活費をすでに稼ぎ出しているわたしたちに、何らかの方法で戦争を阻止する手助けをしてほしい——とこの方はおっしゃっています」。こうしているあいだにも写真——さらに何体もの遺体の写真、さらに何棟もの倒壊家屋の写真——がテーブルに積み上げられていきますが〔二二頁〕、これらの写真に言及しなくても、貴兄のお求めの手助けをいたしますという返答がきっと得られるに違いありません。

しかし……。ためらいが、懸念があるようです。もちろんそれは、戦争はおぞましい、戦争はケダモノだ、戦争はとうてい支持できない、戦争は非人間的だと、ウィルフレッド・オーウェンが語ったこと〔一八頁〕についてではありません。また、貴兄が戦争を阻止するための手助けになるなら、できる限りのことをしたいというわたしたちの気持ちに揺らぎはありません。しかしそれでも、懸念とためらいがあります。それらをすみやかに理解していただくために、もう一通の手紙を貴兄にお見せしましょう。貴兄の手紙と同様に本物の手紙——偶然テーブルの上で、貴兄の手紙と隣り合わせになった手紙です[☆1]。

それはもう一人の名誉会計係からの手紙で、またもや寄付を募っています。会計係のこの女性は書いています。「どうか寄付を〔〈教育のある娘たち〉の就職支援団体に〕送り、わたしたちの運営費を手助けしてくださいませんか？」彼女はこう続けます。「お金でなくても、どんな贈りものでもかまいません。本、果物、もう着なくなった衣類など、バザーで売れそうなものを何でも送ってください」。この手紙は、先ほど申し上げた懸念やためらいと深い関連があり、わたしたちから貴兄に提供できる手助けとも深い関連があるので、まずはこの手紙から生じた疑問を検討してみないことには、彼女に一ギニー送ることも、貴兄に一ギニー送ることもできないと思います。

最初の疑問はもちろんこれです――なぜ彼女はお金を送ってくださいと言うのでしょうか？着古しの衣類をバザーで売りたいので送ってくださいなんて、働く女性の代表のはずなのになぜそんなに貧しいのでしょうか？　これが最初に明らかにしたい点です。というのも、この手紙からうかがわれるようにこの女性が貧しいのであれば、貴兄が戦争を阻止するための手助けの方法として、わたしたちが当てにしているこの〈自立した意見〉という武器も――穏当に言って――それほど威力のある武器とは言えない、ということになるからです。しかし一方で、貧困にもそれなりに利点があります。もしこの女性が貧しいなら、そうふるまっているとおりに貧しいのなら、彼女と取引が――ケンブリッジにいる彼女の〈妹〉とそうしたように――でき、寄付する側の権利を行使して条件をつけることができます。というわけで、一ギニーを送る前に財政状態などの事実について質問をして、寄付に条件をつけてみましょう。以下はそんな手紙の下書きです。

貴姉《あなた》のお手紙に長いことお返事を差し上げず、お待たせしてたいへん申し訳ありませんでした。じつはいくつか疑問がありまして、寄付を差し上げる前にそれらの疑問に答えていただかなくてはなりません。まず、お金――事務所代に充てるためのお金――をくださいと貴姉はおっしゃっています。でもどうして、いったいどうして貴姉はそんなに貧しいのでしょうか？

〈教育のある男性の娘たち〉に専門職が開かれてから、もう二〇年近くが経ちます。それなのにどうして、職業女性の代表と言える貴姉が、ケンブリッジの貴姉の妹と同様に［お金を入れてもらう］帽子を手に持ち、お金をください、お金でなかったらバザーで売るための果物か本か着古した服をくださいと請わねばならないのでしょうか？　繰り返し申し上げます、どうしてそんなことがありうるのでしょうか？　一般的人間性、一般的正義感、そして一般常識にきっと何か深刻な欠陥をお持ちに違いありません。あるいは、貴姉は街角の物乞いのように悲しげな表情を装って作り話をしているだけで、自宅のベッドの下には、ギニー金貨をいっぱいに詰め込んだストッキングを隠しているのでしょうか？

いずれにしても、お金をください、貧乏なのです――と絶えずおっしゃっているせいで、貴姉は無精者のアウトサイダーたち――実際的な問題を考えるのも億劫、小切手を振り出すのも億劫というわたしたち――のきわめて声高な非難に晒《さら》されています。また〈教育のある男性たち〉からの非難にも晒されています。あなたがたはご自分のせいで、哲学者や小説家として揺るぎない定評のある男性方、つまりジョード氏やウェルズ氏[*1]のような男性方の非難と軽蔑を浴びています。彼らは、あなたがたは貧乏ではない、そればかりか無気力であり無関心きわまりないと非難していらっしゃいます。

あなたがたがどんな非難を浴びておいでか、教えてあげましょう。まず、C・E・M・ジョード氏があなたがたについて語っていることを拝聴してください。氏はこう述べておられます。「過去五〇年のどの時点と比べても、現在ほど、若い女性が政治的無気力と社会的無関心に陥ったことはない」。氏は最初にそうおっしゃいます。そしてどうすべきかをあなたがたに教えるのは自分の務めではない――まったくそのとおりです――と続けます。しかし氏は、あなたがたが何をすべきかの一例を挙げようと、たいへんご親切に申し出ておられます。アメリカの姉妹たち[*2]の真似をすればいい。「平和を広めるための協会」を創設すればいい。氏はそう実例を挙げてくださいます。この協会について説明したあと、

「本当かどうかわからないが、今年、世界中で軍事費に使われた金額をポンドに換算すると、その額は、キリスト、すなわち戦争は自分の教えを信じる者のやることではないと説いたあのお方の死後、現在までに経過した時間を分に換算した数字とぴったり一致するということである（あるいは秒に換算するのだったかもしれない）……」。

そういうことであれば、あなたがたもアメリカ女性の前例に倣ってイギリスに協会を作るべきではないでしょうか？　もちろんお金は必要ですが、でも――これがとくに強調したい点ですが――貴姉にお金があることは疑いようがありません。ジョード氏が証拠をお持ちです。「戦前、女性参政権のために〈女性社会政治連合《WSPU》〉*3の金庫にはお金が流れ込んだ。参政権を得て戦争を過去のものにしようと女性たちは願った。参政権は得られた」。ジョード氏は続けます。「でも戦争は過去のものになったとはとうてい言いがたい」。これにはわたしも証拠を添えることができます。こちらのお手紙では、とある男性が戦争を阻止するための手助けを求めておいでですし、手元には何体もの遺体と何棟もの倒壊家屋の写真もあります。

でも、ジョード氏に続けてもらいましょう。「現代女性のみなさんにこう頼むのは理不尽なことだろうか――平和という目標のためにエネルギーとお金を投じてください、汚名と侮辱に耐えてください、ちょうどみなさんの母親が男女平等という目標のためにエネルギーとお金を投じ、汚名と侮辱に耐えたのと同じように」。こうなると、わたしもこう繰り返さずにはいられません。過去と現在の女性のみなさんに延々こう頼み続けても理不尽ではないでしょう、まずはご兄弟から浴びせられる汚名と侮辱に耐えてください、次はご兄弟に向けて浴びせられる汚名と侮辱にも耐えてください、その両方に耐えてくださいというこのお願いは完璧に理にかなっており、女性の身体的、道徳的、精神的幸福にすべからく役立つのではないでしょうか——。

しかしジョード氏を遮ってはいけないのでした。「もし理不尽だと言うのなら、女性の方々には公共の問題に携わっているふりをやめて、さっさと自分の家に帰っていただきたい。下院議員がちゃんと務まらないのであれば、せめて家の中を片づけてほしい。男性がどうしようもなく悪癖をやめられないせいで自滅しかかっているいま、男性を破滅から救出する能力が女性にないなら、男性が自滅するまでのあいだ、せめて男性に料理を作ってやっていただきたい☆2」〔C・E・M・ジョード『ジョードの証言』〔一九三七〕二一〇〜一一頁〕。ジョード氏ご本人が〈どうしようもない〉と認めておいでの男性方の悪癖を、参政権を得たとしてもどうやって女性に治すことができるのだろうと問いたくなりますが、そのために立ち止まるのはやめておきましょう。問題は、こんな証言があるというのに、一ギニー送ってくださいい、事務所代に充てたいのですなどと、なぜ貴姉がわたしに図々しくもおっしゃるのかということです。ジョード氏によれば、あなたがたはじつに裕福でじつに怠惰、ピーナッツとアイスクリームを食べることしか念頭になく、男性が自滅しかかっているというのに自滅という致命的行為を防ぐ手段も知らなければ、彼らにディナーを作ってあげることもできないというのに。

しかし、もっと重大な非難がまだ続きます。あなたがたは無気力に過ぎ、母たちが勝ち取ってくれた自由を護るためであってさえ闘おうとしない――この非難をあなたがたに向けているのは、現在活躍中のイギリスの作家の中でもいちばんの著名人、H・G・ウェルズ氏です。H・G・ウェルズ氏はこうおっしゃっています――「ファシスト党やナチス党[*4]が自由を実質的に抹殺していることに抗する女性運動は見当たらない」[☆3]〔H・G・ウェルズ『自伝の試み』〔一九三四〕四八六頁〕。貴姉は裕福、怠惰、貪欲、無気力――それなのにどうして、〈教育のある男性の娘たち〉の就職支援団体に寄付してくださいなどと、そんな厚かましい頼みごとができるのでしょう? 参政権を得て、参政権とともに富も得たはずなのに、あなたがたは戦争をなくすことができていません。参政権を得て、参政権とともに力も得たはずなのに、あなたがたはファシスト党とナチス党が女性の自由を実質的に抹殺してしまっても抵抗しません。そうすると、いわゆる「女性運動」のすべてが失敗であったという以外、どんな結論がありうるでしょうか?

ここに同封した一ギニーは、事務所代に充てるためではなく、あなたがたの建物を焼き払うのにお使いください。焼き払ったらもう一度台所に戻り、可能であればディナーの作り方を覚えてください。そのディナーは貴姉の口には入らないかもしれませんが[☆4]……。

そこで手紙は止まってしまいました。というのも、手紙の向こう側の顔――手紙の書き手がつねに見ている顔――に、ある表情が浮かんでいたのです。退屈の表情でしょうか、疲労の表情でしょうか？　名誉会計係の彼女の視線は小さな紙切れの上に止まっています。そこにはささやかで味気ない事実が二つ、書いてあります。それらの事実は目下の問題、つまり就職して生活費を得ている〈教育のある男性の娘〉に、どうしたらあなたがたが戦争を阻止する手助けができるかという問題と関連があるので、ここに書き写してみましょう。第一の事実は、〈女性社会政治連合《WSPU》〉の収入は（その活動の最盛期にあたる一九一二年に）四万二〇〇〇ポンドだった――この金額に基づいて、ジョード氏は〈女性社会政治連合《WSPU》〉にはお金があると推測していたのでした[☆5]。第二の事実はこれです――「高レヴェルの資格を持ち、何年もの経験を積んでも、女性が一年に二五〇ポンドの収入を得ることはなかなかない[☆6*5]」。一九三四年になされた記述です。

どちらの事実も興味深いものです。いずれの事実も目下の疑問と直接の関連があるので、よく検討してみましょう。まず、最初の事実について考えてみましょう――この事実は、現代の最大の政治的変化の一つが、一年に四万二〇〇〇ポンドという信じがたいほどの少額で達成されたことを示しているという点で興味深いものです。「信じがたいほどの少額」とはもちろん相対的なもので、つまり保守党や自由党[*6]――いずれも〈教育のある女性の兄弟たち〉が属している政党――がそれぞれの政治目標のために使うことのできる収入と比べた場合です。労働党[*7]――〈女性労働者の兄弟たち〉が属している政党――の収入[☆7]と比べてもかなり少額です。一つの協会、たとえば奴隷制廃止協会[*8]が奴隷制廃止に向けて使うことができた金額と比べるなら、信じがたいくらい少額です。〈教育のある男性たち〉が政治目的ではなく、スポーツや娯楽のために毎年使っている総額と比べても、信じがたいくらい少額です。

〈教育のある男性の娘たち〉は貧しく、節約して過ごしているということへの驚きは、この場合明らかにうれしい感情ではありません。名誉会計係の彼女の言っていることは完全なる事実なのだと思わざるをえないからです。彼女は貧しいのです。そしてまたこう問わずにはいられません――〈教育のある男性の娘たち〉が、自分たちの目的のために不断の努力を長年続けても四万二〇〇〇ポンドしか集められないのなら、貴兄《あなた》の目的を達成する手助けなどできるだろうか？　三億ポンドを毎年の軍事費に使っているときに、いま四万二〇〇〇ポンドが手元にあったとしても、どれくらい平和が買えるだろうか？

ともあれ、二番目の事実にはいっそう驚かされ、いっそう落胆させられます——お金が稼げる専門職に就くことを認められてから二〇年経ったいまなお、「高レヴェルの資格を持ち、何年もの経験を積んでも、女性が一年に二五〇ポンドの収入を得ることはなかなかない」のです。実際これは驚きの事実——事実としたらですが——であり、目下の問題とじつに深い関連があるので、わたしたちはしばし立ち止まって検討しなくてはなりません。しかもきわめて重要なことなので、伝記という色つきの光ではなく、事実の白色光に照らさねばなりません。そういうわけで、下心もなければディナーを作ってくれとも言わないもの、個人を超越した中立的な権威であることにかけては〈クレオパトラの針〉とも比すべきもの——すなわち『ホイティカー年鑑』の助けを借りてみましょう。[*9]

　ホイティカーは、書き手の中でもっとも冷静、そしてもっとも系統的です。『ホイティカー年鑑』には、〈教育のある男性の娘たち〉に開かれている職業のすべて、あるいはすべてとは言えないまでもほぼ全種類についてのあらゆる事実が集めてあります。「政府と官公庁」というセクションには、政府がそれぞれの役職にだれを任命しているのか、任命した人にそれぞれいくら支払っているのかが明記されています。ホイティカーはアルファベット順に書いているので、わたしたちもホイティカーに倣い、アルファベットの最初の六文字を調べてみましょう。Aには海軍省《Admiralty》、航空省《Air Ministry》、農業省《Ministry of Agriculture》があります。Bにはイギリス放送協会《British Broadcasting Corporation》、Cには植民地局《Colonial Office》と慈善団体委員会《Charity Commissioners》、Dには自治領局《Dominions Office》と開発委員会《Development Commission》、Eにはイングランド国教会財産管理委員会《Ecclesiastical Commissioners》と教育委員会《Board of Education》があります。六番目のFには、水産省《Ministry of Fisheries》、外務省《Foreign Office》、共済組合《Friendly Societies》、芸術局《Fine Arts》があります。そうしてみると、これらの官公庁こそ――これまでも何度も確かめてきたように――現在、男女平等に開かれている職業のその一部である、ということになります。そして、これらの役職にある人たちの給料は公共の税金から出ており、それも男女が平等に供出したものです。それらの給料（やその他の用途）に充てられる所得税は、現在のところ一ポンドにつき約五シリング〔所得の約二五パーセント〕です。だからこそ、このお金がどう使われているのか、だれに使われているのかという問題は、わたしたちみんなの関心の的なのです。

　教育委員会の給与表を見てみましょう――この委員会には、かなり程度の差はあれ、男女ともに連なる名誉に浴しています。ホイティカーによると、教育委員会の委員長の給与は二〇〇〇ポンドです。第一個人秘書官は八四七～一〇五八ポンド、個人秘書官補佐は二七七～六三四ポンドを得ています。それから教育委員会には事務次官がおり、三〇〇〇ポンドを得ています。その個人秘書官は二七七～六三四ポンドを得ています。政務次官は一二〇〇ポンドで、その個人秘書官は二七七～六三四ポンドです。事務次官は二二〇〇ポンド。ウェールズ局事務次官は一六五〇ポンド。そして第一秘書官補佐、秘書官補佐、組織長、会計主任、第一会計官、会計官、顧問弁護士、顧問弁護士補佐——完璧にして公平無私なるホイティカーの教えてくれるところでは、これらの役職に就いていらっしゃる紳士淑女の方々は、四桁かそれ以上の所得を得ています。一年に一〇〇〇ポンドないしそれ以上に及ぶ収入は、毎年きちんと支払われているとするとかなりの所得です。しかしこれらの仕事がフルタイムで、熟練を要するものでもあることを考えれば、その所得を恨みがましく思ってはいけないでしょう——わたしたち〔イギリス国民〕の所得税が一ポンドにつき五シリングで、わたしたちの所得は毎年きちんと定額を得られるものではまったくないとしても。二三歳から六〇歳くらいまで、来る日も来る日も、朝から晩まで職場で働いておられる男女の方々には、所得として得られるお金の一ペニーに至るまでを手にする権利があります。

ただ——これらの役職に就いている淑女の方々が一年に一〇〇〇ポンド、二〇〇〇ポンド、三〇〇〇ポンドと得ていて、しかも現在では教育委員会だけではなく、他の委員会や省庁など、アルファベットの最初の海軍省《Admiralty》から最後の労働局《Board of Works》までの職業が女性にも開かれているのなら、「高レヴェルの資格を持ち、何年もの経験を積んでも、女性が一年に二五〇ポンドの収入を得ることはなかなかない」〔八五頁〕という主張は、平たく言って真っ赤な嘘ということになります。だって、官庁街《ホワイトホール》＊10を歩きさえすればわかります。どれだけ多くの委員会と事務局が並んでいるかを考えてみてください。そのすべてに夥《おびただ》しい数の秘書官と秘書官補佐が詰めています

――その数は多く、あまりに細かい等級に分けられているので、職名を見るだけで眩暈《めまい》がします。そのうえで、そのすべての男女が充分な給与をもらっていることを考えれば、その「「一年に二五〇ポンドの収入を得ることはなかなかない」という」主張はありえず、説明がつきません。どうしたら説明がつくのでしょうか？

もっと度の強い眼鏡を掛けてみましょう。給与表を下へ、下へ、また下へとたどってみましょう。すると――頭に「ミス《Miss》」と敬称のついた名前にたどり着きます。するとその上の名前、大きな給与額が隣に書いてある名前は、すべて男性名ということなのでしょうか？　どうもそのようです。だとすると給与が足りないというより、〈教育のある男性の娘〉の数がそもそも足りていないのでした。

奇妙にもこうして女性が不足していること、女性の数が圧倒的に少ないことについては、表面的に見る限り妥当と言える理由が三つあります。第一の理由はロブスン博士[*11]が挙げています――「管理職、つまりイギリス国内行政官庁を管理する側の全役職の圧倒的多数が、オックスフォードとケンブリッジに入学できた一握りの幸運な者で占められている。これまでも明確にそう謳われているように、両大学の入学試験はその目的に向けて行われている」［ウィリアム・A・ロブスン「公的サーヴィス」、ロブスン編『イギリスの公務員』[☆8]［一九三七］所収、一六頁］。わたしたちの階級、つまり〈教育のある男性の娘たち〉の階級からこの一握りの幸運な者になれるのは、ごくごくわずかです。すでに見たように、オックスフォードもケンブリッジも、大学教育を受けることを認める〈教育のある男性の娘たち〉の数を、厳しく制限しています。

第二に、家庭にとどまり高齢の母を介護している娘は、家庭にとどまり高齢の父を介護している息子よりはるかに多数です。個々人の家庭には、いまなお手を掛けねばなりません――これは忘れてはなりません。ゆえに国家公務員試験を受ける娘たちの数は、息子たちより少ないのです。

第三に、試験に合格するようになって六〇年では、五〇〇年よりはるかに能率も悪いだろうと思って差し支えないでしょう。国家公務員試験は決まった形式のものですから、娘より息子のほうが合格しやすいというのが理にかなっているのかもしれません。

しかし、一定数の娘たちが試験を受け合格しているのに、「ミス」という単語のつく名前は数字四桁の給与のところには入らない、という奇妙な事実には説明が必要です。ホイティカーを見るに、女性という性別には奇妙な鉛のような性質があり、その性別を括りつけられた名前は下方に落ちていく傾向があるようです。[*12] 明らかに、その理由は表面ではなく内面のどこかにあるのでしょう。不躾《ぶしつけ》な言い方をさせてもらえれば、娘たちに能力がないのかもしれません。信頼できない、仕事があまりできない、と露呈したのかもしれません。必要な能力がないので、低いほうの職階にとどめておくのが公共の利益にかなっている、給与が少ないほうが、公的業務のやり取りに支障が出ないだろうということかもしれません。

そう考えればわかりやすいのですが、でも残念なことに、その考えを採用することはできません。ボールドウィン首相〔写真一覧訳注＊1参照〕がみずから否定していらっしゃいます。ボールドウィン氏〔その後、ボールドウィン氏は首相を退任し、伯爵に叙せられた〕が先日わたしたちに教えてくれたところでは、女性公務員に信頼に欠ける点はないそうです。「日々の業務の中で、彼女たちは機密情報の集中する位置におります。われわれ政治家が重々承知しているように、機密情報というのはしばしば漏洩しがちなものですが、女性のせいでそうした漏洩が起きたという例を、わたしは一つも知りません。はるかに分別を弁えていてよいはずの男性が漏洩したという例は、いくつか知っているのですが」。ということは、伝統的通念とは違って、女性は軽口ではないし噂好きでもない、ということでしょうか？　これは心理学に役に立ちそうな事柄ですし、小説家にとっては話の材料になるかもしれません。ともあれ——女性が国家公務員になることに対しては、他にもまだ反対があるのかもしれません。

知的な面で、女性は男性ほど有能ではないのかもしれません。しかしここでもまた、ボールドウィン氏は賛成してくれません。「首相によれば、女性は男性と同じくらい優秀であるとか、あるいは男性よりも優秀であるという結論を出すのは早すぎるし、いずれかの結論を出す必要もないだろうとのことだった。ただ、女性の国家公務員たちは本人たちとしても働きぶりに満足しており、彼女たちと仕事をした人たちも完全に満足している、という点については確信があるとのことだった」。最後に、ボールドウィン氏はどうにも結論の出ないことを個人的意見の表明によって締め括ろうとするようです——いっそう肯定的な発言をするのも当然かもしれません。「国家公務員の仕事でわたしが関わることになった女性たちの勤勉さ、理解力、能力、忠誠心に個人的な感謝を捧げたい」。そのうえで、働く男性たちが女性のきわめて貴重な価値をもっと活用することを願っています[*13]——とボールドウィン氏は述べています「首相官邸で開催された、ニューナム・カレッジ建設基金の会合でのボールドウィン氏の演説〔一九三六年三月三一日〕より」。

さて、事実を把握できる位置にいるのは、だれよりも首相その人です。それらの事実について真実を語ることができるのも、まさしく首相その人です。それなのにボールドウィン氏とホイティカーはべつのことを語っています。ボールドウィン氏も情報通ですが、ホイティカーもそうです。それなのに双方は食い違っています。論点を突き合わせると、ボールドウィン氏によれば女性たちは一流の国家公務員で、ホイティカーによれば三流です。端的に言って、これはボールドウィン氏とホイティカーの対決する裁判、それもたいへん重要な裁判です——なぜなら〈教育のある男性の娘たち〉の貧困について、そして〈教育のある男性の息子たち〉の心理についてわたしたちを悩ませているたくさんの疑問の答えが、この裁判にかかっているのですから。ではこの〈首相vs.年鑑裁判〉を審理してみましょう。

この裁判に関与する資格を貴兄はしっかりお持ちです。ご自身も法廷弁護士でいらっしゃるため、法廷弁護士という職業について経験知がおありですし、〈教育のある男性〉として他のたくさんの職業についての伝聞知もおありです。そしてメアリ・キングスリ〔一〇頁参照〕と同じ境遇の〈教育のある男性の娘たち〉も、経験知はなくても、父、叔父、従兄弟、兄弟を通じ、職業生活についての間接的な知識くらいはあると言うでしょう——彼らの職業生活は、彼女たちがしばしば眺めてきた情景でした。それに、そのつもりになれば間接的な知識をさらに増やすこともできます——ドアの向こうを覗き、メモを取り、慎ましげに質問をすることによって。

したがって、〈ボールドウィンvs.ホイティカー〉という重要な裁判を審理するという目的で、職業に関する経験知と伝聞知、直接と間接の知識を集約するなら、まずは職業とはじつに奇妙なものであるということで意見が一致するでしょう。賢い男性がトップに上り詰め、愚かな男性が下位にとどまる——ということには決してなりません。昇進と降格が凡庸なるわかりやすいプロセスではないことは、貴兄もわたしたちも同意するところです。つまり、ご存じのように裁判官も父親です。事務次官には息子がいます。裁判官には事務官が、事務次官には個人秘書官が必要です。それなら甥を事務官に、学校時代の旧友の息子を個人秘書官に、という以上に自然なことがあるでしょうか？　国家公務員の職務にそんな役得があるのは、個人宅の使用人が時折葉巻をもらったり、いらなくなったドレスをもらったりして役得に与《あずか》るのと同じことです。

しかし、そんな役得の利用、そんな影響力の行使は職業を歪めます。頭脳の程度が同じでも成功しやすい人としにくい人がいるので、思いがけなく出世する人、思いがけなく転落する人、おかしいくらい変わらない人が出てきて、その結果、職業が歪みます。たしかに職業のこうした歪みが公共の利益となる場合もあります。試験官が間違うことなどないと思い込んでいる人は、トリニティ学寮長以下（たぶん女子学寮長の数人だけを除いて）だれもいないのですから、ある程度の柔軟さは公共の利益です。非個人的なものにも間違いがありうるのですから、個人的なもので埋め合わせるのは結構なことです。

したがって人事委員会《ボード》*14といっても樫の板《ボード》のようにお堅いわけではなく、各省庁も鉄のように冷徹なわけではない――みんなにとってめでたい、そんな結論になりそうです。人事委員会も各省庁も人としての情や反感を考慮に入れるので、試験制度の不完全な点が修正でき、公共の利益も満たされ、血縁と友情の絆も確認できるというわけです。そしてそれだからこそ、「ミス」という呼称が、試験室では検知されないある種の振動を委員会そして各省庁に伝えてしまう――という事態も生じます。この呼称からは女性とわかりますし、おそらくある種の臭気が発生するのかもしれません。ペティコートの擦れる音が聞こえ、仕切りの向こうの人をも不快にする香水か何かの臭気がおそらく発生するのです。個人宅では魅力でもあり慰めともなるものが、官公庁ではたぶん集中を妨げるもの、環境を悪化させるものとなるのかもしれません。大主教委員会[*15]は、説教壇においてまさしくそうしたことがあると言っています。[☆9]官庁街《ホワイトホール》も同じくらい敏感なのかもしれません。

いずれにしても「ミス」は女性ですから、イートンもクライスト・チャーチ〔オックスフォード大学の男子学寮〕も卒業していません。「ミス」は女性ですから、息子でも甥でもありません。わたしたちは測定不可能なものに分け入ろうとしていますが、爪先立ちで進むのも難しくなってきました。よろしいでしょうか——わたしたちは、官公庁において女性という性別にどんな臭いがあるとされているのかを見極めようとしています。事実でなく臭いをなるべくそっと嗅ぎ取ろうとしています。そうなると個人的な嗅覚に頼るのではなく、他に証拠を探したほうがいいかもしれません。公的出版物を参照し、そこに公開されている意見を読んで、官庁街《ホワイトホール》において「ミス」という呼称にはどんな臭気ないし空気があるのかという繊細かつ難解な問題のヒントを探してみましょう。まずは新聞を取り上げます。

最初はこれです。

御社の特派員は……女には自由がありすぎるという結論で、目下の議論を締め括っておられる。この結論には賛成したい。このいわゆる自由というものは、戦争で女がそれまでにない責任を引き受けたことからもたらされたものである。たしかに戦時において、女たちは目覚ましい貢献をなした。しかし残念ながら、そのふるまいに見合う以上の称賛を浴び、ちやほやされすぎている。

〔『デイリー・テレグラフ』紙、一九三六年一月二〇日〕

最初の例としては上出来です。でも次も読んでみましょう。

私見では、社会のこの分野〔事務職〕に広がっているかなりの不満感は、女ではなく男をできるだけ雇用するという方針で緩和されるだろう。今日、官公庁、郵便局、保険会社、銀行などの職場で、何千もの女性が男にもできる仕事をしている。その一方で何千人もの男たち、若年層から中年層までの資格ある男たちが、まったく職を得られずにいる。家事において女性労働には多大な需要がある。資格要件を変えれば、事務職に流入した数多くの女性を家事サーヴィスに充てることができる。

〔『デイリー・テレグラフ』紙、一九三六年〔日付は不明〕〕

臭気が立ち込めてきたことがおわかりでしょう。

では、こちらも読んでみましょう。


何千という若い女たちが現在やっている仕事を、何千という若い男たちがやるようになれば、その男たちが女たちをきちんとした家庭に置いておける――こう申し上げれば、数千人の若い男性の意見を代弁することになるだろうと思う。女はいまでこそ男に無職を強いているが、家庭こそ女の本来の居場所である。仕事をもっと多くの男に与えるよう、政府は雇用主らに働きかけるべき時期だ。そうすれば現在では近寄ることもできない女と、男は結婚できるようになる。

[『デイリー・テレグラフ』紙、一九三六年一月二二日]

ほら！　臭気にもう間違いはありません――雄猫《トム》が尻尾を出しています。

以上三つの引用を証拠として考えるに、「ミス」という呼称は、個人の家の中でいくら芳香を漂わせているにしても、官庁街《ホワイトホール》ではある種の臭気を放ち、それは仕切りの向こう側にいても鼻につくらしい――ということが貴兄にもおわかりでしょう。この臭気のせいで、「ミス」という呼称のついた名前は、高給の出る高い階層には上らずに薄給の低い階層で堂々めぐりをするようです。「ミセス」に至っては、穢れた言葉、卑猥《ひわい》な言葉、何も言わないに越したことはないということのようで、その臭気は官庁街《ホワイトホール》の方々の鼻を強烈に刺激するため、官庁街《ホワイトホール》は既婚女性《ミセス》を完全に排除しています。[*16] 天国にありとて官庁街《ホワイトホール》にありとて〈娶《めと》り嫁ぐ〉[*17]ことなかれ、というわけです。[☆10]

このように臭気——一種の「空気」と呼びましょうか——は、職業生活においてきわめて大切な要素です。他の大切な要素と違って触知できませんが、それでも大切です。採用試験場の試験官の鼻には察知されないかもしれませんが、人事委員会と各省庁全体に浸透し、そこにいる人びとの感覚に作用します。目下の問題との関連は疑いようがありません。つまり〈ボールドウィンvs.ホイティカー〉裁判に立ち返るに、首相も年鑑も真実を語っていると判断できるのです。女性公務員も、男性公務員と同じだけ給与を支払う値打ちがあるというのは本当でした。でも女性公務員には男性公務員ほど給料が支払われていない、というのも本当でした。その矛盾は〈空気〉のもたらすものだったのです。

〈空気〉は、それだけでじつに強力です。物事のサイズと形を変えるばかりか、〈空気〉とおよそ関係がなさそうと考えられるもの、給料のような確かな実体にも変化をもたらします。〈空気〉をめぐって叙事詩が書けそうですし、一〇巻ないし一五巻からなる小説が書けそうです。でもこれは手紙にすぎませんし、貴兄にも時間がないのですから、はっきりしたことだけ申し上げましょう。〈空気〉とはじかに触知できないがゆえに、〈教育のある男性の娘たち〉が格闘せねばならない敵のうち、もっとも手強い部類に属します。もしこの言明を誇張とお考えなら、先の三つの引用にあった〈空気〉の実例にもう一度戻ってみてください。そうすれば、なぜ職業女性の給料が現在なお安いのかがわかりますし、そればかりかもっと危険なもの、もし広がれば男女ともに毒気に当てられそうなものも見つかります。先の引用には、他国では他の名前で通っている毛虫の卵が潜んでいます。つまりイタリアやドイツにいたとすれば〈独裁者《ディクテーター》〉*18とわたしたちが呼ぶであろう生き物、つまり神か自然か性別か人種かによって賦与《ふよ》される権利を振りかざし、他人がどう生きるべきか、何をなすべきかを自分が決めてよいと信じている生き物の胚《はい》があるのです。

もう一度引用してみましょう――「女はいまでこそ男に無職を強いているが、家庭こそ女の本来の居場所である。仕事をもっと多くの男に与えるよう、政府は雇用主らに働きかけるべき時期だ。そうすれば現在では近寄ることもできない女と、男は結婚できるようになる」。隣にさらに一つ引用を並べましょう――「国民生活には二つの世界がある。男の世界と女の世界である。自然は男に対して家族と国家を統治するよう委ねた。女の世界は家族、夫、家庭である」*19。一方〔の原文〕は英語、もう一方はドイツ語です。しかしどこに違いがあるでしょうか？　同じことを言ってはいないでしょうか？　英語だろうとドイツ語だろうと、どちらも〈独裁者〉の声ではないでしょうか？　外国の〈独裁者〉のことを危険で醜悪極《きわ》まりない生き物だと、わたしたちは思っていないでしょうか？　ところが同じ〈独裁者〉はわたしたちの近くにいて、まだ小さいながら醜い頭を持ち上げて毒を吐き出し、このイギリスの只中にあって葉上の毛虫のように身をくねらせているのです。[*20]

ウェルズ氏をもう一度引用するなら、この卵から「ファシスト党やナチス党が「わたしたちの」自由を実質的に抹殺」する事態が生じるのではないでしょうか？　毛虫の放つ毒を吸い込みながらなお、だれにも顧みられることなく、武器も持たずにその毛虫と職場で闘わねばならない女性は、世間に注目されながらファシスト党やナチス党と闘っている人びとと同様、ファシスト党やナチス党と闘っているのではないでしょうか？　その闘いによって彼女を疲弊させ、気力を失わせることがあってはならないのではないでしょうか？　外国の彼らを撃退する手助けをしてくださいとおっしゃる前に、わたしたちの国で、彼女が彼らを撃退する手助けをすべきではないでしょうか？　それにわたしたちの一流紙を振ってみると日々こんな卵が付着していたことがわかるというのに、いったいどんな権利があって、自由と正義についてのわたしたちの理想を他国に宣伝できるというのでしょうか？

ここで貴兄は正当にも、長い演説が始まりそうなあらゆる兆候を制止してこうおっしゃるでしょう――これらの投書に表明されている意見は、たしかにイギリス人の自尊心にとってかならずしも好ましいものではないかもしれませんが、不安と嫉妬心の自然な表現なのです、非難する前にそのことを理解しなくてはいけません、と。そしてさらにこう続けるでしょう――先の男性諸氏は自分の給料とか自分の安泰のことばかり少し気にしすぎているようですが、男性の伝統を考えれば理解できることですし、そんな心配をしながら同時に、自由には純粋な愛情を、独裁には純粋な嫌悪を向けているのかもしれません。というのも、諸氏は夫であり父であるか、将来そうなりたいと希望していらっしゃいます。夫や父になった場合、家族を養わねばならないのです、と。

すなわち、貴兄がおっしゃりたいのは、現状では世界は二つのサーヴィス、つまり公的サーヴィスと私的サーヴィスに分かれているということだと思います。一方の世界では〈教育のある男性の息子たち〉が公務員、裁判官、軍人として働き、その仕事には賃金が支払われます。もう一方の世界では〈教育のある男性の娘たち〉が妻、母、娘として働き――でもその仕事に賃金は支払われないのでしょうか？　母、妻、娘としての仕事には、国家がきちんと現金を支払うだけの価値がないのでしょうか？[*21]　その事実は――事実だとしたら――驚嘆すべきものなので、もう一度完璧なるホイティカーに当たってみましょう。ホイティカーの頁をめくってみます――頁をめくり、そしてまためくります。信じられませんが、間違いないようです。さまざまな職種があるのに〈母親業〉という職種は存在しません。さまざまな給与があるのに〈母親業〉への給与は存在しません。大主教の仕事は、国家にとって一年で一万五〇〇〇ポンドの値打ちがあります。[*22] 裁判官の仕事は、一年で五〇〇〇ポンドの値打ちです。事務次官の仕事は、一年で三〇〇〇ポンドの値打ちです。陸軍大佐の仕事、艦長の仕事、竜騎兵軍曹の仕事、警察官の仕事、郵便配達員の仕事――これらの仕事のすべてが税金から給与を支出する価値があるのに、毎日朝早くから夜遅くまで働いている妻や母や娘たち、その仕事がなければ国家が崩壊してバラバラになり、あなたがたの息子たちも死んでしまうというのに、彼女たちにはまったく何も支給されていません。そんなことがありうるのでしょうか？　それとも、完璧なるホイティカーに誤りがあるのでしょうか？

ああ――と、貴兄は口を挟むかもしれません。それも誤解です。夫と妻の肉体は一つであり、財布も一つなのです。夫の収入の半分が妻の給与です。まさにそのために、つまり男性は妻を養わねばならないがために、女性よりも多く給与を支払われるのです――。すると、独身男性の給与は独身女性と同等でしょうか？　違うようです――これは間違いなく〈空気〉のなせるもう一つの効果と見ていいでしょうけれど、ここでは立ち止まらないでおきましょう。夫の収入の半分が妻の給与であるという貴兄の主張は、公平な取り決めだと思われますし、公平なのですからきっと法律に定めてあるのでしょう。貴兄のお答えでは、法律では、これら私的な事柄を個人間の決定に委ねています、ということです。でも、それにはあまり納得がいきません。妻は共同の収入に対して半分の取り分があるのに、法律ではその取り分は妻に手渡されず、夫に手渡されるのですから。

しかし、理念上の権利にも法的権利と同じくらい拘束力があるのかもしれません。したがって、もし〈教育のある男性の妻〉には夫の収入の半分に対する理念上の権利があるのだとすれば、いったん共通の家計の帳尻が合いさえすれば、〈教育のある男性の妻〉も、夫と同じくらい、自分でよいと思った目標のために好きなだけお金が使えるのかもしれません。ところでホイティカーや新聞の遺言記事から読み取るところでは、彼女の夫はその職業からかなりの給与を受け取っているばかりか、かなり高額の現金保有者でもあります。そうなると〈今日の職業女性はせいぜい一年に二五〇ポンドしか得ていない〉と主張していたくだんの女性は、問題をはぐらかしていることになります。夫の給与の半分に対して妻は理念上の権利を持っているのですから、〈教育のある階級〉において結婚という職業は、かなり高給のはずです。

疑問は深まり、謎は膨らみます。富裕男性の妻もまた富裕女性であるのなら、なぜ〈女性社会《WS》政治連合《PU》〉の収入は一年に四万二〇〇〇ポンドだった〔八五頁〕のでしょうか？　なぜ学寮建て替え基金の名誉会計係はいまなお一〇万ポンドを求めている〔六一頁〕のでしょうか？　なぜ職業女性のための就職支援団体は、事務所代の支払いのためにお金をください、本も果物も着古した衣類もありがたいですと言っている〔七九頁〕のでしょうか？　妻としての仕事には給与が支払われていないとしても、夫の収入の半分に対して理念上の権利があるのなら、自分でよいと思った目標のために、夫と同じくらい好きなだけお金を使えるはずです。それなのにそうした目標にはお金が不足しているというのであれば、それらの目標は〈教育のある男性の妻〉のお気に召さないのだと、わたしたちは結論せざるをえません。〈教育のある男性の妻〉への非難は甚大です。だって考えてもみてください――お金はあるのです。家計上の必要経費を支払ったら、余分なお金は教育に、娯楽に、慈善活動にまわせるはずです。妻は夫と同じように、自分の取り分を好きなように使えるはずです。気に入った目標であれば、どんな目標にでも使えます。それなのに女性にとって重要な数々の目標において資金不足なのです。これでは妻に大きな非難を向けざるをえません。

でも、奥様方に非難決議を出す前に、少し立ち止まりましょう。〈教育のある男性の妻〉が夫婦共用の剰余金における彼女の取り分を、どんな目的、娯楽、慈善活動のために使っているのか考えてみましょう。すると、好むと好まざるとに関わらず、ある事実に向き合わねばなりません――すなわち、わたしたちの階級の既婚女性の趣味は、著しく男性的なのです。彼女は毎年多額のお金を政党資金に、スポーツに、雷鳥狩りに、クリケットとサッカーに使います。大金を社交クラブ――もっとも有名なクラブだけ挙げても、ブルックス、ホワイツ、トラヴェラーズ、リフォーム、アセニウム[*23]があります――に注ぎ込みます。これらの目的、娯楽、慈善活動のための彼女の出費は、毎年何百万ポンドにも上るはずです。しかしそれなのに、この大金の大部分は、彼女自身は参加できない楽しみのために使われています。彼女は、女性の入れないクラブ[☆11]に、女性騎手のいない競馬場に、女性の入学できない学寮に何千ポンドも使っています。自分では飲まないワイン、吸わない葉巻に、毎年大枚をはたいています。

端的に言いましょう。〈教育のある男性の妻〉に関してたどり着ける結論は二つしかありません。第一の結論は、彼女はだれよりも自己犠牲的なので、夫婦共通の剰余金の自分の取り分も、むしろ夫の娯楽や目的のために使ってほしいと望んでいる。第二の結論は、第一の結論ほど高邁ではありませんが、第一の結論より現実的です。つまり、彼女はだれより自己犠牲的というわけではなく、夫の収入の半分に対して理念上の権利があるとしても、実際には食費、居住費、毎年のわずかな小遣い——手元にいくらか現金を持つため、そして服装代に充てるためのもの——としてのお金を得るだけの権利しか持たない。どちらの結論も可能ですが、さまざまな公的施設や寄贈者リストを証拠とするなら、この二つ以外の結論は考えられません。というのも考えてみてください——〈教育のある男性〉は、どれほど高邁な精神を発揮して、ご自分の卒業なさったパブリック・スクールと大学を支援していることでしょうか。どれほど盛大に、政党資金のためにお金を寄付していることでしょうか。どれほど惜しみなく、自分そして息子たちが心身を鍛錬するための教育機関やスポーツに出資していることでしょうか——これらのことについて、新聞は日々、議論の余地のない数字を挙げつつ報道しています。しかし、寄贈者リストに彼女の名前がないこと、彼女の心身を鍛錬するはずの教育機関が貧困にあえいでいることを考えると、私的な家庭の〈空気〉には、夫婦の収入に対する妻の理念上の取り分を、夫が是認する目的、夫が享受する娯楽のほうに、それとわからないながら決定的に振り向けていく何かがあるようです。称賛されるべきか嘆かわしいかはべつとして、それが事実です。そしてその他の目的を果たそうにも資金不足なのは、この理由からなのです。

ホイティカーに記載されている事実と寄贈者リストという事実を手に、わたしたちは三つの事実にたどり着いたようです。それらは疑う余地ない事実であり、〈あなたがたが戦争を阻止する手助けとしてわたしたちにどんなことができるか?〉という問いに大いに影響しそうな事実です。第一に、〈教育のある男性の娘たち〉が公的サーヴィスをしても、公的資金から得られる報酬はごくわずかだということ。第二に、彼女たちが私的サーヴィスをしても、公的資金から得られる報酬はまったくないということ。第三に、夫の収入内の彼女の取り分に実体はなく、理念上の名ばかりの取り分しかなく、夫婦の衣食が満たされれば余剰金はさまざまな目的と娯楽と慈善のために使えるとはいっても、そのお金は夫が享受でき是認できるような目的と娯楽と慈善のほうに、なぜか明らかに偏向していくということ。どうやら実際に給与をもらう人が、その使い道を決める実際の権利を持っているようです。

これらの事実を手に、最初とはかなり異なる見解を持って、わたしたちはしおらしく出発点に戻ることになります。覚えておいででしょうか——戦争を阻止する手助けをしてくださいという貴兄のアピールを、職業に就いて生計を立てている女性たちに対し、わたしたちは提示しようとしていました。彼女たちにこそアピールしなくてはなりません、なぜならわたしたちの新兵器、つまり自立した収入を基盤とする自立した意見によって影響力を発揮できるのは彼女たちなのですからと、申し上げました。しかし、事実はまたもや暗鬱です。まずは結婚を職業にしているたくさんの方々を、支援者の可能性から外さねばなりません。なぜなら結婚とは無報酬の職業であり、夫の給与の半分に対する理念上の取り分は実際の取り分ではないと、事実は語っているようですから。つまり結婚を職業とする方々は、独立した収入に基づく公平な影響力をまったく持っていないのです。夫が軍事力行使に賛成なら、妻も賛成でしょう。

第二に、「高レヴェルの資格を持ち、何年もの経験を積んでも、女性が一年に二五〇ポンドの収入を得ることはなかなかない」という主張は、真っ赤な嘘どころかかなり本当のようです。したがって〈教育のある男性の娘たち〉の稼得力《かとくりょく》からもたらされる目下の影響力については、あまり高い評価はできません。それでも、手助けができそうなのは彼女たちだけなのだから、彼女たちに助けを求めなくてはならない——ということはこれまでにないくらい明確になってきました。やはり彼女たちにアピールしなくてはなりません。

この結論を手に、わたしたちは先に引用した手紙に戻ります——名誉会計係の手紙、〈教育のある男性の娘たち〉の就職支援団体に寄付してほしいとの手紙です。貴兄ならおわかりのように、彼女へのわたしたちの支援にはかなり手前勝手な動機があります――そこに間違いはありません。なぜなら、就職して生活費を稼ぎ出せるように女性たちの手助けをするということは、〈独立した意見〉という武器、いまなお彼女たちにとって最強のその武器が得られるように手助けをするということです。それは、自分の精神と自分の意志を持つように彼女たちを促し、彼女たち自身の精神と意志で、戦争阻止に向けてあなたがたの手助けをしてもらうということです。でも……。ここにもまた、「……」という形で懸念とためらいが現れます。これまで述べてきたさまざまな事実からすれば、一ギニーを送る際、使い道について厳格な条件をつけずに送ってよいものでしょうか？

というのも、財政状態に関する彼女の主張を調べる過程でさまざまな事実が明らかになりましたが、それらの事実からすると、戦争を阻止したいというときに人びとの就職を支援するのは賢明なことでしょうか？　ご存じのように、わたしたちは心理に洞察を加えることで〈それが唯一わたしたちにできることですので〉、人間の性質のどんな特徴によって戦争が引き起こされるのかを見極めようとしています。そしてこれまでに明らかになった事実からすると、わたしたちは小切手を振り出す前にこう問いたくなるのです――〈教育のある男性の娘たち〉の就職を支援すると、わたしたちが抑制したいほうの特徴を、逆に助長してしまうのではないだろうか？　一ギニーを送った結果、二、三世紀も経てば、〈教育のある職業男性〉だけでなく〈教育のある職業女性〉までも、いま貴兄がお訊きになっているように〈どうやったら戦争を阻止できるのでしょうか？〉と尋ねることにならないだろうか？　あの詩人の言うように、〈ああ、いったいだれに？〉という問題はあるにしても。[*24]

いま、あの悲惨な一斉唱和が聞こえます。「さあ桑の木の、桑の木の、桑の木の周りをまわろう。全部くださいな、全部くださいな、全部をぼくにくださいな。軍事費に使う三億ポンドをくださいな[*25]」。娘たちの就職支援をしながら職業実践のやり方については何も条件をつけないとしたら、まるで針の壊れた蓄音機のように、その古い歌を反復するという結果をただ導き出すことにならないでしょうか？　そんな歌が耳元で響いているせいで、名誉会計係の彼女への一ギニーは、これからは異なる歌、異なる結論に行き着くような職業実践をすると誓っていただけないなら送りませんと、言わずにはいられません。わたしたちの一ギニーを平和のために使うと納得させてくれるなら、彼女は一ギニーを受け取ることができるでしょう。そんな条件を定めるのは難しく、心理についての現在のわたしたちの知識はまだ乏しいので、たぶん無理かもしれません。しかし事態は深刻ですし、戦争はとうてい支持できず、おぞましくて非人間的なのですから、やってみなくてはなりません。そこで同じ女性に、またべつの手紙を書いてみます。

お手紙の返事を長いことお待たせしてしまいました。わたしたちは貴姉《あなた》に対する疑いを調査し、いくつか問い合わせをしていたのです。ご安心ください。貴姉が嘘をついておられるという疑いは晴れました。貴姉が貧しいのは本当なのですね。そして貴姉が怠惰で無関心で貪欲であるという疑いも晴れました。貴姉は数々の達成すべき目標を掲げていらっしゃいます――そのことはあまり知られていませんし、目覚ましい成果も上がっていないようではありますが。ローストビーフやビールよりもアイスクリームやピーナッツを召し上がっているのも、味覚上の理由ではなく経済上の理由からのようです。貴姉が案内状やビラを作ったり、会議を開いたり、バザーを企画したりしておられることを勘案するに、食べものにあまりお金を使えず、ゆっくり食事をする時間もあまりないのでしょう。むしろ給与も出ないのに、貴姉は内務省が許可する以上の長時間労働をなさっているようです。しかしながら、貴姉の貧困には同情し、貴姉の勤勉については素晴らしいと思うものの、女性たちの就職支援を手助けするための一ギニーはお送りできません――彼女たちは戦争を阻止するようなやり方で仕事をするでしょうと、貴姉が請け合ってくださらない限りは。

あまりに漠然としたご要望です、そんな条件をお受けするのは無理ですと、貴姉はおっしゃるかもしれません。しかし、ギニーとは稀少なもの、価値あるものですから、どんな条件を課したいとわたしたちが願っているかを聞いてくださいますか——もちろんお望みのように、簡単に説明しますから。たしかに貴姉はお忙しい。年金法案[*26]もあります。貴族たちを上院に登院させ、貴姉の教示したように投票してもらわねばなりません。国会議事録も、新聞も読まねばなりません——でも新聞では〈沈黙の共謀〉が行動原則、貴姉の活動はまったく報じられていないのですから、[☆12]新聞にはそれほど時間がかからないでしょう。さらに官公庁での同一労働同一賃金[*27]を画策しなくてはなりません。そしてその間も、貴姉はバザーに出品する野ウサギや中古のコーヒーポットを綺麗に並べて、何とか実質以上の金額で買ってもらおうとしています。つまり貴姉が忙しいことは明白ですから、わたしたちも急ぎましょう。大急ぎでひととおり概観したあと、貴姉の図書室の本から、貴姉のテーブルの上の書類から、いくつか文章を抜き出して論じましょう。そうやってわたしたちの要望をもっと明確にできないか、条件をもっと明示できないかやってみましょう。

それでは、物事の外側を、一般的な外観を眺めることから始めましょう。物事には内側だけでなく外側がある——これは覚えておいてくださってよいことです。手近にテムズ川に架かる橋があり、そんな観察に格好の拠点となってくれます。川が橋の下を流れていきます。材木や小麦を載せた艀《はしけ》が通り過ぎていきます。あちらにはシティの丸屋根や尖塔が、こちらにはウェストミンスター寺院や国会議事堂が見えます〔三六頁、第一章訳注＊39〕。何時間でも佇んで、ぼんやり夢見ていたい場所です。でもいまは駄目です。いまは時間が切迫しています。いま、わたしたちはいくつかの事実について考えるためにここに来ています。いま行進していく隊列に、わたしたちは視線を向けねばなりません――〈教育のある男性の息子たち〉の隊列に。

あちらを彼らが歩いています――パブリック・スクールと大学で教育を受けた兄弟たちが。石段を上がり、ドアを出入りし、壇上に登って説教し教育し、だれかを裁き、医学を実践し、取引を行い金儲けをしています。砂漠を行く隊商のようなこの隊列は、つねに厳粛きわまりない光景《スペクタクル》です。曾祖父たち、祖父たち、父たち、叔父たち――全員があの道を行き、ガウンをまとい、鬘を被り、胸にリボンを掛けたり掛けなかったりしています。大主教もいます。裁判官もいます。海軍司令官もいます。将軍もいます。大学教授もいます。医師もいます。何人かは隊列を離れました――タスマニアで無為の生活を送っているという消息を最後に、その後行方がわからない人もいますし、べつの人については、かなり粗末な服を着てチャリング・クロスで新聞を売っているのを見かけたこともあります。*28 でもほとんどの人は足並みを揃え、規則に従って歩き、ウェスト・エンド界隈に家族を住まわせるお金を何らかの方法で稼ぎ、家族全員に牛肉と羊肉を食べさせ、息子アーサーには教育を授けています。この行進は、じつに厳粛きわまりない光景《スペクタクル》です。貴姉も覚えておられるかもしれませんが、この光景を、わたしたちは家の上階の窓からしばしば横目で見てはいろいろ自問してきました。

でも現在、つまり二〇年ほど前からこのかた、これはたんなる光景、写真、時の壁に描かれたフレスコ画、美的関心から眺めるだけのものではなくなりました。というのも、その隊列の最後尾を、わたしたち自身がとぼとぼ歩いているからです。これは大きな変化です。長いあいだわたしたちは書物に載っている壮麗な行進を眺めたり、〈教育のある男性たち〉が九時半頃家を出て六時半頃オフィスから帰ってくる様子を、カーテンで閉ざした窓からそっと見守ったりするばかりでした。しかしもうただ受動的に見ているだけでなくてよいのです。わたしたちも家を出て、石段を上がり、ドアを出入りし、鬘とガウンを身につけ、金儲けをしてだれかを裁けるようになりました。考えてもみてください――いつの日か、貴姉も裁判官の鬘を頭に載せてアーミンを肩から垂らし、ライオンと一角獣の下に座るかもしれません。[*29] 退職すれば毎年五〇〇ポンドの年金をもらうでしょう。いまではこうして慎ましくペンを走らせているわたしたちも、一、二世紀経てば壇上から語っているかもしれません。そうなったら、だれもわたしたちに反論する人はいないでしょう。わたしたちは聖なる御霊《みたま》の代弁人〔聖職者〕となるかもしれません――厳粛きわまりない考えではありませんか？　やがてはわたしたちも軍服をまとい、胸には金のレースをつけ、腰には剣を差し、頭には家庭で使う古びた石炭バケツもどきを――家庭用石炭バケツに白い馬毛の飾りを加えて――載せることがないと、だれに言えるでしょう？

貴姉は笑います――たしかに私宅の薄暗がりから出てきたばかりのわたしたちに、これらの衣装はいささか奇抜に見えます。わたしたちは私的な衣装を長いこと身につけてきました――聖パウロご推奨のヴェールも被ってきました。でも、いまわたしたちは笑うため、男女のファッションについて語るためにここに来ているわけではありません。わたしたちはこの橋の上で、自分に向けていくつか問い掛けをしようとしています。この問いかけはきわめて重要ですが、答えを出すための時間はほとんどありません。この過渡期に、あの隊列について問いかけをしてそれに答えるのはきわめて重要で、すべての男女の生活を永遠に変えることになるかもしれません。わたしたちの問いとはこうです――いまここで、自分はあの行進に加わりたいだろうか？　加わりたくないだろうか？　どんな条件であの行進に加わろうか？　そして何より、〈教育のある男性たち〉の行進は、わたしたちをどこに連れていこうとしているのだろうか？

過渡期はごく短期間で、五年か一〇年、あるいは一〇年と数ヶ月かもしれません。でもこれらの問いには答えを出さねばなりません。これらの問いはきわめて重要で、すべての〈教育のある男性の娘たち〉が朝から晩までひたすらあの行進についてあらゆる角度から

考えたら——つまりひたすら熟慮し分析し、考察し文献に当たって、考察や調査や発見や推測のその結果を集めたなら——いま彼女たちに開かれた他のどんな活動にもまして、時間を有意義に使ったことになるでしょう。

でも——と、貴姉は反対なさるかもしれません。考える時間はないのです、闘うべき闘いがあり、事務所代も支払わねばならないし、バザーも企画しなくてはならないのですとおっしゃるかもしれません。貴姉にそんな言いわけはできません。ご自分でもそうなさってきたでしょうし、数々の事実を引いて証明もできますが、〈教育のある男性の娘たち〉はいつもどうにか暮らしを立てつつ、同時にものを考えてきたのですから。深閑とした学寮で緑のランプに照らされながら勉強机に向かうこともなく、鍋を掻きまわしつつ、揺りかごを揺らしつつ彼女たちは考えてきました。そしてそうしながら、真新しい六ペンス硬貨を手に入れる権利を勝ち取ったのでした。そのあとをわたしたちは引き継ぎ、六ペンスをどうやって使うかを考えねばなりません。考えること——それは必要不可欠です。オフィスで、バスの中で、群衆に混じって戴冠式やロンドン市長就任パレードを見ながら考えましょう。戦没者慰霊碑[*30]の横を通りながら、官庁街《ホワイトホール》を歩きながら、下院の傍聴席で、裁判所で考えましょう。洗礼式で結婚式でお葬式で考えましょう。こう考えることをやめてはいけません——わたしたちのこの「文明」とは何なのだろうか？　これらの儀式とはどういうもので、なぜわたしたちは参加しなくてはならないのか？　これらの職業とはどういうもので、どうしてこれらの職業から収入を得なくてはならないのか？　端的に言って、〈教育のある男性の息子たち〉の行進はわたしたちをどこに連れていこうとしているのか？

でも、貴姉はお忙しいのでした。事実に戻りましょう。室内に入って、貴姉の図書室の本を開いてください。貴姉は図書室を、素晴らしい図書室をお持ちです。稼働中の図書室、生きている図書室、鎖につないだ本も鍵をかけてしまい込んだ本もなく、人びとの生活から歌が自然と湧き上がるような図書室です。[*31] あちらには詩集が、こちらには伝記がありま す。伝記は職業にどんな光を投げかけるでしょう？　〈娘〉たちが職業女性になるべく支援すれば戦争を阻止することになる――伝記はわたしたちにそう思わせてくれるでしょうか？　この疑問への答えはたくさんの伝記の中にあり、平易な英語がわかるだれにでも読み取れます。

そしてその答えとは――ひどく奇妙なものと白状しなくてはなりません。というのも、一九世紀――それほど昔でもない、資料も豊富なこの時代だけを見るとして――の職業男性のほとんどすべての伝記の大半が、〈戦闘〉で占められているのです。ヴィクトリア時代の職業男性は、大した戦闘家だったようです。政界《ウエストミンスター》での〈戦闘〉、諸大学での〈戦闘〉、官庁街《ホワイトホール》での〈戦闘〉。医学界《ハーリー・ストリート》での〈戦闘〉。美術界《ロイヤル・アカデミー》での〈戦闘〉。まだ継続中の〈戦闘〉もある——このことについては、貴姉も証人となってくださるでしょう。実際、一九世紀に激しい〈戦闘〉を行わなかった職業は、文学くらいです。伝記を根拠とする限り、他のあらゆる職業は軍隊と同様、血に飢えています。

なるほど闘士たちは身体に傷を負わせたわけではありません。[☆13]それは騎士道精神が許しませんでした。しかし時間を無駄に使わせる〈戦闘〉は、流血を伴う戦闘と同じくらい致死的である——これは貴姉もおわかりでしょう。お金のかかる〈戦闘〉も、手足を犠牲にする戦闘と同じくらい致死的である——これも貴姉はおわかりでしょう。若者にその力を消耗させる〈戦闘〉、つまり会議では食い下がって交渉し、特別なご贔屓《ひいき》を頼み込み、本当は軽蔑しているのに尊敬しているふりをしなくてはならない〈戦闘〉は、若者の精神にどんな外科手術でも治せない傷を残す——これも貴姉はおわかりですね。そして同一労働同一賃金のための〈戦闘〉も時間と精神の消耗戦である——この点について貴姉は口が重いでしょうが、きっと本心では同意してくださるはずです。

貴姉の図書室の本に記録されている〈戦闘〉はじつに数が多いので、そのすべてに立ち入ることはできません。しかしすべての〈戦闘〉は、同じ図式に基づき〈職業男性VS.その姉妹と娘たち〉という同じ闘士たちによって行われています。時間も差し迫っていることですから、ここでは一つの闘い、つまり医学界《ハーリー・ストリート》の〈戦闘〉に絞って考察してみましょう。そうすると、職業がそれを実践している人たちにどんな効果を与えるかが理解できるかもしれません。

その闘いは一八六九年[*32]、ソフィア・ジェクス＝ブレイクのもと開始されました。この事例は、家父長制の犠牲者たちVS.家父長たち、娘たちVS.父たち、というヴィクトリア時代の大〈戦闘〉の典型例なので、少し詳しく見てみましょう。

ソフィアの父は、ヴィクトリア時代の〈教育のある男性〉の好例で、優しくて教養があり裕福でした。彼はドクターズ・コモンズ[*33]の事務弁護士でした。六人の使用人がいて、複数の馬と複数の馬車があり、娘には食べものと住まいだけでなく、娘の寝室に「素敵な家具」と「居心地のいい暖炉」を備えつける経済力もありました。小遣い用に「衣装代と自分で使う現金として」父は娘に一年に四〇ポンドずつ支給しました。何らかの理由で、娘はこの金額では足りないと思いました。一八五九年、三ヶ月ごとに支給される小遣いがあと九シリング九ペンスだけになったとき、娘は自分でお金を稼ぎたいと望みました。一時間五シリングで教師をやりませんかと誘われました。[*34]娘は父にその誘いのことを話しました。父はこう言いました――「ねえおまえ、教師を務めて報酬をもらおうと考えているなんて、いま初めて聞いたよ。そんなことは、おまえにまったくふさわしくないことなのだよ。わたしは同意できない」。娘は反論しました――「なぜ引き受けてはいけないのでしょうか？　男性であるお父様は働いてお金をもらっているのに、だれもそのことを不名誉だなんて考えず、公正な取引だと思っています。……わたしがささやかにやろうとしていることを、トム兄さんはもっと大規模におやりになっています[*35]」。父は答えました――「おまえの挙げた例は的外れだよ。……T・W……は男として……妻と子どもたちを扶養しなくてはならないと考えている。それに第一級の人格者でないと務まらない高い役職で、一年に一〇〇〇ポンドどころか二〇〇〇ポンド近く稼いでいる。……おまえの場合とはまったく違う。おまえは何も不自由していないし、これからも（人間に可能な範囲でだが）何も不自由させられることはないだろう。おまえが明日にでも結婚するなら――それもわたしの気に入る相手とだが、おまえがわたしの気に入らない相手と結婚するとは思えないからね。そのときはきっと一財産やろう」。これに対し、娘は自分の日記に記しました――「馬鹿みたいに、わたしは今学期に限って謝礼を受け取らないことにした。惨めなくらい貧乏なのに。馬鹿みたいなことをした。闘いを先延ばしにしただけだ」〔マーガレット・トッド医学博士『ソフィア・ジェクス＝ブレイクの生涯』〔一九一八〕六六～七二頁〔強調は父親による〕〕。

彼女は正しかったのでした。父との〈戦闘〉は終わりました。けれども一般の父たち、つまり家父長制そのものとの〈戦闘〉は、べつの場所、べつのときに先延ばしになったのでした。第二の〈戦闘〉が一八六九年、エディンバラで展開されました。[36] 彼女はエディンバラ王立診療所での実習を申し込んでいました。[37] 新聞は最初の衝突の模様を次のように伝えています——「昨日の午後、王立診療所の前できわめて不適切な騒動が起きた。……四時になる少し前、二〇〇人近い男子学生が建物に通じる門の前に詰めかけた……」。医学生たちは喚き立てて歌を歌いました。「門は女子学生たちの目の前で閉ざされた……。ハンディサイド医師は解剖を始めることなどとうていできないと判断した……。だれかが飼っていた羊が教室に放たれた」と、まだまだ続きます〔前掲書、二九一〜九二頁〕。これはケンブリッジで学位〈戦闘〉をめぐる際に使われたのと、ほとんど同じ手口です。そしてここでも、当局はこうした露骨な手口を嘆きつつも、もっと巧妙で、もっと効力のある手口を使ったのでした。[38]〈聖なる門〉の内側に陣取った当局が女性の参入を許すことなど、何をもってしてもありえませんでした。神はわれわれの側にある、自然はわれわれの側にある、法はわれわれの側にある、財産もわれわれの側にあるというのでした。王立診療所は男性だけのために設立されたのだから、規則により男性だけが受益者となることができるというわけでした。お決まりの委員会が作られました。お決まりの請願書に署名がなされました。慎ましい訴えがなされました。お決まりのバザーが開催されました。どんな戦術を採るか、お決まりの議論がなされました。お決まりのように、いま攻撃すべきか、待機するほうが賢明か、味方はだれで敵はだれなのかと議論しました。お決まりのように意見の相違があり、助言者のあいだでお決まりのように分裂がありました。

でもどうしてこんなに微に入り細に入り申し上げる必要があるでしょうか？　その過程すべてがあまりにおなじみで、一八六九年の医学界《ハーリー・ストリート》の〈戦闘〉も、現在のケンブリッジ大学における〈戦闘〉と変わりません。どちらの場合も同じような力の浪費、怒りの浪費、時間の浪費、お金の浪費です。ほとんど同じ娘たちが、ほとんど同じ兄弟に対し、ほとんど同じ特典を分けてほしいと求めています。ほとんど同じ男性たちが、ほとんど同じ理由で、同じ拒絶の言葉を発しています。人類には進歩などなく、反復だけがあるのみのように思えます。耳を澄ませば、同じ古い歌――「桑の木の周りをまわろう、桑の木の、桑の木の、桑の木の」――と男性方が歌っているのが聞こえてくるようです。これに「財産の、財産の、財産の」と付け加えると、事実を曲げずに韻《いん》を踏めます。

しかし、わたしたちは古い歌を歌うために、韻を追加するためにここにいるわけではありません。事実について考えるためにここにいます。先ほど伝記から取り出した事実によれば、職業は人にある種の否定しがたい効果をもたらすものと示しているようです。職業を実践すると人は独占欲に囚われ、自分の権利が少しでも脅かされると嫉妬に燃え、その権利に疑義が呈されれば激しく牙を剝きます。だとすれば、わたしたち女性も同じ職業に就くなら同じ性質を身につけるだろう——そう考えるのが正しいのではないでしょうか？　そしてその性質が戦争を導くのではないでしょうか？　同じようなやり方で職業を実践したら、約一世紀後には現在の男性方とまさに同じように独占欲と嫉妬心と闘争心を募らせ、まさに同じように神や自然や法や財産の命じるところはかくかくしかじかなり——と断定するのではないでしょうか？　したがって、この一ギニー、女性の就職支援を手助けするためのこのお金には、最初の条件として以下のものがつきます。つまり、あなたがたは全力でこう主張すると誓わねばなりません——女性はどこに就職するにしても、他にもその職業に就く資格のある人がいれば、男性だろうと女性だろうと、白人だろうと黒人だろうと妨害してはならない、むしろ全力で助けねばならない、と。

いまここでそう誓います——と貴姉はおっしゃりたいようです。そして同時に一ギニーに手を伸ばしていらっしゃいます。でも待ってください。この一ギニーを貴姉に差し上げる前に、まだ他の条件があるのです。もう一度〈教育のある男性の息子たち〉の隊列について考え、もう一度、その行進がわたしたちをどこに連れていこうとしているのかを自問してみてください。すぐに一つの答えが浮かびます——明らかに収入に、少なくともわたしたちにとって非常に高額と思われる収入に導こうとしています。ホイティカーによればこの点に間違いはありません。それにホイティカーに載っている証拠以外にも、新聞という証拠があります――すでに見たように、遺言や寄贈者リストという証拠があります。たとえばある新聞によれば、三人の〈教育のある男性〉が亡くなりましたが、一人は一一九万三二五一ポンド、もう一人は一〇一万二八八ポンド、もう一人は一四〇万四一三二ポンドを遺しました。個人が集めるにしては大金だと、貴姉もお認めになるでしょう。そして時間が経てば、わたしたちも大金を集めるようになるのではないでしょうか？　国家公務員の門戸が開かれたのですから、わたしたちも一年に一〇〇〇～三〇〇〇ポンド、稼ぐようになるかもしれません。法曹界が開かれたのですから、裁判官として一年に五〇〇〇ポンド、法廷弁護士として四万～五万ポンド稼ぐかもしれません。教会が開かれたなら、毎年一万五〇〇〇ポンド、五〇〇〇ポンド、三〇〇〇ポンドの収入に豪邸と役職がつきます。証券取引所が開かれたなら、わたしたちもピアポント・モルガンやロックフェラー[*39]と同じように、巨額の財産を遺すかもしれません。医師になれば一年に二〇〇〇～一万五〇〇〇ポンドを得るでしょう。編集者としての給与も、決して見劣りのするものではないでしょう――一年に一〇〇〇ポンド、二〇〇〇ポンドという編集者もいますし、大新聞の編集者は年に五〇〇〇ポンドの給与を得ているという噂もあります。わたしたちが職業に就けば、やがてこの富のすべてがわたしたちにももたらされることになります。端的に言ってわたしたちは地位を変えるのです――家父長制の犠牲者としてもっぱら現物支給しか受けず、毎年三〇~四〇ポンドの現金と食事と住まいがかろうじてついてくるという地位から、資本主義制度の勝者として何千ポンドもの年収をもらい、賢い投資によって死ぬ頃には数えられないほどの大金を遺すことになる地位へ。

これはなかなか魅力的な考えです。考えてもみてください――女性のだれかが自動車製造者で、ペンでさっと〔小切手帳に〕書いただけで各女子学寮に二〇万~三〇万ポンドずつ寄贈できるとすればどうなるでしょうか。ケンブリッジの貴姉の〈妹〉、建て替え基金の名誉会計係の女性は、そうなればかなり苦労が減るでしょう。請願書も委員会も苺もクリームもバザーも不要になるわけです。それに想像してみてください――裕福な女性が一人だけではなく、裕福な男性と同じくらいの数に増え、ごくありふれたものになったらどうでしょうか。できないことなどあるでしょうか? 貴姉は事務所をすぐに畳んでかまいません。下院の女性党[*40]に財政支援ができます。新聞社を経営し、〈沈黙の共謀〉ならぬ〈発言の共謀〉により、示し合わせて発言できます。未婚女性――家父長制の犠牲者で、小遣いも足りず、食事と部屋もない女性――に年金を支給できます。同一労働同一賃金を達成できます。出産の際のクロロフォルムをすべての母親に支給でき[☆14][*41]、妊産婦死亡率を一〇〇〇人中四人ではなくゼロにすることもできるかもしれません。現状ではたぶん一〇〇年間、絶え間なく必死に努力してようやく下院で可決されるような法案が、一回の会期のみで通るかもしれません。

一見したところ、〈兄弟〉と同じだけの資本が好きに使えるようになれば、貴姉にできないことは何もないようです。だったらと、貴姉は叫び出しそうです――その資本を手にする最初の一歩を踏み出す手助けをしてください、わたしたちがお金を稼げる唯一の手段が職業なのです、たいへん望ましい結果が得られそうな唯一の手段がお金なのです、それなのに条件がどうこうとうるさくおっしゃり、どうして取引しようとなさるのでしょうか――。でもある職業男性が、戦争を阻止するための手助けがほしいと手紙に書いてきたことを考えてください。それに写真も見てください――スペイン政府がほぼ毎週送ってくる、何体もの遺体と何棟もの倒壊家屋の写真です。だからこそ、条件についてうるさく言い、取引をする必要があるのです。

その手紙と写真を、各職業について歴史と伝記の示唆する事実と結びつけてみると、それらの職業の前にはある種の光、すなわち赤信号が灯るようです。たしかにお金は稼げます。しかし事実を勘案するなら、どの程度のお金の所有が望ましいのでしょうか？　二〇〇〇年前、人生によく通じたある人〔イエス・キリスト〕が、多大な財産など望ましいものではないと説いたこと[*42]をあなたも覚えておいででしょう。これを財布の紐を緩めないためのいま一つの言いわけではないかと勘繰った貴姉は、語気を強めてこうおっしゃいます――神の国と金持ちについてのキリストの言葉は、異なる世界で異なる現実に直面しなくてはならない者の役には立ちません。貴姉はこう論じます――イギリスの現状では、極端すぎる財産よりも極端すぎる貧困をいっそう避けねばなりません、日々たくさんの証拠が挙がっているように、財産をすべて差し出さねばならないキリスト者の貧困こそ、身体の不自由と精神の虚弱をもたらすのです、明白な例を出せば、失業者は一国の精神的、知的財産の湧き出る源泉とは言えません、と。

説得力のある議論ではありますが、ピアポント・モルガンの生涯のことをしばし考えてみてください。その実例を前にすると、*43 極端すぎる財産も、〔極端すぎる貧困と〕同じ理由で同じように避けねばならないのではないでしょうか？ もし極端すぎる財産も極端すぎる貧困も望ましくないとすれば、両極の中間のどこかが望ましいと言えそうです。中間のどこかとはどこでしょうか――今日のイギリスで生活していくのに、どのくらいのお金が必要なのでしょうか？ そのお金をどう使うべきでしょうか？ この一ギニーを手に入れたら、どんな人生を、どんな人間を目指したいでしょうか？ 貴姉にはこれらの問いについて考えていただきたいですし、これらがきわめて重要な問いだということは貴姉も否定なさらないでしょう。しかしこれらの問いを突き詰めていくと、いまわたしたちがつなぎ止められている堅固な現実世界をはるかに超えてしまいます。そこで『新約聖書』は閉じましょう——シェイクスピア、シェリー、トルストイ[*44]なども閉じることにします。そしてこの過渡期のわたしたちの目前に突きつけられている事実をしっかり見据えましょう——隊列という事実、わたしたちもその最後尾のあたりに連なって歩いているという事実を。地平線の彼方のヴィジョンに視線を向ける前に、わたしたちはこの事実について熟慮しなくてはなりません。

わたしたちの目の前にあるのは〈教育のある男性の息子たち〉の隊列です。壇上に登ったり石段を上がったりドアから出入りしたりしながら、説教し教育し裁定し、医学を実践し、金儲けをしています。貴姉も彼らと同じ職業から同じだけの収入を得ようとするなら、彼らが引き受けたのと同じ条件を引き受けなくてはならないのは明らかです。上階の窓から見守り、本を読むだけでも、それらの条件がどんなものかが推測できます。貴姉は九時に家を出て、六時に帰宅しなくてはならないでしょう。それだとほとんど時間がなくて、父親たちはわが子のことがよくわからないのでした。貴姉はそれを二一歳くらいから六五歳まで、毎日繰り返さなければならないでしょう。友情や旅行や芸術には、ごくわずかな時間しか割けません。貴姉はじつにたいへんな業務も、じつに野蛮な業務もこなさねばならないでしょう。何かの制服《ユニフォーム》を着て何かに忠誠を誓わねばならないでしょう。職業で成功すれば、「神と帝国のために」という言葉が貴姉の首の周りに書かれるでしょう——犬が連絡先を書いた首輪をつけるように。[☆15] 言葉に意味があるなら——言葉というものはおそらくつねに意味を伴いますが——、貴姉はその意味を受け止め、できる限りそれを遂行しなくてはならないでしょう。すなわち、職業男性がしてきたのと同じ生活を送り、彼らが何世紀も信奉してきた忠誠を、貴姉も同じように誓わねばなりません。そこに疑いはありません。

もしも貴姉が反論なさって、そのどこが悪いのでしょう、これまで父や祖父が行ってきたことを行うのに、ためらわねばならない理由などあるのでしょうかとおっしゃるなら、もっと詳しく見てみましょう——今日、伝記を〈母語〉[*45]で読める人ならだれにでもわかる事実について調べてみましょう。貴姉の図書室の棚にも、たくさんの貴重な伝記が並んでいます。いま一度、各職業で成功を収めた職業男性の生涯をさっと眺めてみましょう。これはさる高名な弁護士の伝記からの抜粋です——「彼は九時半に法廷弁護士事務室に入った。……彼は書類を自宅に持ち帰った……ので、午前一時か二時に寝られればいいほうだった」〔ロバート・J・ブラッカム『王室顧問弁護士《KC》、アーネスト・ワイルド卿の生涯』九一頁〕〔二九〜三〇頁参照〕。ここから、なぜディナーの際に、成功を収めた法廷弁護士の隣に座っても面白くないのかがわかります——彼らはあくびばかりしています。

次に、こちらは有名な政治家のスピーチです――「……一九一四年以来、わたしは西洋スモモやリンゴの花が咲き揃う眺めを見ていません。一九一四年にウスターシャー〔イングランド中西部の旧州〕で見たのが最後です。これが犠牲でなくて何でしょうか」〔ボールドウィン首相〔当時〕、『タイムズ』紙（一九三六年四月二〇日）で報じられたスピーチ〕。たしかにそれは犠牲ですし、なぜ政府がつねに芸術に無関心なのかの説明もつきます――これら不幸な男性方はコウモリのように目が見えないに違いありません〔ボールドウィンについては写真一覧訳注＊1を参照〕。

次は宗教を職業にしている場合です。高名な主教の伝記からの引用です――「これは精神も魂も破壊される生活だ。どうやってこなしたらいいか本当にわからない。重要な仕事が溜まっていくのに、まだ殺到する」〔G・L・プレスティージ神学博士『チャールズ・ゴア[*46]の生涯』〔一九三五〕二四〇～四一頁〕。これは、いま多くの人たちが教会と国家について語っていることの裏づけとなるものです。主教も首席司祭も、説教に必要な魂も、ものを書くのに必要な精神も持っていないのです。どこかの教会に行き、いずれかの説教に耳を澄ませてみてください。新聞で、アリントン首席司祭[*47]〔七〇頁参照〕、イング首席司祭の文章を読んでみてください。

次は医者の職業です。「わたしは一年で一万三〇〇〇ポンド以上稼いだが、とてもこのままではやっていけない。続くあいだは奴隷労働だ。いちばん辛いのはイライザや子どもたちといっしょに過ごせない日曜日が頻繁にあることと、クリスマスもいっしょにいられないことだ」〔メアリ・エセル・ブロードベント編『ウィリアム・ブロードベント卿、ロイヤル・ヴィクトリア勲章二等勲爵士《KCVO》、王立学会特別研究員《FRS》の生涯』〔一九〇九〕二四二頁、メアリはウィリアム・ブロードベントの娘」。これは高名な医者の嘆きですが、彼の患者の嘆きでもあるでしょう——ハーリー・ストリートの専門医が年間一万三〇〇〇ポンドの奴隷になっているときに、身体について理解する時間はないでしょうし、ましてや精神について、そして身体と精神の組み合わせについて理解する時間はないでしょうから。

　それでは、物書きの生活なら少しくらいまともでしょうか？　かなりの成功を収めたジャーナリストの伝記から一例を取ってみます——「この頃、彼は一日のうちに『スタンダード』紙に一六〇〇語のニーチェ論と一六〇〇語の鉄道ストライキについての社説を書き、『トリビューン』紙にも鉄道ストライキについて六〇〇語を書いた上で、夕方にはシュー・レーン[*48]にいた」〔デズモンド・チャプマン＝ヒューストン『忘れられた歴史家、シドニー・ロウ卿[*49]の回想録』〔一九三六〕一九八頁〕。ここからいろいろ説明がつきますが、たとえば人びとがなぜ政治について冷笑混じりにしか受け止めようとしないのか、作家が自作の書評が出ても、なぜ物差しで書評の長さを測定するだけですませるのかがわかります——重要なのは宣伝になるという一点であり、褒められようと貶《けな》されようとどうでもよいのです。

　最後にもう一度、とある政治家の伝記を眺めてみましょう——結局、いちばん実質的重要性を持つのは政治という職業なのですから。「ヒュー卿は投票室でわざと歩みを鈍くした。……その結果、法案［亡妻の姉妹に関する法案］は廃案となり、この法案が実現するかどうかは翌年の運不運に任されることになった[*50]」［ウィンストン・チャーチル[*51]『思索と冒険』［一九三二］五七頁］。このことから、政治家への不信感がなぜはびこっているかがわかります。貴姉も年金法案［一一二頁］のために、かくも公正でかくも人道的な下院の議員控室《ロビーイング》を訪問してまわらないといけないのでした——そこで、わたしたちもこれらの味わい深い伝記の前であまりグズグズせず、ここまでに得られた情報をまとめてみなくてはなりません。

　成功した職業男性の伝記からこうやって引用したところで、いったい何の証明になるのですか——と、貴姉はお尋ねです。たしかにホイティカーがいろいろ証明してくれるのと違い、これらの伝記が何かの証明になるわけではありません。つまり、もしホイティカーにこちらの主教は年収五〇〇〇ポンドと記載があれば、それは事実であり、確認でき証明できます。しかしゴア主教が、主教の生活とは「精神も魂も破壊される生活」と言ったところで、ゴア主教は個人としての意見を述べているにすぎません。べつの主教に尋ねれば、まったく違うことを言うかもしれません。したがって、これらの引用は確認でき証明できることを提示しているのではなく、わたしたちにも意見を持ちなさいと促しているにすぎません。

その上で主教らの意見を読むと、わたしたちは職業生活の価値を危ぶみ、批判し疑いたくなるのです。たしかにその金銭価値は素晴らしいですが、その精神的、倫理的、知的価値が問題です。主教らの意見から思うに、職業で大成功を収めると、人は正気を失います。視覚を失います——絵を観る時間がありません。聴覚を失います——音楽を聴く時間がありません。発話能力を失います——会話する時間がありません。バランス感覚——物事の関係を見極める感覚——を失います。人間性を失います。金儲けばかりが大事になって、昼夜を問わず働かねばなりません。健康を失います。競争心が募り、自分でできる以上の仕事を抱えているのに他の人に分けようとはしません。視覚、聴覚、バランス感覚を失うと、人はどうなるでしょうか？　洞窟にうずくまる廃人[*52]になってしまうでしょう。

もちろんこれは比喩であり空想です。しかし統計上の数字、空想ではない数字、すなわち軍事費三億ポンドに何らかの関連があるように思います。ともかくそれが公平無私の観察者の方々——大きな視野から公正な判断を下すことのできる立ち位置にある方々——のご意見のようです。そうしたご意見を二つだけ検討してみましょう。

ロンドンデリー侯爵*53はこう述べておられます。

さまざまな意見は聞こえてきますが、そこには方向性や指針がありません。世界は停滞しているようです。……一九世紀に科学的発見の大きなうねりはありましたが、文学や科学で何が達成されたかというと、大したものはありません。……われわれはいま問わねばなりません。科学の知識や発見の新たな成果を、人類は享受する能力があるのでしょうか？　それとも濫用によって自分たちを破滅させ、文明という大殿堂を破壊してしまうのでしょうか？

［ロンドンデリー侯爵のベルファストでのスピーチ、『タイムズ』紙（一九三六年七月一一日）］

チャーチル氏はこう述べておられます。

人類は知識と力をつけてきている。そのスピードはますます加速し、いまでは目にも留まらぬ速さである。しかしその一方で、何世紀も経っているというのに、なお美徳や知恵にかけてはとくに顕著な向上がないのも確かである。現代男性の頭脳は、何百万年も前にこの地で戦い愛した人間と比べ、本質において変わっていない。男性の性質は実際変わっていない。何か充分な負荷——飢餓、テロ、戦争熱、冷たい知的錯乱など——をかければ、われわれのよく知る現代男性は極悪非道な行為に及ぶだろうし、現代女性もそれを支援するだろう。

〔ウィンストン・チャーチル『思索と冒険』二七九頁〕

同趣旨の数多くの意見から二つだけ引用しました。さらにここに三つ目を足しましょう。それほどの著名人の言葉ではありませんが、目下の問題と関連があるので一読の価値があります。ノース・ウェンブリー〔ロンドン北西部の一地区〕のシリル・シャヴァンター氏〔不詳〕の言葉です。

女性の価値観が〔とシャヴァンター氏は記しています〕男性の価値観と違うのは確かだ。それゆえに男性が作り出した活動分野で男性と競争するとなると、明らかに不利であり疑いの目で見られる。過去のいかなる時代にもまして、新たなよりよい世界を建設するチャンスを女性は手にしている。それなのにこうやって卑屈に男性の物真似をすることで、女性はそのチャンスを無駄にしている。

〔『デイリー・ヘラルド』紙（一九三五年二月一三日）〕

この意見も、新聞に出ている同趣旨の数多くの意見の一例です。ここでこの三つの引用をまとめて考えると、じつに示唆的です。最初の二つの引用からわかるのは、〈教育のある男性〉の職業上の能力はきわめて高いのに、文明社会にかならずしも望ましい状態をもたらしてはこなかったということです。そして三番目の引用、職業女性に異なる「価値観」を使って「新たなよりよい世界」を建設するよう求めているものからわかるのは、男性たちはこの世界を建設しておきながらその結果に満足していないということと、女性にその悪を正してほしいと求め女性に多大な責任を課し、そうしながら女性をたいへん褒めそやしているということです。シャヴァンター氏ならびに氏に賛同なさっている男性諸氏は、職業女性たちが政治や職業の訓練をほとんどまったく受けたことがなく、年収二五〇ポンドしかなく、「不利であり疑いの目で見られる」というのに、彼女たちに「新たなよりよい世界」を建設してもらえると信じています——ほとんど神がかりと言ってもいいくらいの力を持っていると、氏らは考えているに違いありません。ゲーテ[*54]の以下の言葉に賛成すること、間違いなしです。

過ぎ去らねばならないものは

すべて象徴にすぎない。
ここでは、あらゆる失敗から
達成が生まれるだろう。
ここでは、語りえないものが
すべての達成を成し遂げてくれる。
女性の中の女性よ
永遠に先へと導いてほしい。

［フローレンス・メリアン・ストウェル、[*55] ゴールズワージー・ルイス・ディキンスン
『ゲーテとファウスト、ある解釈』〔一九二八〕］

これもきわめて多大な賛辞であり、ご存じのようにきわめて偉大な詩人によるものです。でも、貴姉は褒めてほしいわけではありません――これまでの引用について考え込んでいらっしゃいますね。否定しようもない暗い表情をなさっていることから、職業生活の性質についてのいままでの引用から何か憂鬱な結論に至ったようです。どんな結論でしょうか？　貴姉はこう答えます――端的に言って〈教育のある男性の娘たち〉は、どちらにしても望ましくない二者択一を迫られているのです。後方には家父長制があります――個人

の家庭は無益で不道徳で偽善だらけで卑劣です。前方には公的世界、職業制度があります——独占的で嫉妬深くて好戦的で貪欲です。一方はわたしたちを後宮《ハーレム》の奴隷のように囲い込みます。もう一方は毛虫が自分の尾を追いかけるようにグルグルと、財産の桑の木、聖なる木の周囲をわたしたちにめぐらせます。これは二つの悪しきもののあいだの選択です。いずれも悪です。橋から川に飛び込み、戯れごとはおしまい、人間の生活のすべてが過ちだと宣言して、いっさい終わりにするのがよくはないでしょうか？

しかしその決定的手段を採る前に、もう一つの答えを検討してみましょう。もっとも、貴姉がイングランド国教会で聖職にある人たちと同様、〈死は生命の扉なり《Mors Janua Vitae》〉と聖ポール寺院のアーチに刻まれている*56とおりのご意見なら、その手段でもよいのかもしれませんが。もう一つの答えが貴姉の図書室の書棚からわたしたちを見つめているようです。ふたたび伝記を開いてみましょう。故人となられた方々が過去にそれぞれの人生で試みた実験について考察すれば、いまわたしたちに課された難題に答えるヒントが見つかるのではないでしょうか？　ともかくやってみましょう。わたしたちが伝記に投げかけてみたい質問とはこうです。これまで見てきた理由から、わたしたちは職業を実践してお金を稼がねばなりません。これまで見てきた理由から、それらの職業はわたしたちにとって非常に望ましくないものと思われます。そこで故人となられた方々の伝記に問いかけたいのは、どうすれば職業を実践しながら文明人でいられるのか、つまり戦争を阻止したいと考える人間でいられるのか？――ということです。

今度は一九世紀の男性の伝記ではなく、女性の伝記、職業女性の伝記を開いてみましょう。でも貴姉の図書室には隙間があるようです*[57]――一九世紀の職業女性の伝記が見当たりません。トムリンスン王立学会特別研究員《FRS》、イングランド王立外科医師会員《FCS》の妻、ミセス・トムリンスンがその理由を説明してくれます。彼女は「子どもの世話役という仕事を若い女性に勧める」ために本を書き、こう述べました。「未婚女性が生活費を稼ぐには女性家庭教師《ガヴァネス》*[58]の仕事くらいしかないようだが、性格が不向きだったり、受けてきた教育が家庭教師の仕事には向いていなかったり、教育がそもそも不充分だという理由で家庭教師には向かない女性も多い」「メアリ・トムリンスン『チャールズ・トムリンスンの生涯』〔一九〇〇〕三〇頁、メアリはチャールズ・トムリンスンの姪*[59]」。これが一八五九年の状況で、そこからまだ一〇〇年も経っていません。これが貴姉の書棚に隙間がある理由の説明です。職業女性と言えば家庭教師くらいしか、伝記を書いてもらっていないのです。しかも家庭教師の生活を伝記という形で書き表した本は、五本の指で数えられるくらいしかありません。

では女性家庭教師の伝記を参照すると、職業女性の生活についてどんなことが学べるのでしょう？　幸運にも、ここで古い宝箱から古い秘密が出てきます。先日見つかったのは、一八一一年に書かれたものです。ミス・ウィートンという女性が、生徒が寝入ってから自分の職業生活などについての考察をメモしていました。たとえばこんな考察を述べています。「わたしは毎日大急ぎで裁縫をしたり、ものを教えたり、練習問題を作ったり、皿を洗ったりしているけれど、ラテン語やフランス語、芸術や科学の勉強がしたくてたまらない！……なぜ女性は物理学、神学、天文学、そしてこれらに関連する学問として、化学、植物学、論理学、数学などを勉強してはいけないのだろう？」〔エドワード・ホール編『ミス・ウィートン、女性家庭教師の日記、一八〇七～一八一一年』〔一九三六〕一四、xvii頁〕[*60]。家庭教師の生活についてのこんなコメント、家庭教師本人の口から発せられたこんな問いかけが、暗闇から一筋の光を照らしています。

でももっと探ってみましょう。一九世紀の女性が実践していた職業について、あちこちからヒントを拾ってみましょう。次にアン・クラフの伝記があります——その兄アーサー・クラフは、アーノルド博士の生徒で、オリエル〔オックスフォード大学の男子学寮〕の特別研究員《フェロー》にもなりました[*61]。アン・クラフは初代ニューナム学寮長を務めた女性で、その任は無給でしたが、萌芽期の職業女性と呼んでいいでしょう。彼女は「家事の大半をこなしながら」……「友人たちから借りた分を返すためにお金を稼ぎながら」職業訓練を積みました。「小さな学校を経営する許可を求め」、兄が貸してくれた本を読んでこう慨嘆しました。「もしわたしが男だったら、富のためとか、自分の名前を残すためとか、家族に財産を遺すために働きはしない。自分の国のために働き、国民をわが子とするだろう」〔ブランチ・アテナ・クラフ『アン・ジェマイマ・クラフの思い出』〔一八九七〕三二頁〕。一九世紀の女性も、野心がなかったわけではないようです。

次に見つかったのはジョゼフィン・バトラーです[*62]。厳密な意味で職業女性とは言えないかもしれませんが、性病予防法反対運動と、「悪名高い目的」〔買春〕のための子どもの人身売買反対運動を勝利に導きました。ジョゼフィン・バトラーは伝記を書いてもらうことを拒み、これらの反対運動で自分を手伝ってくれた女性たちのことをこう評しました。「名前を認知されたいという願望が彼女たちにないこと、いかなる形においても自己中心的でないことは注目に値する。動機の純粋さにおいて、彼女たちは「水晶のように澄んで」光り輝いている」〔ジョゼフィン・E・バトラー『あの大抗議運動についての個人的回想』〔一八九六〕一八九頁〕。したがって、ヴィクトリア朝の女性が高い価値を認めつつ実践していた性質がここにもあります——消極的な言い方をすれば認知されないこと、自己中心的でないこと、つまり仕事のために仕事をなしたのです[☆16]。心理に対するそれなりに興味深い知見です。

そしてわたしたちの時代に近づきます。ガートルード・ベル[*63]は、昔も今も女性は外交官になれないにもかかわらず、東洋で外交官にほぼ相当する仕事に就きました。それなのに驚きですが、「ガートルードは、ロンドンで外出するときはいつも女友だちか、女友だちが見つからなければ女中に付き添ってもらった。[☆17]……あるお宅のお茶会からべつのお宅へと移動するときに、若い男性と二人きりで馬車に同乗することにでもなれば、そのことをわたしの母に書いて打ち明けずにはいられないのだった」〔エルサ・リッチモンド編『ガートルード・ベルの初期の手紙』〔一九三七〕二一七〜一八頁〕。すると、ヴィクトリア時代にほぼ外交官と言ってよかったこの女性は純潔[☆18]だった、ということでしょうか？　しかも身体だけでなく、精神もそうでした。「ガートルードはブールジェの『弟子』[*64]を」その本がどんな病気を撒き散らすかわからないという理由で「読ませてもらえなかった」。不満を抱えながら野心的、野心的でありながら厳格、純潔でありながら冒険を求めてやまない――これらがここまでにわたしたちが見つけた性質です。

でももっと続けて見てみましょう――伝記に書いてあることそのままでなくても、その行間に潜んでいるものを見てみましょう。すると夫たちの伝記の行間から、その妻であるたくさんの女性がある職業を実践していることがわかります。しかし、九人ないし一〇人の子どもを世に送り出し、家庭を切り盛りし、身体の弱い人を看護し、貧者や病人を見舞い、年老いた父母の介護をするというこの職業を何と呼べばよいでしょうか？　この職業には名前も支払いもありませんが、一九世紀の〈教育のある男性〉の母、姉妹、娘のうちこの職業の実践者はじつに多数なので、わたしたちは彼女たちと、夫や兄弟の生活の背後にある彼女たちの生活をひとまとめにして、そこに存在しているメッセージを引き出す時間と解読する想像力のある人びとに委ねなくてはなりません。

貴姉がおっしゃるように、わたしたちには時間がありません。そこで一九世紀の女性の職業生活について、ここまで見てきた取り留めのない引用と考察のまとめとして、ある女性のじつに意味深長な言葉をいま一度引用しましょう。厳密な意味で職業女性ではありませんが、漠然と旅行家《トラヴェラー》と呼ばれていた女性、メアリ・キングスリの言葉です。

> 貴方に打ち明けたことがあったかわかりませんが、ドイツ語のレッスンだけが、わたしに許された唯一の有償の教育でした。かたや弟の教育には二〇〇〇ポンドが使われました。無駄な出費でなかったらいいと、わたしはいまも願わずにはいられません。
>
> 〔一〇頁既出〕

この言葉はじつに意味深長なので、職業男性の伝記の行間から、その姉妹の生活について手探りで見つけ出す手間を省いてもいいでしょう。この言葉の含意を膨らませ、これまで見つけてきた他の引用や断片と結びつければ、目下の難題に答えるための手助けとなってくれそうな理論、ないし視点に到達できそうです。というのも——メアリ・キングスリは「ドイツ語のレッスンだけが、わたしに許された唯一の有償の教育でした」と言いながら、〈無償の教育〉は受けたのですと暗に主張しています。[65] これまで検討してきた他の伝記も、この主張を裏づけています。

ではその〈無償の教育〉とは——よいにしろ悪いにしろ、何世紀にもわたってわたしたちが受けてきたそれは——どんな性質のものだったのでしょうか？ 成功して名を馳せ伝記の主題となった女性に、フローレンス・ナイティンゲール、[66] ミス・クラフ、メアリ・キングスリ、ガートルード・ベルの四人がおり、有名な彼女たちの背後にはたくさんの無名の女性たちがいます。しかるに有名な四人も無名のたくさんの女性も、全員が同じ教師陣の薫陶《くんとう》を受けたのでした。その教師陣が何者なのか、伝記は遠まわしの間接的な方法ながら、間違いなくはっきり名指しています。それは〈貧しくあること〉と〈純潔であること〉と〈嘲笑すること〉と——しかし「権利もなく特権もない」ということをどう一語で表せるでしょうか？ 「自由」という古い言葉をもう一度使いましょうか？ すると「偽りの忠誠心から自由であること」が四番目の教師ということになるでしょうか。昔ながらのパブリック・スクール、昔ながらの大学、昔ながらの教会、昔ながらの儀式、昔ながらの国家からの自由を、彼女たちは全員享受してきましたし、イギリスの法と慣習により、わたしたちはその自由の大半をいまなお享受しています。新語をぜひ作る必要があるようですが、わたしたちにその時間はありません。そこで「偽りの忠誠心からの自由」を、〈教育のある男性の娘たち〉の四番目の偉大なる教師、ということにしておきましょう。

こんなふうに、〈教育のある男性の娘たち〉は〈貧困〉と〈純潔〉と〈嘲笑〉と〈偽りの忠誠心からの自由〉に導かれながら無償の教育を受けてきた——という事実を伝記は示してくれています。伝記の語るところでは、この無償の教育によって、彼女たちはまさに無償の職業に適合するようになったのです。さらに伝記の語るところでは、これらの無償の職業にも、有償の職業に劣らずはっきりと規則や伝統や労務があります。しかも、伝記を証拠とすればほとんど疑いなく、この教育にしてもこの職業にしても、その労働の報酬を受けられなかった当人たち、そしてその子孫たるわたしたちに、はなはだしい悪影響を及ぼしました。一九世紀において無償で働いていた妻の絶え間ない出産、有償で働いていた夫の絶え間ない金稼ぎが、現代人の心身にひどい結果をもたらしたことは疑いありません。これを証明するのに、いま一度フローレンス・ナイティンゲールが家庭教育とその結果を非難した有名な言葉を引用したり、彼女がクリミア戦争を当然ながら諸手《もろて》を挙げて歓迎したことを強調したりしなくてもいいでしょう。*67 はたまた他の、何ともじつに膨大な根拠を挙げ、無償の教育の生み出した愚かさ、偏狭さ、暴力性、偽善、不道徳性がさまざまな男女の生活からわかると例証しなくてもいいでしょう。少なくとも女性に対して家庭生活が過酷であったことは、あのいわゆる「偉大なる戦争《グレイト・ウォー》」[*68]の記録を見ればわかります。無償の教育の恐怖から脱出してきた女性たちは、比較的まともな場所を求め、病院、収穫前の畑、軍需工場に詰めかけたのでした。

しかし伝記は多面的であり、投げかけた問いに決して一つの単純な答えを返したりはしません。たとえばフローレンス・ナイティンゲール、アン・クラフ、エミリ・ブロンテ[*69]、クリスティナ・ロセッティ[*70]、メアリ・キングスリなどの個人の伝記を読むと、この無償の教育には大きな欠陥があったにしろ、同時に大きな長所もあったに違いないとわかります。というのも、彼女たちは〈教育のない《uneducated》〉女性だったにしろ、〈教養のある《civilized》〉女性だったことは否定できないからです。わたしたちが〈教育のない〉母たちや祖母たちのことを考えるとき、教育を受けているかどうかをただ「職を手に入れるための」力、名誉に与る力、稼得力の有無だけでは判断できません。わたしたちが正直であるなら、有償の教育を受けておらず、給与も勤め先も得たことのない女性の中にも〈教養のある〉人間がいると認めねばなりません——彼女たちを「イギリス」の女性と呼ぶのが適切かどうかは、意見の分かれるところかもしれませんが。そして〔彼女たちが受けた無償の〕教育の成果を無駄にしたり、あるいはお金や装飾品をもらえる知識が他にあるからと理由をつけて、その成果から得られる知識を捨てたりするなら、それはまったくの愚行と認めねばなりません。

したがってわたしたちの問い、つまり職業に就いていても文明人でいられるには、つまり戦争を阻止しようとする人間でいるにはどうしたらいいか?——という問いに対し、伝記から得られる答えとはこうです。〈教育のある男性の娘たち〉の四大教師、すなわち〈貧困〉と〈純潔〉と〈嘲笑〉と〈偽りの忠誠心からの自由〉をつねに忘れず、さらにこれらを何がしかの財産、何がしかの知識、本物の忠誠心による何がしかの行動と結びつけるなら、職業に就いても、その職業を望ましくないものにしてしまう可能性から逃れられるでしょう。

こんなところが伝記のお告げであり、一ギニーにつける諸条件のすべてです。繰り返すなら、この一ギニーには、いかなる性別、階級、肌の色の人でも、適切な資格があれば貴姉と同じ職業に就けるように支援しなくてはならないという条件がついています。そして職業実践にあたって〈貧困〉と〈純潔〉と〈嘲笑〉と〈偽りの忠誠心からの自由〉を忘れてはならない——という条件がつきました。これで説明は前より具体的に、諸条件はより明白になったでしょうか? これらの条件に同意していただけるでしょうか? 貴姉はためらっておいでです。これらの条件のいくつかについてもっと説明がほしい——とおっしやりたいようですね。

では順に取り上げてみましょう。〈貧しくあること〉とは、生活費相当のお金だけを持つという意味です。つまり、他のだれからも自立しているのに必要なだけ、心身の充分な発達のための運動や娯楽や教育などに充てるのに必要なだけのお金を稼いでください——ということです。でもそれ以上ではありません。一ペニーの超過もいけません。

〈純潔であること〉とは、職業に就いて生活していけるだけのお金を稼いだら、お金欲しさに頭脳を切り売りするのは拒む——ということです。つまり、仕事をするのをやめるか、仕事をするとしても調査や実験のためでなくてはなりません。芸術家であれば芸術のためでなくてはなりません。あるいは職業で得た知識を、必要とする人に無償で与えてください。でも、桑の木が貴姉を堂々めぐりさせるようになったら、ただちにやめてください。桑の木を笑いのめしてください。

〈嘲笑すること〉——悪しき言葉で、ここでも新語があればいいのですが——とは、自己宣伝のためのあらゆる方法を拒み、名声や称賛より、冷やかしや無名性や非難のほうが心理的に好ましいと考えるということです。徽章、勲章、学位が差し出されたなら、ただちに授与者の顔めがけて投げ返してください。

〈偽りの忠誠心から自由であること〉とは、まずは国籍への誇りを捨てねばならないということです。さらに宗教への誇り、大学への誇り、パブリック・スクールへの誇り、家族への誇り、性別への誇り、そしてこれらの誇りから派生する偽りの忠誠心を捨てねばなりません。だれかが贈与品を携えて貴姉を買収しに来たら、贈与目録を破り捨て、記名を拒んでください。

　これでもなお、これらの定義はあまりに場当たり的で漠然としている、心身の充分な発達のためにどのくらいのお金と知識が必要かなんてだれにもわからないし、どれが本物の忠誠心かもわからないとおっしゃるのであれば、判断基準を二つだけ——時間も差し迫っているので——ご紹介しましょう。一つはおなじみのもので、貴姉がいつも手首につけておいでの心理測定器《サイコメーター》、貴姉が個人として人間関係を築くときにいつも頼りにしている小さな器具です。もし目に見えるなら、体温計のように見えるかもしれません。一筋の水銀が入っていて、だれかの身体なり魂なり、家屋なり協会なり、何にでも近づければ反応します[*71]。どの程度の財産が望ましいのか知りたければ、この器具をお金持ちに近づけてみてください。どの程度の学識が望ましいのかは、この器具を識者に近づけてみればわかります。愛国心、宗教心なども同様です。測定しながら会話を中断する必要はありませんし、快適さが損なわれることもありません。

　しかし貴姉はこう反対されるかもしれません——間違わないように使うには、あまりに個人的で、あまりに不確実な方法です。こうした私的心理測定器のせいで、不幸な結婚がなされたり、友情が壊れたりすることも多々あるのではないでしょうか、と。ならばもう一つの判断基準が、もっとも貧しい〈教育のある男性の娘〉でも、現在では簡単に利用できるようになったと申し上げましょう。すなわち入場無料の美術館[*72]に行って絵画を観てください。ラジオをつけて音楽を聴いてください。現在、だれにでも無料で開放されるようになった公立図書館を訪ねてください。これらの場所でなら、公的心理測定器の測定結果をご自分で調べられます。

時間がないので一つだけ例を取りましょう。ソフォクレスの『アンティゴネー』[*73]〔紀元前四四二頃〕が、名前は重要ではないある人物によって、英語の散文と韻文に翻訳されています。[☆19]クレオンという人物について考えてみてください。権力と財産が魂にどんな影響をもたらすかを、詩人であり行動する心理学者であったソフォクレスがきわめて奥深い分析をしています。自分には臣下に対する絶対的支配権がある――そう主張するクレオンについて考えてみてください。わたしたちの周辺にいるどの政治家に訊くよりも、独裁制についてのはるかに示唆的な分析を提示してくれています。どれが軽蔑すべき偽りの忠誠心で、どれが尊ばねばならない本物の忠誠心か、お知りになりたいですか？　人間の作った法と自然の法をアンティゴネーが峻別《しゅんべつ》したことを考えてみてください。どの社会学者に訊くよりも、社会に対する個人の義務についての奥深い発言をしてくれています。英訳はあまり上手ではありませんが、ギリシャ語の五つの単語からなるアンティゴネーの言葉[☆20]は、あらゆる大主教のあらゆる説教を合わせたくらいの価値があります。しかし詳しい説明は不適切でしょう。個人の判断というのは個人で自由に行うものですし、そうした自由こそ、自由の真髄なのですから。

わずか一ギニーに対し条件が多いように思えるかもしれませんが、いまご説明した以外の点については、現状を見る限りそれほど実現に支障はありません。生活費相当のお金を稼がねばならないという最初の条件を除けば、それ以外はだいたいイギリスの法律がかなえてくれています。イギリスの法律のおかげで、女性は多額の財産を相続できません。イギリスの法律のおかげで、完全なるイギリス国民という〈汚点《スティグマ》〉から女性は免れています――この免除が長く続きますように。また過去数世紀と同様、これからの数世紀においても、正気を保つために、そして虚栄心や自己中心性《エゴティズム》や誇大妄想《メガロマニア》などの現代の大罪を犯さないために欠かせないもの、つまり冷笑、非難、軽蔑を、兄弟たちはわたしたちに浴びせてくれるでしょう。[☆21]そしてイングランド国教会がわたしたちの奉仕を拒む限り――いつまでも女性排除が続きますように！――、古いパブリック・スクールと大学がその寄付や特権を女性にも分けようとしない限り、わたしたちはわざわざ自分で何かしなくても、それらの寄付や特権から生じる忠誠心や忠義心を持たずにすむでしょう。

さらにまた、個々人の家庭で培われてきた伝統、現在の背後にある先祖代々の記憶も、貴姉を助けてくれるでしょう。これまで見てきた引用から、純潔、それも身体の純潔が、わたしたち女性の無償の教育においてどれだけ重要な役割を担ってきたかがわかります。身体の純潔という古い理想を、精神の純潔という新しい理想に変換するのは難しいことではないでしょう。お金のために身体を売ることが過失なら、精神は身体より高貴なものとよく人は言うのですから、精神を売るのはもっと大きな過失と考えられます。

そしてそれならば、同じ伝統に従い、誘惑者の中でもいちばん強大な相手、つまりお金に抵抗する力も備わっているのではないでしょうか？　いったい何世紀間、わたしたちは毎日朝から晩まで働き、食事と住まいと年収四〇ポンドという権利のみを享受してきたのでしょうか？　ホイティカーを見れば、〈教育のある男性の娘〉の仕事の半分は、いまでも無償労働ということが証明されないでしょうか？　最後に、名誉、名声、重要な役職などの誘惑を退けるのは簡単なことではないでしょうか？　父や夫が頭に載せた宝冠の照り返し、彼らが胸元につけた徽章からの照り返しを受けるくらいしか、わたしたちは名誉に与《あずか》ることもなく何世紀も働いてきたのですから。

こうして法律が味方となり、財産が味方となり、先祖代々の記憶が導いてくれるのであれば、これ以上議論の必要はありません。貴姉も、この一ギニーを手にするための条件は、最初の条件を除けば比較的満たしやすいものとわかってくださるでしょう。二つの心理測定器の測定結果を見つつ、二〇〇〇年の長きにわたる個々の家庭内の伝統と教育を、発展させ修正しながら進めていけばよいのです。そういたしますと同意してくださるなら、貴姉とわたしたちの取引は終了です。貴姉の事務所代に充てるこの一ギニーをどうぞ——一〇〇〇ギニーだったらよかったのですが！　貴姉がこれらの条件に同意してくださるなら、あなたがたが職業に就いても職業に汚染されずにすむことでしょう。職業に就きながら、所有欲、嫉妬心、好戦性、貪欲さを持たずにすむことでしょう。職業を、自分一人の精神と自分一人の意志を持つのに使えるでしょう。そしてその精神と意志を、非人間的でケダモノで、おぞましい愚行に他ならない戦争〔一八頁参照〕の廃絶に使えるでしょう。

では——この一ギニーを、事務所を焼き払うのではなく、その窓という窓を輝かせるのにお使いください。〈教育のない女性の娘たち〉に、新しい事務所を囲ませ、輪になって踊らせてください——その事務所は貧しく、目の前の狭い道路をバスが通り、行商人が物を売り歩いていくでしょう。そしてこう歌わせなさい——「戦争はもういらない！　独裁はもういらない！」すると墓の中の〈母たち〉も笑ってこう言うでしょう——「不名誉と軽蔑に耐えてきたのはこのためだった。娘らよ、この新たな家屋の窓を輝かせよ！　赤く燃え立たせよ！」

　以上の言葉とともに、〈教育のない女性の娘たち〉の就職支援のために一ギニーを貴姉に差し上げます。結びの言葉に代えて、バザーの準備が無事終了となりますように、野ウサギとコーヒーポットを上手に並べられますようにと祈りましょう。どうぞ、サンプスン・レジェンド閣下、メリット勲爵士《OM》にしてバース勲爵士団中級勲爵士《KCB》にして法学博士《LLD》にして商法博士《DCL》にして枢密顧問官《PC》にして[*74]……を、にこやかに恭しくお迎えください。〈教育のある男性の娘〉が〈兄弟〉に対していつもそうしてきたように。

＊

　これが、〈教育のある男性の娘〉のための就職支援団体の名誉会計係に実際に送る手紙になりました。一ギニーにつける諸条件は、以上のようなものになりました。一ギニーで貴兄が戦争を防ぐ手助けを彼女にしてもらえるように、できるだけ工夫した言い方をしました。諸条件をきちんと提示できたかどうかはだれにもわかりません。でも貴兄ならわかってくださると思いますが、貴兄のお手紙に返事を送る前に、彼女の手紙と、学寮建て替え基金の名誉会計係からの手紙に返事を書いて、それぞれ一ギニーずつ送る必要がありました。なぜなら、〈教育のある男性の娘たち〉の教育を手助けし、そしてその職業生活を手助けしなければ、あなたがたが戦争を阻止する手助けとなるような自律的な影響力、公平無私の影響力を、彼女たちが手にすることはできないのですから。目的はつながっていると思います。でも、すでにできる限りをお示ししたわけですから、貴兄のお手紙と、わが協会のために寄付をしてほしいという貴兄のご依頼にそろそろ戻りましょう。

第三章

そういうわけで、ここに貴兄からのお手紙があります。前に確認しましたが、貴兄《あなた》は〈どうしたら戦争を阻止できるとお考えですか？〉とお尋ねになったあと、戦争を阻止する手助けとしてわたしたちにできる具体的方法をいくつか提示していらっしゃいます。声明に署名して「文化と知的自由を護ります」と誓うこと。[☆1]平和維持のために種々の手段に訴えておられる〔貴兄の〕協会に加入すること。そして他の協会と同様に資金を必要としている同協会に寄付をすること。これらがその具体的方法のようです。

それではまず、わたしたちが〈文化と知的自由を護る〉ことが、どうしてあなたがたが戦争を阻止するための手助けになるのかを考えてみましょう。というのも、貴兄は〈文化と知的自由を護る〉といういささか抽象的な言葉が、じつに具体的なあの何枚もの写真――何体もの遺体と何棟もの倒壊家屋の写真〔二二頁〕――とつながりがあるとおっしゃっているのですから。

でも、戦争を阻止する方法について意見を訊かれるのも驚きでしたが、あなたがたの声明にあるような〈文化と知的自由を護る〉というかなり抽象的な言いまわしで、われわれを助けてくださいと請われるのもいっそうの驚きです。貴兄のご依頼がどんな意味を持つかを、これまで述べてきた事実に照らして考えてみてください。一九三八年に、〈教育のある男性の息子たち〉が〈教育のある男性の娘たち〉に〈文化と知的自由を護る〉手助けをしてくださいと要請しているのです。そのどこが驚きなのですか？——と貴兄はおっしゃるかもしれませんが、たとえば想像してみてください。デヴォンシャー公爵[*1]がガーター勲章〔第一章訳注＊41〕の星章やガーターをつけたまま台所に降りてきて、頰を汚したままジャガイモの皮を剝いている女中にこう訊いたとします——「メアリ、ジャガイモの皮剝きをやめて、ピンダロス[*2]のちょっと難解なこの一節の解釈を手伝ってくれ」。メアリはきっと仰天し、料理番のルイーザのもとに走り寄ってこう叫ぶのではないでしょうか——「たいへん、ルイーザ！　ご主人様の頭がおかしくなったみたい」。〈教育のある男性の息子たち〉がその〈姉妹〉であるわたしたちに〈文化と知的自由を護る〉ことを頼むとき、わたしたちの唇をつくのはこの種の叫びです。しかし何にせよ、台所女中の言葉を〈教育のある〉階級の言葉に翻案してみましょう。

そうするともう一度、貴兄にお願いしなくてはなりません——〔〈教育のある男性の娘たち〉である〕わたしたちの角度、わたしたちの視点から、〈アーサーの教育資金〉を眺めてください、そうやって首を傾けるのは一苦労かもしれませんが、もう一度、理解しようとしてみてください。毎年一万人近い〈兄弟たち〉がオックスフォードとケンブリッジで教育を受けられるよう、何世紀にもわたってわたしたちがその器をつねに満たしておかねばならなかったということは、何を意味するのでしょうか？　つまりこの社会の他のどの階級の人たちよりも多く、わたしたちは〈文化と知的自由を護る〉という目的のためにすでに貢献してきた、ということではないでしょうか？　〈教育のある男性の娘たち〉は、一二六二年から一八七〇年のあいだ、家庭教師やドイツ語教師やダンス教師に薄謝を払う以外、自分のために必要だった教育費のすべてを〈アーサーの教育資金〉にまわしてきたのではないでしょうか？　自分のための教育費を、イートンやハロウ、オックスフォードやケンブリッジ、そしてヨーロッパ諸国の他の一流の学校や大学――ソルボンヌ大学、ハイデルベルク大学、サラマンカ大学、パドヴァ大学、ローマ大学[*3]――のすべてに注入してきたのではないでしょうか？　彼女たちがそうして惜しみなくお金を差し出してきた、自分からではなくても間接的にそうしてきた結果、一九世紀、ついに有償の教育を受けるチャンスを勝ち取ったとき、女子学生にものを教えられるだけの有償の教育を受けた女性は一人もいない[☆2]――という事態が判明したのではなかったのでしょうか？

　そしていま、自分も少しばかり大学教育を受けてみよう、それに伴う旅行や娯楽や自由も楽しんでみようというとき、青天の霹靂で貴兄から手紙が届き、かの莫大で途方もない金額――

現金だけを数えても現金以外のものを数えても〈アーサーの教育資金〉に算入されてきた金額は莫大です——は無駄な出費でした、使い道が間違っていました——とおっしゃいます。オックスフォード大学とケンブリッジ大学の設立目的は、〈文化と知的自由を護る〉以外の何だったというのでしょう？　貴兄の〈姉妹たち〉が教育や旅行や贅沢を我慢したのは、そうやって節約したお金で〈兄弟たち〉がパブリック・スクールと大学に行って〈文化と知的自由を護る〉ことを学ぶためではなかったというのでしょうか？

しかし、文化と知的自由は危機に瀕しているとあなたがたが宣言なさり、自分たちの意見だけでなくわたしたちの意見も聞きたい、自分たちの一ギニーだけでなくわたしたちの六ペンスもほしいとおっしゃるのなら、これまで使われたお金は無駄だった、それらの教育組織は失敗だったと考えなくてはなりません。するとこんな思いも頭をよぎります。パブリック・スクールと大学が、心身の鍛錬のための細かいしくみを備えながらも失敗したのであれば、貴兄の協会——著名人たちがスポンサーとして名を連ねてはいますが——なら成功するだろうと考えてよい理由があるのでしょうか？　貴兄の協会の声明——さらなる著名人たちの署名が並んでいますが——なら人びとの意見を変えられると考えてよい理由があるのでしょうか？　貴兄は事務所を借りたり、秘書を雇ったり、会議のメンバーを選んで資金集めをなさったりする前に、それらのパブリック・スクールや大学がなぜ失敗だったのかを考えるべきではないでしょうか？

でも、それはあなたがたが答えるべき問題ですね——。わたしたちが答えるべき問題は、あなたがたが〈文化と知的自由を護る〉ためにどんな手助けができるかということです。わたしたちは大学から繰り返し締め出され、現在ようやく入学を認められたにしても多くの制限を課せられており、有償の教育をまったく受けていないか、受けたにしても母語を読み書きするのがせいぜいなのですから、実際のところ知識階級《インテリゲンツィア》ではなく〈無知《イグノランツィア》〉階級に属していると見たほうが妥当です。わたしたちの〈文化《カルチャー》＝教養〉〔英語の culture には双方の含みがある〕については控え目に考えたほうがいいと、あなたがたも本音ではそう思っておいでだと確認するには、『ホイティカー年鑑』に掲載された事実を見ればよいでしょう。ホイティカーによれば、〈教育のある男性の娘〉のだれ一人として、オックスフォードやケンブリッジでイギリス文学を講じる能力があると考えられていません。[4] またホイティカーによれば、ナショナル・ギャラリーでの絵画の購入、ナショナル・ポートレート・ギャラリーでの肖像画の購入、大英博物館でのミイラの購入にあたり女性の意見は拝聴に値しないそうです。[5] つまりわたしたちがその一部を供出したお金であっても、そのお金を使って国家のために〈文化と知的自由〉を購入するという段になると、わたしたちの助言には聴くだけの値打ちがないとあなたがたは考えている——ホイティカーはその冷厳な事実をとおしてそう示しています。それなのに〈文化と知的自由を護ってください〉なんて、貴兄はなぜわざわざわたしたちに依頼するのでしょうか？　出し抜けにお世辞を言えばわたしたちが有頂天になるだろうとでも、思っていらっしゃるのでしょうか？

ともあれ、ここに貴兄のお手紙があります。手紙にはいくつかのことが述べられています。戦争が差し迫っている。そして数ヶ国語で――フランス語では〈Seule la culture désintéressée peut garder le monde de sa ruine〔公平無私の文化のみが世界を破滅から救出できる〉――とあり、〈知的自由〉と〈われわれの文化遺産〉を護ることによって、あなたがたが戦争を阻止するための手助けがわたしたちにもできると続けられています。[☆3]〔戦争が差し迫っているという〕最初の主張に議論の余地はありません。フランス語がわからない台所女中でも、真っさらな壁に大きな文字で「空襲注意」と書いてあれば読めますし、その意味を理解できます。ですからわかりませんと申し上げたり慎ましく黙り込んだりして、貴兄のご依頼を無視することはできません。どんな台所女中でも自分の命が懸かっていると言われればピンダロスの一節を解釈しようとするように、〈教育のある男性の娘たち〉も、そうすることで戦争を阻止する手助けになるなら、〈文化と知的自由を護る〉ために何ができるかを学識が乏しくても考えなくてはなりません。ですからわたしたちの能力の及ぶ限り、貴兄の手助けとなるこれらの方法について検討してみましょう。協会に加入してくださいというご依頼もありますが、そちらを検討するよりも先に、〈文化と知的自由を護る〉のための声明に署名してその誓いを守ることができるかどうかを考えてみましょう。

まず、その〈文化と知的自由を護る〉というかなり抽象的な言葉はどんな意味なのでしょうか？　あなたがたの手助けをするのであれば、まずはその意味を定義するとよさそうです。しかし他の名誉会計係と同じように貴兄にも時間がありません。定義を探してイギリス文学をあちこち逍遥《しょうよう》するのはそれなりに楽しいことではありますが、行き過ぎというものでしょう。したがって、いまのところそれが何なのかは了解していることにして、具体的な問題、つまりあなたがたが〈文化と知的自由を護る〉ための手助けをするにはどうしたらいいか？――という問題に絞って考えましょう。

すると、さまざまな事実を掲載している新聞がテーブルの上にあり、そこから一つ引用をすれば時間が節約でき、考察をさらに絞り込めそうです。「女性は、一四歳を超える男子の教師としては不向きであると、昨日の校長会議で決定された」。この事実がいま役立ってくれそうです――ある種の手助けはわたしたちには不可能なのです。パブリック・スクールや大学で〈兄弟たち〉の教育をわたしたちが改革しようとしたら、猫の死体や腐った卵を浴びせられ、門扉は破壊され、道路掃除人と錠前屋《じょうまえ》の仕事を増やすだけでしょう。そのあいだも歴史の教えるとおり、実権を握るお偉方は書斎の窓から騒ぎを睥睨《へいげい》しながら葉巻をくゆらせているか、美味しいクラレット[☆4]をチビチビ味わいつつ、その芳香を楽しんでおられるかもしれませんが。

　したがって、歴史の教訓と新聞の教訓を合わせれば、できることは限られます。あなたがたが〈文化と知的自由を護る〉ための手助けは、わたしたちの〈文化〉とわたしたちの〈知的自由〉を護ることによってのみ可能です。つまり、女子学寮の名誉会計係が寄付を求めてきたら、女子学寮が男子学寮に遠慮せずにすむようになったらこう変わればいいと示せます〔第一章〕。また、女性のための就職支援団体の名誉会計係が寄付を求めてきたら、〈文化と知的自由〉のためには職業実践においてこんな変化が望ましいでしょうと提案できます〔第二章〕。

　しかし有償の女子教育はまだ始まったばかりですし、オックスフォードやケンブリッジで教育を受けることのできる女子学生の数もまだ厳しく制限されているため、大多数の〈教育のある男性の娘〉にとって、〈文化〉とは〈聖なる門〉の外側で、なぜか手ぬかりがあってドアが施錠されていない公共図書館ないし各家庭の書斎から得られるものに限られます。そしてその〈文化〉のほとんどが、一九三八年現在、まだ母語の読み書きから成り立っているはずです。すると問題はさらに扱いやすくなります。立派そうな装いが取れて考えやすくなるのです。すなわちわたしたちのすべきこととは、貴兄の依頼を〈教育のある男性の娘たち〉に提示し、戦争を阻止する手助けをしてくださいと依頼すること——しかも〈文化と知的自由〉を護る方法を〈兄弟たち〉に教えてあげてくださいというのではなく、〈文化と知的自由〉というかなり抽象的な理念を遵守できるやり方で、母語を読み書きしてくださいと請うこと——です。

一見これは簡単なこと、議論もレトリックもいらないことのように思いますが、最初から新たな困難にぶつかります。すでに見てきたように、いわゆる文筆業とは、一九世紀に一連の戦闘を展開してこなかった唯一の職業です。文筆業界《グラブ・ストリート》の〈戦闘〉なるものはありませんでした。この職業が〈教育のある男性の娘たち〉に閉ざされたことはありませんでした。これはもちろん、職業上必要とされる要件がきわめて安上がりだからでした。本もペンも紙もたいへん安価で、少なくとも一八世紀以降であればわたしたちの階級の女性はみな読み書きを教わってきたので、どんな男性集団も、必要な知識を買い占めておくことはできませんでした。本を読んだり書いたりしたい女性が男性集団に加わることは拒絶できても、それ以外のやり方で読み書きすることについては禁止できなかったのです。でも、文筆業が〈教育のある男性の娘たち〉に開かれているということはつまり、名誉会計係——これこれの闘争を遂行したいので一ギニーがぜひとも必要なのです、一ギニーに条件があるなら伺いますし、その条件を守るためにできるだけのことをすると約束しますと言ってくれる名誉会計係——が、そこにはいないということです。

おわかりでしょう、このためわたしたちは困った立場に追い込まれます。どうしたら文筆業の女性たちに圧力をかけ、わたしたちの手助けをしてもらえるように説得できるでしょうか？

どうやら文筆業は他のあらゆる職業とも違うようです。この職業に代表はいません。貴兄のいらっしゃる法曹界と違って大法官もいません。規則を定めて守らせる力のある公的機関も存在しません。[☆5]女性を図書館に立ち入らせないこともできないし、[☆6]インクや紙の購入を禁止するわけにもいきません。美術学校では男子学生しかヌードモデルを見て学ぶことが許されていませんでしたが〔本章原注☆26〕、それと同じように男性しか比喩を使ってはならぬ、と定めることもできません。音楽学校では男子学生しかオーケストラで演奏できませんでしたが、同じように男性しか韻を踏んではならぬ、と定めることもできません。文筆業は想像を超えるくらい勝手放題なので、〈教育のある男性の娘〉ならだれでも男性名のペンネーム——ジョージ・エリオットやジョルジュ・サンドなど[*6]——を使用できます。その結果、官庁街《ホワイトホール》のお偉方とは違い、編集者も出版者も、原稿の臭気からでは女性の書き手であるということも、既婚か未婚かということも確かめられません。

したがって、読み書きによって収入を得ている女性たちにはほとんどまったく力を及ぼすことができないので、わたしたちは賄賂も制裁もちらつかせず、謙虚な面持ちで彼女たちのもとに赴かねばなりません。物乞いのように帽子を手に持ち、どうか時間を割いてわたしたちの願いを聞いてください、〈文化と知的自由〉のために文筆業を実践してください——と請わねばならないのです。

さて、このあたりで「文化と知的自由」をさらに定義しておくときっと役に立ちそうです。幸運なことに、わたしたちの目的のためには、その定義は網羅的でなくても詳細でなくてもかまいません。ミルトン、ゲーテ、マシュー・アーノルド[*7]にあたってみる必要はありません――彼らの定義はお金をかけた〈文化〉についての定義、つまりミス・ウィートン〔二四一頁〕に倣って言えば、物理学、神学、天文学、化学、植物学、論理学、数学、そしてラテン語とギリシャ語とフランス語などを含む文化の定義です。わたしたちがもっぱらアピールしようとしている相手は、お金をかけていない文化、つまり母語の読み書きからなる文化の持ち主です。幸い、あなたがたの声明が手元にあり、さらに定義づけをするのに役立ちます。「公平無私」という言葉をあなたがたは使っていらっしゃいます。そこでわたしたちの目的のために、文化とは〈母語の読み書きを公平無私に探求すること〉、そして知的自由とは〈考えを自分の言葉で、自分なりの方法で発言したり書いたりする権利〉と定義しましょう。とても大雑把な定義ですが、これで充分でしょう。

したがって、わたしたちのアピールはこう始まります――「〈教育のある男性の娘たち〉のみなさん、わたしたち全員が尊敬すべきこちらの男性が、戦争が差し迫っているとおっしゃっています。〈文化と知的自由〉を護れば戦争を阻止する手助けとなるとおっしゃっています。そこでお願いです、読み書きによって生計を立てておられるみなさん……」でもここで言葉が出てこなくなり、嘆願も途切れてしまいました。本の中、伝記の中の、とある事実のせいで、続けにくくなってしまった——続けられなくなってしまったようです。

その事実とは？　ここでもわたしたちはアピールを中断して、その事実について検討しなくてはなりません。見つけるのに苦労はしません。たとえばわたしたちの前には示唆的な資料があります——そのじつに真に迫る感動的な本、ミセス・オリファント[*8]の『自伝』〔一八九九〕には、たくさんの事実が詰まっています。彼女は〈教育のある男性の娘〉で、読み書きによって生活費を稼ぎました。あらゆる種類の本を書きました。小説、伝記、歴史、フィレンツェとローマの解説、書評、そして夥しい数の新聞記事が、彼女のペンから生まれ出ました。その収益から生活費を得て、彼女は子どもたちに教育を受けさせました。しかし、彼女はどのくらい〈文化と知的自由〉を護ったのでしょうか？　それはご自分で、まず彼女の小説——『公爵の令嬢』〔一八九〇〕『ダイアナ・トレロニー』〔一八九二〕『ハリー・ジョスリン』〔一八八一〕など——を、次に『シェリダン伝』〔一八八三〕と『セルヴァンテス伝』〔一八八〇〕を、『フィレンツェの建設者たち』〔一八九五〕と『ローマの建設者たち』〔一八九五〕を、最後に文芸誌に寄稿した無数の色あせた記事、書評、さまざまな小論をお読みになれば判断できます。お読みになったらご自分の精神状態を調べ、ミセス・オリファントの作品を読んだおかげで〈公平無私の文化と知的自由〉を尊重したくなったかどうかを自問してみてください。むしろその逆で、精神は翳《かげ》り想像は鈍り、ミセス・オリファントは生活費を稼いで子どもたちに教育を受けさせるために、その頭脳、そのたいへん立派な頭脳を売ってしまった、〈文化〉をお金で売ってしまった、〈知的自由〉を奴隷にした☆7——と、貴兄もお嘆きになるのではないでしょうか?

貧困が心身にどんなダメージを与えるかを考え、子を持つ親が、子に食べものと衣服を与え、世話をして教育を受けさせるにはどれだけ必要に迫られるかを考えると、ミセス・オリファントの選択には拍手を、その勇気には称賛を送らねばなりません。しかしミセス・オリファントと同様の境遇にある人たちの選択には拍手を、その勇気には称賛を送りはするものの、彼女たちにアピールする労は取らなくていいでしょう——ミセス・オリファントと同様、彼女たちが〈公平無私の文化と知的自由〉を護ることはできないのですから。声明に署名してくださいと彼女たちに頼むのは、居酒屋《パブ》の主人に向かって禁酒のための声明に署名してくださいと頼むようなものです。主人は自分では一滴たりともお酒を飲まないかもしれません。でもビールの売り上げで妻子を養っているのですから、ビールの販売をやめるわけにはいかず、声明に署名してもらったところで、それは禁酒という目標の実現には何の価値もありません——すぐさまカウンター越しに、もう一杯ビールはいかがですかと客に勧めねばならないのです。したがって〈教育のある男性の娘たち〉のうち読み書きを切り売りしなくてはならない人たちに向かい、こちらの男性の声明に署名してくださいと頼んでも、〈公平無私の文化と知的自由〉という目標のためには何の価値もないでしょう。署名したあと、ただちに机について本や講演原稿や記事を書いて〈文化〉を切り売りし、〈知的自由〉を奴隷にしなくてはなりません。意見表明としての価値はあるかもしれませんが、必要なのはたんなる意見表明ではなく積極的支援ですから、やや異なる形で依頼してみなくてはなりません。すなわち〈文化〉を貶めることは書かないと誓ってください、〈知的自由〉に抵触する契約は結ばないと誓ってください――と頼まねばなりません。しかし伝記を見る限り、この依頼には簡潔にして要を得た回答があるでしょう。つまり、わたしはお金を稼がなくてはならないのではないでしょうか？　という回答が。

こうして明らかになってきたのは、〈教育のある男性の娘たち〉の中でも、充分な収入のある人だけにアピールしなくてはならないということです。彼女たちだけに、こう語ればよいかもしれません――「充分な収入のある〈教育のある男性の娘〉のみなさん……」。でもまた途中で止まってしまいます。またもや請願の言葉が途切れてしまいました。だって、そんな女性はどのくらいいるのでしょうか？　ホイティカーを前に、財産に関する諸法律を前に、新聞で発表された遺産額を前に――要するにさまざまな事実を勘案すれば、こうして語りかけることのできる相手は一〇〇〇人、五〇〇人、いえ二五〇人もいないかもしれません。しかしそうだとしても、少なくとも複数名はいらっしゃるということですから続けてみましょう。「充分な収入のある〈教育のある男性の娘〉のみなさん、ご自分が楽しむために母語を読み書きするみなさん、どうかこの男性の声明をお読みになり、誓約を実行する見込みを持って署名していただけないでしょうか?」

ここで、もし本当にそうした方々が耳を傾けてくれているのなら、もっとはっきりしてくださいと彼女たちはおっしゃるかもしれません。それは当然でしょう。もちろん、〈文化と知的自由〉について定義してくださいとは言わないでしょう。何冊も本をお持ちで、時間もたっぷりある方々ですから、それはご自分で定義できるでしょう。でも、こうお尋ねになるかもしれません――この男性の「公平無私の」文化とはどんな意味なのでしょう? また〈公平無私の文化と知的自由を護る〉ために現実にわたしたちには何ができるのでしょう? と。この方々は〈息子〉ではなく〈娘〉ですから、わたしたちはまず、ある偉大な歴史家がかつてみなさんに賛辞を寄せていますと申し上げましょうか。トマス・マコーリー〔第一章訳注*28〕はこう述べています――「メアリ[*9]の行為は〔……〕あの完璧に公平無私の自己献身の最たるものだった。それは男性には不可能だと思われるが、時折女性に見出される性質のものである」〔マコーリー『イギリス史』第三巻、二七七~七八頁(スタンダード版)〕。何かお願いをしなくてはならないとき、褒め言葉が損になることはありません。

それから個々の家庭で長いこと重んじられてきた伝統、つまり純潔であれという伝統に言及してみましょうか。こう説いてみたらどうでしょう――「何世紀にもわたって、女性が愛もないのに身体を売るのは下劣なこと、しかし愛する夫に身体を与えるのは正しいことと考えられてきました。それと同様に、愛もなく精神を売るのは間違いであり、愛する芸術に精神を与えることこそ正しいのですと申し上げたら、賛成していただけるでしょうか？」するとこんな質問が返ってくるかもしれません——「でも「愛もなく精神を売る」とはどんな意味なのでしょうか？」と。答えはこうです——「簡単に申し上げると、お金がほしいという理由から、だれかの意向に沿って書きたくないことを書くということです。しかし頭脳を売るのは身体を売るよりもさらに大きな間違いです。身体を売る際に売り渡しているのはひとときの快楽ですが、本人が充分に気をつけていれば、事態はそのひとときだけで終わります。しかし頭脳が売られる際には、無気力で悪質で病気持ちの子孫が世に放たれ、感染源そして汚染源となり、他人にも病原菌を植えつけます。このように、頭脳の〈不義〉のほうが身体の〈不義〉よりはるかに深刻な罪なので、頭脳の〈不義〉はしないと誓っていただきたいのです」。

するとこんな返事があるでしょう——「頭脳の〈不義〉とは、自分では書きたくないことをお金のために書くという意味なのですね。つまり、出版者、編集者、講演依頼者などの人たちが、謝礼と引き換えに、わたしとしては書きたくないことを書いてほしい、わたしとしては話したくないことを話してほしいと言ってきたら、すべて断りなさいとおっしゃっているのでしょうか？」「そのとおりです。もしそんなふうに頭脳を売ってほしいと依頼が来たら、身体を売ってほしいと言われたときと同様、自分のためにも他の人びとのためにもその依頼に憤り、そんな依頼があったことを公表してください。でも「不義を働く adulterate」という動詞には、「不純物を混ぜる」という意味も辞書にあることに気づいてください。〈不純物〉はお金だけとは限りません。広告や宣伝も〈不純物〉です。したがって個人の魅力を混ぜ込んだ文化、広告や宣伝を混ぜ込んだ文化も〈不純〉な文化です。そんな文化は捨ててくださいと、貴姉にお願いしなくてはなりません。公の場で壇上に立つことはやめてください。講義をしてはいけません。日頃の貴姉の姿、プライヴァシーの詳細を世に出してはいけません。つまり頭脳を売らせようとするビジネスにおいて、業者はあの手この手で勧誘してくるかもしれませんが、いかなる形態の頭脳の〈売春〉にも与してはいけません。また、頭脳の価値はこのくらいと宣伝し保証するための玩具やラベル、すなわち勲章や称号や学位を受け取ってはいけません。きっぱりお断りになってください——それらはすべて、〈文化〉がお金で売られてきたこと、〈知的自由〉が奴隷として売られてきたことの象徴《しるし》に他ならないのです」。

〈文化と知的自由〉を護りましょうという貴兄の声明にただ署名してもらうだけでなく、その意見を実行に移してもらうとしたら、生温《ぬる》くて不完全ですがこんなところでしょう。しかし充分な収入のある〈教育のある男性の娘〉は、これでも条件が厳しすぎる、とても条件どおりにはできないと反対するかもしれません。このとおりにすると得たいであろう収入が減りかねませんし、万人にとって望ましいであろう名声が得にくくなります。非難や冷笑を浴びかねないことも無視できません。裏心のある人、頭脳を売らせて金儲けをしたい人はこれらのいずれかを大いに言い募るでしょう。そして何か見返りがあるかと言えば、あなたがたの声明のやや抽象的な文言にあるように、そうすることで「文化と知的自由を護る」ことができる、言葉だけでなく実行に移すことができる、というのみです。

条件はとても厳しい上に、〔文筆業においては〕何か団体があって彼女たちもその決定に一目置かねばならない、従わねばならないということもないので、他に説得方法がないか検討してみましょう。するとあの写真——何体もの遺体と何棟もの倒壊家屋の写真——を指す以外ないように思います。あれらの写真が〈文化の売春〉および〈知的奴隷制〉につながりがあることを示し、一方がもう一方に通じることを明らかにすれば、明らかなその結果を被って自分や他の人が苦しむよりは、金や名声を拒むほうがいい、冷笑と軽蔑を受けるほうがいい——と〈教育のある男性の娘たち〉も考えるのではないでしょうか？　手持ちの時間は限られていますし、はなはだ微力な武器しか使えないわたしたちにそのつながりを示すのは困難ですが、貴兄がおっしゃることが本当で、そこにはつながり——しかもきわめて現実的なつながり——があるというのなら、それを証明してみなくてはなりません。

では想像の中だけでも呼び出してみましょう——〈教育のある男性の娘〉で、生活していけるだけの充分な収入があり、自分の楽しみのための読み書きができている人を。そして彼女を代表――実際には階級とも言えない集団の代表――と見なし、その読み書きの結果としてできた読みものが貴姉のテーブルに載っていますから、検討してくださいと申し上げてみましょう。こう始めます――「貴姉のテーブルの上に新聞がありますね。どうして日刊紙を三紙も、週刊紙を三紙も購読されているのですか?」答えはこうでしょう――「政治に関心があり、事実を知りたいからです」。「素晴らしい関心ですが、でもなぜ三紙ずつなのでしょう? 事実についてそれぞれ違うことが書いてあるのでしょうか、そうだとしたらなぜなのでしょうか?」彼女はいくらか皮肉混じりにこう答えるでしょう――「ご自分も〈教育のある男性の娘〉だとおっしゃっているのに、内情を知らないふりをなさるのですね。大まかに言って、各紙とも各々の役員会から資金提供を受けており、役員会には方針があり、役員会はその方針に則った記事を書ける人を雇います。書き手が方針に従わなければ、少し考えればおわかりでしょうが、職を失い路頭にさまようことになります。ですから政治について事実を知りたいなら、少なくとも三紙を読み、同じ事実について三とおりの異なる報道を比較してようやく結論が下せるというわけです。だからわたしのテーブルには日刊紙が三紙あるのです」。

いわゆる〈事実関連の記事〉のことをこうしてざっと検討したところで、次は〈フィクション関連の記事〉についても見てみましょう。こう申し上げてみます――「絵画、演劇、音楽、書物などの記事もありますね。こちらに関しても同様のかなり大々的な方法を踏襲していらっしゃいますか？　つまり、絵画、演劇、音楽、書物に関する事実を知りたいときも、芸術担当の記者は編集者から賃金をもらい、編集者は役員会から賃金をもらい、役員会には遵守すべき方針があるために、三つの日刊紙と三つの週刊紙に目を走らせ、三つの異なる見方を比較して初めて、どの絵画を観るか、どの演劇や演奏会に行くか、どの本を図書館で借りるかを決めているのでしょうか？」彼女の答えはこうでしょう――「わたしは〈教育のある男性の娘〉で、読書をすることで少しばかりの〈文化〉も身につけていますから、ジャーナリズムの現状を考えても、政治についての新聞記事を鵜呑みにしないのと同様、絵画や演劇や音楽や書物についての記事も鵜呑みにはしません。見解を比べ、偏見が入っているのも見越して自分で判断します。これしか方法はないのです。だからテーブルの上には新聞が何紙もあるのです☆8」。

ということは、〈事実についての記事〉と〈意見についての記事〉と大きく二分するなら、両者とも純粋な事実、純粋な意見ではなく、混ぜものの入った事実と混ぜものの入った意見、すなわち辞書で言うところの「不純物を混ぜて質を落とした」事実であり意見であるということになります。つまり貴姉はどの記事からも、金銭絡みの動機、権力絡みの動機、広告絡みの動機、宣伝絡みの動機、虚栄心絡みの動機などの〈教育のある男性の娘〉であればおなじみの動機を取り除いて初めて、政治に関するどの事実なら信じてもいいか、芸術に関するどの意見なら信じてもいいかを決める――そういうことなのでしょうか？

「そのとおりです」と、彼女は頷きます。でも、これらの動機で真実を覆ってしまおうなどとまったく考えない人から、自分の考えでは事実はこうであると告げられたら、その人の言うことを信じるのではないでしょうか？――もちろん人の判断にはつねに誤りがある、とくに芸術作品を判断する際にその誤りはかなりのものになりかねないということは考慮して、ですが。「もちろんです」と、彼女は言います。もしそんな人が戦争は悪だと言えば、貴姉はその人を信じるでしょうか？　あるいはそんな人が、この絵画は、この交響曲は、この芝居ないし詩はよいと言えば、あなたはその人を信じるでしょうか？「誤ることもあると考慮したうえで信じます」

ではこう仮定してみてください。頭脳の〈不義〉は行わないと誓った人が、二五〇人、あるいは五〇人、あるいは二五人いれば、真実の核を手にするのに、金銭絡みの動機、権力絡みの動機、広告絡みの動機、宣伝絡みの動機、虚栄心絡みの動機などをあらかじめ取り除かなくて済みます。すると、二つのじつに素晴らしい結果が生じるのではないでしょうか？　もしも戦争の真実がわかれば、戦争の栄光など、精神をお金で売らせようとする事実調達屋の腐ったキャベツの葉の上で体を丸めたまま、潰れて死んでしまうのではないでしょうか？　そして芸術の真実がわかれば、文化を売り捌いて生活しなくてはならない人たちが書きなぐった暗鬱な頁をあちこち拾い読みする必要がなくなり、芸術をもっと楽しみたい、もっと実践したいと思え、芸術に比べれば戦争遂行など、暇な年寄りが自分の手を汚さないで楽しもうと始めた退屈なゲーム——ボールをネットの向こうに投げる代わりに、戦線の向こうに爆弾を投下させるゲーム——に見えてこないでしょうか？　つまりもし政治の真実を語りたい、芸術の真実を語りたいという目的だけを持つ人びとによって新聞が書かれたら、わたしたちは戦争ではなく、芸術こそ正しいと確信するでしょう。

ここに〈文化と知的自由〉と、何体もの遺体と何棟もの倒壊家屋の写真とのきわめて明瞭なつながりがあります。そして生活していく収入のある〈教育のある男性の娘たち〉に、頭脳の〈不義〉を行わないでくださいと依頼すれば、それはいま彼女たちに開かれた中でももっとも積極的な方法で——文筆業こそ、女性に最大限に門戸を開いている職業なのですから——、戦争を阻止する手助けを依頼することになるのです。

こうやって、わたしたちはそうした女性に話しかけます——時間がないので詳しい説明はできず、大雑把でごく簡単にではありますが。このアピールに対し、彼女は——もし存在すればですが——こう答えるかもしれません。「おっしゃることは明確です。じつに明確で、〈教育のある男性の娘〉ならだれでももうわかっているか、まだわかっていないとしても新聞を見ればすぐにわかることです。でも、もしわたしに充分に経済力があり、〈公平無私の文化と知的自由〉に賛同して声明に署名するだけではなく、自分の意見を実行に移したいという場合、何から始めればよいのでしょうか？」そして彼女がこうつけ加えるとしても当然でしょう――「でも、どうか星々の向こうの理想世界について夢を語るのはやめてください。現実世界の〈現実の事実〉について考えてください」。

たしかに、現実世界は理想世界よりもずっと扱いにくいものです。でも、ここでの〈現実の事実〉とは個人向け印刷機[*10]のことであり、そこそこの所得があれば買えるものです。タイプライターと複写機も〈現実の事実〉で、しかも印刷機よりもさらに安価です。これらの安価で、いまのところだれにでも買える道具を使えば、役員会、方針、編集者などからの圧力はただちになくなります。これらの道具を使ってご自分の心の内を語ることができます――ご自分の言葉を、ご自分の好きなときに、ご自分の好きなだけの長さで、ご自分の命じるところに従って。そしてこれこそ、これまで見てきた「知的自由」の定義に当て嵌まる活動です。

彼女はこう言うかもしれません――「でも「大衆」は？「大衆」に届けるためには、わたしは心をミンチ機に入れ、ソーセージのように絞り出さないといけないのではないでしょうか？」わたしたちはこう請け合いましょう――「「大衆」とは自分自身にそっくりなものです。部屋に住み街路を歩き、ソーセージにはうんざりしているようです。パンフレットを一階の部屋に投げ入れてみてください。売店の棚に積んでみてください。手押し車に載せて街路を歩いて、一ペニーで売るか無料で撒いてください。いわゆる「大衆」にアプローチする新たな手法を見つけてください。「大衆」を一塊の巨大怪物、身体は巨大でも愚鈍な精神しか持たない怪物のように捉えるのはやめて、個々人に分けて考えてください」。

「そしてこちらも考えてみてください。貴姉には生活していくだけの経済力があり、部屋をお持ちです――かならずしも「居心地のよい」「瀟洒《しょうしゃ》な」部屋ではないかもしれませんが、静かな自分一人の部屋をお持ちです。そこでなら宣伝やその毒気に当てられることもなく、芸術家と向き合い、絵画や音楽や書物について語ることができます。[*11] このサーヴィスにはそれに見合うだけの金額を請求してもいいかもしれません。そうすれば多少なりとも売り上げを減らしてしまうことはありませんし、虚栄心を大きく傷つけることもありません。[☆9] 少なくともこういうものが、ベン・ジョンスンがマーメイド亭でシェイクスピアに呈した批評[*12]でした。『ハムレット』を例に取ってみても、結果として文学が傷ついたという様子もありません。最良の批評家とは私人であり、傾聴に値する批評とは口頭で語られる批評だけではないでしょうか？ そういうわけで、これらの積極的な方法で、母語の書き手としての貴姉はご自分の意見を言葉にしていくことができます」。

「でも貴姉が書き手ではなく受け手の側、つまり読者であったら、〈文化と知的自由〉を護るための積極的な方法ではなく、消極的な方法を採用しなくてはなりません」。彼女はこう尋ねるでしょう——「どんな方法なんですか？」「もちろん、差し控えるという方法です。〈知的奴隷制〉を助長する新聞を定期購読しないこと。文化をお金で売る講義を聴かないこと。というのも、先ほど合意したように、自分では書きたくないことをだれかの命令で書くというのは奴隷にされるということ、文化に個人としての魅力や広告という混合物を入れるのは文化をお金で売ることなのですから」。

「これらの積極的方法と消極的方法を駆使して、あらん限りの力で輪を——悪循環の輪を、知的〈売春〉の毒樹である桑の木を囲む踊りを——破壊してください。輪が壊れれば、囚人たちも解放されるでしょう。というのも、楽しんで書くというチャンスに恵まれた書き手は、その喜びの大きさに間違いなく気づき、他の条件では書こうとしなくなるものです。また書き手が楽しんで書いたものを読むチャンスに恵まれた読み手も、そうした文章はお金のために書かれた文章よりもはるかに滋養が多いと間違いなく気づき、気の抜けた代用品をつかまされるのを拒むものです。そうすれば奴隷たちは——いま、昔の奴隷が石を積み上げてピラミッドにしたように、単語を積み上げて本にすべく、単語を積み上げて記事にすべく酷使されていますが——手首から手錠を振り落とし、苦役をやめるでしょう。そして「文化」は——いまでは不誠実という拘束服を着せられ不定形の塊と化し、半分しか真実を語れず、書き手の名声を高めたり書き手のそのまた主人の財布を膨らませたりするために、言いたいことを砂糖で甘くし水で希釈しなくてはなりませんが――元来の形、つまりミルトンやキーツ[*13]などの優れた書き手の示している本来の姿、つまり逞しく、冒険心に溢れた自由な姿を取り戻すでしょう」。

「しかしいまは〈文化〉という言葉を口にするだけで、頭痛がして瞼が重くなり、ドアが閉められ空気が淀んできます。わたしたちは講義室にいます――古い印刷物の臭気がこもる中、毎週水曜日と日曜日、ミルトンとキーツについて講義をしたり文章を書いたりしなくてはならない男性の話を聴講しなくてはなりません。そのあいだもライラックは庭で枝を気ままに揺らし、カモメは急旋回し急降下し、野生の笑い声を上げつつ、そんな古い魚は放ってくれたら喜んで食べてあげようと言っているのに」。

「貴姉へのわたしたちのお願いは以上です。お願いする理由も述べました。〈文化と知的自由〉を支持するこの声明にただ署名するだけで済ませないでください。約束を現実のものにできるよう、せめて試してみてください」。

＊

生活していくだけの収入があり、自分が楽しむために母語を読み書きする〈教育のある男性の娘たち〉がこの依頼を聞き入れてくれるかどうかはわかりません。しかし、もし〈文化と知的自由〉が護るべきもの、言葉だけでなく実行によって護るべきものであるとしたら、以上がその方法だと思います。たしかに簡単な方法ではありません。しかし、現状では〈兄弟たち〉に比べたら彼女たちのほうが実行しやすいだろうと考える理由がいくつかあります。彼女たちは、べつに本人たちの手柄ではないのですが、ある種の強迫観念を持たないで済みます。〈文化と知的自由〉を護ろうと行動するなら、すでに申し上げたように冷笑を浴びながら純潔を守らねばならず、注目を失いながら貧しくもならねばなりません。しかしすでに見たように、これらのものは女性におなじみの教師たちです。またホイティカーも事実を携えて助けてくれます。というのもホイティカーによれば、職業文化のさまざまな成果――美術館長職、博物館長職、教授職、講師職、編集職など――を女性が得ることはいまなおできないので、〈兄弟たち〉と比べ、彼女たちは文化についてより公平無私な見方ができるのです――マコーリーと違い、女性は生まれつき公平無私であると主張する必要〔一七一頁〕はまるでありません。

このように伝統と事実の後ろ盾があるおかげで、わたしたちとしても、輪を壊してください、お金で文化を売るという悪循環を壊す手助けをしてくださいと頼んでも差し支えないだろうというだけでなく、彼女たちが実在するとすればきっと助けてくれるだろうと期待できます。そこで貴兄《あなた》の声明についても、声明の文言を守ることができるなら署名してください、そうでなかったら署名しないでください――と言えるのです。

さて、戦争を阻止する手助けとして、わたしたちは〈文化と知的自由を護る〉とはどんなことなのかをこれまで考えてきましたが、次に貴兄のもう一つのご依頼、つまりわが協会にお金を寄付してほしいというご依頼について検討しなくてはなりません。名誉会計係の貴兄は、他の名誉会計係と同じようにお金を必要としています。貴兄がお金をくださいとおっしゃっているということは、他の名誉会計係にそうしてきたのと同様に、貴兄にも目的をはっきりさせてくださいと申し上げ、交渉して条件を引き受けていただくことができるのかもしれません。貴兄の協会の目的とは何でしょう？　もちろん戦争を阻止すること——です。どんな手段によってでしょうか？　大まかに言って、個人としての権利を護り、独裁に反対し、万人に等しい機会を提供するという民主的理想を確実なものにすることによって——です。これらを通じて「永続的な世界平和が確保できる」と貴兄はおっしゃいます。ならば貴兄には駆け引きをしたり交渉をしたりする必要はありません。それらが貴兄の目的ということ、全力でそれらを達成するおつもりということは疑いないのですから、この一ギニーをどうぞお受け取りください——一〇〇万ギニーだったらよかったのですが！　この一ギニーは貴兄のもの——自由な贈りもの、自由に何もつけずに差し上げるものです。

しかし「自由」という言葉はあまりに頻繁に使用されすぎ、使い古しの言葉の常として言葉の意味が薄れているようです。したがって「自由」という言葉がこの場合どんな意味なのか、こだわりすぎるくらい、きちんと説明したほうがよいでしょう。ここでの意味は、お返しにいかなる権利も特典も求めない——ということです。贈り主は、イングランド国教会の聖職者にしてほしい、証券取引所の会員にしてほしい、外交官にしてほしいなどと頼んではいません。贈り主は、貴兄が「イギリス人」であるのと同じ条件で「イギリス人」になりたいと願ってはいません。贈り主は、返礼として何かの職業に参入させてほしいなどと思っていませんし、顕彰も称号も勲章も、教授職も講師職も、何かの協会や委員会や役員会のメンバーになることも望んでいません。贈りものはそれらのあらゆる条件から〈自由〉です——あらゆる人にとって最大の重要性を持つただ一つの権利が、すでに勝ち取られているのですから。つまり彼女が生活費を稼ぐ権利を、貴兄は奪うことができないのですから。

こうしてイギリス史上初めて、〈教育のある男性の娘〉が、〈兄弟〉の依頼に応え、すでに見てきた目的のために、自分で稼いだ一ギニーを何の見返りも求めず贈呈いたします。これは〈自由〉な贈りもの、怖いからおだてておこうなどという気持ちといっさい関係なく、無条件で差し上げるものです。これは文明史においてきわめて重大な出来事なので、何かお祝いをしなくてはなりません。でも古い儀式——ロンドン市長が海亀だとか州長官だとかをお供に従えつつ職杖で石を九度叩くと、正装のカンタベリー大主教が神の祝福がありますようにと祈るという類《たぐい》の儀式*14——はやめておきましょう。何よりこの機会にふさわしい祝祭とは、古い言葉、悪意のある乱れた言葉であるせいでかなりの害をなしてきて、現在ではもう廃れている言葉を処分することではないでしょうか？　その言葉とは――「フェミニスト」です。辞書によれば「フェミニスト」とは「女性の権利を擁護する人」という意味ですが、そのただ一つの権利、すなわち自分の生活費を稼ぐという権利はすでに勝ち取られたのですから、この言葉にはもう意味がありません。意味のない言葉とはすなわち死語、劣化した言葉に他なりません。

　したがって、その屍《しかばね》を火葬に付すことをもってこの機会を祝いましょう。一枚の紙に大きな黒い字で「フェミニスト」と書き、厳かにマッチの火を点けましょう。見てください――よく燃えますね！　世界中に何という光が踊ることでしょう！　灰も乳鉢に入れ、ガチョウの羽根ペンで細かく砕いてしまいましょう。そしてこう唱和しましょう――今後この言葉を使うのは〈呼び鈴だけ鳴らして逃げる〉人[☆10]、陰口屋、死人の骨を冒瀆し、顔にはねた屍肉も洗い落とさずに平然としている人――と。煙は消え、言葉は破壊されました。わたしたちの祝祭の結果、何が起きたかを見てださい。「フェミニスト」という単語を処分したおかげで空気が澄んできました。澄んだ空気の中で見えてきたのは、同じ目的のために男女がいっしょに活動している姿です。[*15]

　過去の雲も晴れてきました。一九世紀の彼女たち――帽子の紐をあごの下で結んでショールを肩に羽織った、いまでは故人となった風変わりな女性たち――は、何のために活動していたのでしょう？　わたしたちとまさに同じ目的のためでした。「わたしたちは女性の権利だけを求めているわけではありません」と、ジョゼフィン・バトラー〔第二章訳注＊62〕が語っています。「もっと大きく深いもの、すなわち、あらゆる人びと、すべての男女が正義と平等と自由という大原則のもとで尊重される権利を求めているのです」〔ミリセント・ギャレット＝フォーセット、エセル・メアリ・ターナー『ジョゼフィン・バトラー』一九二九、タイトル頁からの引用〕。文言は貴兄と同じ、主張も貴兄と同じです。〈教育のある男性の娘〉で、本人たちは望まないながらも「フェミニスト」と呼ばれていた彼女たちは、あなたがたの運動の前衛部隊だったのです。あなたがたと同じ理由で、あなたがたと同じ敵と闘っていました。つまりあなたがたがファシズム国家の独裁と闘っているのと同様に、家父長制国家の独裁と闘っていたのです。したがって、わたしたちは母たちや祖母たちが闘ってきたのと同じ闘争を続けているのに他ならない――ということになります。母たちや祖母たちの言葉がその証拠ですし、貴兄の言葉がその証拠です。しかも貴兄からもらった手紙が目の前にあり、貴兄はこう請け合ってくださっています――自分はいまあなたがたの敵ではなく、味方として闘っています、と。

この事実はじつに感動的なので、またべつのお祝いをしなくてはならないようです。何よりもいちばんふさわしいのは、死語をさらに多く、乱れた言葉をさらに多く、もっと多くの紙に書いて焼却処分にすることでしょう――〈専制君主《タイラント》〉〈独裁者《ディクテーター》〉などはどうでしょうか？　でも残念なことに、これらの単語はまだ死語ではありません。いまでも新聞を振ってみるとその卵が落ちてきますし、官庁街《ホワイトホール》と政界《ウエストミンスター》から、紛《まご》うかたないあの奇妙な臭気が漂ってきます。それに外国ではその怪物はもっと露骨に表に出ており、紛らわしいところもありません。怪物は行動範囲を広げ、貴兄の自由を侵害し、貴兄はこう生きねばならないと命令します。怪物は男女差別だけでなく人種差別もします。あなたがたのお母様がかつて締め出されたとき、閉じ込められたときに感じていたことを、あなたがたはわがこととして感じています。いまあなたがたはご自身が締め出され、閉じ込められています――ユダヤ人であることを理由に、[*16]民主主義者であることを理由に、人種そして宗教を理由に。貴兄が見ているのはもはやイメージではありません――貴兄自身も列に連なり、とぼとぼ歩んでいるのです。

そしてこれは大きな違いです。オックスフォードでもケンブリッジでも、官庁街《ホワイトホール》でも首相官邸《ダウニング・ストリート》でも、イギリスでもドイツでもイタリアでもスペインでも、独裁政治のもとユダヤ人そして女性に対しあらゆる不正が行われていることが、いまや貴兄には明らかです。しかしいま、わたしたち男女はいっしょに闘っています。〈教育のある男性〉の〈娘〉と〈息子〉は、いま並んで闘っているのです。この事実はじつに感動的なので、何のお祝いもできないとしても、もしこの一ギニーが一〇〇万倍に増えたら全額を使っていただきたいくらいです――貴兄がご自身で課した条件以外、いっさい条件をつけずに。どうぞこの一ギニーをお取りになり、「あらゆる人びと、すべての男女が正義と平等と自由という大原則のもとで尊重される権利」を主張するのにお使いください。この蠟燭を貴兄の真新しい協会の窓辺で灯してください。いつの日か〈専制君主〉と〈独裁者〉という言葉も廃れ、わたしたちに共通の自由の赤い炎で、この二つの言葉が燃えて灰になりますように。

こうして一ギニーのご依頼に応えて小切手にサインをすれば、貴兄のご依頼のうち検討すべきものはあと一つだけ、つまり入会申込書の空欄を埋め、貴兄の協会のメンバーになることだけになります。一見、それはごく単純なご依頼で、たやすくお引き受けできそうです。一ギニーを寄付したばかりの協会に入ることほど簡単なことがあるでしょうか？　しかし表面的には簡単で単純そうですが、突き詰めると何とも難しく、何とも複雑です……。この「……」にはどんな懸念、どんなためらいが隠れているのでしょう？　協会の目的には賛同し、その資金には寄付をしたというのに、どんな理由、どんな感情のせいで、わたしたちは協会のメンバーになることをためらうのでしょうか？

それは何かの理由や感情というより、もっと深くて根源的な何か――なのかもしれません。差異――ということかもしれません。諸事実が示すように、性別において教育において、あなたがたとわたしたちは異なっています。すでに申し上げたように、この差異があるからこそ、〈自由〉を護り戦争を阻止するための手助けがわたしたちにもできるかもしれません。ところがこの入会申込書の空欄を埋め、あなたがたの協会のメンバーとして活動しますと約束したら、その差異はなくなり、わたしたちの助けは無駄になるかもしれないのです。どうしてそうなるかを説明するのは容易ではありません。でも一ギニーを進呈できるようになったおかげで、怖いからおだてておこうなどという気持ちといっさい関係なく〈自由〉に話ができるようになったと、そう自慢したばかりなのでした――。そこで入会申込書はテーブルに置いたままにして、自分の名前を書き入れるのは気が進まない理由と感情について、できるだけ言葉にしてみましょう。それらの理由や感情は、祖先の記憶の奥深い暗闇に端を発しています。それらはもつれた大きな塊になっており、明るみに出して解きほぐすのはじつに厄介です。

まず、基本的な区別から始めましょう。〈協会《ソサエティ》〉とは、何らかの目的のために手を結んだ人びとの集団です。一方、ご自分で直接手紙をお書きになった貴兄は個人です。個人としての貴兄は、わたしたちの尊敬に値するお方であり、さまざまな伝記に語られている数多くの〈兄弟たち〉の集団に属してはいますが、それでもその中のお一人です。アン・クラフ〔第一章訳注＊57〕は自分の兄についてこう語っています。「アーサーはわたしのいちばんの親友であり助言者だ……。アーサーはわたしの人生の慰めでも喜びでもある。素晴らしいこと、評判になっていることなら何でもアーサーのために知りたいと思うし、アーサーからも聞きたい」〔ブランチ・アテナ・クラフ『アン・ジェマイマ・クラフの思い出』三八、六七頁〕。これに対し、ウィリアム・ワーズワス[*17]がこう返します――ワーズワスは自分の妹〔ドロシー・ワーズワス〕のことを語ってはいるものの、過去の森の中で小夜啼鳥《ナイティンゲール》がおたがいに呼び交わすように、べつの妹〔アン・クラフのこと〕にも応答しています。

わたしの晩年の喜びとなるものは
少年のときからわたしとともにあった。
妹はわたしの瞳となり、耳となった。
控え目に気配りをしてくれ、細やかに心配してくれた。
真心であり、甘い涙の湧き出る泉であり、
愛、思考、そして喜びだった。

〔ウィリアム・ワーズワス「雀の巣」*18〔一八〇七〕〕

こんなところが多くの兄弟姉妹の個人としての関係でしたたし、現在もたぶんそうでしょう。おたがい尊敬し合い助け合い、共通の目的を持っています。では、伝記や詩からわかる兄弟姉妹の私的関係はこうだというのに、法律や歴史からわかる公的関係となると、どうしてあれほどまでに違わねばならないのでしょうか？　貴兄は弁護士としての記憶をお持ちでしょうから、イギリスの法律の最初の記録から一九一九年までの法令〔性差別廃止法のこと。第一章訳注＊8参照〕をたどって、兄弟姉妹の公的関係、社会的関係は、私的関係とはじつに異なるものだった

――と、わざわざ指摘しなくてもおわかりでしょう。「社会《ソサエティ》」という言葉を出すだけで、記憶の中の陰鬱な鐘が荒々しい音でこう告げます――させない、させない、させない。学ばせない、お金を稼がせない、所有させない、○○させない。何世紀にもわたる兄弟姉妹の社会的関係とは、およそそんなものでした。

楽観的で信じやすい性質の人なら、やがて新しい社会が素晴らしい調和の鐘の音を鳴らすだろうとか、貴兄の手紙がその前触れなのだろうとか考えるかもしれませんが、そんな日はまだ先でしょう。わたしたちはどうしてもこう自問してしまいます――人びとが集団となり〈社会〉となるとき、そこには個々人の中のきわめて利己的かつ暴力的なもの、もっとも理性と人間性を欠いたものを放出させる何かがあるのではないだろうか？〈社会〉なるものはあなたがたにはとても親切でも、わたしたちにはとても冷酷なので、わたしたちには向かないもの、真実を歪めて精神を変形させ、意志に足枷《あしかせ》を嵌めるものと思えてしまいます。〈社会〉なるものは個人としての〈兄弟〉――尊敬に値するとわたしたちの多くに思える人たち――を埋没させ、その代わりに怪物じみた〈男性〉を現出させる陰謀のように感じられます。この〈男性〉は、声を張り上げ拳を振りまわし、子どものように地表にチョークで線を引くのに夢中です。その不可解な境界線に従い、人びとは厳重に区切られ、人為的に囲い込まれます。その〈男性〉は、朱色と金色を顔に塗り、未開人のように羽根飾りをつけ、儀式を行っては権力と支配の怪しげな喜びに耽ります。そのあいだ「彼」の女にすぎないわたしたちは、彼の〈社会《ソサエティ》〉を構成する各種〈協会《ソサエティ》〉にも参加できず、それぞれの家庭の中に閉じ込められているのです。

以上のようにたくさんの記憶とたくさんの感情のぎっしり詰まった理由から──過去をこれほどまでに蓄積した複合観念《コンプレクシティ》をだれが分析できるでしょうか──、あなたがたの入会申込書に記入してあなたがたの協会に加入するのは、理性で判断しても間違ったこと、感情で判断してもできかねることと思えます。あなたがたの協会に加入すれば、わたしたちは自分たちのアイデンティティを、あなたがたのアイデンティティと統合しなくてはなりません。蓄音機でレコードをかけても針が引っかかり、いつまでも曲が先に進まないときのように、社会が容赦なく声を揃えて「軍事費に三億ポンド」とひたすら繰り返しているいま、わたしたちもあなたがたに続いて同じことを反復し、古く擦り切れたレコードの溝をさらに深く穿つことになります。わたしたちの「社会」体験を介して垣間見えたこの光景に、自分も参加することがあってはなりません。したがって、貴兄を個人としては尊敬し、一ギニーをお望みどおりに使ってくださいと差し上げることで尊敬の意を表しますが、その一方で、もっとも効果的な手助けをさせてもらうべく、協会への入会はいたしません。〈すべての男女にとっての正義と平等と自由〉という共通目的の達成のため、あなたがたの協会の内部ではなく外部で活動することにしたいのです。

でも――と、貴兄はおっしゃるかもしれません。〈教育のある男性の娘たち〉が、積極的にわれわれを手伝うと約束しながらわれわれの協会には入らないということは、ご自身でべつの協会を作るということなのでしょうか？　われわれと協力しつつ、共通目的に向かっていっしょに活動できるような協会を、われわれの協会の外部に創設したいとおっしゃるのなら、いったいそれはどんな協会なのでしょうか？――貴兄がこうお訊きになるのは当然ですし、わたしたちも、貴兄が送ってくださった入会申込書に名前を書くことを拒んだからには、このご質問にできる限りお答えしなくてはなりません。

〈教育のある男性の娘たち〉が、あなたがたの協会と同じ目的に向けて協力しつつ、あなたがたの協会の外部に創設してそのメンバーになりたい協会とはどんなものか、大急ぎで概要を示しましょう。第一に、この新しい協会は資金を必要としないので、名誉会計係を置きません――そう聞いて貴兄もほっとするかもしれませんね。事務所も委員会も秘書もいりません。会議も大会も開きません。名前がいるのであれば〈アウトサイダーの会〉とでも呼びましょうか。響きのよい名前ではありませんが、諸事実――歴史、法律、伝記上の諸事実――とぴったり符合しているという利点がありますし、まだわからないことも多いわたしたちの心理の隠れた諸事実ともたぶん合致しています。

〈アウトサイダーの会〉においては〈教育のある男性の娘たち〉が自分たちの階級にとどま

って活動します——とはいえ他の活動方法などないのですが。[☆11] そして自由、平等、平和に向け、自分たちの手法をもって活動します。彼女たちの第一の義務とは——義務と言っても〈アウトサイダーの会〉は目立たず臨機応変でなくてはならないので、義務遂行のための誓約書や儀式などは存在しませんが——武器を持って闘わないこと。いずれにしてもこの義務はたやすく守れるでしょう。新聞によれば「イギリス陸軍評議会は、女性部隊を作る予定も女性兵士を募集する予定もない」[☆12] ということですから、国家が義務遂行を保証してくれています。

第二に、彼女たちは戦時にあっても弾薬を作ってはならず、負傷兵を看護してもいけません。この前の戦争〔第一次世界大戦〕以来、これらの活動のほとんどは〈労働者階級男性の娘たち〉が担ってきたので、ここでも〈教育のある男性の娘たち〉への要請は、たぶんあったとしてもわずかでしょう。

しかし、彼女らが遂行しますと誓わねばならない次の義務は、かなりの困難が伴うもので、勇気と独創性と、〈教育のある男性の娘たち〉ならではの特殊な知識を必要とします。つまり、〈兄弟たち〉には戦いなさいと励ますこともなく、やめなさいと説得することもなく、完全なる〈中立性《インディファレンス》〉を貫かねばなりません。とはいえ「中立性」という言葉で表されている態度は、きわめて複雑でありながらきわめて重要なので、ここでもっと詳しく定義しておかねばなりません。

〈中立性〉とは、まずは事実にしっかり基づくものでなくてはなりません。ここでの事実とは、戦争がなかったら「戦闘によって発達してきた男らしい性質はどこに発散させればいいのでしょう」と男性が語る際にも〔一七頁参照〕、彼がどんな本能に駆り立てられているのか、戦闘がどんな栄光、どんな関心、どんな男らしい満足を彼にもたらしているのか、女性には理解できないという事態のことを指しています。ちょうど母性本能が女性だけのもので男性にはわからないと言われているように、戦闘が男性だけのもので女性にはわからないのであれば、その〔戦闘〕本能について女性は判断できません。したがって、アウトサイダーはこの本能をどうするかを男性に一任しなくてはなりません。[☆13] 自由な意見は尊重しなくてはなりません——何世紀にもわたる伝統と教育のせいで、女性にはまったくなじみのない本能に基づいている場合はなおさらです。これが〈中立性〉の根拠となる、根源的で本能的な区別です。

しかしアウトサイダーは、本能だけでなく理性も〈中立性〉の基礎に据えねばなりません。歴史を顧みると、男性は「われわれの国を護るために闘います」と語ってきましたし、これからもそう語るかもしれませんが、そうやって女性の愛国心を鼓舞しようとしたとしても、彼女は「アウトサイダーのわたしにとって「われわれの国」とはどんな意味だろう?」と自問するでしょう。この答えを見極めるために、彼女は自分にとって愛国心がどんな意味かを分析するでしょう。〈教育のある男性の娘〉が、過去においてどんな地位にあったのか、そして現在どのくらいの土地、富、財産を持っているか――すなわち「イギリス」のどのくらいが実際のところ自分のものなのかを調べるでしょう。また同様の資料を使って、自分がどのくらい法的保護を受けてきたのか、そして現在はどうなのかを調べるでしょう。もしも男性が、自分はあなたの身体を護るために闘うのですと付け加えるなら、女性はいま「空襲注意」[*19]という文字が真っさらな壁に掲げられる際に、自分がどのくらい身体的保護を受けることになるかを考えるでしょう。また男性が、自分はイギリスを外国の支配から護るために闘うのですと言えば、彼女は自分には「外国人」というものは存在しない、なぜなら法律によれば、自分も外国人と結婚すれば外国籍になるのだから[*20]、と考えるでしょう。そしてこれ〔自分には「外国人」というものは存在しないということ〕が事実となるように、友好関係の強制によってではなく人としての共感から事実となるように、彼女はできる限りのことをするでしょう。

　これらの事実から、彼女の理性はこう了解するに至ります――過去において、〈教育のある男性の娘〉がイギリスに感謝すべきことはほとんど皆無に等しく、現在においても大して感謝すべきことはなく、さらに未来における自分の身柄の安全はかなり疑わしい、と。しかし、イギリスの男性たち、歴史絵巻の中を行進している父たちや祖父たちは、他国の男性よりも「優秀である」というロマンティックな観念を、女性家庭教師《ガヴァネス》までもが彼女に植えつけてきたかもしれません。だとしたら、彼女はそれを抑えることこそ自分の責務と考えるでしょう――イギリスの歴史家とフランスの歴史家の著作を比べ、ドイツの歴史家とフランスの歴史家の著作を比べ、支配されてきた側、たとえばインド人やアイルランド人[*21]の証言を、支配してきた側の証言と比べることによって。それでもなお何らかの「愛国」心、たとえばイギリスのほうが他国より知性において優れているなどの信念が、まだ彼女には植えつけられたままかもしれません。それなら彼女はイギリスの絵画をフランスの絵画と、イギリスの音楽をドイツの音楽と、イギリス文学をドイツ文学と——翻訳はたくさんあるのですから——比べてみることでしょう。

アウトサイダーが理性に従い忠実にこれらの比較を行ってみるなら、自分の〈中立性〉にはじつに正当な理由がいくつもあるとわかるでしょう。アウトサイダーは、自分に代わって「われわれの」国を護るために戦ってくださいなどと〈兄弟〉に頼んでもよい根拠など何もないとわかるでしょう。彼女は言うでしょう——「『われわれの国』は、歴史の大半においてわたしを奴隷のように扱ってきました。教育を拒み、財産のいかなる所有も拒んできました。『われわれの』国は、わたしが外国人と結婚すればわたしの国ではなくなります。『われわれの』国はわたしから自衛の手段を拒み、わたしを護るためと称して毎年多額の税金をわたしに払わせておきながら、『空襲注意』と壁に掲げられたら、ほとんどわたしを護ることができません。したがって、それでも貴兄が、わたしを護るために、あるいは『われわれ』の国を護るために戦うのですと言い張るなら、冷静かつ理性的にこう了解しましょう——貴兄が戦っているのは、わたしには理解できない男性本能を満足させるため、これまでもこれからもわたしには関係のない利益を手に入れるためであり、わたしの本能を満足させるためでも、わたしを護るためでも、わたしの国を護るためでもない、と」。

そしてアウトサイダーはこう言うでしょう――「実際、女性であるわたしに国はありません。女性であるわたしは国などほしくありません。女性であるわたしにとって、全世界がわたしの国なのです」[*22]。そしてもし理性が言うべきことを言ってしまったあと、それでもまだ何か根強い感情、イギリスへの何らかの愛、つまり子どもの頃ミヤマガラスが楡の木に止まって鳴くのを聞き、砂浜に寄せては返す波の音を聞き、子守唄を耳元で歌ってもらったときに耳にしたたり落ちた滴《しずく》が残るとすれば――アウトサイダーはその理性的でないにしても純粋な感情の滴を、全世界の平和と自由のために望むものをまずイギリスにもたらすために使うでしょう。

さて、こういうものがアウトサイダーの「中立性」の性質です。そしてこの〈中立性〉には何らかの行動が続かねばなりません。アウトサイダーはこう誓うでしょう、愛国心の喧伝にはいっさい与しません、国家の自画自賛にはいかなる形でもいっさい手を貸しません、戦争の奨励者にも見物人にもなりません、「われわれの」文明ないし「われわれの」支配を他の人びとに押しつけようとする軍事教練、競技大会、野外行進、授賞式などの儀式にはいっさい参列しません――と。

個々人の生活における心理を考えると、〈教育のある男性の娘〉がこうして〈中立性〉を保てば、戦争を阻止するのにきっと実質的に役立つだろうという信念が正しいことはわかります。心理学によれば、人が行動する際、その行動が関心の的になっているときよりも、他の人びとが中立的で、どうぞお好きなようにやりなさいというときのほうが行動を起こしにくいものだと言います。幼い男の子が窓の下を闊歩しながら大声を張り上げるとき、やめなさいと言われればやめず、何も言われなければやめるのと同じです。したがって〈教育のある男性の娘たち〉は、〈兄弟たち〉に対し、臆病の象徴《しるし》としての白い羽根も、勇気の象徴《しるし》としての赤い羽根[*23]も渡してはいけません――いっさいの羽根をあげてはなりません。〈娘たち〉は、戦争のことが議論になったらその〈影響力のある輝く瞳〉[*24]を閉ざすか、あらぬ方角を見なくてはなりません。それが、死の脅威が否応なしに理性を無力化してしまう前に、平和なうちに、アウトサイダーが自分でトレーニングしてできるようにしておかねばならない義務です。

さてこれらの手法で、無名の秘密組織〈アウトサイダーの会〉は、貴兄が戦争を阻止し自由を護るための手助けをするつもりです。これらの手法を貴兄がどう評価されるにしても、あなたがた男性のほうが女性よりも遂行しにくい手法だろうということはおわかりでしょう。これらの手法は〈教育のある男性の娘たち〉にとくに向いています。〈教育のある男性〉の心理をある程度知らなくてはなりませんし、〈教育のある男性〉の心理は、〈労働者階級の男性〉の心

理と比べて高度に訓練され、言葉遣いも巧妙なのですから。☆14

もちろん他のさまざまな義務もあります。他の名誉会計係に向けた手紙でそれらの義務の概要はすでに示しましたが、〈アウトサイダーの会〉が取るべき立場の基盤となるように、繰り返しを恐れず大まかになぞっておきましょう。第一に、アウトサイダーは自分で生計を立てねばなりません。戦争を終わらせる方法として、これが重要なのは明らかです。経済的自立に基づく意見のほうが、収入がゼロか、収入に対して理念上の権利しか持たない場合の意見より説得力があるのですから――これはもう充分に強調しておいたので、これ以上証拠を挙げなくていいでしょう。そしてここからは、いま女性に開かれているすべての職業において生活していけるだけの給料が支給されるように要求するのもアウトサイダーの義務である――ということが導かれます。また同時に、自立した意見を述べるための充分な収入の得られるさまざまな新しい職業を、アウトサイダーは創設しなくてはならない――ということにもなります。

したがって、自分の階級内の無給の働き手に賃金が支給されるよう強く要求すると、アウトサイダーは誓わねばなりません。〈教育のある男性〉の〈娘たちと姉妹たち〉は、伝記の示すところでは現在もっぱら現物支給で、食べものと住居と一年に四〇ポンドという少額しかもらっていません。そしてだれよりも〈教育のある男性の母たち〉が国家から法的に賃金の支払いを受けられるよう、アウトサイダーは要求しなくてはなりません〔一〇二頁〕。わたしたちの共通の闘いにとって、これは測り知れないくらい重要です。なぜならこれは既婚女性の中でも多数の方々、それもたいへん立派な方々が、自分自身の考えと意志を持つためのもっとも効果的な方法だからです。〔国家から賃金が支給されるなら〕夫の考えと意志について、それがよいものだと自分で判断できれば支持するでしょうし、悪いと判断すれば抵抗し、「彼の妻」であることをやめて自分自身になれます。貴兄もお認めくださると思うのですが、かりに貴兄が貴兄と同じ姓を名乗る女性の収入に依存するとしたら、貴兄の心理にはきわめて微妙で望ましくない変化が起こるでしょうし、そう申し上げたとしても、貴兄の奥様への中傷にはならないはずです。

いずれにしてもこの方法はあなたがたにとって、あなたがたの自由と平等と平和を求める闘争そのものにとってじつに重要なので、〔わたしたちの〕一ギニーに条件をつけるとすればこうなるでしょう――結婚と母親業を専門とする人たちに国家から賃金が支払われるようにしてください、と。脱線になるかもしれませんが、考えてみてください。出生率が下がりつつある階級、子どもの出生が望まれる〈教育のある階級〉で、これは出生率にどんな効果をもたらすでしょうか。新聞によれば、軍人の給料を上げたら軍隊への志願者が増えたそうです。同じように給料が支給されれば、出産する女性も増えるのではないでしょうか――出産は、必要でもあれば立派なことでもあるのに、現在のところ得られる収入もなく労働としても過酷であるため、引き受け手が減っています。〔産まない女性への〕暴言と冷笑による目下の出産奨励策は失敗ですが、この方法なら成功するかもしれません。

しかしさらなる脱線にはなりますが、アウトサイダーとしてあなたがたに強く申し上げたいのは、〔国家から結婚や母親業に賃金が支給されれば〕〈教育のある男性〉としてのあなたがたの暮らしも、あなたがたの職業の名誉と活力も大きく変わるでしょう――ということです。もしあなたがたの奥様がその労働への対価としての報酬を受けるなら――子の出産と育児という労働に対し、本物の給料つまり現金報酬を受けるなら――、母親業は、現在のように給料も年金もない、不安定で不名誉な職業ではなく魅力的な職業となり、あなたがたの奴隷労働も軽減されるでしょう。[☆15]九時半に職場に着いて六時まで離れられない――という必要はもうありません。労働の平等な分配が可能になるでしょう。患者は患者のいない医者のもとへ送られるでしょう。訴訟は訴訟案件のない弁護士のもとへ。記事は書かれないままになってもかまいません。こうして文化は刺激を受けます。あなたがたは果樹が春に花をつけるのを眺めることができます。人生の盛りを、子どもたちといっしょに過ごせます。人生の盛りがそのまま過ぎてしまい、機械から引き抜かれゴミ捨て場に放り出され、生命力も物事への興味も使い果たした挙句、バースかチェルトナム界隈〔保養地〕で可哀相なだれかに車椅子を押させ、あちこちぶらついてまわる――ということにもなりません。土曜ごとの訪問者、社交界にしがみつく〈アホウドリ〉[*25]、同情依存症、他人の励ましなしでいられない腑抜けた労働奴隷でいる必要はありません。ヒトラー氏の言うような気晴らしを必要とする英雄である必要も、ムッソリーニ氏の言うような扶養している妻に傷の手当てをしてもらわねばならない負傷兵である必要もありません。[☆16]

もしも国家があなたがたの妻に対し、その労働に見合った生活費を支給するなら——その労働は牧師の労働ほどには神聖と見なされていませんが、牧師には賃金が支払われても不名誉とはならないのですから、妻の仕事に報酬があっても不名誉にはならないでしょう——、もしも彼女の自由にもましてあなたがたの自由に欠かせないこの手段が講じられたなら、職業男性が現在しばしば飽き飽きしながら、自分でも喜びがほとんど感じられず、その職業にとっても利益がほとんどないのに続けねばならない苦行は、なくなるでしょう。あなたがたには自由のチャンスがもたらされ、すべての奴隷労働の中でもっとも卑しいもの、すなわち知性の奴隷労働が終焉を迎えるでしょう。半人前でしかない男性が、完全なる男性になるかもしれません。しかし三億ポンド程度を軍隊に費やさねばならないのであれば、そんな出費は政治家御用達の都合のいい言葉を借りて言うと「現実的でない」のは明らかですから——もっと実現できそうな計画に戻るとしましょうか。

アウトサイダーは自分で生活費を稼ぎますと誓わねばなりませんが、それだけでなく、専門性を充分に発揮して稼いで、彼女が労働を拒もうものなら雇用主が困惑するくらいでなくてはなりません。アウトサイダーは職業実践のための知識を完璧に身につけ、自分の職業に専制や酷使の事例が生じた際は告発します――と誓わねばなりません。そして食べていけるだけの収入を得たら、どんな職業であれ、金稼ぎのための労働といっさいの競争はやめにして、調査のため、そしてその仕事じたいに対する愛情のために実験的な職業実践をします――と誓わねばなりません。

さらにアウトサイダーは、自由に反する職業、たとえば武器製造や武器改良などの職業の外部にとどまります――と誓わねばなりません。また自由を尊重すると公言しながら制限しているような組織《ソサエティ》、たとえばオックスフォード大学やケンブリッジ大学の職務に就いてはならず、これらの組織からの栄誉を受けてもいけません。アウトサイダーは、自分が寄付した私的協会の主張について調べてみるのと同様に、あらゆる公的組織、納税者として自動的に献金させられることになる国教会〔原文ママ。第二章訳注＊22参照〕や大学などの主張にも同じくらい注意を払い、果敢に精査することを義務と心得るでしょう。アウトサイダーは、パブリック・スクールや大学が受けた寄付金について、その用途について吟味することを仕事の一部とするでしょう。そして教育職について行ったことは、聖職に関しても行わねばなりません。まずは『新約聖書』を読み、次に神学者や歴史家の著作、〈教育のある男性の娘〉にも簡単に手の届くそれらの著作を読み、キリスト教とその歴史について知識を得ることを任務と心得るでしょう。

さらにキリスト教で実践されていることについても詳しくなるでしょう。教会の儀式に参加し、そこでの説教が精神と知性にとってどれほど価値があるかを分析し、聖職にある男性の意見を、他の職業に就いている男性の意見に対するのと同様、臆することなく批評するでしょう。

こうしてアウトサイダーの活動はたんに批判的というより、創造的になります。教育批判を通じ、〈文化と知的自由〉を護る文明社会の創造に一役買うことができます。宗教批判を通じ、宗教心を現在の囚われの状態から解放し、必要であれば新しい宗教の創造に一役買うことができます——その宗教は『新約聖書』に基礎を置くかもしれませんが、現在、『新約聖書』に基礎を置いているキリスト教とは大きく異なるものになるでしょう。そして時間がないために詳述はできないものの、これらすべての試みにあたってアウトサイダーの現在の立ち位置は——つまり〈偽りの忠誠心から自由〉で、利害関係に基づく動機から自由であるという現在国家が保証してくれている立ち位置は——有利に働くでしょう。これは貴兄も賛成してくださいますね。

〈アウトサイダーの会〉に所属する人びとの義務について、もっと数を増やしたり詳細を定義したりすることは容易ですが、あまり有意義ではありません。臨機応変であることが大切で、このあと実例をお見せするように、目下のところある程度の秘密主義がなおのこと大切だからです。しかしこうしてざっと一端を示してみただけでも、〈アウトサイダーの会〉が貴兄の協会と同じ目的、つまり自由と平等と平和という目的を掲げていることはおわかりになったと思います。同じ目的を持ちつつ、異なる性別、異なる伝統、異なる教育、そしてそれらの結果として持つようになった異なる価値観に基づき、自分たちの手が届く限りの手法によってその目的を達成しようとしているのです。大まかに申し上げて、社会の外部にいるわたしたちと、社会の内部にいるあなたがたが大きく違うのは、あなたがたはその地位から得られる方法——同盟を作る、大会を開く、遊説をする、お偉方の名前を連ねるなど、あなたがたの富と政治力によって利用可能なあらゆる方法——を使うことができるのに対し、外部のわたしたちは、公の場で公的方法によるのではなく、私的な場で私的方法によって実験しなくてはならない、という点です。

それらの実験は、たんに批判的というより創造的になります。明らかな例を二つ示しましょう。アウトサイダーは式典を開きません。と言っても禁欲精神から美を嫌っているのではなく、私的な美しさ——春、夏、秋の美しさ、花や絹地や衣服の美しさ、すべての野山に溢れる美しさとオックスフォード・ストリート[*26]のあらゆる手押し車から溢れる美しさ、あちこちに散逸していて芸術家が組み合わせれば目に見えるようになる美しさ——を際立たせることを目的の一つとするでしょう。ともあれアウトサイダーは、命令どおりに隊列を組んで行われる公的式典——男性だけが積極的役割を担うような式典、たとえば国王の崩御に際して行われる式典や、新王が王位を授けられる戴冠式――はやりません。

次に、アウトサイダーは個人に与えられる栄誉――勲章、褒章、徽章、フード、ガウン――も不要とするでしょう。個人が着飾ることに反対なのではなく、これらの栄誉は締めつけたり、型に嵌めたり、破壊したりする効果が明らかだから反対なのです。ここでもファシズム諸国が好例となってくれます――こうありたいという理想ではないにしても、こうありたくない悪例は日々伝えられ、考えさせられるところも多いので、悪例のほうもたぶん理想と同じくらい貴重です。それらの例を見ると、メダル、象徴、勲章、果ては装飾のついたインク壺☆17にも人間の精神を催眠術にかける力があるようです。したがってそんな催眠術には屈しないことを、わたしたちは目的としなくてはなりません。

わたしたちは、宣伝と広告の白々しいスポットライトを消さねばなりません――スポットライトの操作がまずいということはよくあるものですし、スポットライトを浴びる心理効果のことも考えねばなりません。次に田舎道をドライブするとき、ヘッドライトの光を浴びたウサギがどんな態度を取るかを観察してください。目は眩《くら》み、手足は硬直しています。イギリス国外に目を転じなくてもこう考えられるのではないでしょうか。暗がりから出てきた小動物がギラギラした光線に射すくめられるのに似て、ドイツそしてイギリスにおいて人間があの「身構え」、誤った非現実的な身構えをやめられないのは、スポットライトが人間の能力の自由な働きを麻痺させ、人間の変化する力と新しい統一体を創造する力を抑制しているからである——と。これは推測であり、推測というのは危ういものです。しかしながら安心と自由、変化の力と成長の力は目立たないことによってのみ確保される、もしも人間の精神が創造できるようにしたいなら、同じことの反復を止めたいなら、できることは暗闇でなさねばならない——と推測できる理由がいくつか存在します。

でも推測はもう充分、事実に戻りましょう。貴兄はこうお尋ねになるかもしれません——事務所も会合もリーダーも組織もなく、記入すべき入会申込書も給与を支払うべき秘書もいない、そんな〈アウトサイダーの会〉が存在すること、そして何らかの目的に向かって活動することはそもそも可能なのでしょうか？　と。〈アウトサイダーの会〉についてざっと説明しただけではありますが、もしこれがたんなる贅言《ぜいげん》、一つの性別ないし階級へのそれとない美辞麗句——よくあるように書き手の気持ちを楽にしたいだけの言葉で、自分以外のところに責任転嫁してそれでおしまい——というのであれば、たしかに時間の無駄でしょう。しかし幸運なことに、いまざっと描いてみた〈アウトサイダーの会〉の概要は、実在のモデルに基づいています——このモデルはじっと座っていてくれず、ひょいと身をかわして消えてしまうので、こっそり写し取ったのではありますが。とはいえこのモデル、名前があるにしろないにしろ、こんな団体が実在し活動しているという証拠は、歴史や伝記から見つけられるわけではありません。

アウトサイダーがはっきり姿を現したのはここ二〇年のこと、すなわち職業が〈教育のある男性の娘たち〉に開かれて以来のことにすぎません。しかし〈アウトサイダーの会〉の証拠は、現在生成中の歴史や伝記、すなわち新聞に、明示されたり行間に暗示されたりしています。そんな団体が実在していると確かめたい人ならだれでも、新聞から夥しい証拠を見つけることができます。

たしかに疑わしいものも数多くあります。たとえば〈教育のある男性の娘たち〉が賃金の支払いをまったく受けないか、あるいはごく少額の支払いしか受けないまま相当量の労働をこなしているからと言って、それは彼女たちが自由意志で貧困の心理的意味について実験をしている証拠と考える必要はありません。また、多くの〈教育のある男性の娘たち〉が「きちんとした食事」[☆18]をしていないという事実も、栄養不良が身体にもたらす意味について実験をしている証拠と解する必要はありません。男性に比べるとごくわずかな数の女性しか勲章や称号をもらっていないという事実も、無名でいることの美徳について実験していると考えなくてよいでしょう。そんな実験の多くは強制による実験なので、積極的な価値はありません。しかし、はるかに積極的な価値のある実験の例も、日々の新聞で表立って報じられています。そのうち三つだけ取り上げ、〈アウトサイダーの会〉は実在しているというわたしたちの主張の正しさを証明してみせましょう。

最初は実に明らかな例です。

（ウーリッジの）[*27]市長夫人は、先週、プラムステッド・バプティスト教会でバザーが開催された折にこう発言した。「……戦争協力のためだとしたら、靴下の穴をかがるのもわたしはお断りです」。ウーリッジ市民の大多数はこの発言に憤り、控え目に言っても市長夫人は配慮がなかったと受け止めている。ウーリッジ選挙民のうち一万二〇〇〇人はウーリッジ兵器工場《アーセナル》に雇用され、武器製造に携わっている。

［バザー会場でのウーリッジ市長夫人（ミセス・キャスリン・ランス）[*28]の発言、『イヴニング・スタンダード』紙（一九三七年一二月二〇日）での報道］

こんな状況で、公にそんな発言をするなんて〈配慮〉がない――これについては改めて何か言わなくてもいいでしょう。でもその勇気は間違いなく素晴らしいものだと思いますし、もしも選挙民が武器製造に従事している他の街、他の国々の他の女性市長たちも彼女の例に続くとしたら、この実験の実際的価値は測り知れないものとなるでしょう。いずれにしても、ウーリッジ市長夫人ミセス・キャスリン・ランスは、靴下を繕わないことによって戦争の阻止に向けて効力のある勇敢な実験を行っています――この点については同意できるでしょう。

アウトサイダーが活動中である二つ目の証拠として、新聞からまたべつの例を引きましょう。一つ目ほど明白ではありませんが、これがアウトサイダーによる実験、しかも他にない独自の実験で、平和という目的のために多大な価値を持つだろうということは、貴兄も同意してくださるでしょう。

大手の任意スポーツ団体の活動について語る際に、ミス・クラーク［教育庁のミス・E・R・クラーク］は、ホッケー、ラクロス、ネットボール、クリケットの女性団体を挙げ、現行の規則では優勝チームに優勝杯や賞を授与できないと指摘した。これらの各団体の試合の観客数は男性選手らの試合と比べれば若干少ないかもしれないが、女性選手らはこれらのスポーツが好きで試合をしており、毎年、選手の数も着実に増加しているので、優勝杯や賞は関心を集めるのにかならずしも必要ではないようだ。

［ミス・E・R・クラーク、『タイムズ』紙（一九三七年九月二四日）での報道］

これはきわめて興味深い実験です。大きな意味のある心理的変化、戦争を阻止するために本当に役に立ちそうな変化を人間の性質にもたらすかもしれません。さらにもう一つ興味深いのは、アウトサイダーはある種の抑制や信条から比較的自由であるため、内部にあって抑制や信条の影響をどうしても受けてしまう人と比べ、こうした実験をかなり容易に実行できるという点です。

たいへん興味深いことに、次の引用はこの裏づけになります。

この地域「ノーサンプトンシャー州ウェリンバラ」[*29]の公式サッカークラブは、女子サッカーの人気の高まりを懸念している。昨夜、ノーサンプトンシャー州サッカー協会の諮問委員会の会合が秘密裏に開かれ、ピーターバラ・スタジアム[*30]で女子サッカーの試合を行うべきかどうかを議論した。委員会のメンバーは口が重たい。……しかし一人の委員は今日こう明かした。「ノーサンプトンシャー州サッカー協会は女子サッカーを禁止する予定です。女子サッカーの人気は、イギリスの男子サッカークラブが支援不足で危機的状況にある中で出てきたものです。女子サッカー選手が大怪我をする恐れがあることも考慮しなくてはなりません」。

［『デイリー・ヘラルド』紙（一九三六年八月一五日）での報道］

これは、現在の価値観を変えようとしても、あなたがた男性のほうが抑制や信条のせいで自由な実験を行いにくい――という実例です。細かな心理分析に時間を割かなくても、同サッカー協会がその決定の根拠としている理由をざっと眺めただけで、他のもっと重要な協会がそれそれの決定の根拠とする理由にも貴重な光を投げかけていることがわかります。

しかし、アウトサイダーの実験に戻りましょう。三つ目の例として、〈消極的実験〉とでも呼べそうなものを選んでみます。

昨夜、キリスト教会への若い女性の態度が著しい変化を見せていると、オックスフォード大学聖マリア教会（大学教会）のF・R・バリー参事司祭によれば、教会の任務とは文明を道徳的なものにすることであり、これはすべての信徒の協力の欠かせない大きな任務である。……バリー参事司祭が語った。男性だけではできない。この一世紀間、あるいは二、三世紀間、女性はずっと会衆の多数派を占めてきて、女性七五パーセントに対して男性は二五パーセントほどだった。この状況は現在変わりつつある。イギリスのどの教会に入っても、よく観察すると若い女性が少ないことがわかる。……大学生を見ても、全体として男子学生よりも女子学生のほうが、イングランド国教会そしてキリスト教の信仰から遠ざかっている。

［オックスフォードのイングランド国教会グループが企画した会議での
F・R・バリー参事司祭の発言、『タイムズ』紙、一九三三年一月一〇日］

これもまた、たいへん興味深い実験です。先に申し上げたように、これは〈消極的実験〉です。第一の例では、靴下編みをあからさまに拒んで戦意を削いでいました。第二の例は、試合への関心を集めるのに優勝杯や賞がいるのかどうかを証明する試みでした。そして第三の例は、〈教育のある男性の娘〉が教会に行かなくなったら何が生じるのかを見つけようとする試みです。第三の例は他の例よりも価値があるわけではないものの、他の例より実行しやすいという点で興味深い例です——明らかにこの種の実験なら、たくさんの〈教育のある男性の娘〉が難なく試せそうですし、危険もなさそうです。不在にする——それはバザーで発言すること、試合にあたって新機軸のルールを作ることよりも簡単です。それゆえに不在にするという実験から何か結果が生じるのか、生じるとしたらどんな結果なのかは、よく気をつけて見守るだけの価値があります。

そして、たしかに有望な結果が生じています。キリスト教会は、大学での〈教育のある男性の娘たち〉の教会に対する態度について明らかに懸念を表明しつつあります。大主教委員会の報告書『女性の聖職』に、それは表れています。この報告書には——値段は一シリングと安価なので、すべての〈教育のある男性の娘〉が持っていていいものですが——こういう指摘があります。「男子学寮と女子学寮の違いは、女子学寮に司祭《チャプレン》がいないことである」。さらに報告書には「人生のこの時期に、彼ら［学生］が批判能力を最大限に使うのはごく当たり前のことである」という所見が示されるとともに、「女子大生のほとんどは金銭的余裕がなく、ボランティアとしての社会活動や、直接的な宗教活動を続けることができない」という事実に遺憾の念が表明されています。そして締め括りには「女性の奉仕がとくに必要とされている特別な分野はたくさんある。教会における女性の役割と地位について、踏み込んだ決定をすべきときが来たのは明らかである」とあります〔『女性の聖職、大主教委員会報告』第七章「中等学校と大学」六五頁〕。

この懸念がどんな理由によるものかはわかりません。オックスフォード大学の教会に女子学生が来ないせいかもしれませんし、はたまたアイズルワース〔ロンドン西部の街〕の「高学年の女子生徒たち」による「既成宗教の運営方法への多大な不満」[☆19]が、女は口を利いてはならぬとされる畏れ多い領域にどうにか届いたのかもしれません。あるいは救いようがないくらい理想を追う性、つまり男性諸氏が「人は無報酬の奉仕などしたがらないものだ」〔G・L・プレスティージ神学博士『チャールズ・ゴアの生涯』三五三頁〕というゴア主教〔一三一頁に既出〕の警告をついに受け止め、年間一五〇ポンドの給料――教会が女性執事に支払う上限――は充分ではないという意見を抱くようになったのかもしれません。いずれにしても、〈教育のある男性の娘たち〉の態度を受け、かなりの動揺が生じているようです。

イングランド国教会が魂の導き手としてどのくらい価値があると考えるかはべつとして、この〈消極的実験〉はわたしたちアウトサイダーにとってたいへん励みとなるものです。消極的であることで積極的になれる——これは外部にとどまる者にも役に立つ方法です。不在を感じさせることによって、この場にいてほしかったと思わせるのです。アウトサイダーとしては認めがたい制度をなくしたい、変えたいというとき、この方法は力となるのではないでしょうか？　公的晩餐会、公的演説、ロンドン市長の就任披露宴〔本章訳注＊14〕などの古めかしい儀式は〈中立性〉に弱く、〈中立性〉の発揮するプレッシャーには屈するのではないでしょうか？　これは暇潰し程度の軽薄な問いで、わたしたちの好奇心を満足させるだけのものかもしれませんが。

ともあれ、それは目下の問題ではありません。わたしたちは三つの実験例を挙げ、〈アウトサイダーの会〉は実在しており活動中であると貴兄に示しました。これらの三例が新聞の紙面から選んだものであることを考えれば、はるかに多くの私的実験が——その公的証拠はありませんが——水面下で行われているということは推測がつくでしょう。そしてそれらの実験こそ、わたしたちが説明してきた〈アウトサイダーの会〉の実例であること、わたしたちは思いつくままに想像で語っていたわけではなく、貴兄がご自分の協会で掲げていらっしゃるのと同一の目的に向けて、異なる手法を使って活動している実在の人たちを念頭に置いて語っていたのだとおわかりいただけるでしょう。バリー参事司祭のような鋭い観察者であれば、見つける気になりさえすれば、オックスフォード大学の閑散とした教会以外でも、実験が行われている証拠をもっと数多く見つけられるはずです。ウェルズ氏ですら、地面に耳をつければ、〈教育のある男性の娘たち〉のあいだでナチス党やファシスト党への抵抗運動が広がっていることがかすかに感じ取れる〔八四頁〕かもしれません。しかしこの抵抗運動は、鋭い観察者にも高名な小説家にも気づかれないことが大切です。

こっそりやらねばなりません。あなたがたと共通の目的のために行動し考察するのではありますが、わたしたちはいまなお秘密裏に行動し、秘密裏に考察しなくてはなりません。ある種の状況下でわたしたちがこっそりやらねばならないということ――その必要性を理解するのはそれほど難しくありません。ホイティカーが示すように給料は低く、だれもが知るように仕事はなかなか手に入らないし続けられないとなれば、主人に対する批判というのは――新聞の言い方を借りれば――「控え目に言っても……配慮がなかった」ことになるものです。貴兄もご存じでしょうが、地方選挙区において農場労働者が投票するのは労働党ではありません。[*31] 経済面で考えれば、〈教育のある男性の娘〉は農場労働者とほぼ同レヴェルです。

しかしながら、どうして農場労働者が、どうして〈教育のある男性の娘〉が秘密裏に事を行おうとするのか、その理由を探し出して時間を費やす必要はあまりないでしょう。怖いから――というのが強力な理由であり、経済的に依存している相手には恐怖を覚えるだけの強力な理由がいくつかあるのですと申し上げれば、それ以上詮索しなくてもいいはずです。でもここで貴兄は、一ギニーくださるのでしたね――とおっしゃるかもしれません。少額ではあれお金を贈呈できるわたしたちは、劣化した単語を焼却してしまうこともできる、怖いからおだてておこうなどという気持ちといっさい関係なく自由に発言できると、誇り高く宣言したのでした。その宣言にはどうも誇張が入っていたようです。いまだにいくらか恐怖があり、〈祖先の記憶が闘争のときを予告している〉[*32]ようです。〈教育のある〉男女が話をする場合、それがおたがい経済的に独立している男女だったとしても、いまなおヴェールで包み込み、慎重に言葉を選んで仄《ほの》めかし、さっと通り過ぎるような話題というものがあります。貴兄も実生活において、また伝記の中で、そんな場面に遭遇したことがあるかもしれません。〈教育のある〉男女が個人として会い、わたしたちが自慢げに述べたように「政治と民衆、戦争と平和、未開と文明」について語ったとしても〔九頁〕、回避し隠蔽する話題があるのです。

それでも、言論の自由に伴う義務に慣れておくことは重要ですし、私的場面での自由があって初めて公的場面での自由があるのですから、わたしたちはこの恐怖の正体を見極めてみなくてはなりません。それではこの恐怖とは――〈教育のある〉人間どうしでも隠蔽しなくてはならないことがあると感じさせ、わたしたちは自由なのですとせっかく誇ったことも茶番にしてしまう恐怖とは――どんな性質のものなのでしょうか……？　またもや「……」が現れ、ここには深淵があると示しています――この場合は沈黙、恐怖から来る沈黙の深淵が。

わたしたちはこの深淵について説明する勇気も技量も持ち合わせていないので、聖パウロが命じたとおりにヴェールを貴兄とのあいだに垂らし、解説役の背後に一時避難させてもらいます。幸運なことに、わたしたちのすぐそばには非の打ちどころのない解説役がいます。すなわちその解説役とは、すでに引用したパンフレット、大主教委員会の報告書『女性の聖職』のことです。これはいろいろな理由からもっとも注目すべき資料です。目下の恐怖について科学の鋭い光を投げかけてくれますし、全職業の中でもっとも高邁で、それゆえもっとも原型に近いもの、すなわち宗教という職業について考えるチャンスを提供してくれます――この宗教という職業については、あえてここまでほとんど論じてきませんでした。そしてこの職業が原型に近いのであれば、これまで論じてきた他の職業についても光明を投げかけてくれることでしょう。そういうわけで、ここでしばし立ち止まり、この報告書についてやや詳しく検討することをお許しください。

委員会はカンタベリー大主教とヨーク大主教[*33]によって「女性の聖職の展開において、イングランド国教会の指針となってきた、あるいはこれから指針となるべき神学など関連分野の諸原則を調べるために」任命されました〔『女性の聖職、大主教委員会報告』〔一九三五〕一頁〕。さて、わたしたちの目的のために取り上げようとしているのは、宗教という職業の中でもイングラン

ド国教会です。イングランド国教会は、表面上は他の宗教とよく似ている点もあるものの、ホイティカーによると多大な収入を享受し、多大な財産を所有し、給与を得ている役職には序列があるものの、全体として他のどの職業より上位に位置づけられています。カンタベリー大主教は大法官より上位で、ヨーク大主教は首相より上位です。[*34] 宗教に関わる職業だからこそ、あらゆる職業の中でもっとも上位にあるのです。

でも、「宗教」とは何でしょうか？ キリスト教が何であるかはキリスト教の創始者［イエス・キリスト］によって決められ、独特の美しさを湛《たた》えた英訳[*35]によって、だれもがその言葉を読むことができます。そこに加えられた解釈を受け入れるかどうかはべつとして、その言葉にもっとも深遠な意味が込められていることは否定できません。したがって、たとえば医学が何であるか、法律が何であるかがわかっている人は少ないとしても、『新約聖書』を持っている人なら、この宗教がその創始者にとってどんな意味だったかを理解できます。そういうわけで一九三五年に〈教育のある男性の娘たち〉が宗教に関わる職業をわたしたちにも開いてくださいと訴えたとき、聖職にある方々、他の業界であれば医者や弁護士にあたる方々は、聖職を実践するのは男性に限ると定めた法令や憲章だけではなく、『新約聖書』を参照しなくてはなりませんでした。聖職者の方々は参照しました。同委員会の報告によると、その結果、「各福音書にあるのは、われらの神は男も女も同じ魂の王国の一員、神の家の子であり、精神的な能力も同じと見なされている……」〔前掲書、五頁〕とわかりました。これを証明するために、委員会は「男も女もなく、あなたがたはみなキリスト・イエスにあって一つです」(「ガラテヤ人への手紙」第三章二八節)という一節を引いています。

するとキリスト教の創始者〔キリスト〕は、この職業にあっては訓練の必要はなく、特定の性別である必要もないと考えていたようです。彼自身が労働者階級の出身であり、同じ階級から弟子を選びました。資格としてもっとも重要だったのは非凡な才能を授かっていることで、その当時、それは大工や漁師、そして女性にも豊かに備わっていました。委員会の指摘するところでは、初期のその時代には女性預言者——聖なる才能が宿った女性——もいたことは疑いようがありません。しかも彼女たちは教えを説くことを認められていました。たとえば聖パウロは、女性が公共の場で祈りを捧げる場合にはヴェールを被らねばならないと命じていますが、「それはつまり、ヴェールを被るなら女性も預言〔つまり説教〕をして人びとの前で祈りを捧げてもよいという意味」〔前掲書、一二頁〕でした。

キリスト教の創始者も使徒の一人〔パウロ〕も女性には説教をする適性があると考えているのに、それなのになぜ女性は聖職から締め出されてしまうのでしょうか? そこが問題です——委員会はこの問題の答えを知るために、創始者の意向ではなく教会の意向を尋ねます。もちろんそこには大きな違いがあります。教会の意向はまたべつの人物の意向によって解釈されねばならず、その人物は聖パウロです。そして聖パウロは教会の意向を解釈する際に心変わりをしました。〔報告書において〕委員たちは、遠い過去に生きた無名ではあれ徳の高い女性たち――リディアとクロエ、エウオディアとシンティケ、トリファイナとトリフォサとペルシス[*36]――に言及し、彼女たちの地位について論じたあと、女預言者と女祭司の違いは何だったのか、ニカイア公会議前後の女性執事[*37]の地位はどうであったのかを見極めます。それから委員たちはもう一度聖パウロに立ち返ってこう述べます。「いずれにしても、「牧会書簡[*38]」の著者――それは聖パウロかもしれないしだれか他の人かもしれないが――は、女性は女性であるがゆえに教会における正式な「教師」の地位には就けない、そもそも男性を統治する権威をもつ職務には就けない、と考えていた」（「テモテへの第一の手紙」第二章一二節）〔前掲書、一三頁〕。

率直に言わせていただければ、これには納得できません。聖パウロの考えと、キリストその人の考え――「男も女も同じ魂の王国の一員であり……、魂の大きさも同じと見なしていた」――がどうにも合致しないのです。しかしこんなにも事実に接近しているときに、細かな言葉の意味について騒ぎ立てても無駄なのかもしれません。キリストあるいは聖パウロが何を意味していようと、事実として四世紀か五世紀に宗教という職業は高度に組織化され、「執事は（女性執事とは異なり）「その職務を御心にかなうまで務めたら」ゆくゆくは教会のより高位の役職に任用されるだろうとの見通しを持つことができた。しかし女性執事については、教会はただ神に「彼女が聖霊に近づくことをお許しくださいますように……彼女が自分の職務を立派にまっとうすることができますように」と祈るだけだった」〔前掲書、一八頁〕のでした。三世紀か四世紀に、教育も受けず、任命もされずに神託を受ける預言者は男女ともに絶滅したようです。代わりとなったのが、主教、司祭、執事という三聖職で、それらはすべて男性が務めるもの、しかもホイティカーが示すように男性が務め報酬を受けるものでした。教会が職業となったとき、その職業を実践する人たちには給料が支払われることになったのでした。

そうすると、宗教という職業は、文学という職業の現状と本来よく似ていたようです。[☆20] 最初は預言の才のあるすべての人に開かれていたのです。訓練はいりませんでした。職業上必要なものはごくシンプルで、声と市場とペンと紙さえあればよかったのです。たとえばエミリ・ブロンテ〔第二章訳注＊69〕はこう書いています。

わたしの魂は臆病ではない
世に嵐が吹き荒れても震えはしない
わたしには天の栄光の輝きが見える
そして信仰も等しく輝いて、わたしを恐怖から護ってくれる

ああ、わたしの胸の内なる神よ、
全能で、つねにそこに在る神よ！
命が――わたしの内なる命が安らぎを得る
だってわたしは――不死の命であるわたしは――あなたの内で力を得たのだから！

エミリ・ブロンテは、イングランド国教会の司祭としてはふさわしくないかもしれませんが、かつての女預言者――叙任されず、お金も支給されずに預言をしていた時代の女預言者――の精神を受け継いでいます。

しかし教会は職業となり、預言者たちは特殊な知を身につけるように求められ、その知を〔信徒たちに〕伝授する見返りとして給料が与えられるようになりました。その際、男性は内部にとどまり女性は排除されたのでした。「執事には尊厳が加えられた。その尊厳は主教との関係が近いことから一部由来しているのは間違いなかった。執事はやがて礼拝と聖礼典の助任司祭を務める。執事はこうして昇格していくが、女性執事はその最初の数段階にとどまった」〔前掲書、一四頁〕。女性執事の昇格がどれほど最初のみにとどまっているかは、次の事実によってわかります。一九三八年のイギリスにおいて大主教の年収は一万五〇〇〇ポンド、主教は一万ポンド、執事は三〇〇〇ポンド。しかし女性執事の年収は一五〇ポンドで、「教区委員」

の女性に至っては――「教会区の人びとの生活のあらゆる場面において援助を求められ」、その「労働は厳しくしばしば孤独である……」〔前掲書、五八頁〕にもかかわらず――年収は一二〇ポンドから一五〇ポンドです。*39〔これほど年収が少ないのであれば〕「祈禱が彼女の活動の中核をなさねばならない」〔前掲書、五八頁〕という記述を読んでも驚きません。

さらにわたしたちは委員会の方々よりも論を進め、女性執事はたんに「最初の数段階」を昇格するというより、あからさまに昇格を止められる――と言ったほうがいいかもしれません。女性執事は正式に叙任を受けます。「叙任は……取り消すことのできない性質のもので、生涯にわたる奉仕という義務を負う」〔前掲書、四七頁〕ものです。しかし彼女は教会の外にとどまり、もっとも慎ましい副牧師よりも低い地位でいなくてはなりません。それが教会の決定です。委員会は、教会の意向と伝統を参照したあとで報告書の最後をこう結びます。「委員会としては、女性は聖職という恩寵《おんちょう》を受ける能力を生まれつき欠いている、したがって三聖職のいずれにも認められないという見解を積極的に支持するものではない。しかし教会の一般的意向はいまもなお、聖職者は男性でなくてはならないという昔からの伝統に沿っているとの確信を得るに至った」〔前掲書、二九頁〕。

こうしてわたしたちの解説役は、あらゆる職業の中でもっとも上位にある〔聖職という〕職業も、他の職業と多くの共通点を持っていると解明してくれました。貴兄も同意してくださると思いますが、そうすることでさまざまな職業の中核ないし本質について、さらに光明を投げかけてくれました。それではあの恐怖、そのせいで自由人らしい自由な発言もできなくなってしまうあの恐怖の性質の分析についても、できれば手伝っていただけないでしょうかと頼んでみましょう。すると、ここでも解説役が助けてくれます。宗教という職業は他の職業とさまざまな共通点を持っていますが、これまで述べたことから大きな相違点が一つあるとわかります――教会は精神に関わる職業なので、その実践について説明するのに歴史だけでなく精神的理由を挙げねばなりません。法ではなく意向を吟味しなくてはならないのです。そういうわけで、〈教育のある男性の娘たち〉が教会に関わる仕事に就きたいと望んだ際に、彼女たちを拒否するためには歴史的理由だけではなく心理的理由も挙げたほうがいいだろうと委員会は考えたようです。委員たちはオックスフォード大学キリスト教哲学ノロス教授職にあるグレンステッド神学博士[*40]に助けを求め、「心理学および生理学の関連文献」をまとめ、「委員会の提示した意見および勧告の根拠」〔前掲書、七九頁〕を示してほしいと依頼しました。

しかしながら、心理学は神学ではありません。グレンステッド教授も、男女の心理と「それが人間の行動にどんな影響をもたらすかは、専門家にとってもまだ問題であり……そしてその解釈にはまだ議論の余地があり、不明な点も多い」〔前掲書、七九頁〕と主張しています。それでも教授は見解を述べており、その見解はあの恐怖――わたしたちが残念ながら心の内にあると認めたあの恐怖――の起源について明らかにしてくれます。そこで教授の言葉をそのまま追ってみるのが最善でしょう。

男性は生まれつき女性より優位にあるという見解が証拠とともに委員会に提示されている「と教授は述べています」。委員会の思惑どおりと言えるこの見解は、心理学の見地からは支持できない。男性による支配という事実について心理学者はよく認識しているが、それは男性のほうが優れているということではないし、ましてや男性のほうが先を行っている、それゆえに男性だけが聖職に就くことができるということでもない。

したがって、心理学者が明らかにできる事実は限られています。そして、教授は最初の事実について以下のように述べています。

三聖職の地位と職務に女性の参入を認めるべきだという趣旨のいかなる提案にも強い感情が生じるという事実には、多大な実質的重要性がある。委員会に提示された証言を見ると、その感情とは、この提案にもっぱら敵対的な感情である。……さまざまな合理的説明がなされているものの、こうした強い感情が生じるということは、強力な動機が潜在意識内に広範囲にわたって存在しているという明らかな証拠である。この分野で詳しい分析がなされたという記録はないが、一般にこの問いが検討される際に生じる強い感情を決定づけているのは、明らかに幼児性固着[*41]である。

この固着が厳密にどんな性質を持つかは、必然的に各人によって異なるが、その起源についての見解は一般論として述べる以外ない。「エディプス・コンプレックス」理論や「去勢コンプレックス」理論[*42]の根拠となった資料の厳密な価値や解釈については異論もあるものの、女は「できそこないの男」だという潜在意識内の想念に従い、男は優れている、女は劣っているとする一般的見解の根底には、この種の幼児期の複合観念《コンプレックス》がある。非合理的なものではあるが、これらが成人になっても残っているのは一般的であり、よくあることでもある。それらが意識的思考レヴェルより下位に存在していることは、それらが強い感情を表出させる際にわかる。三聖職への女性の参入を認めること、とくに祭壇での務めを女性に執り行わせることが何か恥ずべきことのように見なされているのは、ほぼこれらの複合観念《コンプレックス》が原因だと考えられる。この種の羞恥心は、非合理的な性的タブーによるという以外考えられない。

このあと教授は、「これら無意識の力についてのたくさんの証拠」はキリスト教以外の異教にも、そして『旧約聖書』にも見つけられると語り、それから結論を述べます。

しかしながら忘れてはならない。キリスト教における聖職についての理解は、これらの潜在意識内の感情ではなくキリストが作られた制度に基づくものであり、異教や『旧約聖書』の聖職をただなぞるのではなく、よりよいものに代えるべきものである。いままでのところ、心理学的見地から言えば、キリスト教の聖職を男性とまったく同じように女性も務めてはいけないという神学上の理由は存在しない。心理学者が予測する困難とは、感情的なものと実際的なもののみである。

［『女性の聖職』、付録一、グレンステッド神学博士「心理学および生理学の見地からの諸考察」七九〜八七頁］

この結論で、教授の言葉の引用を終わりにしましょう。

委員会の方々は、わたしたちがお願いしたように、デリケートで難しい役目を引き受けてくださいました――これには貴兄も同意してくださるでしょう。あなたがたとわたしたちのあいだに入って解説役を果たしてくださいました。委員会の方々はもっとも清らかな職業について素晴らしい実例を示しつつ、一つの職業がどのように意向と伝統に依拠しているかを見せてくださいました。そしてさらに、〈教育のある〉男女がどうしてある種の話題については率直に話し合えないのかを説明してくださいました。なぜアウトサイダーが、経済的にはもう依存していないというのに、自由な発言やあからさまな実験を怖れるのかを示してくださいました。そして最後に科学的正確さをもって、恐怖の正体を暴いてくださいました。

グレンステッド教授が証言をされる様子は、わたしたち〈教育のある男性の娘たち〉にとっては外科医の仕事ぶりを見ているようでした――科学の知識を持った偏りのない医師が、人間的な方法を用いながら人間の精神を解剖し、わたしたちの恐怖の根底にはどんな原因が、どんな起源があるのかをだれもがわかるように開示してくれたのです。それは例の卵であり、その科学用語は「幼児性固着」でした。科学に疎いわたしたちは呼び方を間違えていました。卵だ、胚だと呼んでいました〔一〇〇頁〕。わたしたちは〈空気〉の中にその臭気を嗅ぎ、官公庁《ホワイトホール》や大学や教会にその存在を突き止めていました。それをいま、教授が疑う余地もないくらいに明確に定義して説明してくださったので、今後はどの〈教育のある男性の娘〉も、どんなに自分では教育を受けてこなかったとしても、呼称や説明を間違えたりしないでしょう。

もう一度教授の説明を聞きましょう。「女性の参入を認めるべきだという趣旨のいかなる提案にも強い感情が生じる」。どの聖職――医学という聖職、科学という聖職、教会という聖職――かは関係なく、わたしを入れてくださいと言うと明らかに強い感情が示されますと、〈教育のある男性の娘〉は教授に証言できます。「こうした強い感情が生じるということは、強力な動機が潜在意識内に……存在しているという明らかな証拠である」。〈教育のある男性の娘〉は、教授のこの言葉をそのまま受け止めるだけではなく、教授が述べておられない動機もいくつかあると付け加えるでしょう。そうした動機のうち、二つだけに注目してみましょう。

まずは端的に申し上げると、女性排除にはお金に関わる動機があります。キリストの時代にどうだったかわかりませんが、現在、給料が動機の一つになっているのではないでしょうか？ 大主教は一万五〇〇〇ポンドで、女性執事は一五〇ポンド。委員会によれば教会は貧しいとのことです。女性に給料を多く支払えば、それだけ男性に支払う分が少なくなってしまいます。

第二に、委員会が「実際上の考察」〔『女性の聖職』第三章タイトル〕と称して女性を排除するとき、その根底には心理的動機があるのではないでしょうか？ 「現在、既婚の司祭であれば、叙任式で求められることを果たすために「すべての世俗の雑事や観察を断念し放棄して」いるが、その大半は妻が住まいや家族の世話をしてくれるから可能なのである……」[☆21]〔前掲書、三二頁〕。世俗の雑事や骨折りを放棄したい、他人に肩代わりしてもらいたいというのは、ある種の人にとってたいへんな魅力的な動機です。神学があれほど洗練され、学問があれほど精妙になっていることからわかるように、引きこもって研究していたいと願っている人は間違いなくいます。しかし他の人にとってみればその動機は悪しき動機、間違った動機で、さまざまな分断――教会と人びととの、文学と人びととの、夫と妻との分断――のもとになっており、わたしたちの社会《コモンウエルス》全体の調子を狂わせている原因の一端もそこにあると思えるものです。

でも、女性を聖職から排除しておきたい〈潜在意識内の強力な動機〉が何であったとしても、そしてわたしたちがそれらの動機のすべてを数え上げたり、ここで根底まで探ったりすることができないとしても、〈教育のある男性の娘〉であれば、それらの動機が「非合理的なものではあるが、これらが成人になっても残っているのは一般的であり、よくあることでもある。それらが意識的思考レヴェルより下位に存在していることは、それらが強い感情を表出させる際にわかる」ということは、自分の経験から正しいと言えます。そしてその〈強い感情〉に抵抗するには勇気が必要で、勇気が出ないときには沈黙や言い逃れで切り抜けようとしがちである――このことは貴兄にもご理解いただけるでしょう。

さて、解説役はもうその仕事を終えたのですから、そろそろわたしたちは聖パウロのお命じになったヴェールを上げて貴兄と面と向き合い、あの恐怖について、そして恐怖の原因となった怒りについて、大まかで手際の悪いことになるとしても分析しなくてはなりません。というのも、その恐怖や怒りの感情は、〈戦争を阻止するためのどんな手助けをしてくださいますか?〉という貴兄のご質問に何らかの関係があるかもしれないのです。個々人としての男女が政治と民衆について、戦争と平和について、未開と文明について話し合っている最中に、ある疑問が――たとえば〈教育のある男性の娘〉も教会の聖職に、証券取引所の会員に、外務省の役職に就けるようにしたらいいのではないかという疑問が――生じたとしましょう。その疑問はほんのわずか表明されただけだとします。しかしテーブルのこちら側のわたしたちの体内では、ただちに警報が鳴り、貴兄の側で「意識的思考レヴェルより下位にある何らかの動機」に基づく「強い感情」が沸き上がり、大きなだみ声で「そんなことはさせない、させない、させない……」と喚くのがわかります。身体には間違いようのない兆候が出ています――神経が逆立ち、スプーンないし煙草を持った指先が自動的に硬直しています。私的心理測定器《サイコメーター》をちらりと覗けば、感情の体温がいつもより一〇度から二〇度上昇しています。知的には、黙ってやり過ごしたい、話題を替えてしまいたいと思います――たぶんまったく場違いに、昔自分の家で働いていたクロスビーという名の使用人の話題を出して、クロスビーに引き取ってもらった犬のローヴァーはもう死んでしまいましてね[*43]……などと言い、先の話題を避けて体温を下げようとするかもしれません。

だとしても、テーブルのそちら側――貴兄の側――の感情について、どんな分析ができるでしょうか？　クロスビーの話をしているあいだ、わたしたちの会話はやや平坦になるかもしれません――率直に申し上げると、わたしたちはそのあいだ、貴兄についてこっそり自問していることが多いのです。テーブルの貴兄の側で癇癪が起きたのは、潜在域内のどんな強い動機からなのだろうか？　野牛を仕留めたその昔の未開人が、目の前のもう一人の未開人に自分の腕前を認めてくれと頼んでいるのだろうか？　仕事に疲れた男性が、同情がほしい、競争などもう嫌だと言いたいのだろうか？　家父長が〈接待役《セイレーン》〉を求めているのだろうか？　そして、沈黙の中でいつまでもしつこくつきまとう難問はこれです——支配とは、支配者にどんな満足をもたらすのだろうか？[☆22]

グレンステッド教授は、男女の心理は「専門家にとってもまだ問題」であり、「その解釈にはまだ議論の余地があり、不明な点も多い」と述べていましたから、こういう疑問はたぶん専門家に答えてもらうほうが賢明なのかもしれません。でも他方で、一般の男女が自由になりたいのであれば自由に発言できるようにならねばならず、男女の心理という問題を専門家に任せきりにしてはならない——というのも確かです。わたしたちの恐怖、あなたがたの怒りについて、なぜわたしたちが分析を試みなくてはならないかについては正当な理由が二つあります。第一に、そんな恐怖や怒りがあれば、個々の家々での本物の自由は実現しないから。第二に、そんな恐怖や怒りがあれば、公的世界での本物の自由もおそらく実現しないから。すなわち恐怖と怒りは、明らかに戦争を生じさせる一因になりそうなのです。そこで素人なりにですが、それら太古からあるにもかかわらず不明瞭な感情——遅くともアンティゴネーとイスメネとクレオンの時代[*44]には存在していたもの、聖パウロ本人も感じていたと思われるもの、しかし教授らが最近ようやく表面化させて「幼児性固着」「エディプス・コンプレックス」などと名づけた感情――を探ってみましょう。貴兄がどんな方法であれできることをして自由を護ってほしい、戦争を阻止してほしいとおっしゃっているのですから、いくらか頼りない分析になろうとやってみなくてはなりません。

それではこの「幼児性固着」――それが正確な名前であるようですので――を調査して、貴兄のご依頼と関連づけてみましょう。わたしたちは専門家ではなく一般人ですから、いま一度、歴史や伝記や新聞から――〈教育のある男性の娘〉が依拠できる証拠とはそのくらいなので――証拠を取り出して調べてみましょう。幼児性固着の最初の例を、伝記から取り出してみましょう。伝記の内容が豊かになり人びとの生活をよく再現できるようになったのはヴィクトリア時代以降なので、いま一度、ヴィクトリア時代の伝記を参照してみます。するとヴィクトリア時代の伝記には、グレンステッド教授が説明されたような幼児性固着の症例がじつに数多くあり、どれを選んだらいいかわからないくらいです。

たぶんウィンポール・ストリートのバレット氏[*45]の症例がもっとも有名で、彼が幼児性固着の実例であるということは、だれもが認めるところでしょう。非常によく知られているので、事実をほとんど繰り返すまでもありません。だれもがよく知っているように、父であるバレット氏は息子にも娘にも結婚を許しませんでした。娘エリザベスは恋人を父の目から隠さねばならず、ウィンポール・ストリートの家を出て恋人と駆け落ちせねばならず、そしてその不服従の行為を父親は生涯許しませんでした——だれもがこれらを細部にわたるまで知っています。バレット氏の感情は極端なまでに強く、その強さから、その感情は〈意識的思考レヴェルより下位〉の暗部に由来するものだったことが明らかです。これは幼児性固着の代表例、古典的症例で、だれもが心に思い浮かべることのできる例です。

しかしそれほど有名ではない症例——少し探せば見つかり、同じ性質のものとわかる症例もあります。パトリック・ブロンテ牧師[*46]の場合がそうです。娘のシャーロット[*47]とアーサー・ニコルズ副牧師は恋をしました。ニコルズ氏がプロポーズをした際、シャーロットはこう〔友人エレン・ナッシーに〕書き送っています。「彼〔アーサー・ニコルズ〕がどんな言葉を使ったかは貴方《あなた》にも想像できるでしょうけれど、どんな様子だったかはわからないでしょうし、わたしも忘れられません。……父にはお話しになりましたかと訊いたら、とてもそんな勇気はありませんとお答えになりました」〔ミセス・ギャスケル『シャーロット・ブロンテの生涯』〔中岡洋訳、みすず書房、一九九五、六三八〜三九頁〕〕。なぜニコルズ氏にはその勇気がなかったのでしょうか？ニコルズ氏は強くて若くて恋をしており、ブロンテ師は老いていたというのに。理由はこうでした——「ブロンテ牧師はつねに結婚に反対であり、絶えずそう口にしていた。しかしこのときは、ただ許可しないというのではなかった。ニコルズ氏が自分の娘といっしょになると思っただけで耐えられなかったのである。結果を怖れ……翌朝にはニコルズ氏にお断りするとはっきり伝えますと、シャーロットは父に約束した」〔前掲書、邦訳六三九頁〕。ニコルズ氏はハワースを去り、シャーロットは父のそばを離れませんでした。彼女はやがて結婚しましたが、結婚生活は短いものでした。その期間は、父の望みによっていっそう短縮されたのでした。

幼児性固着の第三の例としては、それほどあからさまではないものの、それだけに示唆するところの多いものを選びましょう。ジェクス＝ブレイク氏の症例です〔第二章一二〇～一二一頁参照〕。この症例における父は、結婚したいという希望ではなく、自分で生計を立てたいという娘の希望にぶつかります。この希望もまた、じつに強い感情、〈意識的思考レヴェルより下位〉に起源があると思われる感情を掻き立てることになりました。貴兄のお許しをいただいて、これも幼児性固着の症例であると言わせてください。

〔ロンドンのクイーンズ・カレッジで〕娘のソフィアは数学を教えることの謝礼として、わずかばかりの金額を提示され、父に受け取ってもいいでしょうかと許可を求めました。父はすぐさま激しい勢いで拒みました。

「ねえおまえ、教師を務めて報酬をもらおうと考えているなんて、いま初めて聞いたよ。そんなことは、おまえにまったくふさわしくないことなのだよ。わたしは同意できない。

その仕事は名誉だから、人の役に立つからとお受けするのは、わたしとしてもうれしい。……でもその仕事に対して支払いを受け取るとなれば、話はまったく違ってくる。ほとんどだれの目から見ても、可哀相におまえは落ちぶれたということになるのだ」。

〔「マーガレット・トッド医学博士『ソフィア・ジェクス＝ブレイクの生涯』六七頁、強調は父親による」〕

これはじつに興味深い発言です。実際、ソフィアは反論しました。なぜわたしにはふさわしくない、落ちぶれるなどとおっしゃるのでしょう？〔兄の〕トムが仕事をしてお金をもらっても、だれもトムが落ちぶれたなんて言わないのに――。これに対してジェクス＝ブレイク氏は、それはまったく別問題だ、トムは男であり「男として……妻と子どもたちを扶養しなくてはならないと考えている」、そのため「義務というつまらない道」を選んだのだと説明しました〔前掲書、七一頁。強調は父親による〕。それでもソフィアは納得しませんでした。彼女はさらにこう言いました――わたしは貧しいからお金がほしいだけでなく、「収入を得ることに素朴な誇り」を強く感じており、「この誇りはまったく正当なものだと確信しているのです」〔前掲書、六九頁〕。このように反論され、ジェクス＝ブレイク氏はなぜ娘がお金を受け取ることに反対なのか、ようやく本当の理由を仄めかします――本音が透けて見える発言をします。氏は、カレッジから報酬を受けるのをおまえが断るなら、わたしがおまえにお金をあげようと言ったのでした。

したがってこの父は、娘がお金をもらうことではなく、他の男性からもらうことに反対だったのでした。ソフィアもよく考えて、父の提案がおかしいと気づきます。

「するとわたしは校長先生に「仕事に報酬はいりません」と申し上げるのではなく、「わたしの父は、カレッジからではなく父からわたしが報酬を受け取ることを望んでいます」と申し上げねばなりません。校長先生は、わたしたち親子はおかしい、少なくとも馬鹿げていると思うでしょう」。〔前掲書、六九頁〕

校長がジェクス＝ブレイク氏のふるまいをどう解したかはわかりませんが、そのふるまいの根底にどんな感情があったか、わたしたちには明らかです。娘を自分の力のもとに置いておきたかったのでした。娘が父からお金を受け取るなら、娘は父の力の及ぶ範囲内にいます。しかし娘がべつの男性からお金を受け取れば、娘はジェクス＝ブレイク氏から独立し、同時にべつの男性に依存することになります。娘は自分に依存し続けていてほしい、依存状態を確実にするには経済的に依存させておくのがよい――彼が漠然とそう思っていたということは、真意の見え隠れするもう一つの発言からうかがえます。「おまえが明日にでも結婚するなら――それもわたしの気に入る相手とだが、おまえがわたしの気に入らない相手と結婚するとは思えないからね。そのときはきっと一財産やろう」〔前掲書、七一頁〕。もし彼女が賃金を得たらそんな財産などいらなくなり、彼女は自分の好きな相手と結婚してしまうでしょう。

ジェクス＝ブレイク氏の症例はごく簡単に診断できましたが、これは普通の症例、よくある症例であるためにきわめて重要です。ジェクス＝ブレイク氏はウィンポール・ストリートの怪物ではありません。ヴィクトリア時代の何千という他の父たち――その症状は公表されていない父たち――が日々行っていたことを実践しています。それゆえに氏の症例は、ヴィクトリア時代の心理の根底にあったもの――グレンステッド教授がいまなお「不明な点も多い」と述べていた男女の心理――の優れた解説になっています。氏の症例が示しているのは、娘が収入を得れば父である自分から独立してしまう、そして娘は自分で選んだ男性と勝手に結婚してしまう、それゆえに父は娘が収入を得ることを断じて許さなかった――ということです。

したがって、収入を得たいという娘の願望は二種類の嫉妬を掻き立てていた――ということがわかります。どちらもそれだけで強い感情ですが、両者が合わさるとじつに強力です。さらに重要なのは、この〈意識的思考レヴェルより下位〉に起源のあるじつに強力な感情を正当化するために、ジェクス＝ブレイク氏はあらゆるごまかしの中でも常套手段と言うべきもの、つまり議論による議論ではなく、感情に訴える議論という手段を採った――ということです。氏は心の奥底にある古くて複雑な感情に訴えています――専門家ではないわたしたちは、これを〈女らしさの感情〉と呼んでおきましょう。氏は、お金をもらうなんておまえに〈ふさわしくない〉と言いました。お金を受け取れば〈ほとんどだれの目から見ても〉〈おまえは落ちぶれた〉ということになる、しかしトムは男だから落ちぶれはしないと言いました。これは女性という性別だから違ってくる、ということです。氏はそうやってソフィアの〈女らしさ〉に訴えたのです。

男性が女性に対してその〈女らしさ〉に訴えかけるとき、男性は彼女の中に複数の感情の葛藤を呼び覚ますと言っていいでしょう。その葛藤はじつに深くて原始的な種類のもので、本人が分析したり折り合いをつけたりするのは困難を極めます。それがどんなものかは、貴兄が女性に白い羽根〔二〇〇頁〕を手渡されたとしたら呼び覚まされるであろう〈男らしさの感情〉の混乱に満ちた葛藤[☆23]と比べてみればおわかりになるかもしれません。ソフィアが一八五九年に、どうやってこの感情に取り組んだのかを見るのは興味深いものです。彼女はまず、〈女らしさ〉のうちもっとも明らかな部分、意識の表層にあって父のふるまいに対し責任を負うべきと思われたところ、すなわち〈淑女《レディ》らしさ〉を撃退しようとしました。他の〈教育のある男性の娘たち〉と同様、ソフィア・ジェクス＝ブレイクはいわゆる「淑女《レディ》」でした。〈淑女〉はお金を稼ぐことができないのですから、〈淑女〉には死んでもらわねばなりません。[*48]

ソフィアは尋ねました。「ただお金を受け取っただけで淑女は落ちぶれると、お父様は本気で思っていらっしゃるの？　お父様はティード先生[*49]にお金を払っていらっしゃったけれど、お父様の目からするとティード先生は卑しかったのでしょうか？」それから女性家庭教師《ガヴァネス》だったティード先生では、上層中流階級《アッパー・ミドルクラス》の家庭に生まれたソフィアと比較にならないと気づいたように、「ティード先生の家系はバークの『地主録』[*50]にも載っています」と付け加えます〔前掲書、六九頁〕。ソフィアは他にもただちに援軍を求め、〈淑女〉を殺そうとしました。「メアリ・ジェイン・エヴァンスは……わたしたちの親戚のうち家柄がもっとも良いかた」で、「ミス・ウッドハウス〔クイーンズ・カレッジの友人〕もわたしより良い古い家柄」ですが、二人とも、お金を稼ぎたいというソフィアの気持ちを正当なものと考えました。しかも、ミス・ウッドハウスはその気持ちを正当と考えただけではありませんでした。「ご自分のしたことで、わたしの考えが正しいと示してくれました。お金を稼ぐことが卑しいのではなく、それを卑しいと考えることこそ卑しいのですって。モーリス先生の学校〔クイーンズ・カレッジのこと。第二章訳注＊34参照〕の仕事を引き受ける際に、モーリス先生にこうおっしゃったそうです。「わたしが有給の教師として働いたほうがいいと先生がお考えなら、先生の望みしだいの給料をわたしは受け取りましょう。でもそうでないほうがいいとお考えなら、喜んで無償で働きます」。とても気高い発言だと思います」〔前掲書、七〇頁〕。

〈淑女〉とは、ときとして気高いようです。そんな〈淑女〉を殺すのは難しいことですが、それでも殺さなくてはならないとソフィアは悟りました。ソフィアが「好きなとき、ロンドン中の好きな場所に出かけられる」楽園、「地上の理想郷」――つまり（当時の）ハーリー・ストリートのクイーンズ・カレッジ、〈教育のある男性の娘たち〉が〈淑女〉としての喜びではなく「女王《クイーン》としての――労働と独立の」喜びを享受できる場所――に入りたいなら、彼女はそうしなくてはならなかったのです〔前掲書、七三〜七四頁〕。

このように、ソフィアの最初の衝動とは〈淑女〉を殺すことでしたが、[☆24]〈淑女〉を殺しても〈女性〉は残ります。それが幼児性固着という病をひた隠しにして取り繕おうとしているさまは、最初の二つの症例でいっそう明らかです。〈女性〉とは自己犠牲を払って父に尽くすことこそ神聖なる義務であるとする人間のことで、その〈女性〉をシャーロット・ブロンテもエリザベス・バレットも殺さねばなりませんでした。〈淑女〉を殺すのは困難でしたが、〈女性〉を殺すのはさらに困難でした。シャーロットは初めほとんど無理だと思い、恋人を拒みました。「……彼女は父親が望むように返事をすることだけを考え、その他のことは考慮しなかった。それは父親にとっては思慮深い行為、彼女自身にとっては無私の行為だった」〔ミセス・ギャスケル『シャーロット・ブロンテの生涯』邦訳六四〇頁〕。アーサー・ニコルズを愛していたのに拒みました。「……発言としても行動としても、彼女はまったくの受け身でいた。そのあいだも、父親がニコルズ氏のことを口にするたびに乱暴な言葉遣いをするのを聞いて、鋭い痛みに耐えねばならなかった」〔前掲書、邦訳六四〇頁〕。彼女はじっと待ち、耐えました。そしてようやく「偉大な征服者である時が」――と〔伝記作者の〕ミセス・ギャスケルは語ります――「強い偏見と人間の決意に打ち勝った」〔前掲書、邦訳六七〇頁〕。父親は結婚を認めました。しかしバレットバレット氏は〈偉大な征服者〉に負けませんでした。エリザベス・バレットはじっと待って苦しみ、とうとう逃げ出したのでした。

これら三つの症例は、幼児性固着の引き起こす感情がどれほどまでに強力かを示しています。それが並外れた力であるということは、貴兄もお認めくださるでしょう。シャーロット・ブロンテだけでなくアーサー・ニコルズも、エリザベス・バレットだけでなくロバート・ブラウニングも抑え込む力でした。それは人間の持つ情熱の中でも最強のもの、つまり男女の愛にも闘いを挑むことのできる力であり、ヴィクトリア時代のもっとも聡明、もっとも勇敢な息子や娘ですらおじけづき、父を騙したい、欺きたい、父から逃れたいと思わせるものでした。でも、この驚くべき力はどこから来ていたのでしょうか？　これらの症例からもわかりますが、その力は幼児性固着が社会《ソサエティ》に守られているという事実に由来するものでした。自然、法律、財産のすべてが、幼児性固着を取り繕おう、ひた隠しにしようと待ち構えていたのでした。バレット氏、ジェクス゠ブレイク氏、パトリック・ブロンテ牧師は、その感情の本当の性質を、自分でもいともたやすく誤認しました。父たちがわたしの娘には家にいてほしいと望めば、社会はそれに同調します。娘が抗議すれば、自然が父たちの援助にまわります。父を捨てる娘など不自然な娘だということになり、〈女らしさ〉がないと思われます。それでも娘が頑張れば、法律が父を援助します。父を捨てる娘に、自活していく道はありません。法律に則った職業は閉ざされます。とうとう唯一彼女にも開かれた職業、最古の職業〔売春〕でお金を稼ごうとするなら、彼女は〈女ではない〉ということになるのです。

もし幼児性固着に感染しているのが母だとしても、それが強大な力になることは疑いありません。しかし父が感染したとき、その力は三倍になります。自然による保護、法律による保護、財産による保護があるからです。それらの保護があったからこそ、パトリック・ブロンテ牧師は娘のシャーロットに数ヶ月間も「鋭い痛み」を与え続け、短期間に終わることになる結婚生活からさらに数ヶ月分を奪ったというのに、社会からは何の非難も受けずにイングランド国教会の司祭を務めていられたのでした。もしも彼が犬を虐待した、腕時計を盗んだというのなら、社会は彼から聖職を剝奪し、彼を追放したでしょう。すると社会そのものが一個の父であり、幼児性固着を患っていたようです。

一九世紀においては、幼児性固着を患った人たちを社会が保護していた、そればかりか正当化していた——となれば、そのまだ名前のなかった病が蔓延していたとしても驚きではありません。どの伝記を開いても、ほとんどつねにおなじみの兆候に出会います。父が娘の結婚に反対する。父が娘の自活に反対する。結婚したい、自分で生活費を稼ぎたいと娘が言うと、父の中に強い感情が生じる。その感情に、父は判で押したような言いわけをして、〈淑女〉なのに身を落としている、〈女らしさ〉が損なわれると言う――。

　しかし時折、ごく稀にですが、この病をまったく患っていない父もいました。するとその結果はとても面白いものとなります。リー＝スミス氏[*51]の事例があります。[☆25]この男性はジェクス＝ブレイク氏と同世代で、同じ社会階級の出身でした。同じようにサセックス州に土地があり、馬と馬車を複数持ち、子どもたちがいました。しかし似ているのはここまでです。リー＝スミス氏は子どもたちが大好きでした。学校には反対で、子どもたちを家に置いておきました。リー＝スミス氏の教育方法について詳しく論じるとしたら面白そうです――どうやって家庭教師を雇い、子どもたちに教育を受けさせたのでしょうか？　乗合馬車のように大きく作った馬車で、どのように毎年子どもたちとイギリス中を旅してまわったのでしょうか？　でも多くの実験好きな人たちと同様、リー＝スミス氏についての詳細はわからないので、わたしたちは「娘にも息子と同じだけお金を使わなくてはならないという変わった説の持ち主だった」という事実だけで満足しなくてはなりません。

　リー＝スミス氏は幼児性固着をまったく持たなかったので、「娘たちの買物の請求書を逐一払ってやり、時折贈り物をするという普通の方法は採用しなかった。バーバラが一八四八年に成年に達したとき、彼は毎年三〇〇ポンドの手当を支給することにした」。幼児性固着を持たないことの帰結は、素晴らしいものでした。「そのお金は善をなす力であると見なしたバーバラは、そのお金をまず教育に使った」。彼女は学校を設立しました――あらゆる性別、あらゆる階級、あらゆる信条に開かれた学校で、ローマ・カトリックの信徒も、ユダヤ教の信徒も、「先駆的な自由思想の家族に生まれ育った生徒」もいました。「それはじつに変わった学校」、アウトサイダーの学校でした。

しかし年収三〇〇ポンドで彼女が試みたのは、それだけではありませんでした。次から次へとつながりました。バーバラの援助を受けつつ、友人が「服をまとわないモデルを写生する」夜間教室を開きました。一八五八年に、ロンドンで女性に開かれていた写生教室はその一つだけでした。その後、ロイヤル・アカデミー[*52]に請願書を送りました――するとアカデミー美術学校は、よくあるように形だけのことでしたが、一八六一年に女性に門戸を開きました。[☆26]次にバーバラは女性関連の法律の問題に携わり、一八七一年には既婚女性による財産所有が実際に認められました。最後に、バーバラはミス・デイヴィス[*53]と協力してガートン・カレッジ〔ケンブリッジの女子学寮〕を設立しました。幼児性固着を持たない一人の父が、年間三〇〇ポンドを一人の娘に与えたことでなしえたことを考えると、ほとんどの父が食費と宿泊費と年収四〇ポンド以上は断じて娘に認めないというのも不思議はありません。

父たちの幼児性固着が強力だったのは明らかで、それは隠れた力だっただけにいっそう強力でした。しかし一九世紀が進むにつれ、父たちもある力にぶつかります。こちらもとても強力だったので、心理学者の方々にはぜひ何か名前をつけていただきたいものです。これまでに見てきた古い呼称は役に立ちませんし、間違いになるでしょう。「フェミニズム」という語は焼却しなくてはなりませんでした。「女性解放」も表現としては同じくらい不適切で古びた言葉です。娘たちは時代に先駆けて〈反ファシズム〉の原則に突き動かされていたなどと言っても、現在の醜悪な流行語を繰り返すだけのことにしかなりません。娘たちを〈文化と知的自由の擁護者〉と呼んでも、大講堂に積もる埃を巻き上げ、公共集会の湿っぽい野暮ったさを思い起こさせることにしかなりません。

しかもこれらの名称やレッテルでは、父たちの幼児性固着に抵抗するための原動力となった、娘たちの本当の感情を言い表すことはできません。伝記の示すところによれば、その力の背後にあった感情は多種多様で、しかも矛盾だらけです。もちろん涙も流しました――涙、苦い涙、知識欲を阻まれた者の涙です。[*54] ある娘は化学の勉強がしたかったのに、家にあった本からは錬金術のことしかわからず、「学べないことに苦い涙を流した」といいます。そして理性に基づく率直な愛がほしいという願望もありました。ここでの涙は怒りの涙です。「彼女はベッドに身を投げ出して泣きじゃくった。「ああ、ハリーが屋根の上にいるの」と彼女。「ハリーってだれのこと？　どの屋根？　どうして？」とわたし。「ああ、馬鹿なことを言わないで。ハリーには帰ってもらわないと」と彼女」。しかし恋愛などしたくない、恋愛などしないで理性的な生活を送りたいという望みもありました。「謹んで告白させてもらうと……わたしは恋愛について何も知らないのです」と娘の一人は記しました。[☆27] 何世紀も結婚だけが唯一の職業だった階級の者の告白としては奇妙ですが、でも重要な告白です。旅行したいと望み、アフリカを探検したい、ギリシャやパレスティナで発掘調査をしたいと考えた娘もいました。音楽の勉強がしたい、家の中で楽器をポロンポロンと弾くだけではなく、オペラを、交響曲を、四重奏曲を作りしたいと望んだ娘もいました。絵を描きたい、蔦の絡む田舎家ではなくヌードを描きたいと望んだ娘もいました。[*55]

娘たちがみな望んだのは――しかし彼女たちが望んだ多種多様なもの、意識してあるいは無意識で、あれほどまでに長い時間をかけて望んだすべてのものを要約する言葉などあるでしょうか？　ジョゼフィン・バトラーが掲げたレッテル――「正義、平等、自由《リバティ》」――は素晴らしいですがレッテルにすぎませんし、無数のレッテル、色とりどりのレッテルに溢れた現代、わたしたちはこうしたレッテルに疑心暗鬼になっています――レッテルとは何かを押し殺したり、締めつけたりするものです。「自由《フリーダム》」という昔ながらの言葉も、彼女たちが求めたのは

「気まま《フリーダム》」ではなかったので適しません。彼女たちが望んだのは法を破るのではなく見つけることでした——アンティゴネーがそう望んだように。[☆28]

わたしたちは人間の動機についてあまり多くを知りませんし、言葉も足りないようなので、一九世紀、父たちの力に抗した力を一語で表すことはできないとだけ了解しておくことにしましょう。言えるのはとてつもない力だったということ、それのみです。[*56] その力はそれぞれの家のドアを押し開けました。ボンド・ストリートとピカデリーを開放しました。[*57] クリケット場とサッカー場を開放しました。ドレスのひだ飾りとコルセットを時代遅れにしました。世界最古の〔売春という〕職業（ホイティカーは何の統計も示しませんが）の収益を低下させてしてしまいました。縮めて言えば、五〇年のうちにラヴレス伯爵夫人〔第一章訳注＊65参照〕とガートルード・ベル〔第二章訳注＊63〕の暮らしを過去の遺物に、ほとんど信じがたいくらい過去の遺物にしてしまったのです。逞しい青年たちの激しい感情にも勝利を収めてきた父たちが、降参しなくてはなりませんでした。

もしもこれで話は終わりです、ドアがぴしゃりと閉ざされておしまいになりました[*58]——ということなら、わたしたちはすぐさま貴兄の手紙に戻り、貴兄が記入してほしいとおっしゃる入会申込書を手に取るでしょう。しかし、これは終わりではなく始まりでした。わたしたちはここまで過去形で語ってきましたが、そろそろ現在形を使いましょう。たしかに父たちは私的な場では降参しましたが、公的な場での父たち、つまりさまざまな協会《ソサエティ》、さまざまな職業に結集した父たちは、私的な場の父よりさらにこの致命的な病に冒されやすかったのでした。病は動機を得ました。そのことによって、ある権利、ある観念と結びついたので、家庭の中よりも外においていっそう有害になりました。すなわち妻子を養いたいという欲望——これほど強大で根深い動機があるでしょうか？　それは〈男らしさ〉と結びついていました——家族を養えない男性は、〈男らしさ〉という彼自身の観念の中で失敗者となるのでした。そしてこの〈男らしさ〉という観念は、娘にとっての〈女らしさ〉という観念と同じくらい根深いものではないでしょうか？　いまや挑戦を受けているのは、この動機、この権利、この観念でした。これらを守らねばならない、しかも女性たちの攻撃から守らねばならないとなれば、おそらくは〈意識的思考レヴェルより下位〉の感情が、かならずやたいへんな激しさを伴って沸き上がってくるだろうということは、ほとんど疑いようがありません。男性司祭のみがその務めを行うことの是非が問われれば、ただちに幼児性固着から荒々しい憤激が生じます——この感情には〈性的タブー〉という科学的名称がついています。

二つの例を挙げましょう。一つ目は私的なもの、二つ目は公的なものです。ある学者は「出身大学が女性の入学を許可したことに非難の意を表すために、大好きだった出身学寮を訪ねることも、大学街に入ることも拒んだ[☆29]」。奨学金を新設しましょうという提案をある病院が退けたが、それは女子医学生に与える奨学金であって女性によって創設されたものだから、ということだった。[☆30]間違いなく、どちらの行為もあの羞恥心――グレンステッド教授の言う「非合理的な性的タブーによるという以外考えられないもの」――に突き動かされているのではないでしょうか？　さらに、感情が強固なら、それを取り繕い隠蔽するための援軍もいっそう強力でなくてはなりません。自然が引き合いに出されました。自然は全知であり不変である、その自然によって女性の脳は形を歪められ小さくされたのだ――と論じられました。これについてバートランド・ラッセル[*59]はこう書いています――「暇つぶしが欲しかったら、有名な骨相学者たちのイカサマを調べてみるといい。躍起になって頭蓋骨を計測し、女性は男性より劣ると証明しようとしている」[☆31]〔ラッセル『科学的な見せかけ』一九三一、一七頁〕。どうやら科学は性別を超越しているどころか、一個の男であり一個の父であり、しかも病に冒されているようです。

　こうして病に冒された科学は注文に応じて計測を行い、こんな小さな頭蓋骨では試験を受けるわけにはいかない、などとしたのでした。大学と病院の〈聖なる門〉の前で、何年ものあいだ、そんな頭蓋骨――試験に合格できないように自然が造ったと教授連中が言うような頭蓋骨――の持ち主でも、試験を受けてよいというお許しが出るのを待ちました。ついにお許しが出ると、試験に合格しました。それらの必要ではあれ虚しい勝利の数々は、長くてうんざりするリストとなって、おそらく他の記録破りのリスト[☆32]といっしょに学寮の保管庫に収められているようです。そして女子学寮の学寮長は、女性たちについての文句のつけようもない凡庸さの公的証明がほしくなると、いまなおそれらのリストを頼りにするようです。

しかしなお自然は頑張りました。試験に合格する頭脳と創造的頭脳とはべつものだ、責任を引き受けたり高給を稼ぎ出したりできる頭脳ともべつものだというのでした。前者は実際的な頭脳、瑣事にこだわる頭脳、上役の監督のもと単純労働をこなすのにうってつけの頭脳であるというのでした。そしてほとんどの職業が閉ざされているので、それは否定しようがありませんでした。娘たちは帝国を支配したことも、艦隊を指揮したことも、軍隊を勝利に導いたこともなく、文学だけが自分たちに開かれた職業だったために、何冊かのささやかな本を書いて職業上の能力を証明したにすぎませんでした。

それに、職業が開かれたときに頭脳が何をなそうと、身体は残ります。司祭らは言いました――自然はその果てしない叡智をもって、男性こそ創造者なりと、不変の法則として定めたのである。楽しみを味わうのは男性であり、女性はただ受け身に耐え忍ぶのみ。耐え忍ぶように造られた身体にとって、苦痛は快楽より有益なものである――。バートランド・ラッセルは「かなり最近まで、妊娠、出産、授乳についての医師たちの見解はサディズムに満ち満ちていた。たとえば出産において麻酔を使ったほうがよいと彼らを説得する際、使わない場合よりも多くの証拠を出さねばならなかった」〔前掲書、一七頁〕と述べています。そのように〔女性は耐え忍ぶものだと〕科学によって論じられ、教授連中は同意しました。

しかしついに娘たちが口を挟みました。頭脳も身体も訓練によって変化するのではないでしょうか？　野生のウサギは飼育されたウサギと違うのではないでしょうか？　この不変の自然というものを、わたしたちは変えてはいけないのでしょうか――実際、変えているのではないでしょうか？　マッチで火を点ければ霜も溶けます。死が近づいたと自然が宣告しているときにも延命できます。娘たちはさらに論じました――それに朝食の卵だって、雄鶏だけで作ったものでしょうか？　黄身や白身がなかったら、司祭や教授のみなさんの朝食も、ずいぶん侘《わび》しいものになるのではないでしょうか？

ところがそこで、司祭連中と教授連中はいっせいに声を揃えました。でも出産という重荷が女性だけに課せられているのは、あなたがたも否定できないだろう――。もちろんわたしたちは否定しませんし、出産を断念するつもりはありませんが――と、娘たちは本に載っている統計表を見ながら主張しました。女性が出産にかける期間は、現状では――二〇世紀の現在では――ごくわずかです。☆33 そのわずかな期間のために、イギリスが危機にあったとき〔第一次世界大戦のこと〕、わたしたちは官公庁《ホワイトホール》でも、農場でも、工場でも働かなかったとおっしゃるのでしょうか？　対する父たちの答えはこうです――戦争は終わった、われわれはイギリスにいるのだ、と〔イギリスにいるのだから安泰だ、ということ〕。

そして現在、イギリスの只中にあるわたしたちがラジオのニュースを聞けば、幼児性固着に蝕まれた父たちがいまこの瞬間、それらの疑問にどう答えているかが聞こえてきます。

「家庭こそ女の本来の居場所……。女は家庭に戻れ……。政府は仕事を男に与えよ……。労働省によって強い抗議がなされる見通し……。女は男を支配してはならない……。二つの世界がある、一つが女の世界、もう一つが男の世界……。われわれの食事の作り方を習わせよ……。女どもにはできなかった……。できなかった……。できなかった……」[*60]。

いま現在この場にいても、幼児性固着から発せられる騒音と混乱がひどく激しいために、わたしたちは自分で話している言葉すら聞き取りにくくなっています。騒音と混乱はわたしたちの口から言葉を奪い、言っていないことを言わせようとします。騒音に耳を澄ませると、まるで子どもの夜泣きのようです——いまヨーロッパ全土を覆い尽くしている闇夜のもと、言葉にならない声で、アー、アー、アー、アー……[*61]。しかしこれは新しい泣き声ではなく、太古の昔からある泣き声です。ラジオを消して過去に耳を澄ませましょう。わたしたちはいまギリシャにいます——キリストも聖パウロも誕生する以前のことです。さあ聴いてください。

「いったん国が支配者を選んだなら、瑣末事であろうと重大事であろうと、正当な事態であろうとそうでなかろうと、その男に服従するのが当然のことだ……。不服従よりもひどい悪はないのだ……。われわれは秩序という大義を重んじなくてはならない。決して女に負かされてはならぬ。女は女でなくてはならず、野放しにしてはならない。召使らよ、女たちを家庭に連れ戻せ[*62]」。

これは独裁者クレオンの声です。これに対し、彼の娘になるはずだったアンティゴネーはこう答えます——「地上で神々とともにある正義の女神は、そんな法を人間に課していません」。しかし、アンティゴネーには支えとなる資力も腕力もありませんでした。クレオンは言いました——「わたしはあの女を人里離れた道に連れていき、生きながら岩穴の中に閉じ込めよう」。そして彼はアンティゴネーを、ホロウェイならぬ強制収容所ならぬ[*63]、墓穴に閉じ込めました。そしてこれらの言葉を放ったクレオンは一族に荒廃をもたらし、大地に累々と遺体を撒き散らしました。こうして貴兄といっしょに過去の声に耳を傾けていると、またしてもあの写真を眺めているようです——スペイン政府がほぼ毎週送ってくる、何体もの遺体と何棟もの倒壊家屋の写真を。物事は繰り返されるようです。今日の声にしても光景にしても、二〇〇〇年前と変わりません。

さて、わたしたちは恐怖の正体について問いを重ねてきましたが、そろそろ結論です。この恐怖はそれぞれの家庭における自由を妨げるものでした。それは小さくてささやかなもの、個人的なものと見えて、じつはもう一つの恐怖とつながっていました――公的な恐怖、小さくもなくささやかでもない恐怖の念で、貴兄もこの恐怖を覚えたからこそ、わたしたちに戦争を阻止する手助けをしてくださいと依頼してきたのでした。

こうした結論に至らなかったら、わたしたちがふたたびあの写真を見ることもなかったかもしれません。しかしその写真は、もはやこの手紙の冒頭で貴兄とわたしたちが同じ感情を抱いた、あの写真――貴兄が「おぞましく厭わしい」と呼び、わたしたちもおぞましく厭わしいと呼んだあの写真――と同一ではありません。この手紙を書き進め、事実に事実を付け加えているうちに、もう一枚の写真が前面に出てきました。そこには男性の姿が写っています。人によっては彼こそ男そのものである、[☆34] 男らしさの化身であり完璧な模範である、その他の男たちはすべてできそこないの影でしかないと言いますが、いや違うと言う人もいます。たしかに彼は男性です。生気のない目でこちらを睨んでいます。不自然に力んだ身体は、軍服の中にしっかり収められています。軍服の胸元には数個の勲章と、その他の謎めいた象徴《しるし》が縫いつけられています。手には剣を握っています。彼はドイツ語では総統《フューラー》、イタリア語では首領《ドゥーチェ》、英語では専制君主《タイラント》ないし独裁者《ディクテーター》と呼ばれています。彼の背後には何棟もの倒壊家屋と何体もの遺体が撒き散らされています——男たち、女たち、そして子どもたちの遺体が。

しかしわたしたちが貴兄にこの写真を示しているのは、いま一度、貴兄に憎悪という不毛な感情を抱いてほしいからではありません。むしろ他の感情を——こんなふうに色をつけた写真にさっと写し出されたものであれ、人間の姿がわたしたち人間の中に呼び覚ます感情を——解き放ちたいからです。この写真はつながりを、あなたがたとわたしたちにとってじつに重要なつながりを示唆しています。つまり公的世界と私的世界には分かちがたいつながりがある、一方の世界での専制と隷属は、もう一方の世界での専制と隷属であると示唆しています。しかし写真の中の人間は、他のもっと複雑な感情をも喚起します。つまり、あなたがたもわたしたちも、その姿と無関係ではなく、むしろその姿と同一であると示唆します。抵抗できず、服従する他ない受け身の傍観者ではない、思考と行動によってその姿を変えられると示唆します。

共通の関心がわれわれを一つに結びつけています。世界は一つ、生活も一つです。一つであると理解するのがどれだけ重要かは、何体もの遺体と何棟もの倒壊家屋が証明しています。もしあなたがたが公的世界で大きな抽象化を試みるあまりに私的な姿を忘れたら、そしてもしわたしたちが私的感情の強烈さのせいで公的世界を忘れたら、ともに破滅でしょう。どちらの建物も、公的世界も私的世界も、物質的なものも精神的なものも全滅でしょう——いずれも分かちがたくつながっているのですから。でも貴兄からお手紙をいただいたということは、希望が持てるということです。手助けしてほしいとおっしゃる貴兄は、そのつながりを理解しておいでです。貴兄の言葉から、わたしたちも表面的な事実の奥に隠れていたさまざまな他のつながりに気づきました。

いまここにおいても、貴兄の手紙に誘われて、小さな事実、取るに足りない些事には耳を塞いでしまいたい、大砲の爆音や蓄音機の喚き声などには耳を貸したくない、むしろ詩人たちがおたがいを呼び交わしつつ、分け隔てなどチョークで書いた線にすぎないのだから消してしまえばいい、そして一つになればいい、そう請け合う声に耳を傾けていたいという気がしてしまいます——人間の精神には境界から溢れ出る力がある、そして多様性から一つのものを作り出す力がある、そう貴兄と話していたいと思います。しかしそれは夢見ること——歴史が始まってこのかた、人間の心につねに去来してきた見果てぬ夢、平和の夢、自由の夢を夢見ることにすぎません。でも貴兄は銃声のこだまを耳にしながら、わたしたちに夢見てくださいと頼んできたわけではありません。平和とは何でしょう？　とお尋ねになったのではなく、戦争を阻止するためにはどうしたらいいでしょうか？　と尋ねていらしたのです。ですから夢の何たるかは詩人に任せて、わたしたちは写真に、事実に、いま一度目を据えましょう。

軍服姿のその男性を他の人びとがどう考えるかはべつとして——いろいろな意見がありますから——、貴兄の手紙が示しているのは、貴兄にとってその写真は悪しきものの姿であるということです。わたしたちはその写真をべつのさまざまな角度から見ていますが、結論は貴兄と同じ、悪しきものです。その写真が表している悪を破壊すべく、おたがいできる限りのことをしようと決意しています――あなたがたはあなたがたの手法、わたしたちはわたしたちの手法で。わたしたちの手法がどんなものになるかは、ここまで示そうと試みてきたとおりです――不完全で表面的な説明になりましたが、それはいまさら言うまでもないでしょう。[☆35]

しかしその結果、貴兄のご質問への答えはこうならねばなりません――戦争を阻止するためのわたしたちの最善の手助けとは、あなたがたの言葉を繰り返し、あなたがたの方法に従うのではなく、新しい言葉を見つけ、新しい方法を創造することです。戦争を阻止するためのわたしたちの最善の手助けとは、あなたがたの協会に加わるのではなく、その外部にとどまり、その目的を果たすために協力することです。目的は同じ、「あらゆる人びと、すべての男女が正義と平等と自由という大原則のもとで尊重される権利」〔ジョゼフィン・バトラーの言葉、一八七頁〕を主張することです。この言葉についてのさらに細かい説明は不要でしょう――きっと貴兄もわたしたちと同じように解釈しているはずです。言いわけも不要でしょう――あらかじめお断りしておいた不備、この手紙がふんだんに示すことになった不備を、きっと貴兄は大目に見てくださるでしょうから。

それでは、貴兄が送ってくださった入会申込書、わたしたちに記入してほしいとおっしゃる入会申込書に立ち返りましょう。ここまでに申し上げた理由のため、わたしたちは自分の名前を書きません。でも、わたしたちの目的があなたがたと同じだと、できる限り実質を伴った形で示すため、一ギニーを差し上げます。これは無償の贈り物、貴兄ご自身が課した条件以外は何もつけず、自由に差し上げるものです。これは三ギニーのうちの三番目です。でもこれらの三ギニーは、三人の名誉会計係にそれぞれ差し上げてはいるものの、同じ一つの目的に奉じています——三ギニーの目的は一つであり、切り離すことはできません。

さあ、あなたがたも時間がないのですから終わりにしましょう。三人のみなさんに三つのお詫びを。第一に手紙が長くなったこと、第二に寄付が少額であること、第三に手紙をそもそも差し上げていることにお詫びを申し上げます。でも最後のことはむしろみなさんのせいなのです——返事をくださいというお求めがなかったら、この手紙も書かれなかったでしょうから。

原注

第一章

☆1 〈教育のある男性の娘たち〉に総額いくらぐらいの教育費が充てられていたのか、正確な数字を見つけるのは難しい。メアリ・キングスリ（一八六二〜一九〇〇）の教育費は、おそらく総額合わせても二〇ポンドか三〇ポンドしかなかっただろう。一九世紀、そして二〇世紀に入ってからも、総額一〇〇ポンドくらいが平均と見ていいようだ。乏しい教育しか受けなかった女性は、教育不足をしばしば痛感した。「外出すると、わたしの受けた教育にはいろいろな欠点があることをいつも痛切に感じた」と記しているのは、初代ニューナム学寮長アン・J・クラフ〔本章訳注＊57〕である（ブランチ・アテナ・クラフ『アン・ジェマイマ・クラフの思い出』〔一八九七〕六〇頁）。

クラフもそうだが、エリザベス・ホールデン[＊1]も多くの文人を輩出した一族の出身だった。しかしやはりクラフと同様の教育しか受けることがなかったため、成人して「まず思ったのは、自分には教育が足りない、どうしたら補えるだろうということだった。大学に行けたらよかったけれど、その当時、女の子が大学に行くのは稀だったし、ぜひお行きなさいと勧められることもなかった。それに学費も高かった。一人娘のわたしが、伴侶に先立たれた母親を家に置いていくなんてありえなかったし、そんなことが実現できると思わせてくれる前例もなかった。その頃、通信教育を進めようという新しい動きがあった……」（エリザベス・ホールデン『一九世紀から二〇世紀へ』〔一九三七〕七三頁）。

教育を受けていない女性はしばしば無知を隠そうと努めた。その努力は勇ましいものだったが、いつもうまくいくわけではなかった。「高貴なご婦人方はにこやかに時事問題を口にしながらも、議論になりそうな話題は注意して避けていた。ぼくが驚いたのは、ご自分の知り合いの関わること以外となると、何も知らないし関心もないということだった……。下院議長のお母様という方ですら、カリフォルニアはイギリスの一部、大英帝国の一部と思い込んでいた！」（ホラス・アネスリー・ヴァチェル[*2]『彼方の草原』〔一九三七〕一〇九頁）。

一九世紀には、〈教育のある男性〉は女性の無知を好ましいと思うものと考えられていたために、女性はしばしば無知をわざと装った。このことは、トマス・ギズボーン[*3]が『女性の義務についての考察』（一七九七）という教訓書を著し、「能力や学識はあまり夫に見せないほうがよい」と女性に勧める人びとを叱責していることからうかがえる。「それは慎み深いというより技巧だ。偽装であり、意図的な隠蔽だ……。見せないように努めてもじきにボロが出る」。

しかし一九世紀の〈教育のある男性の娘〉は、本よりも人生に対し、いっそう無知だった。なぜ無知だったのか、その理由の一つが次の引用からわかる。「男はたいてい「紳士的」ではないと思われていた。つまり付き添いのいない若い女に会えば、言い寄ってくるもの、そしてもっと不埒なことに及びかねないものと思われていた」（ラヴレス伯爵夫人〔第一章訳注＊65〕「社交界と社交の季節」『タイムズ』紙、一九三二年三月一九日、一四頁）。そのため女性はきわめて限定的な知り合いとの社交しかできず、それ以外のことは「何も知らないし関心もない」としても仕方なかったのである。一九世紀にあって、男らしさの概念と〔女性の〕無知はそんな関係にあった。ヴィクトリア時代の小説の男性主人公を例に考えてみるといいが、「紳士的」でありながら男らしい、ということはありえなかった。サッカレーはある有名な一節で、「紳士的」であることにも男らしいことにも制約があり、自分はその双方の制約を受けながら書かねばならないと訴えている。[*4]

☆2　われわれのものの考え方は現在なお執拗なまでに男性中心的なので、ぎこちないながら〈教育のある男性の娘〉という用語を作って、パブリック・スクール〔第一章訳注＊1参照〕と大学で教育を受けた者を父とする階級を指すことにしたい。「ブルジョワ」という用語は、彼女の兄弟には当てはまるかもしれないが、ブルジョワジーの二大特徴である資本と環境という点で大きく異なる彼女たちには、明らかに当てはまらない。

☆3　一九世紀に、イギリスでスポーツとしての狩猟によって殺された動物は数えきれないに違いない。一九〇九年のチャッツワース[*5]における一日の狩猟では、一二一二頭の獲物が仕留められている（ポートランド公爵『男、女、その他のさまざまな事柄』〔一九三七〕二五一頁）。狩猟の回想録に、女性が銃を手にしている場面はほとんどなく、狩場に現れた女性にはかなり辛辣な悪口が叩かれる。馬術が巧みだった一九世紀の女性として有名な「スキトゥルズ[*6]」は、性に放縦な女性だった。一九世紀においては、狩猟と女性の不品行に何らかの関係があると思われていたようだ。

☆4　もちろん、教育のある女性にしか提供できないものが一つある。子どもである。戦争を阻止するために女性になしうる手助けの一つが、妊娠拒否である。だからこそヘレナ・ノーマントン[*7]は「どこの国の女性であれ、戦争阻止のためになしうるのはただ一つ、「兵士」の供給を中止することである」と述べた（『デイリー・テレグラフ』紙、一九三七年三月五日、〈平等な市民権のための全国評議会[*8]〉

の年次総会報告）。新聞の投書でも、しばしばこうした見解が支持を集める。「なぜ近頃の女性が子どもを産もうとしないのか、ハリー・キャンプベル氏にわたしは説明できます。戦争によってあらゆる人びとが一網打尽にされるのではなく、争いを起こした人だけが打撃を被《こうむ》るような方法で男性方が国々を治めるなら、女性はもう一度大家族を持ってもいいと思うかもしれません。今日のような世界で、女性がどうして子どもを産もうと思えるでしょうか」（エディス・マチューリン＝ポーチ『ディリー・テレグラフ』紙、一九三七年九月六日）。教育のある階級で出生率が下がっているという事実から、教育のある女たちはノーマントンの助言を採用しつつあると見なせるだろう。二〇〇〇年以上前の『リジストラータ』[*9]〔紀元前四一一頃初演〕においても、同様の状況下に置かれた女性たちに向けて同様の助言が与えられている。

☆5　本文で挙げた以外にも、もちろんさまざまな種類の影響力がある。次の引用に示されているのはわかりやすい影響力である――「三年後……お気に入りの牧師が国家聖職禄を得られるように、その女性は大臣だった彼〔ヘンリー・チャプリン〕に手紙を寄越し、力を貸してほしいと懇願してきた」（ロンドンデリー侯爵夫人『ヘンリー・チャプリン――回想録』[*10]〔一九二六〕五七頁）。その一方で、マクベス夫人[*11]が夫に及ぼしたような、きわめて複雑な影響力もある。両者のあいだのどこかに、D・H・ロレンスが述べているような影響力もある。「背後に女性がいないと、ぼくは何をやろうとしてもどうしようもなくなる……。背後に女性についていてもらわないと、この世界でじっと座ってなんていられない……。でも愛する女性がいれば、未知のものと向き合っていられる。彼女がいなかったら、未知のものと向き合うなんてちょっとできない」（『D・H・ロレンスの手紙』[*12]〔一九三二〕、九三～九四頁）。取り合わせは妙かもしれないが、前国王エドワード八世が退位の際に行った有名なスピーチ[13]でも、よく似たことが語られていた。

外国での昨今の政治状況を見ると、公平無私とは言えない影響力がまた使われるようになってきたようだ。たとえば――「このエピソードから、ウィーンにおける女性の影響力が現在どのくらいのものかわかる。昨年の秋、女性が専門職に就く機会をいっそう狭める政策が検討されていた。抗議も嘆願も書状も、いっさい無駄だった。最後にウィーンの名だたる女性たちの一グループが……困り果てて集まり、計画を練った。それから二週間、そのうち数名の女性が、毎日数時間ずつ、自宅で開催する晩餐会にお招きしたいという名目で、個人的な親交のある大臣に電話をかけた。ウィーンの女性ならではの魅力をさんざん振りまきつつ、彼女たちは大臣らにあれこれ質問をし、話をさせ、最後にわたしたちは悩んでいるのですと目下の問題に言及した。電話を受けた大臣らは、女性に無礼なふるまいはしたくなかったが、この作戦のせいで時間を取られては国家の緊急問題に対処できなくなってしまうので妥協策を講じ、同政策を延期することにした」（ヒラリー・ニューウィト『女は選ばねばならない――今日のヨーロッパにおける女性の地位』[14]〔一九三七〕一二九頁）。

　女性参政権をめぐる闘いにおいても、同じような影響力がしばしば意図的に使われた。しかし参政権を得たせいで、女の影響力は損なわれてしまった――と言われている。だからこそマルシャル・フォン・ビーベルシュタインは「女性はいつも男を導いてきた……が、女性には参政権を手にしてほしくないと、わたしは思っている」という意見だった（エリザベス・ホールデン『一九世紀から二〇世紀へ』[15]二五八頁）。
☆6　イギリス女性は、女性参政権運動[16]において暴力を行使したとさんざん批判を受けた。一九一〇年、女性参政権運動家《サフラジェット》らがビレル氏の帽子を「ぺちゃんこ」にし、氏の向こう脛を蹴ったことを、アルメリック・フィッツロイ卿はこう評した。「組織的「暴徒」が、かよわい老人をこうして襲ったことを鑑みるなら、多くの人はこの運動が狂気と無秩序に突き動かされていると確信するだろう」（『アルメリック・フィッツロイ卿回想録』[*17]（一九二五）第二巻、四二五頁）。この評言は、ヨーロッパ戦争〔第一次世界大戦〕において行使された暴力にはどうやら適用されない。それどころか、イギリス女性が参政権を与えられたのは、イギリス男性がこの戦争で暴力を行使するのに貢献したからである。「〔一九一六年〕八月一四日、アスキス首相[*18]は〔女性参政権への〕反対を撤回し、こう述べた。『たしかにライフルなどを手に戦地に赴くという意味では〔女性は〕戦えないが……いちばん効果の高い方法で戦争遂行に協力してくれている』」（レイ・ストレイチー[*19]『大義』（一九二六）三五四頁〔邦訳『イギリス女性運動史——一七九二〜一九二八』出淵敬子ほか監訳、みすず書房、二〇〇八、三〇〇〜〇一頁〕）。ここに難問がある。戦争遂行に協力しなかった女性、戦争遂行をできるだけ妨害した女性は、他の女性が「戦争遂行に協力した」ために与えられた参政権を使ってもよいだろうか？

　女性がイギリスの完全な娘ではなく、〈義理の娘〉であることは、結婚すると国籍が替わるという事実からわかる〔第三章訳注＊20〕。ドイツ人を撃退することに協力していてもいなくても、イギリス女性はドイツ人と結婚すればドイツ女性になる。結婚すれば彼女の政治的立場は正反対になり、孝行すべき親も替えねばならない。

☆7　女性参政権が無視できないものになったことは、平等市民権協会全国連合《NUSEC》（第二章訳注＊21参照）が折に触れて公表している事実からわかる。「この出版物（『女性参政権の成果』）はもともと一頁のパンフレットだった。現在（一九二七年）では六頁のパンフレットになり、絶えず追加すべきことがある」（ミリセント・ギャレット＝フォーセット、エセル・メアリ・ターナー『ジョゼフィン・バトラー』一〇一頁)。

☆8　男女の生活や心理に関連が深そうな諸事実を調べようとしても、現在のところ利用できる統計はない。重要なのに不思議と見過ごされているこの領域の調査を始めるには、まずイギリス全土の地図を用意して、男性の所有する土地は赤で、女性の所有する土地は青で塗ってみるといいだろう。次に男女の消費する羊などの家畜数、ワインとビールの消費量、煙草の消費量を比べねばならない。その後、運動量、家事量、性交渉のための設備数などについての詳細な検討が必要である。歴史家は、むろんたいていは戦争や政治のことばかり取り上げるが、人間の性質にもときどき光を投げかけてくれる。たとえばトマス・マコーリー〔第一章訳注＊28〕は、一七世紀のイギリス郊外における紳士の生活について語る際にこう述べている。「その妻や娘の嗜好や持ち物は、今日の女中頭ないし食料室つきの女中より下回っていた。妻や娘は縫い物をし、糸を紡ぎ、グズベリー酒を醸造し、マリーゴールドの煎じ薬を作り、鹿肉パイの生地を捏《こ》ねた」。また「屋敷の婦人たちは一般に食事を作る役目だった。食事がすむとすぐに席を外し、男性陣だけが残ってエールを飲み、煙草をくゆらせた」(マコーリー『イギリス史』第三章、三三五～三三六頁)。

　男性だけが残って酒を飲み、女性は席を外すという習慣は、もっと後まで続いた。「わたしの母がまだ結婚する前の若い頃、摂政時代や一八世紀によくあった深酒の習慣はまだ残っていた。ウォバーン・アビー[＊20]では、長年勤めていてみんなから頼りにされていた執事が、いつも居間で祖母に毎晩の報告をする習わしだったという。この忠実な家臣は「今晩、殿方はたくさんお召し上がりになったようですから、若いご婦人方はお休みになったほうがよろしいと思います」「今晩、殿方はあまりお召し上がりになりませんでした」などと、状況に応じた報告をした。階上にやられた若い娘たちは、階上の踊り場から「大勢の人びとが、大声で歓声を上げながら、食堂の外に出てくる」のを見るのが好きだったそうだ」（フレデリック・ハミルトン卿『昔の日々』〔一九二〇〕三二二頁）。飲酒と財産が染色体にどんな影響をもたらすかは、未来の科学者の解明を待たねばなるまい。

☆9　衣装への愛着は、それぞれ異なる形ではあれ、男女がともに持っているものだという事実を、男性はおそらく支配の持つ催眠術的効果のせいで見過ごしてきたようである。たとえば故マカーディ裁判官は、[*21]ミセス・フランコーの裁判を締め括るにあたってこう述べた。「女性に向かい、女らしさの主要な特徴となるものを諦めなさいとか、身体のあちこちのどうにもならない欠点を隠してくれるものを捨てなさいとか、そんなことを言っても仕方がありません。……女性の自己表現手段として、ドレスは何はともあれ欠かせないものなのです……。女性はドレスがほしいとなると、どうしても子どもっぽいふるまいをやめられないということもよくあります。この問題に関わる心理は見過ごされるべきではありませんが、しかしこういう問題を認めるにしても、慎ましさを心得ねばならない、身のほどを弁えねばならないということは、法によって定められているとおりです[*22]」。こう述べた裁判官は、深紅のローブを羽織り、アーミンのケープを肩に掛け、人工の巻き毛のついた大きな鬘を頭に載せていた。この裁判官が「身体のあちこちのどうにもならない欠点を隠してくれるもの」を享受していなかったのか、「慎ましさを心得」ていたのか、「身のほどを弁え」ていたのかは疑問である。ともあれ「この問題に関わる心理は見過ごされるべきではありません」というのはそのとおりである。そしてご自分の服装の奇抜さ、さらには司令官、将軍、伝令兵、近衛騎兵、護衛兵などの軍服の奇抜さにはまったく思い至らず、女性に向かって説教しながらご自分も相手と同じ弱点を抱えていると少しも気づかずにいられるという事実から、二つの疑問が浮かぶ。そもそも一つの行為はいったい何回反復されれば、これは伝統であるがゆえに尊ぶべきである——と考えられるようになるのだろうか？　社会的評価がどのくらい上がると、人は自分の服装の奇抜さに無頓着になるのだろうか？　奇抜な服装は、その職務と切り離されればたいてい嘲笑を受けるものである。

☆10　一九三七年の〈新年の叙勲リスト〉では、一四七人の男性と七人の女性が叙勲を受けた。ここにはこうした宣伝をほしがる男女の差が表れている、と考えるわけにはいかない明白な理由がいくつかあるが、心理的に言って、男性よりも女性のほうが受勲を拒みやすいという点には議論の余地がないように思える。というのも知性が（大まかに言って）男性の職業の代表的資産で、星章とリボンがその知性を宣伝するための代表的手段というのなら、星章とリボンは白粉と口紅——女性の職業の代表的資産である美を宣伝するための代表的手段——に相当するのだから。したがって、男性に爵位を拒むよう求めるのは、女性にドレスを拒むよう求めるのと同じくらい理不尽なことだろう。一九〇一年に、ある爵位のために支払われた総額は、かなり潤沢なドレス代に相当するようである。「四月二一日（日曜）——メイネル[*23]に会い、いつものようにたくさん噂話を聞かされた。国王[*24]の借金は、友人たちがこっそり返済してくれたらしい。そのうち一人は一〇万ポンドを貸したが、見返りに二万五〇〇〇ポンドの返済と爵位をもらうことで満足したそうだ」（ウィルフレッド・スコウエン・ブラント『わたしの日記』［一九三二］第二部、八頁）。

☆11　正確な金額がいくらなのかを知るのは、アウトサイダーには難しい。しかしかなりの金額を得ているのだろうということは、ジョン・メイナード・ケインズ氏が数年前の『ネイション』誌に寄稿した[*25]、ケンブリッジのクレア・カレッジの沿革誌に関する楽しげな書評からうかがえる。その沿革誌は「六〇〇〇ポンドの制作費を要したという噂」だそうだ。

噂と言えば、その頃パーティか何かから朝帰りした〔男子〕学生の一団が、空に雲を見つけたという噂もある。彼らが見守る中、雲は女性の形になった。何か象徴《しるし》を見せてくださいと懇願すると、彼女はキラキラする霰を降らせながら一言、「ネズミが」と宣《のたま》った。『ネイション』誌同号の他の頁をめくると、女子学寮の学生が「暗くて陰気な一階の寝室でネズミが走り回る」のにひどく困っているとある。「ネズミが」という宣告は、この窮状を訴えるものと考えられる。くだんの幻影は、クレア・カレッジの紳士方が「極上の紙と黒のバクラム」をまとった書物を拵えるよりも、〇〇女子学寮長へ——と、六〇〇〇ポンドの小切手を振り出していただけるなら、もっとわたしを祝福することになるでしょうに、と言いたかったようだ。

しかし『ネイション』誌同号に記載された次の事実に、神話的要素はない。「サマヴィル〔オックスフォードの女子学寮、一八七九年に設立〕は、昨年、聖誕祭の贈与と個人からの遺贈として受け取った総額七〇〇〇〇ポンドに、謹んで感謝の意を表明した」。

☆12 ある偉大な歴史家が、自分の出身校を含む大学の起源と性質について次のように書いている。「オックスフォードとケンブリッジの各学寮は、暗黒時代の野蛮で誤謬《ごびゅう》の多い学問をその基礎として設立されており、設立時の欠点を現在なお免れていない。……各学寮は、教皇や国王の特許のもと法的保護を受け、公教育を独占してきた。独占する組織というものは、偏狭で怠惰で抑圧的な精神を持つものである。そこで制作された芸術作品は、個人で制作している芸術家のものと比べると費用がかさみ、量は少ない。自由競争のもとでは新たな改革が熱心に試みられるものだが、誇り高い各学寮は、ライヴァルに脅える必要にも、誤謬を公にする必要にも迫られず、なかなか進んで改革を実行しようとしない。みずから進んで改革を行うだろうなどとは期待しないほうがよいだろう。学則と偏見でがんじがらめになっているので、あらゆる権限を持つ議会ですら、両大学の現状と不正の実態に迫るのに乗り気にはなれないだろう」（エドワード・ギボン『自伝』[*26]〔一九〇〇、『ギボン自伝』中野好之訳、筑摩書房、一九九四、五四頁〕）。

　ところが一九世紀半ば、「あらゆる権限を持つ議会」が「〔オックスフォード〕大学の現状、教育、研究、収入について」調査を始めた。「しかし各学寮は調査にじつに非協力的で、収入については調査できなかった。オックスフォードの各学寮の五四二の教授ポストのうち、二二のみが、後援者、役職、親族などの制限なしに競争できるポストだった。……調査団は……ギボンの弾劾が正当なものだったことを理解した」（ローリー・マグナス『モードリンのハーバート・ウォレン』〔一九三二〕四七〜四九頁）。それでも大学教育の名声は揺らがず、特別研究員《フェロー》のポストはきわめて望ましいものと考えられた。ピュージーがオリエルの特別研究員《フェロー》となったとき、「ピュージー家の教区教会は鐘を鳴らし、父や家族の満足の意を表明した」。ニューマンが特別研究員《フェロー》に選出された際も「ニューマン家の出資により、三つの塔の鐘がすべて鳴らされた」[*27]（ジョフリー・フェイバー『オックスフォードの使徒たち』〔一九三三〕一三一、六九頁）。ピュージーもニューマンも、きわめて敬虔な人たちだったにもかかわらず、である。

☆13　引用文を省略せずに記すと——「学びたいという願望を女が抱くのは、神の御心《みこころ》に反することだと告げられた。そして他のさまざまな無邪気な自由、無邪気な楽しみも、同じように神の御意に反することだとして退けられた」。こんな発言を見ると、ぜひ〈教育のある男性の娘〉に、このような御心のもと、残虐行為をなしてきた神の伝記を書いていただきたいと思う。女性の教育に宗教がもたらした各種の影響は、いくら強調してもしすぎることはないだろう。トマス・ギズボーン〔本章原注の訳注＊3〕はこう述べている。「たとえば音楽の効用を説明する際には、音楽に信仰を深める効果があることを見過ごしてはならない。絵画について語る際には、芸術作品をとおして神の力と知恵と善に触れることができると、繰り返し生徒に教えねばならない」（トマス・ギズボーン『女性の義務について の考察』八五頁）。ギズボーン氏のような人たちは――それは夥《おびただ》しい人たちだが――聖パウロ〔第一章訳注＊38〕の教訓をご自分の教育理論の基礎に据えている。したがって女性には「芸術作品をとおして……力と知恵と善に触れることができると、繰り返し……教えねばならない」と言っても、それは神ではなくギズボーン氏の力と知恵と善ではないかと言えそうだ。こうしてみると、神の伝記を書こうとしても、それは〈聖職者列伝〉にしかならないと結論されるだろう。

☆14　フロレンス・M・スミス『メアリ・アステル』〔一九一六〕。「残念ながら、これほどまでに斬新なアイディア（女性のための大学を建設すること）に対しては、興味よりも反対のほうが上回った。もちろん当時の諷刺家たちは、どの時代の才人もそうしてきたように進歩的な女を物笑いの種にして、メアリ・アステルを『女学者』〔モリエールによる一六七二年の喜劇〕風の芝居で嘲笑した。それだけではなく国教会の男たちも、この計画によってローマ・カトリック教会が勢力を盛り返すのではないかと考えた。〔女性の大学という〕アイディアにもっとも強硬に反対したのはある有名な主教だった。〔ジョージ・〕バラード[＊28]によると、さる高貴な女性[＊29]が一万ポンドを寄付しようとしたところ、この主教が寄付を阻止したらしい。エリザベス・エルストブは、バラードの問い合わせに答えてこの有名な主教の名前を明らかにした。「エリザベス・エルストブによれば……計画を推進してはなりませんとこのご婦人を止めたのは、バーネット主教だった[＊30]」（前掲書、二一～二二頁）。「このご婦人」はアン王女かレディ・エリザベス・ヘイスティングスだが、アン王女と考えるのが妥当だろう。このお金を国教会が持ち去った――という説があるが、国教会の歴史を鑑みればたぶん正しい。

☆15　「いいですか、わたしは女性の敵ではありません。何か手作業をする労働者として女性が雇用されることは大賛成です。でも、資本家としてビジネスで女性が成功できるかというと、それはどうかと思います。ほとんどの女性の神経は、不安でやられてしまうでしょうし、あらゆる事業に欠かせない忍耐という訓練を、ほとんどの女性はまったく受けたことがありません。二〇〇〇年もすればあなたがたはすっかり変化しているかもしれませんが、現代の女性では、男たちと戯れるだけか、女どうしで喧嘩するくらいが関の山でしょう」。エミリ・デイヴィス〔第三章訳注＊53〕がガートン〔ケンブリッジの女子学寮〕設立に際してウォルター・バジョット[*31]に協力を頼んだ際の、返信の抜粋。

☆16　「ケンブリッジ大学は、大学構成員としての十全な権利を、いまでも女性に認めていない。肩書きとして使える学位だけは認められたものの、大学自治に女性はまったく関与していない」（フィリッパ・ストレイチー[*32]『イギリスの男女の地位を比較した際の覚書』一九三五年、二六頁）。それなのに、政府は公的資金からケンブリッジ大学に「かなりの助成金」〔六二～六三頁〕を提供している。

☆17　「本学の指導下にある女子高等教育機関の女子学生数と、本学の研究所や博物館で研究に従事している女子学生の総数は、いかなるときも五〇〇名を超えてはならない」（『ケンブリッジ大学学生必携』一九三四～三五年、六一六頁）。『ホイティカー年鑑』によると、一九三五年一〇月においてケンブリッジで寮生活を送っている男子学生数は五二三八人である。上限はないらしい。

☆18　一九三七年一二月二〇日の『タイムズ』紙に記載されたケンブリッジ大学の男子奨学生リストは、長さ約三一インチ。ケンブリッジ大学の女子奨学生リストは約五インチ。しかし男子学生には一七の学寮があり、このリストの計測には一一の学寮しか含まれていない。したがって、男子奨学生リストの三一インチはもっと長くなるに違いない。女子学生には学寮が二つしかなく、計測には両者が含まれている。

☆19　スタンリー・オブ・オルダリー男爵夫人[*33]が亡くなるまで、ガートン・カレッジ〔ケンブリッジの女子学寮〕には礼拝堂がなかった。「礼拝堂建設が提案されたとき、利用できるすべての資金は教育に使ったほうがよいという理由で彼女は反対した。「わたしが生きているあいだは、ガートンに礼拝堂は作らせません」と彼女が発言するのを聞いたことがある。現在の礼拝堂は、彼女の死後ただちに作られたものである」（パトリシア・ラッセル、バートランド・ラッセル『アンバリー文書』〔一九三七〕第一巻、一七頁）。その肉体と同程度の影響力が、彼女の霊魂にもあったらよかったのに！　しかし霊魂というものは、小切手帳を持たないそうである。

☆20　「女子校の教育は、わたしの属する〈弱き性〉の伝統校の方針をおおむね甘んじて採用しているのだと思う。私見では、だれか独創的な天才がまったく異なる方針を採用して問題を解決すべきである[*34]……」（C・A・アリントン『昔のことと今のこと』〔一九三六〕二一六〜一七頁）。この「方針」が何より安価でなくてはならないという点は、天賦の才や独創性がなくても明らかだろう。しかしこの文脈で「〈弱き性〉」という言葉にどんな意味を見出せばよいのかを考えると面白い。アリントン首席司祭はかつてイートン校長だったのだから、男性がその伝統ある組織のために莫大な収入を得て独占してきたことをご存じのはずである——これは男性が〈弱き性〉ではなく〈強き性〉だという証拠ではないだろうか。イートンが物質的視点から見て「弱き」ものではないことは、アリントン首席司祭の次の言葉が示すとおりである。「首相の教育委員会の提案に従い、わたしの代の総長と教授陣は、イートンのすべての奨学金に固定額を定め、その上で必要なときには惜しみなく増額できるようにした。この増額はじつに惜しみないものだったので、イートン男子生徒の数名の親は、寮費も授業料もいっさい払わなくてよくなった」（前掲書、一六三頁）。後援者の一人が故ローズベリー伯爵[*35]だった。「伯爵はイートンへの寄贈者として、じつに気前のよい方だった」と、アリントン首席司祭は述べる。「歴史学を勉強したい生徒に奨学金を出資してくださったが、これに関しては伯爵の人柄を偲ばせるエピソードがある。伯爵が奨学金の金額はこれで充分だろうかと訊かれたので、さらに二〇〇ポンド頂戴できれば試験官の報酬に充てられますと、わたしは答えた。伯爵は二〇〇〇ポンドの小切手を送ってくれた。あまりに多額だったので議論になったが、伯爵は、端金《はしたがね》よりもまとまった金額のほうがよいだろうと思ったとお答えになった。その手紙を、わたしは切り抜き帳に保管してある」（前掲書、一八六頁）。

一八五四年、チェルトナム女子カレッジ[*36]で給料や外部講師の謝礼に使われた総額は一三〇〇ポンド、「一二月の収支報告では四〇〇ポンドの赤字だった」（エリザベス・レイクス『チェルトナムのドロシア・ビール』〔一九一〇〕九一頁）。

☆21　「中身のない悪しき」という表現には留保をつけねばならない。あらゆる講師とあらゆる講義が「中身のない悪しき」という表現に当てはまると主張したいわけではない。図表を使い、教師が実演してみせることによってしか教えられない科目も数多くあるだろう。本文の表現は、〈教育のある男性〉の子女が、〈教育のある男性〉の子女にイギリス文学の講義を行う場合にのみ使われている。というのも、文学を講じるのは書物がまだ稀少だった中世に端を発する慣習で、いまとなっては古色蒼然としており、それでも存続しているのは金儲けのため、そしてただもの珍しいからに過ぎない。講義録が書物になって出版されているのを読んでも、聴衆を目の前にしていることが講義者に知的な悪影響を及ぼしていることが充分にうかがえる。壇上で聴衆を見下ろしながら講演を行うということから、心理的にも虚栄心が助長され、権威を押しつけたいという願望に駆られる。また、イギリス文学を試験の対象にするということは、創作の困難をわがこととして実感してきて、それゆえに試験官が何かを認めようと認めまいとまったく皮相な価値しかないとわかっている者にしてみれば、疑問に思わないではいられない。同時に、少なくとも文学という技くらいは仲介を入れないでおきたい、できるだけ長いあいだ競争や金儲けと無縁のものであってほしいと願うすべての人たちにとっても、じつに残念なことである。

それにまた、文学の諸流派が激しく対立させられているのも、ある流派の感性がべつの流派の感性へと目まぐるしく変わっていくのも、先学の者が後進に向かい、一時的にではあれ強力な見解を押しつけ、そこに個人としての偏向を混ぜ込んでしまうことと無縁ではないだろう。批評や創作のレヴェルが上がっているとも思えない。イギリス文学について講演をしてくださいとの依頼が増えており（これはどの作家も実感しているだろう）、しかも読み書きを自宅で学んでいるはずの〈教育のある〉階級からの依頼が増えているということは、講義者のせいで若者の精神が受け身になっている嘆かわしい証拠である。

大学の文学愛好会が本当のところ望んでいるのは文学の知識ではありません、作家のみなさんとのお付き合いがしたいのです――という言い訳も時折口にされるが、*37 それならカクテルパーティでも催してシェリー酒でも傾けていればよいのであり、それとプルーストを理解する試みとはべつものと弁えねばならない。もちろんこれは自宅に書物がない人たちに当てはまるものではない。もし労働者階級が、だれかに語ってもらうほうがイギリス文学を理解しやすいというのであれば、〈教育のある〉

階級に手伝ってほしいと依頼する充分な権利がある。しかし一八歳以上の〈教育のある〉階級の子女にして、ストローの助けを借りてしかイギリス文学を啜《すす》れないというのは、やはり「中身のない悪しき」慣習であるとしか言いようがない。まして子女らに迎合するのは、いっそう「中身のない悪しき」輩であると形容するのが正しいだろう。

☆22　結婚前の〈教育のある男性の娘〉がどのくらいの金額を与えられていたのか、正確な数字を把握することは難しい。ソフィア・ジェクス＝ブレイク〔第一章訳注＊66〕は毎年三〇～四〇ポンドの小遣いをもらっていた――彼女の父は上位中流階級《アッパー・ミドルクラス》である。レディ・ラセルズ[*38]の父は伯爵で、一八六〇年に約一〇〇ポンドの小遣いを娘に支給していたようだ。バレット氏は裕福な商人だったが、娘のエリザベスに「三ヶ月ごとに……四〇～四五ポンドをまずは所得税を差し引いて」支給した。所得税は八〇〇〇ポンド「かそのくらい」に対してかかるものらしかったが、「基金」の一部だったそのお金について「問い合わせるのはためらわれた」。「お金にかかる比率には二種類」あり、エリザベスのものだったとしても、バレット氏の管理下にあった。

しかしこれらは未婚女性に関するものである。既婚女性は、一八七〇年に既婚女性財産法が成立するまで財産の所有を認められていなかった。セント・ヘリア令夫人[*39]の記録では、結婚する際に、財産譲渡について昔ながらの法律に沿った取り決めがなされ、「わたしが持っていたお金はすべて夫のものになった。わたしだけの取り分はいっさいなかった。……小切手帳もなく、夫に頼む以外、現金を得る方法はまったくなかった。優しく気前のよい夫だったが、女の財産は夫のものであるというその当時の考えの持ち主だった。……わたし宛てのすべての請求書の支払いをすませ、わたしの銀行通帳を管理し、小遣いを少しくれた」（セント・ヘリア令夫人『五〇年の思い出』〔一九〇九〕三四一頁）。

しかしこの小遣いの金額がいくらだったのかは書かれていない。〈教育のある男性の息子〉に与えられた金額は、これらと比較するとかなり多額である。一八八〇年頃、二〇〇ポンドの小遣いがあれば「まだ倹約の伝統の残っていた」ベイリオル〔オックスフォードの男子学寮〕の学生なら、ほどほどにやっていけると考えられていた。二〇〇ポンドで「狩猟や賭け事はできなかった。……でも出費に気を使い、休暇は帰省するなら大丈夫だった」（C・マレット卿『アンソニー・ホープ[*40]とその書物』〔一九三五〕三八頁）。現在必要とされる金額は、さらにずっと増えている。ジノ・ワトキンス[*41]は「毎年の小遣いの四〇〇ポンド以外、決して使わなかった。学寮の請求書も休暇中の請求書も、みんなその範囲で支払った」（ジェイムズ・モーリス・スコット『ジノ・ワトキンス』〔一九三七〕五九頁）。これが数年前のケンブリッジである。

☆23　このたった一つの職業に就こうと格闘して、一九世紀の女性たちがどれだけ頻繁に物笑いの種となってきたか、小説をよく読む方ならご存じだろう。小説の約半分はこの格闘を扱うものだからだ。しかし伝記を見ると、二〇世紀のもっとも知的な男性たちにしても、すべての女性は〈未婚女性《スピンスター》〉であり結婚したがっているものだと、当然のようにそう思い込んでいることがわかる。たとえば――「おやおや、あのご婦人方はこれからどうするのかな」と、彼〔G・L・ディキンスン[*42]〕はかつて〈未婚女性《スピンスター》〉たちが、勇壮ではあれ霊感の源というにはほど遠い様子で、キングズ・カレッジ〔ケンブリッジ大学の男子学寮〕の前庭の周囲に溢れ返っている光景を見て悲しそうに呟いた。「ぼくにもわからないし、ご本人たちもわかっていないんだろう」。そして、書棚に聞かれたらまずいとでもいうようにさらに声を低めて呟いた。「ああそうか！　ご婦人方が求めているのは夫なんだ！」」（E・M・フォースター『ゴールズワージー・ルイス・ディキンスン』一〇六頁）。「ご婦人方が求めている」のは法廷や証券取引所〔での仕事〕だったり、〔キングズ・カレッジの〕教員となって〔ディキンスンと同様に〕ギブス館の数部屋を使わせてもらうことだったりしたかもしれない。しかしそれもそうした選択肢が開かれていたらの話で、実際には開かれていなかった。したがってディキンスン氏がこう発言するのも、ごく当然のことだった。

☆24 「少なくとも比較的大きな邸宅では、時折パーティが開かれるものだったし、かなり前から厳選したお客を招待しておくものだった。こういう機会には、かならずや人気者、つまりキジが大活躍することになっていた。客人たちの楽しみとしてキジ狩りが欠かせなかったのである。そんな場面では、一家の父親が強く自己主張した。わたしの邸宅にたくさんの客人を呼び、大量のワインと最良の狩猟の機会を提供するのであれば、その狩りのいちばんの射撃手をわたしにつけなくてはならない――と言うのだった。娘たちの母親を何よりがっかりさせたのは、とくに招待したいと密かに願っていた男性客について、あいつの狩猟の腕前は最低だ、招待なんてとんでもない――と言われることだった」（ラヴレス伯爵夫人「社交界と社交の季節」『タイムズ』紙、一九三二年三月一九日、一四頁）。

☆25 ジョン・バウドラーが[*43]「まもなく結婚していく若いご婦人に、友人として」書いたという手紙の中の次のような提案から、少なくとも一九世紀の男性は妻にどんな言動を望んでいたかがわかる。「何より慎みと上品さに欠ける話題はい<u>っ</u>さ<u>い</u>避けてください。少しでもご婦人が、とくに愛するご婦人がそうしたことを仄めかそうものなら、どれだけ男が辟易するものか――これをあ<u>ま</u>り<u>に</u>ご存じないご婦人が多すぎます。乳幼児の世話をしたり病人の看護をしたりすることから、ご婦人方はその手の話をしたがる傾向がありますが、そうしたことは慎み深い男にとっては衝撃なのです」（『ジョン・バウドラーの生涯』〔一八二四〕一二三頁。強調はバウドラーによる）。

慎みは大事だが、結婚後は慎みをただ装わねばならないこともある。「一八七〇年代、ジェクス＝ブレイク嬢とその仲間たちが女性も医学界に参入できるようにと果敢に闘ったとき、反対する医師らはさらに果敢に女性の参入を阻んだ。医学上の微に入り細に入る問題を取り上げ勉強するなどということは、女性にはふさわしくない、品位を落とすことになりかねない――と、医師らは主張した。その頃、『イギリス医学雑誌』編集者のアーネスト・ハートがわたしに語ったのだが、〈医学上の微に入り細に入る問題〉について同誌に送られてくる論文の大多数は、医師らの口述を受けて妻たちが代筆したものだった。当時は、タイプライターもなく速記者もいなかったから」（J・クライトン＝ブラウン卿『医師の再考』〔一九三二〕七三～七四頁）。

しかし慎みが演技にすぎないという点については、これよりはるか前、マンデヴィル[*44]が『蜂の寓話――個人の悪徳は社会の利益である』（一七一四）でも語っている。「……女性の慎みは慣習と教育の産物だと、わたしはひとまず考えている。慣習と教育のせいで、流行にそぐわない肌の露出や汚らしい言葉遣いを、怖いこと、忌まわしいことだと女性は思い込んでいる。しかしとびきりの慎ましい若い女性でも、口には出さないながら、想像の中で物事についていろいろな考えを抱いたり、混乱したイメージを持っていたりする。彼女は絶対にそうとは認めたがらないだろうけれど」。

第二章

☆1　こうした依頼の一例を原文のまま引用する。「もうご自分では着ない衣類をどうぞお譲りくださいとお願いしたく、お手紙を差し上げています。……ストッキングも、穿き古したものでかまいませんので、どんな種類のものでもぜひお譲りください。……委員会は、これらの衣類を低価格で提供すれば、職業柄きちんとした日中用のドレス、夜用のドレスが必要なのになかなか揃えられない女性たちに向け、じつに役に立つお手伝いができると考えています」（一九三八年、ロンドン&イギリス女性雇用協会[*1]から送られてきた手紙の一部）。

☆2　直接的であれ間接的であれ平和のためにイギリスの女性が設立した協会は、ここに引用できないくらいのたいへんな数に上る（エディス・ザングウィル[*2]『軍縮宣言の物語』〔一九三二〕一五頁、専門職、実業界、労働者階級の女性たちによる平和活動のリストを参照）。したがって、ジョード氏の批判は真剣に受け止めるには値しない――心理的にはきわめて示唆に富むにしても。

☆3　「ファシスト党やナチス党が自由を実質的に抹殺していることに抗する運動」の中でも、男性による運動は、より目につきやすいかもしれないが、より効果を上げているかどうかは疑問である。「ナチスは、現在オーストリア全土を掌握している」（一九三八年三月一二日の日刊紙より）。

☆4　「思うに、女性は男性といっしょに食卓についてはならない。女性がいると会話は台無しになる。つまらないお上品なことに話題が絞られるか、小賢しい話題になるのがせいぜいだ」（C・E・M・ジョード『急所を突く』〔一九三四〕五八頁）。これはとびきり率直な意見である。ジョード氏に同感のすべての人たちが同じくらい率直に意見を表明してくれるなら、だれを招待しだれを招待しないかをめぐる女主人の悩みは減るだろうし、負担も軽くなるだろう。同性としか食卓を共にしたくないという人は、男性なら赤のバラ飾り、女性なら白のバラ飾りをボタン穴に挿したらどうだろうか。一方、男女混合の食卓がよい人は、赤白混合のバラ飾りをつければよい。そうすれば不都合も誤解も避けられるだろうし、現在はびこる社交上の一種の偽善も、ボタン穴に正直な気持ちを表明することで一掃されるだろう。それにつけてもジョード氏の率直さは最高の称賛に値する。氏の願いはぜひともかなえられねばならない。

☆5　ミセス・H・M・スワンウィク[*3]によれば、女性社会政治連合《WSPU》の「一九一二年の寄付は四万二〇〇〇ポンドの収入になった」（H・M・スワンウィク『若かりし頃』〔一九三五〕一八九頁）。一九一二年における女性自由連盟[*4]の支出は二万六七七二ポンド一二シリング九ペンスだった。したがって両組織の収入を合わせれば、六万八七七二ポンド一二シリング九ペンスになる。しかし両組織が対立していたのは周知のとおりである。[*5]

☆6　「しかしながら、女性の収入は、例外はあるにしても総じて低い。高レヴェルの資格を持ち、何年もの経験を積んでも、女性が一年に二五〇ポンドの収入を得ることはなかなかない」（レイ・ストレイチー『女性の職業と雇用機会』〔一九三五〕七〇頁）。ところが「専門職に就く女性の数は過去二〇年で急増し、一九三一年には約四〇万人に達している。これに加え、事務職の女性、公務員の女性も増えている」（前掲書、四四頁）。

☆7　一九三六年の労働党の収入は五万一一五三ポンド（『デイリー・テレグラフ』紙、一九三七年九月）。

☆8　アーネスト・バーカー教授は、社会活動や社会奉仕を数年経験しているような「社会にすでに出ている男女」のために、もう一つべつの公務員試験があるとよいと提案している。「とくに女性の志願者にとって利益が大きいはずだ。現在の選抜試験に合格する女性はごくわずかであり、そもそも志願する女性じたいが少ない。ここで提案しているもう一つの試験を実施すれば、もっと数多くの女性が志願できるだろうし、実際志願するだろう。女性には、社会活動や社会奉仕を行うだけの才能と力量がある。べつの形の選抜を行うことで、その才能と力量が発揮できるだろう。この試験を新たなきっかけとして、国家の行政職——女性の才能と存在をぜひとも必要としている仕事——に就くための競争を突破してみたいと、女性たちも思うようになるかもしれない」(アーネスト・バーカー教授「国内行政官庁」、ウィリアム・A・ロブスン編『イギリスの公務員』〔一九三七〕所収、四一頁)。しかし家庭での重労働という現状があるのだから、何かきっかけを用意したところで、どうして女性がその「才能と存在」を好きなだけ提供できるようになるのかは判然としない。高齢の親の介護を国家が引き受けるか、高齢の親が——男親であれ女親であれ——娘に自宅介護を求めるのは犯罪であると定めるなら、可能かもしれないが。

☆9 説教壇に立つ女性が及ぼす影響は、〔国教会連合評議会による〕『女性と聖職、女性の聖職に関する大主教委員会報告についての諸考察』〔一九三六〕二四頁において、以下のようなものと定められている。「女性の説教は……キリスト教信仰の霊的な雰囲気の低下を招くだろうとわれわれは主張する。これは会衆のほとんどが女性、あるいは全員が女性というときに男性が説教する場合には生じない。こうした主張ができるのも、女性のキリスト信徒が素晴らしい性質を持っているからこそである。女性の考え方や感じ方を男性と比べると、生与のものを神に従わせること、肉体を精神に従わせることがより容易にできるということが事実として明らかである。男性の聖職者が説教を行う際には、全能の神を讃えるあいだ抑えておくべき種類の女性の性質は、たいてい姿を現さない。しかし、イングランド国教会の平均的な会衆の中の男性信徒は、女性が説教をする際、彼女が女性であることを必要以上に意識してしまうだろう」。

したがって、委員会の見解としては、女性のキリスト信徒のほうが男性のキリスト信徒より信仰が篤いことになる。これが女性を聖職から排除する理由である——驚くべき理由だが、しかしきっともっともなのだろう。

☆10 「わたしの知る限り、この問題［公務員どうしの性的関係］についてすべての部署に共通した規則はない。しかし国家公務員及び地方公務員は、男女ともに一般通念に倣ったマナーを守り、新聞に掲載され「スキャンダル」と騒がれるような行為は慎むよう、明らかに求められている。最近まで、郵便局員の男女が性的関係になれば、両者ともに即座に懲戒免職にされた。……訴訟が新聞沙汰にならないようにするのは、裁判の手続きに関する限りは比較的容易である。しかし公的規制があるせいで、女性公務員は望んだとしても男性公務員と同居していることを公表できない（女性はたいてい結婚と同時に退職しなくてはならない）。したがって問題はさらにまた複雑である」（ウィリアム・A・ロブスン「公的サーヴィス」、ロブスン編『イギリスの公務員』所収、一四～一五頁）。

☆11 男性用社交クラブのほとんどは、女性を特別室ないし別室に追いやり、他の部屋には入室禁止にしている。アヤソフィア流に〈女は不浄である〉という原則に基づいているのか、はたまたポンペイ流に〈女は純粋すぎる〉という原則にもとづいているのかは不明である。[*6]

☆12 気に入らない話題をメディアが避けようとする力はきわめて強力だった——現在もこの力は働いている。ジョゼフィン・バトラー［本章訳注＊62］が性病予防法反対運動を展開したとき、それは「途方もない障害」の一つとなった。「一八七〇年初頭、ロンドンのメディアはこの問題については黙殺という方針を採るようになった。[*7] これは何年も続いたので、女性協会［性病予防法廃止女性全国協会］はハリエット・マーティノーとジョゼフィン・E・バトラーの署名入りで「沈黙の共謀に抗議する」という声明を出し、これがのちに有名になった。声明は次のように締め括られている。「一流のジャーナリストの方々がこんな沈黙の共謀を実践でき、いままさに実践しているというのに、わたしたちイギリス人は報道の自由を推進している、道徳や法律の重大問題については両側の言い分を聞かせてもらう権利を有していると、自由な国民という特権を享受しているつもりになっています。これははなはだしい過大評価です」（ジョゼフィン・E・バトラー『あの大抗議運動についての個人的回想』五九頁）。

女性参政権運動のときも、メディアはボイコット戦術で大いに効果を上げた。またごく最近、一九三七年七月にも、ミス・フィリッパ・ストレイチー〔第一章原注の訳注＊32〕の「沈黙の共謀」というタイトルの投書が『スペクテイター』誌に掲載され（同誌の掲載は称賛に値する）、ジョゼフィン・バトラーの言葉がほとんどそのまま反復された。「政府は今度の拠出制年金法案で、特別条項を設け、事務職の所得額の制限に男女差を設けようとしている。何百、何千という男女が、この特別条項の撤廃を政府に訴えてきた。……先月、法案は上院で審議され、この特別条項はすべての政党からの強力で揺るぎない反対に遭った。……一連の出来事は、新聞で報道すべきもの、人びとの関心の高いものだと思う。しかし『タイムズ』紙から『デイリー・ヘラルド』紙に至るまで、各紙はこれらの出来事を完全に黙殺している。……この法案で女性が異なる取り扱いを受けていることについて、女性たちは参政権運動以来なかったような強い不満を表明している。……このことがメディアによって完全に隠蔽されようとしている点について、どんな説明ができるのだろうか？」。

☆13 政界《ウエストミンスター》での〈闘争〉では、もちろん負傷者が出た。実際、女性参政権を求める闘いは、現在認識されている以上にはるかに厳しかったようである。フローラ・ドラモンド[＊8]はこう語っている。「参政権を勝ち取ったのはわたしたちの運動があったからだとわたしは思う。他の理由によるものだと言う人もいるが。ともあれ、あの頃からまだ三〇年も経過していないが、わたしたちが女性参政権を要求するだけでどれだけ激しい憤激と残虐さを呼び覚ますことになったか、若い世代の人たちはおよそ想像できないだろう」（『リスナー』誌、一九三七年八月二五日号のフローラ・ドラモンド）。たぶん若い世代は、自由を要求するだけで憤激と残虐さが呼び覚まされる事態に慣れすぎてしまい、女性参政権運動当時のことを想像する余裕がないのだろう。それに女性参政権運動は、イギリスを自由の住《すみ》処《か》に、イギリス人を自由の擁護者にした〔第一章一九頁〕数々の戦闘の一つにはいまだ数えられていない。参政権運動のことが語られる際には、たいてい小馬鹿にした調子がつきまとう。「〔一九〇五年には〕焼いたり叩いたり絵を切り裂いたりの例のキャンペーン、最終的には女性参政権を与野党の議員たちに認めさせたあのキャンペーンを、女性たちはまだ開始していなかった」（ジョン・スクワイア卿[*9]『追想と思い出』〔一九三五〕一〇頁）。こんな調子だから、数枚の窓ガラスを割っただけ、数人の向こう脛に怪我させただけ、サージャントの描いたヘンリー・ジェイムズの肖像画に修復可能な程度の切り込みを入れただけ[*10]というキャンペーンに、若い世代が何ら英雄的なところを認めないとしても仕方ないだろう。焼いたり叩いたり絵を切り裂いたりというのは、男たちが機関銃を構えて大規模にやらない限り、英雄的とは認められないのである。

☆14　「スタンリー・ボールドウィン伯爵が首相在任期間にどれだけのことを達成し、どれだけの業績を上げたかについては、多くのことが語られ、文章にもなっています。そこでボールドウィン令夫人の業績についても、わたしから注意を喚起してよろしいでしょうか？　一九二九年、わたしが初めて当病院の委員会に加わったとき、病棟の通常の出産では鎮痛剤をほとんど使いませんでした。しかし現在ではあたりまえに使われ、実質上、使用率は一〇〇パーセントになっています。当病院でこうなのですから、他の同様の病院でも実際同じでしょう。これほど短期間でこれほど目覚ましい変化が見られるようになったのは、当時のスタンリー・ボールドウィン夫人のアイディアと惜しみない努力と励ましがあったおかげなのです」（ロンドン・シティ産科病院、チェアマン・ハウス委員会、C・S・ウェントワース・スタンリーから『タイムズ』紙への投書）。クロロフォルムが初めて使われたのは、一八五三年四月、ヴィクトリア女王がレオポルド王子を出産した際だった。[*11]「病棟の通常の出産」でこの救済がなされるようになるまでには、七六年の歳月と、首相夫人による運動がなくてはならなかった。

☆15 『デブレット貴族名鑑』によれば、大英帝国勲章を賜った紳士淑女の身につけるバッジは、「真珠をちりばめ金の縁取りをつけた十字の紋章と、金メダルでできている。金メダルの中央には座位のブリタニア〔イギリスを象徴する女神〕が刻まれ、その周囲を「神と帝国のために」というモットーを記した赤枠が囲む」。[*12]大英帝国勲章は女性にも開かれた数少ない栄誉だが、女性のほうが男性より地位が低いということが、女性用リボンは幅二・二五インチ、男性用リボンは幅三・七五インチという事実によって明示されている。星章の大きさも男女で異なる。しかしモットーは男女共通であり、こうして自分にレッテルを貼る者は、神と大英帝国に何らかのつながりを認め、双方を護るつもりでいなくてはならないのだろう。赤枠の中に座ったブリタニアが、メダルの中には居場所が用意されていないもう一人の権威〔キリストのことか〕と対立したらどうするのか（ありそうなことだが）、『デブレット貴族名鑑』には記載がない。それは功労をなした紳士淑女の一人ひとりが判断しなくてはならない。

☆16 「たとえわたしたちが泥水の中にあって外から見えない橋脚だとしても、その上に外から見える橋脚が続き、全体として橋が支えられるのならそれでかまわない――ということは、あなたもわたしも承知していることだと思います。下に橋脚が続いているということをやがて人々が忘れてしまうとしても、また橋造りの最善の方法を見つける練習台にされてしまい、その後は使われなくなるとしても——わたしたちは気にしません。そんな橋脚の一部に、わたしたちはむしろ進んでなろうとしています。わたしたちの関心事は橋であって、その中での自分の位置ではありません。橋だけが目的だったということは、人びとにずっと覚えていてもらえるだろうと、わたしは信じています」（オクタヴィア・ヒルからミセス・ナソー・シニアへの手紙[*13]、一八七四年九月二〇日。C・エドマンド・モーリス『オクタヴィア・ヒルの生涯』〔一九一三〕三〇七〜〇八頁）。

オクタヴィア・ヒル（一八三八〜一九一二）は、「貧しい人びとのための住宅改善と、だれにでも利用できる公園《オープン・スペース》を作るための運動を始めた。……「オクタヴィア・ヒル方式」は「アムステルダム」郊外の都市建設全体に採用された。一九二八年一月には、じつに二万八六四八戸の住宅が建設されていた」（エミリ・S・モーリス編『オクタヴィア・ヒル、手紙に見る初期の理想』〔一九二八〕一〇〜一一頁）。

☆17　イギリス上流階級の黎明期《れいめいき》から、モニカ・グレンフェルが負傷兵の看護に女中を伴って赴いた一九一四年に至るまで（モニカ・サモンド[*14]『輝く甲冑——四年間の戦争の思い出』〔一九三五〕二〇頁）、上流階級の生活において女中はきわめて重要な役割を担ったので、その職務についての何らかの理解が必要であると思う。女中の職務とは風変わりなものだった。たとえば「社交クラブの男性たちが窓越しにじろじろ眺めるかもしれないから」ピカデリー〔ロンドンのウェスト・エンドの通り〕では女主人に付き添わねばならなかったが、「すべての曲がり角の向こうに犯罪者が潜んでいるかもしれない」ホワイトチャペルでは付き添わなくてよかった。[*15]ともあれ女中の職務が苦労の多いものだったことは間違いない。エリザベス・バレットの私生活における〔女中の〕ウィルスンの役割は、バレットの有名な手紙の読者にとって周知のものである。[*16] 一九世紀末になっても（一八八九～九二年頃）、ガートルード・ベル〔本章訳注＊63参照〕は「女中のリジーと展覧会に行った。晩餐会にもリジーに迎えに来てもらった。メアリ・タルボットの活動していたホワイトチャペルのセツルメント[*17]もリジーといっしょに見に行った……」（『ガートルード・ベルの初期の手紙』、エルサ・リッチモンドの収集と編纂による）。リジーは携帯品預かり所で何時間も待っただろう、美術館を何エーカー分も歩きまわっただろう、ウェスト・エンドの舗道を何マイルも歩いただろうと考えると、リジーの時代はもうほぼ過去のものになりつつあるにしても、最盛期の彼女の一日は長いものだったろうと結論できる。せめて「テトスへの手紙」「コリント人への第一の手紙／第二の手紙」[*18]の聖パウロの命令を実践しているという思いが彼女の支えに、そして女主人の身体を穢れなきよう〔将来の〕夫に引き渡すべく、自分が最善を尽くしているという自覚が彼女の慰めになっていたらよいのだが。しかしそうだとしても身体は疲弊するものだから、ゴキブリの出没する地下室の暗がりで、一方では聖パウロの純潔の教えを、他方ではピカデリーの紳士方の肉欲をときには痛烈に弾劾しただろう。もっと充分に資料にあたれば女中の一生を再現することもできそうだから、『イギリス人名事典』[*19]にそんな女中の生涯についての記載がないのはきわめて遺憾である。

☆18　純潔という観念は、肉体の純潔にしても身体の純潔にしても、どちらもきわめて興味深い複雑な問題をはらんでいる。ヴィクトリア時代〔一八三七～一九〇一〕、エドワード七世時代〔一九〇一～一〇〕、そしてジョージ五世時代〔一九一〇～三六〕のほとんどの期間における純潔観は、遠く遡れば聖パウロの言葉に基盤を置いている。彼の言葉の意味を理解するには、彼の心理と環境を理解しなくてはならない——彼の言動がしばしば曖昧で、伝記的資料も入手不能であるために、簡単な作業ではないのだが。言動を見るに、聖パウロは詩人であり預言者でもあったが論理力を欠いていた。それに今日なら、どんなに詩や預言の才がない人でも自分の個人的感情を分析するだけの心理的訓練を積んでいるが、彼にはそれもなかった。

したがって、ヴェールについての聖パウロの有名な宣言——これを基盤として女性の純潔についての理論が築かれている——は、複数の観点からの批判を免れない。女性は祈ったり預言をしたりする際にヴェールを被らねばならないという聖パウロの主張は、ヴェールを被らない女は「剃髪《ていはつ》したのとまさに同じ」〔『新約聖書』「コリント人への第一の手紙」第一一章六節〕という前提に基づいている。この前提を認めるとしても、剃髪のどこが恥ずべきなのかと次に問わねばならないが、聖パウロはその問いには答えず「男は神の似姿であり神の栄光であるから、ヴェールを被らなくてよい」〔前掲書、第一一章七節〕と続ける。つまり剃髪そのものではなく、女性の剃髪が間違いであるということらしい。そして女性の剃髪が間違っているのは「女は男の栄光である」からと言うようだ。もし聖パウロが、女の長い髪がわたしは好きなのだと率直に認めるなら、同意する人も多いだろうし、その発言によって聖パウロの好感度も上がっただろう。しかし次の発言にうかがわれるように、聖パウロにとっては他の理由を挙げるほうが好ましかったようである。「男は女から造られたのではないが、女は男から造られた。男は女のために造られたのでもないが、女は男のために造られた。天使らの命じるところに従い、権威への従属の象徴《しるし》を女は頭につけるべきである」〔前掲書、第一一章八～一〇節〕。天使が長い髪にどんな見解を持っているか、われわれには知りようがない。聖パウロ本人も、天使に賛成してもらえるか自信がなかったらしく、だからこそおなじみの共犯者、つまり〈自然〉を引き合いに出さねばならないと思ったようだ。「自然も、あなたがたにこう教えなかっただろうか。もし男が髪を伸ばせば、それはその男の不名誉になる。しかし女性にとっての長い髪は彼女の覆いになるのだから、長い髪は彼女の栄光である。もし反論する男がいたとしても、わたしたちにも神の教会にもそんな〔男が髪を伸ばすという〕習慣はないのだ」〔前掲書、第一一章一四〜一六節〕。〈自然〉を引き合いに出してのこの主張には、いかにもとってつけたような感じがある。〈自然〉は金銭上の利益を得るために主張される場合、神聖なものであることはほとんどない。しかし議論の根拠がいい加減だったとしても、結論は断固としている。「女は教会では静粛を保つのがよい。女の発言は許されていない。法で定められているように、女を従わせよう」〔前掲書、第一四章三四節〕。天使、自然、法というおなじみの、しかしつねに疑わしい三位一体に言及しつつ、聖パウロは少し前から間違いなく予想できていた結論に達する。「もし女たちが何か知りたいというのなら、家で夫に尋ねればよい。女が教会で発言するのは恥なのだ」〔前掲書、第一四章三四節〕。

この「恥」は純潔と密接な関係にあるが、「コリント人への第一の手紙」が進むにつれ、その性質には他のものがかなり混入してくる。ある種の性的かつ個人的偏見が、明らかに混入してくるのである。聖パウロが独身だったのは間違いない（聖パウロとリディアの関係については、ルナン『聖パウロ』〔一九一七〕一四九頁〔邦訳、忽那錦吾訳『パウロ』人文書院、二〇〇四、九三頁〕を参照。[*20]「パウロがこの女性《シスター》ともっと親密な関係にあったかもしれないと考えることは、まったく不可能だろうか。不可能だとは言えないだろう」）。そして多くの独身男性同様、女性に対して疑り深かった。しかも聖パウロは詩人であり、多くの詩人と同様、他人の預言ではなく自分の考えを預言として語るほうが好きだった。それに精力的で権力を振るうタイプで、現在ドイツで幅を利かせている男たち同様、べつの人種やべつの性別を従属させることで満足を得ていた。

　こうしてみると、聖パウロの定義する純潔とは複雑な観念である。長い髪が好き、だれかを従属させるのが好き、聴衆を前にするのが好き、法を定めるのが好き、そして潜在意識のレヴェルで、女の心身は一人の男のみに供されねばならないという強烈な願望を生まれながらにして抱いている。このような観念が、天使および自然および法および慣習および教会の支持を受けながら、強大な個人的動機と経済力を持つ一人の男によって具現化される場合、それは疑問の余地がないくらいの力になる。聖パウロに始まりガートルード・ベル〔本章訳注＊63〕に至るまで、歴史のどの頁を開いても、この観念が骸骨のように白い骨を剥いて事態を掌握しているのが見て取れる。女性は純潔を守らねばならないのだから——医学を勉強してはなりません、ヌードモデルを前に絵を描いてはいけません、シェイクスピアを読んではいけません、オーケストラで演奏してはいけません、ボンド・ストリートを一人で歩いてはいけません〔たとえば第一章七二〜七三頁を参照〕。

　一八四八年、庭師の娘たちが、自分たちで馬車を駆ってリージェント・ストリートを走り抜けるのは、「許しがたい非礼」だった（ヴァイオレット・マーカム『パクストンと独身公爵』[*21]〔一九三五〕二八八頁）。もしも〔馬車の〕カーテンが開いたままだったら、たくさんの神学者が寄ってたかってその非礼を何かの犯罪にでっちあげたかもしれない。二〇世紀初頭にも、（現代なお重視されている社会区分を尊重するなら）製鉄工場主であったヒュー・ベル卿の娘が「二七歳になり、ピカデリーを一人で歩いたこともないままに結婚した。……ガートルードはもちろん一人で歩きたいなどとは一度も思わなかった……」。ウェスト・エンド[*22]は危険地区だった。「自分の階級こそ、タブーだった……」（『ガートルード・ベルの初期の手紙』〔一九三七〕、エルサ・リッチモンドの収集と編纂による、二一七～一一八頁〕。

しかしながら、純潔〔という観念〕は複雑であり首尾一貫性を欠くものだったため、ヴェールを被らなくてはならない、すなわちピカデリーでは男性ないし女中につき添ってもらわねばならないという女性であっても、その頃悪と病気の巣窟だったホワイトチャペルやセヴン・ダイヤルズ[*23]には、両親の公認のもと、一人で赴くことが可能だった。この例外を、すべての人が見過ごしたわけではなかった。たとえば少年時代のチャールズ・キングスリ[*24]はこう慨嘆した。「……それなのに女の子たちは、やれ学校だ、やれ地区訪問だ、やれ赤ん坊用のリネンだ、やれペニークラブだと頭をいっぱいにしている。何てことだろう!!! そして汚穢と悲惨さにまみれた不快な場所に通っておきながら、破廉恥にも、わたくしは貧者を訪問して聖書を読んで差し上げているのです——と言う。ぼくの母は、女の子たちが通っている先で見ているようなものは、そもそも女の子が見なくてよいものです、存在すること自体を知るべきではありませんと言っているのだが」〔マーガレット・ファランド・ソープ『チャールズ・キングスリ』〔一九三七〕一二頁〕。しかしミセス・キングスリ〔チャールズの母〕は例外だった。〈教育のある男性の娘たち〉のほとんどは、そんな「不快な場所」を見たことがあり、そんな事態が存在することを知っていた。知っているということを彼女たちは隠蔽したかもしれない。そんな隠蔽が心理的にどんな結果を生むかは、ここでは問えない。しかし、純潔が本物だったにせよ押しつけられたものにすぎなかったにせよ、よかれ悪しかれとてつもない力を発揮したことは疑いようがない。

今日においても、夫以外の男性とセックスを試みようとするなら、それを実現させるまでに聖パウロの亡霊とのかなり熾烈な心理戦を、女性は闘わねばならないだろう。純潔を損なった際の社会的烙《らく》印《いん》は相当厳しいものであり、それだけではなく、庶子法も経済的圧力をかけて純潔を強要する。一九一八年に女性が参政権を得るまで、「一八七二年の庶子法により、どんなに経済力があったとしても、父は非嫡出子の養育費として週に五シリングまでしか支払わなくてよかった」（ミリセント・ギャレット＝フォーセット、エセル・メアリ・ターナー『ジョゼフィン・バトラー』[*25]一〇一頁の本文注）。

聖パウロと数多くの彼の弟子たちが、現代の科学によってヴェールを剝がされようとしているいま、純潔にはかなりの見直しが迫られている。しかし、男女双方の純潔をある程度取り戻すことを促す動きもある。これには財政的な理由もある。女中に純潔を守ってもらうというのは、ブルジョワの家計においても費用がかさみすぎる。アプトン・シンクレア氏[*26]は、心理学の見地から純潔に賛同している。「近頃、性の抑圧によってさまざまな精神的な問題が起きるという話をよく耳にする。それが時代の趨勢《すうせい》である。性欲に耽溺《たんでき》するあまり複雑な問題を抱えることについては、何も聞こえてこない。でもぼくの観察では、あらゆる性衝動に従おうとする人も、あらゆる性衝動を抑圧しようとする人と同じくらい悲惨なことになる。大学時代のある同級生を覚えている。ぼくは彼にこう言った。「立ち止まって自分の気持ちを見つめてみようとは思わないの？ 寄ってくるものを何でも性の対象に置き換えてしまうんだね」。彼はびっくりしていた。ぼくの見るところ、そんなことを考えたことがなかったようだった。彼はよく考えたあとで言った。「きみは正しいと思う」」（アプトン・シンクレア『率直な思い出――ぼくの最初の三〇年』〔一九三二〕六三頁）。次のエピソードからも事態がさらに解明される。「コロンビア大学の素晴らしい図書館には、美の秘宝、貴重な版画がたくさん収められていた。いつものように貪欲にぼくは図書館に向かい、一、二週間でルネサンス美術について知るべきことを吸収してしまおうと思った。ところが、たくさんの裸体画にぼくはすっかり圧倒されてしまった。ぼくはフラフラして、退散しなくてはならなかった」（前掲書、六二〜六三頁）。

☆19　リチャード・ジェブ卿による英訳をここでは使用している（『ソフォクレス、戯曲および未完作品』〔一八八八〕、注解、および英語散文への翻訳）。翻訳によって書物を判断するのは無理があるが、こうやって〔英訳で〕読むだけでも『アンティゴネー』が劇文学の傑作の部類に入ることは明らかである。またそうだとしても、必要とあれば反ファシズムのプロパガンダにも間違いなく利用できよう。アンティゴネーその人は、窓ガラスを割ってホロウェイ刑務所〔第三章訳注＊63〕に入れられたミセス・パンクハースト[＊27]か、あるいは〔ドイツの〕エッセンに住むプロイセン炭鉱管理者の妻、ポマー夫人《フラウ・ポマー》〔不詳〕に重ねることができるだろう。「フラウ・ポマーは「宗教上の闘争によって、憎悪の棘《とげ》が人びとの心の奥底にまで入り込んでしまった。現代の男たちは消えてしまっていい」と述べた。……彼女は逮捕され、国家とナチスの運動を侮辱し中傷したという罪に問われ、裁かれる予定である」（『タイムズ』紙、一九三五年八月一二日）。アンティゴネーは同様の性質の犯罪を犯し、同様の処罰を受けた。アンティゴネーの次の言葉は、ミセス・パンクハーストないしフラウ・ポマーの口からも語られるだろうし、明らかに現代の問題に通じている。「神の懸念を見過ごすのを怖れたばかりに、こんなにもあの男に苦しめられなければならないなんて。……それにどんな神の法をわたしが破ったというのだろう？　ああ、わたしは不運だ。信心を尽くして不信心者と罵られているというのに、これ以上神々におすがりできるだろうか？　だれの助けを求めればいいのだろう」。クレオンもまた、「陽光の子どもたちを暗がりに追いやり、生けるものを無慈悲にも墓所に閉じ込め」「不服従よりもひどい悪はない」と考え「いったん国が支配者を選んだなら、瑣末事であろうと重大事であろうと、正当な事態であろうとそうでなかろうと、その男に服従するのが当然のことだ」と考えている点で、過去のある種の政治家たち、そして現在のヒトラー氏やムッソリーニ氏の特徴に通じる。

しかし、これらの人物を現代風の衣装に押し込むことは容易だとしても、そのまま押し込んでおけるわけではない。彼らの示唆する力はあまりに大きく、幕が降りるとき、観客はクレオンその人にも共感しているだろう。プロパガンダを作りたい人には望ましくないこの結果は、ソフォクレスが（翻訳からでさえ伝わってくるように）作家の持ちうるすべての能力を自由に使っていることによる。それゆえに、もしわたしたちが政治的意見のプロパガンダとして芸術を使うなら、芸術家にその才能の一部だけを限定的に使わせ、安っぽいおざなりの仕事をさせることになるとわかる。文学がラバ[*28]のように損傷を受け、馬もいなくなってしまうだろう。

☆20　アンティゴネーの五つの単語とは―― *οὔτοι συνέχθειν, ἀλλὰ συμφιλεῖν ἔφυν*（憎しみより愛に加担するほうが、わたしの性分に合っているのです）（ジェブ訳『アンティゴネー』五二三行）。対するクレオンはこう答えた。「ならば死人の国に行くがよい。愛が必要だと言うのなら、死人を愛せばよい。生きている限り、わたしは女に支配されはしない」。

☆21　今日のように政治情勢が大きく揺れているときでも、女性への批判が夥しいのは驚くべきことである。各出版社の刊行物リストには、平均して一年に三回は「機知に溢れ、鋭敏にして挑発的な現代女性論」の刊行案内が掲載される。著者は文学博士であることが多く、つねに男性であり、「本書は一般の男性にとって啓発的」というのが謳い文句である（『タイムズ文芸付録』一九三八年三月一二日を参照）。

第三章

☆1　一九三六〜三七年に発表されたさまざまな声明やアンケートを、だれか几帳面な人に収集しておいてほしいものだ。政治的訓練を経ていない私人が、政策を変更せよとイギリス政府や外国の政府に迫るアピールに署名してほしいと求められ、芸術家が、国家、宗教、道徳と芸術家の適切な関係について回答してほしいと求められ、作家が、英語の文法を遵守し下品な表現は回避すると誓約してほしいと求められ、夢を見る人が、夢分析をしてほしいと求められた。回答を促すために、日刊紙か週刊誌で結果を公表しますとの提案がなされるのが常だった。これらの調査が各政府にどんな影響を及ぼしたかは、政治家だけに答えられることである。文学に関しては、出版される書物の数も安定しておらず、文法も向上したとも悪化したとも言えないようなので、効果があったかは疑わしい。

　しかし心理的、社会的な見地から、これらの調査はたいへん興味深い。各調査は、おそらくイング首席司祭〔第二章一三一頁、同訳注＊47参照〕が語っているような精神状態に端を発しているのだろう。「われわれは、自分たちの関心事を正しい方向に導いているのだろうか。現在のような歩みを続ければ、未来の人類はわれわれを凌ぐことになるのだろうか。……思慮ある人たちは、歩みの速さをもって素晴らしいとする前に、われわれがどこに向かっているのかを考えるべきだと気づき始めている」。つまりここには、全体的な自信喪失と「現状とは違った生き方」をしたいという願望がある（一九三七年一一月二三日の『タイムズ』紙にて報道された、リックマン・ゴドリー講演より）。間接的にだが、これは〈接待役《セイレーン》〉、すなわち嘲笑の対象になることも多いあの上流階級の貴婦人たちが絶滅しつつあることにも関連がある。彼女たちは貴族、資産家、知識階級《インテリゲンツィア》、〈無知《イグノランツィア》〉階級等々に邸宅を開放し、あらゆる階級の人びとが話し合える場、ないし小競り合いの場を提供してくれた。現在よりも内々に人びとが精神や作法や道徳をぶつけ合うこのやり方で、現在と同じくらいの効果が上がっていた。一八世紀において〈接待役《セイレーン》〉であった彼女たちが〈文化と知的自由〉の促進のために果たした役割の重要性は、歴史家の認めるところである。今日においても〈接待役《セイレーン》〉が活用されることがある。W・B・イェイツの言を引こう。「彼（シング）がもっと長生きして、無為だが教養あるチャーミングな女たち、つまりバルザックがその献辞において「天才の最高の癒し」と呼んだ女たちとの交流を楽しめればどんなによかっただろうと、わたしは何度思ったことだろう！」（W・B・イェイツ『配役表』[*1] 一二七頁）。

セント・ヘリア令夫人〔第一章原注☆22で既出〕は、ジュヌ令夫人という名であったときから一八世紀の伝統を持続させているが、「一個二シリング六ペンスの千鳥の卵、ハウス栽培の苺、アスパラガスの若芽、雛鳥……が、素敵な晩餐を提供したい人にとってほぼ必需品になっている」（一九〇九年時点）そうだ。セント・ヘリア令夫人は次のようにも語っている。晩餐会当日は「とてもたいへんだった……七時を三〇分まわったときにはすっかりくたびれ果て、八時に夫と差し向かいで夕食を食べたときは、本当にうれしかった」（セント・ヘリア令夫人『五〇年の思い出』一八二、一八四〜八五頁）。こうした記述からは、これらの邸宅が扉を閉ざし、接待役を務めてくれる貴婦人方が減って、知識階級《インテリゲンツィア》、〈無知《イグノランツィア》〉階級、貴族、公務員、ブルジョワジー等々がやむなく公的な場で会話しなくてはならなくなった理由がうかがえる（だれかがそういう社交の場を有料で復活させたらべつだが）。ともあれ、数え切れないくらいの声明やアンケートが現在すでに出まわっているのだから、もう一つ

〔アンケートを〕作ってみようとの思いを調査好きの人たちに吹き込むのは、愚かというものだろう。

☆2 「〔一八四四年〕五月一三日に、それでも彼〔チャールズ・キングスリ、第二章原注☆18〕は毎週クイーンズ・カレッジにて講義を始めた。そこは〔ロンドン大学〕キングズ・カレッジのモーリス教授らが一年前に設立した学校で、おもに女性家庭教師《ガヴァネス》養成のための試験と教育を行っていた。この仕事は人気がなかったが、女子高等教育はよいことだと信じていたキングスリは進んで引き受けた」（マーガレット・ファランド・ソープ『チャールズ・キングスリ』六五頁）。

☆3 本文の引用の示すとおり、フランス人はイギリス人と同じくらい活発に声明を出している。フランシス・クラークの『現代フランスの女性の地位』〔一九三七〕からわかるように、フランスでは女性参政権が認められず、女性たちに対して中世並みの厳格な法律が課されている。[*2] それなのにフランス人がイギリスの女性に〈自由と文化〉を護る手助けをしてほしいとアピールするというのは、驚きを禁じえない。

☆4 リズムや語呂がいささか悪くなってしまうが、厳密な正確さを持って言えば、ここには「ポートワイン」という言葉が入らねばならない。「晩餐後の教員談話室での教授たち」という新聞記事に添えられた写真では、「ワゴンに載せられたポートワインのデカンタが、暖炉の近くで寛いでいる人たちのあいだを滑っていく」様子が示されている。もう一枚の写真には、「お仕置き《スコンス》」に使われるマグカップが写っている。「オックスフォード古来のこの慣習では、ダイニング・ホールである種の話題を口にした者は、ビール三パイント〔一・四リットル〕を一気飲みするという罰を受けねばならない……」。

しかしながら、自分たちの慣習が槍玉に挙げられるのではないかと戦々恐々としていらっしゃる紳士方は、女性小説家が女性であるという深刻な身体的ハンディを抱えながらも仕事にかかろうとする際、いかに彼女が高邁な意図を掲げようとも無茶なことを要求するようだ。たとえばケンブリッジのトリニティ・カレッジ〔男子学寮の一つ〕の晩餐会を文章にしたいのですと彼女が申し出ると、「トリニティ・カレッジの晩餐会のスピーチを、ミセス・バトラー（学寮長の妻）の部屋の覗き穴に耳を押し当てて聴く」ように強いる。一九〇七年、ミス・エリザベス・ホールデン〔第一章原注☆1〕はそうやって観察を行い、「あらゆる雰囲気が中世風だった」と述べている（エリザベス・ホールデン『一九世紀から二〇世紀へ』二三五頁）。

☆5　ホイティカーによれば、王立文学協会とイギリス・アカデミーなるものがあるらしい。事務所があり職員がいるのだから、たしかに公的団体のようである。しかしホイティカーの証言がなければ存在していることもほぼ不明なので、どのくらいの力があるのかは明言できない。[*3]

☆6　一八世紀に、女性は大英博物館の図書閲覧室[*4]に入れなかったようだ。そのため「ミス・チャドリー〔不詳〕が図書閲覧室への入室許可を求めています。これまで入室されたご婦人はミセス・マコーリー[*5]お一人です。ある無作法な一件でミセス・マコーリーのデリカシーが傷つけられたことを、閣下は覚えていらっしゃるでしょうか？」（ダニエル・レイからハーウィック卿へ、一七六八年一〇月二二日付の手紙、ニコルズ編『一八世紀文学史の解説』所収、第一巻、一三七頁）。編者は脚注でこう記している。「これはミセス・マコーリーの前で、ある男性が無礼なふるまいに及んだことを指している。その詳細を伝えるのは控えたい」。

☆7　ミセス・ハリー・コグヒル編『ミセス・M・O・W・オリファントの自伝と手紙』による。ミセス・オリファント（一八二八〜九七）は「二人の息子の他に、寡夫となった兄の子どもたちを引き取って教育し扶養していたために、絶えず困った状況を切り抜けながら生きねばならなかった」(『イギリス人名事典』)。

☆8　最近まで『モーニング・ポスト』紙の劇評家だったリトルウッド氏は、一九三七年一二月六日、氏に敬意を表して催された晩餐会の席上で、ジャーナリズムの現状をこう評した。「演劇作品が数多く上演されるシーズン中も、シーズン外の時期も、つねにロンドンの各紙に演劇のためのスペースを確保してもらうよう闘わねばなりませんでした。フリート・ストリート〔新聞社の並び立つロンドンの通り〕では、とくに深夜の一一時から一二時半に集中して、何千もの美しい文章や思想が組織的惨殺に遭います。四〇年のうち少なくとも二〇年くらいは、紙面はもう重要なニュースでいっぱいになってしまった、演劇などに割けるスペースなど残っていないときっと言われるのだろうと思いながら、夜更けにその惨殺の場に戻らねばなりませんでした。翌朝起きて、よく整えたはずの原稿の誤植だらけの残骸を見て、この記事の文責は自分だとわかるとしたら運がいいほうです。……新聞社の人間が悪いわけではありません。青鉛筆を手に、目に涙を浮かべながら削除の線を引いている者もおりました。真に責められるべきは、演劇のことなど何も知らないし気にもかけない、大勢の一般大衆でしょう」(『タイムズ』紙、一九三七年一二月六日)。

ダグラス・ジェロルド氏は、[*6] メディアにおける政治の取り扱いについてこう述べる。「この短期間［一九二八〜三三年］のうちに、フリート・ストリートから真実が逃亡してしまった。たしかに真実の全貌を語ることなど、これまでもできた試しはないし今後も無理だろう。しかし、少なくとも外国については真実の報道が可能だった。一九三三年になると、自分が危険な目に遭うことを覚悟してでないと報道できなくなった。一九二八年には、広告主が政治的圧力を直接かけることなどなかった。

今日ではあからさまで、効果も抜群だ」(ダグラス・ジェロルド『ジョージ王時代の冒険』〔一九三七〕二九八〜九九頁)。

文芸批評も、同じ理由からほぼ似たような状況にある。「他の批評に比べ、文芸批評家には大衆がもっとも信頼を寄せている。読書を薦める協会が複数あったとしても、大衆はどれも信頼してしまうし、各紙の選書にも信を置いている。概して文芸批評家は巧妙である。……読書を薦める協会というのはありていに言って書物の販売者であり、一流紙には読者を不審がらせる余裕などない。各紙は大衆受けしそうな、売れそうなものだけを選ばねばならない」(前掲書、二八二〜八三頁)。

☆9　現在のジャーナリズムの諸状況を考えると、文芸批評が満足できるものではないのは明らかだが、そうだとしても何かの改革をするには、社会の経済構造、そして芸術家の心理構造を変革しなくてはならない。経済面について言うと、書評者は街の物売りと同じように新刊が出たことを知らせる必要がある——「街のみなさん、〇〇という本が出版されました。主題は〇〇です」。心理面について言うと、芸術家はいまなお虚栄心と「世に認められたい」という欲が強いので、宣伝をなくして毀誉褒貶の機会をすべて奪ってしまうのも、オーストラリアにウサギを持ち込む[*7]のと同じくらい軽率である。自然のバランスを乱し、悲惨な結果を招くことになるだろう。

本文での提案は、批評を公表するのをやめようというものではなく、医者の例に倣った新サーヴィスで補完しようというものである。委員となる批評家を書評者から募り(多くの書評者には、本物の鑑識眼と学識を備えた批評家の能力がある)、完全な秘密保持に留意しながら医者のようにふるまってもらう。すると宣伝という要素がなくなり、脱線やら腐敗やら、現在の批評を作家にとって無用の長物にしているもののほとんどが消える。個人的な理由から褒めたいとか貶したいなどという動機がなくなり、売り上げにも虚栄心にも傷がつかない。作家は大衆や友人がどう考えるかなどと思い悩まずに批評を傾聴でき、批評家は編集者が青鉛筆で削除してしまうだろうとか、一般読者の反応はどうだろうかなどと思い悩まずに批判できる。つねに批評への要求があることからわかるように、現代人は批評を大いにほしがっている。新鮮な肉を食べたいと身体が求めるように、新鮮な本は批評家の精神にとって欠かせないものだから、作家にも批評家にも益するところが多く、文学じたいにも利益となるだろう。

批評を公表するという現行システムの長所は、主として経済的なものである。心理的な悪影響は、『クォータリー』誌による有名なキーツ評とテニスン評によって示されたとおりである。キーツは深く傷つき、「テニスンへの……影響は深刻で、しかも長期に及ぶものとなった。最初の行動は『恋人の話』の出版をただちに中止したことだった。……彼はイギリスを去って国外に住むことも考えた」（ハロルド・ニコルスン『テニスン』〔一九二三〕一一八頁）。[*8]

チャートン・コリンズ氏は、エドマンド・ゴス卿に同様の影響を与えた。[*9]「彼の自信は覆され、個性もちっぽけなものだと感じられた。……みなはわたし〔ゴス〕の骨折りを見物しながら、どうせ駄目だと思っているのだろうか？……彼自身の言葉を借りると、それはまるで皮を生剝ぎにされるような感じだったそうだ」（エヴァン・チャーテリス『エドマンド・ゴス卿の生涯と手紙』〔一九三一〕一九六頁）。

☆10 〈呼び鈴だけ鳴らして逃げる〉人。この表現は、相手を傷つけるために言葉を使いながら、自分が犯人だとはわからないようにしたい人のことを表すものである。多くの性質の意味合いが変化しつつある過渡期のいま、新しい意味合いを表す新しい表現が大いに求められている。たとえば、外国の例から判断するに、虚栄心《ヴァニティ》とは残虐性と専制の深刻な合併症に至る可能性があるものだが、虚栄心という言葉には、いまなお日常的な事柄との連想しかなく、その正体は隠れたままである。『オックスフォード英語辞典』には補遺をつける必要がある。

☆11　一九世紀には、〈教育のある男性の娘たち〉が労働者階級のために多くの貴重な仕事をなした。娘たちに開かれていた活動の場はそれだけだったのである。しかし現在、娘たちの少なくとも一部は高価な教育を受けているのだから、自分の階級にとどまり、自分の階級の方法を使って、まだまだ改良の必要のあるこの階級の改良に着手するほうが、はるかに効果的な活動になるのではないか。にもかかわらず、教育のある階級が（よくあるように）教育によって得たはずのもの、つまり理性や寛容さや知識を捨て、労働者階級に属しているふりをしながら彼らの目的に殉じるのであれば、その目的は教育のある階級の冷笑の的となるだけであり、教育のある階級じたいの改良にはまったくならない。しかし教育のある人びとが労働者階級について何冊も本を書いていることから察するに、現在における労働者階級の魅力と、その目的に殉じることによる安心感は、二〇年前の貴族階級の魅力（『失われた時を求めて』*10を参照）と同じくらい抵抗しがたいものになっているようだ。

教育のある階級に生まれた男女は、遊び半分で労働者階級の目的を自分たちの目的として採用しながら、中産階級の資本を擲《なげう》つこともなく、労働者階級の経験を共有することもない。彼ら／彼女らのことを労働者階級に生まれた男女がどう思っているのか、教えてもらえると興味深いだろう。イギリス商業ガス協会の家庭サーヴィス部門主任、ミセス・マーフィはこう語っている。「平均的主婦は、一年間で汚れた皿を一エーカー分、コップを一マイル分、衣類を三マイル分洗い、五マイル分の床磨きをする」（『デイリー・テレグラフ』紙、一九三七年九月二九日）。労働者階級の生活についての詳細な報告は、女性労働者協同組合員たちの書いた『わたしたちの知る生活』〔一九三一〕、マーガレット・ルウェリン＝デイヴィス編[*11]を見よ。『ジョゼフ・ライトの生涯』〔一九三二〕もまた、プロレタリア擁護派の色眼鏡を通さずに直接労働者階級の生活を捉えた、優れた書物である。[*12]

☆12　「昨日の陸軍省の発表によると、イギリス陸軍評議会は、女性部隊を作る予定も女性兵士を募集する予定もないとのことだった」(『タイムズ』紙、一九三七年一〇月二二日)。最大の男女差がここにある。女性には平和主義が強制されている。男性にはまだ選択の自由がある。

☆13　しかし以下の引用から、もし認められれば戦闘本能は容易に発達するとわかる。「眼窩に瞳をしっかり収めた、鋭い顔立ちの女兵士が、足を馬の鐙《あぶみ》にかけて真っすぐ体を伸ばし騎兵団の最前列にいた。……五人のイギリスの下院議員らは、まるで未知の種の「野獣」に対するように落ち着かない気分になりながらも、尊敬と賛美の念を込めてこの女を見つめた。……

――アマリア、こっちへ来い――上官の命令。彼女は馬をわれわれのほうに進め、剣を立てて上官に敬礼する。

――アマリア・ボニーヤ軍曹――と、騎士団長が続ける――齢《とし》はいくつだ?――三六歳であります――出身はどこだ?――グラナダであります――軍隊に入った理由を言いなさい――二人の娘は民兵でした。下の娘がアルト・ド・リオンで殺されました。娘のあとを継いで復讐しなくてはと思いました――娘の復讐のために、敵を何人殺したのか?――上官、ご存じのはずです。五人で、六人目はわかりません。――そうだな、でも男の馬を奪ったな。実際、女兵士アマリアの馬は、灰色の斑点のある見事な馬だ。毛並みには光沢があり、パレードの馬のように引き立って見える。……五人の男を殺したこの女――六人目についてはわからないと語ったこの女――は、下院議員代表団にとってスペイン戦争への素晴らしい手ほどきとなった」（ルイ・ドラプレ『マドリードの殉教』未編集の証言、三四～三六頁、一九三七年のマドリードにて）。[*13]

☆14　その証拠として、一八七〇年から一九一八年にかけての各議会での閣僚たちの発言から、女性参政権法案への反対理由を解析してみるといいかもしれない。レイ・ストレイチーが優れた一例を示している（レイ・ストレイチー『大義』〔邦訳『イギリス女性運動史――一七九二～一九二八』〕の「行政の欺き」の章を見よ）。

☆15　「女性の市民としての地位、そして政治的地位について、国際連盟は一九三五年以降の情報しか把握しておりません」。妻、母、専業主婦の女性の地位について寄せられた報告からは、「（イギリスを含む）多くの国で、その経済的地位は不安定であるという残念な事実が判明しました。給料も賃金もないのに、果たさねばならない数々の義務があることは明らかです。イギリスでは、女性が夫と子どもに全人生を捧げても、そしてそれが裕福な夫だったとしても、夫が亡くなれば妻は貧困に追いやられる可能性があり、法的救済はありません。これは法制化によって変えねばなりません」（リンダ・P・リトルジョン、一九三七年一一月一〇日の『リスナー』誌での報告より）。[*14]

☆16　女性の任務についてのこれらの定義は、イタリアではなくドイツのものである。夥しいヴァージョンがあるが、どれもよく似ているため、出典を一つずつ確かめるのも不要に思える。しかし興味深いことに、イギリスの例で締め括るのも容易である。たとえばジャハディ氏はこう書いている。[*15]「女性作家も真剣な芸術家であり仲間である――と考えるような誤りをしでかしたことは、わたしには一度もない。女性作家はむしろ精神的な助手だと思っている。繊細な鑑識眼を持っている彼女たちは、天賦の才に苦しむわたしたち少数者が背負った十字架に苦しんでいるのを、進んで助けてくれる。したがって彼女たちの真の任務とは、わたしたちが血を流しているときに、綿を手渡してくれ、額を冷やしてくれることである。もちろん、同情に基づく理解をもっとロマンティックなことに使ってくれるなら大歓迎である！」（ウィリアム・ジャハディ『ある多言語話者の思い出』三二〇〜二一頁）。女性の任務についてのこの考えは、本文で引用したものとほとんどぴったり一致する。

☆17　正確を期すと――「〔第三〕帝国の鷲〔ナチス・ドイツのシンボル〕をかたどった大きな銀の盾が……科学などに卓越した国民のためにヒンデンブルク大統領*16により作製された。……身につけず、たいていは受賞者の書き物机の上に置かれる」（一九三六年四月二一日の日刊紙より）。

☆18　「仕事を持つ若い娘が、昼食に菓子パン一つ、サンドイッチ一切れで我慢しているのは、よく目にする光景である。好きでそうしているのだという意見もあるが、本当のところは、きちんとした食事を摂るだけのお金がないのだ」（レイ・ストレイチー『女性の職業と雇用機会』七四頁）。ミス・E・ターナー〔不詳〕の次の言葉と比較されたい――「……以前のように仕事が円滑に進まない、なぜだろうと不審がっている職場も多いようだが、若いタイピストが昼食にりんごとサンドイッチ一切れしか食べられないので、午後には疲れ切ってしまうとの報告がある。生活費が上昇しているのだから、雇用主は給料を上げて対処すべきだ」（『タイムズ』紙、一九三八年三月二八日）。

☆19　「アイスルワースのグリーン・スクール校長、ミス・D・カルザスによると、高学年の女子生徒たちは既成宗教の運営方法に「多大な不満」を持っているという。「教会は、若い人たちが精神的に必要とするものをどうやら提供できていないようです」と校長は語った。「これはすべての教会に共通する欠点のようです」」（『サンデー・タイムズ』紙、一九三七年一一月二一日）。

☆20　預言の才能と詩作の才能がもともと同一のものだったとしても、これら二つの才能と二つの職業はもう何世紀にもわたってべつのものとされてきた。しかし詩人の作である「雅歌」[*17]が聖書に含まれ、預言者の作であるプロパガンダ目的の詩や小説が一般に出まわっているという事実から、多少の混合もあることがわかる。イギリス文学の愛好者としては、シェイクスピアが遅く生まれたがゆえに、教会によって列聖されなかったことを感謝するばかりである。その戯曲が聖典の一部となっていたら、『旧約聖書』や『新約聖書』と同様の取り扱いを受けていたに違いない。毎日曜日、聖職者の口からその断片を聞かされることになっていただろう。今回はハムレットの独白[*18]、次はどこかの記者がいい加減に改竄した一節、次は戯れ歌、次は『アントニーとクレオパトラ』から半頁――と、ちょうどイングランド国教会の礼拝において『旧約聖書』と『新約聖書』がバラバラに切り刻まれ、賛美歌があいだに挟まれて提供されるのと同じことになり、シェイクスピアも聖書と同じくらい読みづらいものになっていただろう。しかし子どものときから毎週その断片を無理やり聞かされるという体験を経ていない者としては、聖書はたいへん面白い作品で、美と深い意味を湛えていると主張できる。

☆21　委員たちは、ここで独裁者がしばしば口にし是認している原則を、口にし是認している。ヒトラー氏もムッソリーニ氏も、これと酷似した言葉で「国民生活には二つの世界がある。男の世界と女の世界である」〔一〇〇頁〕などと意見を表明し、これと酷似した任務を定めている。男女がこうして区別された結果、女性は卑小かつ個人的な性質のものにしか関心を持たない、実用的なことにしか集中できない、どうも詩的なことや野心的なことには不向きであるとされ、それらは数多くの小説にお決まりの題材を提供し、数多くの諷刺の槍玉に挙げられてきた。そして大勢の理論屋が、女の精神が男より劣っているのは自然の法則による、望むと望まざるとに関わらず、女がこの契約に合意してきたことは証明するまでもないという理論を振りかざしてきた。

しかしながら、こうして任務を分けて「すべての世俗の雑事や観察を断念」することが可能になった側〔男性〕に、どのような知的、精神的結果がもたらされたのかという点については、これまでほとんど注目されてこなかった。明らかにこの分離がなされたために、現代の戦争では兵器や戦法の開発が飛躍的に進んだと言えるだろう。神学は驚くべき複雑さを呈するようになった。古代ギリシャ語やラテン語の書物、そして英語の書物にも、巻末に夥しい数の注が付されるようになった。普段使いの家具や食器に、細かい彫刻と彫金と不必要な装飾が施されるようになった。『デブレット貴族名鑑』〔第二章原注の訳注＊12〕と『バーク貴族名鑑』[*19]に無数の差異が記されるようになった。「住まいや家族の世話」を免れた知性が、無意味だがきわめて独創的なこれらの曲線や捻りのすべてに宿ることになった――。

聖職者も独裁者も、二つの世界を存続させねばならないとこれほど強調しているということは、それが支配に欠かせないという充分な証拠だろう。

☆22　支配のもたらす満足の複雑な性質については、次の引用の示すとおりである。「「夫は自分に敬語を使えと、わたしに言うんです」。昨日ブリストル警察裁判所に扶養命令[*20]を申請した女性の言葉である。女性はこうつけ加えた。「ことを荒立てたくないので要求どおりにしてきました。それにブーツも磨き、髭剃りのときにはカミソリも用意し、何か訊かれたらただちに答えなくてはなりません」」。同紙の同日のべつの記事では、E・F・フレッチャー卿[*21]が「独裁者らに立ち向かいましょうと下院で呼びかけた」と伝えている（『デイリー・ヘラルド』紙、一九三六年八月一日）。これらがどうやら示しているのは、夫と妻と下院を含む集合意識全体が、支配したいという願望〔夫〕と、ことを荒立てないためには支配願望に従わねばならないという必要性〔妻〕と、支配したいという願望を抑えつけねばならないという必要性〔フレッチャー卿〕とを、いちどきに感じているということである。こうした心理的衝突があることを考えれば、今日の世論がつねに不安定に沸き立っているように見えるのも大いに理解できる。

もちろん、教育のある階級においては、財産や社会的名声や職業上の名声の喜びと、支配の喜びが密接に結びついている——この事実がさらに事態を複雑にしている。他の比較的単純な喜び、たとえば郊外を歩きまわる喜びと支配の喜びが違うのは、ソフォクレス〔一五一頁参照〕のような優れた心理観察者が示すように、支配者が嘲笑を怖れている点である——同じくソフォクレスによると、とくに女性からの嘲笑や挑戦に対し支配者は奇妙なまでに過敏である。したがってこの喜びの中心的要素は、この喜びの感情そのものではなく他人の感情の投映からもたらされるようだ。つまり、他人の感情の変化にこの喜びは左右されやすいということになるだろう。支配への対抗手段としては、たぶん笑い飛ばすのがいい。

☆23　表面的に観察するだけでも、女が男にふしだらと言われると重大な侮辱を受けたと感じるのと同様、男が女に臆病と言われると、いまなお重大な侮辱を受けたと感じるらしい。このことは次の引用からわかる。バーナード・ショー氏[*22]がこう書いている。「戦いたい、勇気を褒め讃えたいという強烈な本能を女性は備えているが、これが戦争開始によって発揮されたときのことをわたしは忘れられない。……開戦時のイギリスでは、教養ある若い女たちが、軍服を着ていないすべての若い男たちに白い羽根〔本章訳注＊23〕を手渡そうと走りまわっていた」。そして氏は続ける。「原始時代から残存している他のことと同様、これもごく自然なことである。女と子どもの生命は、かつてその伴侶の勇気と殺傷能力しだいだったのだから」。

戦時下のいかなる時期においても、たくさんの若い男が白い羽根などつけずに職場で働いていた。男たちのコートに白い羽根をつけた「教養ある若い女たち」の数は、そうしなかった女たちの数と比べればごく少数だったに違いない。ショー氏の誇張は、五〇本か六〇本くらい（実際の統計はないが）の羽根を使うだけで男性の心理に大きな印象を植えつけることができるという充分な証拠になるだろう。

いまなお、男性はこうした侮辱にとりわけ弱いようだ。だからこそ勇気と好戦性は、いまなお、男らしさの主要な特徴である。だからこそ、貴方は勇気があり戦うこともできると、いまなお、男は褒めてもらいたがっている。そしてだからこそ――こうした性質を嘲笑するとしかるべき結果が生じる。それに「男らしさの感情」は経済的自立ともつながっているようだ。「女きょうだいであろうと恋人であろうと、女を扶養できることを陰に陽に得意がっていない男にはお目にかかったことがない。雇用主に賃金をもらいながらの経済的自立から、夫への経済的依存へと変わることを、名誉ある出世と考えない女にもお目にかかったことがない。こんなことで男女が嘘をつき合っても意味はない。自分たちで決められることでもないのだから」（フィリップ・メレ『A・R・オラージュ』〔一九三六〕vii頁）。G・K・チェスタトンがA・R・オレージに語ったとされる、興味深い評言である。[*23]

☆24 リチャード・バードン・ホールデン[*24]の妹、エリザベス・ホールデン〔第一章原注☆1〕によると、良家の子女《レディ》が働くということは一八八〇年代初頭まで不可能だった。「もちろん何かの専門職を目指して勉強できたらよかったが、「働いてパンを稼がねばならない」という悲しい状況にならない限り、それは無理なことだった[*25]し、実際そんな状況になったとしたらかなり悲惨だった。わたしの兄は、ミセス・ラングトリーの演技を観に行ったあと、悲しげにこう記した。「品のよい女性だったし、品のよい女性にふさわしい演技だったけれど、そもそも演技しなくてはならないというのが残念だね！」」〔エリザベス・ホールデン『一九世紀から二〇世紀へ』七三〜七四頁〕。同じ一九世紀のこれより前に、ハリエット・マーティノー〔第二章原注の訳注＊7〕は一家が財産を失った際に大喜びをした。もはや「良家」ではなくなったために、働くことができるからだった。

☆25　リー＝スミス氏については、バーバラ・スティーヴン『エミリ・デイヴィスとガートン・カレッジ』を参照。バーバラ・リー＝スミスは、結婚してミセス・ボディションとなった。

☆26　この門戸開放がどのくらい名ばかりでしかなかったかは、一九〇〇年頃、ロイヤル・アカデミー〔本章訳注＊52参照〕で学んだ女子学生の実情を伝える以下の記述からわかる。「同じ人間でありながら、なぜ女性には男性と同じ特権が与えられないのか理解しがたい。ロイヤル・アカデミーでは、女子学生も男子学生と肩を並べて競争し、毎年の賞やメダルを獲得しなければならないのに、授業料は半額、勉強の機会ときたら半分以下だった。……ロイヤル・アカデミーの女子学生の教室では、ヌードモデルがポーズを取ってはいけなかった。……男子学生は、日中は男のヌードモデルも女のヌードモデルもデッサンの対象にでき、夜間クラスでも裸像から学べ、ロイヤル・アカデミー客員教授による指導も受けることができた」。これは女子学生には「きわめて不平等」と感じられた。ミス・コリア[*26]は勇敢だったのに加え、訴えを起こすことができるくらい社会的地位も高かったので、まずフランク・ディクシー氏[*27]に訴えた。氏は、女の子は結婚するのだから女子学生の教育に金を使うのは無駄だと答えた。次にレイトン卿[*28]に訴えた結果、ささやかな一歩ではあったにしても「衣をつけない影像」ならよいというお許しが出た。しかし「夜間クラスという特権はとうとう得られなかった……」。そこで女子学生らはクラブを作り、ベイカー・ストリートの写真スタジオを借りた。「委員のわたしたちがお金を工面しなくてはならなかったので、極限まで食事を切り詰めた」（マーガレット・コリア『ある芸術家の生涯』〔一九三五〕七九〜八一、八二頁）。

二〇世紀のノッティンガム美術学校でも、同じ原則が力を振るった。「女子学生はヌードモデルを使って絵を描いてはいけなかった。……男子学生がヌードを前に作業する際に、わたしは古典美術の部屋に行かねばならなかった。石膏像への嫌悪感は、今日まで残っている。石膏像のデッサンから得られるものは何もなかった」（ローラ・ナイト[*29]『油絵の具と舞台化粧』四五、四七頁）。

しかし名ばかりの門戸開放しかなかったのは、美術という職業に限ったことではなかった。医学という職業も「開かれた」が、「……ロンドンの各病院のほとんどすべての付属医学校は、女子医学生の入学を許可しない。ロンドンにおける女子医学生の訓練は、もっぱらロンドン〔女子〕医学校での み行われている」（フィリッパ・ストレイチー『イギリスの男女の地位を比較した際の覚書』一九三五年、二六頁）。「ケンブリッジ大学の女子『医学生』複数名が、グループを作って苦情を申し立てることにした」（『イヴニング・ニュース』紙、一九三七年三月二五日）。一九二二年、カムデン・タウンの王立獣医学校に、女子学生は入学を認められた。「……それ以来、この仕事を求めて多くの女性が殺到したため、最近は人数を五〇名に制限している」（『デイリー・テレグラフ』[*30]紙、一九三七年一〇月一日）。

☆27　スティーヴン・グウィン『メアリ・キングスリの生涯』一三〜一四、一八、二六〜二七頁。ある手紙の抜粋で、メアリ・キングスリはこう記している。「わたしはごくたまに人様のお役に立つことができるくらいですが、数ヶ月前、友人を訪問したときには大いに役に立ちました。友人は、彼女の寝室に上がって新しい帽子を見てきてちょうだいと言ったのです。わたしの鑑識眼がひどいものだと友人は知っているはずなので、その依頼には驚きました」。グウィン氏は述べる。「この某婚約者の冒険がどうなったのか、手紙には結末まで語られていないが、メアリは彼を屋根から下ろし、この出来事を大いに面白がったのだと思う」。

☆28　アンティゴネーによれば法には二種類ある。書かれた法と、書かれていない法である。ミセス・ドラモンド［フローラ・ドラモンド、第二章原注☆13］は、書かれた法を改善するために、ときにはその法を破らねばならないと主張している。しかし明らかに一九世紀の〈教育のある男性の娘〉による数多くの多彩な活動は、ただ法を破ることだけが目的ではなかった。法を破ることがまったく主目的にないこともあった。むしろ、書かれていない法――ある種の本能や情熱や心身の願望をコントロールする私的な法――を見つけるための実験的な試みだった。

そんな法が存在するということ、そして教養ある人びとがそうした法に従っているということは、かなり一般的に知られるようになっている。しかしそれが「神」の定めたものではないことも、人びとの同意するところとなりつつある。「神」とは家父長制の創造した観念であり、特定の人種にのみ、特定の段階と特定の時代においてのみ有効である――というのが、現在ではかなり一般的になってきた考え方である。また〈自然〉の定めるものでもない。〈自然〉の命令にはかなりのばらつきがあり、しかもほぼ人に操られるがままである――ということも現在わかってきている。書かれていない法は、各世代がそれぞれ、理性と想像力を駆使して新たに見出さねばならない。

しかしながら、理性も想像力もある程度は身体の所産である。身体には男性の身体と女性の身体という二種類がある。ここ数年で、男女の身体は根本的に異なると証明されてきているのだから、男女が認知し遵守する法は、明らかにそれぞれ別途見出さねばならない。ジュリアン・ハクスリー教授[*31]は述べている。「……受精の瞬間からこのかた、あらゆる細胞の染色体数に男女差がある。ここ数十年の研究の成果から解き明かされてきた新事実だが、この身体が遺伝子を運び、性格や性質を決定するのである」。たしかに「知的生活と実生活の上部構造において男女は同一でありうる」し、「〈中等学校での男女別カリキュラムに関する審議会〉に基づく教育委員会の最近の報告（一九二三年、ロンドン）でも、知的な面における男女差は、一般に考えられているよりもはるかに小さいと立証された」（ジュリアン・ハクスリー『一般向け科学《ポピュラー・サイエンス》のための小論集』（一九二七）六二〜六三頁）けれども、男女には差異があり、今後もつねにこの差異は残るだろう。もし男女それぞれが、自分たちにはどの法を適用するのがよいかを確かめ、おたがいの法を尊重でき、わかったことを共有できたなら、男女はもっと十全に成長でき、質の改善ができ、何か特殊な性質に屈することもなくなるだろう。

　そうすれば、一方の性別がもう一方の性別を「支配」しなくてはならないという古い考えは廃れるだろうし、唾棄すべきものにもなるだろう。その結果、実際上の目的のために支配勢力が物事を決定しなくてはならない際には、強制や支配という忌まわしい仕事は、秘密の下部組織が担うことになるかもしれない――犯罪人への鞭打ちや死刑執行が、現在では覆面の人々によって秘密裏に行われているのと同様に。これは予測にすぎないのだが。[*32]

☆29　一九三三年二月六日の『タイムズ』紙に掲載された、オックスフォード大学モードリン・カレッジ〔男子学寮の一つ〕の特別研究員《フェロー》、H・W・グリーン、愛称グラガーの死亡記事より。

☆30　「一七四七年、（ミドルセックス病院の）四季裁判において数床のベッドが出産用に指定された際に、女性は助産師を務めてはならないと定められた。それ以来、女性は立ち入り禁止というのが伝統的対応となっている。一八六一年、ミス・ギャレット――のちにギャレット＝アンダースン医師となる

――が受講許可を得て……病棟を病院職員といっしょに見まわることも許可されたが、男子学生らが抗議を行い、病院側は屈した。ギャレット＝アンダースン医師は、女子医学生に奨学金を新設したいと申し出たが、病院は辞退した」(『タイムズ』紙、一九三五年三月一七日)。

☆31 「現代においてはよく検証された知識の体系がある……。しかし何か強い感情から専門家としての判断を曲げてしまうなら、どんなに科学的な知識を備えている人物であっても、その人物は信頼できない」(バートランド・ラッセル『科学的な見せかけ』一七頁)。

☆32 しかしながら、そんな記録破りを行った女性の一人が、なぜ記録破りに挑戦するのか理由を挙げている。その理由は尊敬に値する。「その頃、女性は男性がすでになしたことに折に触れて挑戦しなくてはならない、男性がなしていないことにも時折挑戦しなくてはならないと、わたしは信じていた。そうすることで、女性は自他ともに自分を人として認めることができ、たぶん他の女性にも、いっそう自立した考えを持つように、行動するようにと促すことにもなる。……失敗したとしても、その失敗を他の女性が乗り越えていける」(アメリア・イアハート『最終飛行』七四頁)。

☆33 「事実に即して言うなら、この過程［出産］で女性が動けないのは、全生涯のうちごくわずかな期間にすぎない。六人を出産する女性でさえ、横になっていなくてはならないのは全生涯のうち一二ヶ月にすぎない」(レイ・ストレイチー『女性の職業と雇用機会』四七〜四八頁)。しかし現在では、どうしてもそれよりはるかに長い期間、女性は育児にかかりきりである。育児は女親だけが担うのではなく、男親も担うほうがみんなの利益につながるのではないか――という大胆な提案もある。

☆34 イタリアおよびドイツの独裁者は、男らしさの特徴について、女らしさの特徴について、頻繁に定義を下している。戦うことは男の特徴であるばかりか男らしさの本質であると、両人は繰り返し力説する。たとえばヒトラーは、「平和主義者の国と男たちの国」はべつのものだと言う。そして女らしさの特徴は、戦士の怪我の手当てをすることだと、両人は繰り返し力説する。*35

しかしながら、男は本質からして戦士であるという古くて「永遠なる自然の法」から男を解放しようと、新しい強力な運動が始まっている。今日、男性のあいだに広がっている平和主義を見るといい。また、ネブワース卿の「恒常的な平和が訪れ、陸海軍が存在しなくなったら、戦闘によって発達してきた男らしい性質はどこに発散させればいいのでしょう、人間の体格も人間の性質も退化してしまうでしょう」〔一七頁、一九六頁〕という主張を、数ヶ月前に、同じ社会階層に属する青年が述べた次の主張と比べてみるといい。「……すべての男の子が心の底では戦争を求めているというのは本当ではない。おもちゃの剣やら銃やら兵隊やら軍服をくれて、これで遊びなさいと促す人たちが、ぼくらにそう教え込もうとしているにすぎない」（プリンス・フーベルトゥス・レーヴェンシュタイン*36『過去の克服』〔一九三八〕二一五頁）。

ファシスト国家は、少なくとも古い男らしさの概念から解放されねばならないと若い世代に気づかせることで、クリミア戦争やヨーロッパ戦争〔第一次世界大戦〕でその姉妹たちが悟ったのと同様のことを、男性たちにも悟らせようとしているようだ。ハクスリー教授は「遺伝による体質をそれとわかるように変えるというのは、十年単位のことではなく、千年単位のことである」〔ハクスリー『一般向け科学《ポピュラー・サイエンス》のための小論集』六二頁〕と釘をさす。しかし科学の教えるとおり、地上でのわれわれの生もまた「十年単位ではなく、千年単位」で続いているのだから、遺伝による体質を変えようという試みも、やってみるだけの値打ちがある。

☆35 しかしながら、アウトサイダーの考え方や目的について、コールリッジ〔本章訳注*25〕は次の一節でかなり正確に語っている。「人は自由でなくてはならない。そうでなかったら、〈本能に突き動かされる機械〉ではなく〈理性を持つ魂〉として創られた目的がわからない。人は従属しなくてはならない。そうでなかったら、良心を備えている理由がわからない。これを困難にしているのは権力だが、解決方法も権力の中にある。権力は完全なる自由を実現させるためにこそ行使されるのだから。いったいどんな法ないし法体系が、権力を他の目的のため行使せよと強制し、われわれの本質を貶め、神ではなく動物に近づけ、喜び溢れる善行という原則を殺し、人類と闘わせようとするだろうか……。したがって、社会を正しい統治組織のもとに置き、その統治組織が理性を持つ人びとに真の道徳的義務を課すのがよいというのなら、その統治組織は以下の原則に基づいて作られねばならない――すなわち、各人が統治組織の法に従いながらもおのれの理性に従い、おのれの理性の命じるところに従いながら国家の意志を遂行する。ルソーはこれをこう看破する。完璧な統治組織とはどのようなものか？　という問いに、こう答えるのである――〈各人が全体につながりながら、自分のみに従い、従来どおり自由でいられるような社会形態を見つけること〉」（サミュエル・テイラー・コールリッジ『友人』第一巻、三三三～三五頁、一八一八年版による〔強調はコールリッジ〕）[*37]。

ここにウォルト・ホイットマンの引用を添えることもできる。「平等について――自分に害をなすことも覚悟で、他人にも自分と同じだけの機会と権利を与えること――自分は権利を失うことも覚悟で、他人が同じ権利を持つようにすること」[*38]。

そして最後に、半ば忘れられた小説家、ジョルジュ・サンド〔本章訳注＊6で既出〕の言葉も熟慮に値する。「あらゆる存在は、たがいに連帯している。自分は一人であり、同類の人々と何の接点もないと考える人は、不可解な謎しか提示しないだろう。……〔わたしの〕個性は、それだけでは何の意味も重要性もない。みなの生の一部となり、同胞の個体と溶け合って初めて意味をなす。そうやって歴史［の一部］になる」（ジョルジュ・サンド『わたしの生涯の物語』二四〇〜四一頁〔『我が生涯の記』第一巻、加藤節子訳、水声社、二〇〇五、三〇〇頁〕）。[*39]

訳注

写真一覧

＊1　本文には五枚の写真が挿入されている。いずれもイギリスの男性たちが有名な公式行事に加わっているところを捉えており、当時のイギリス人の多くが名前を知っていたような有名人も混じっている。これらの写真についてウルフはあえて何も語らないが、いずれもそのときどきの議論の注解になっている。本書では、本文との対応を考え、なるべく原書と近い位置になるように挿入した。

「将軍」の写真は、ロバート・ベーデン＝パウエル（一八五七〜一九四一）が、一九三七年にセント・ジェイムズ宮殿でのジョージ六世の謁見式に出席したときのもの。ベーデン＝パウエルはイギリス陸軍将校として第二次ボーア戦争（一八九九〜一九〇二）で功績を上げ、その後、ボーイスカウト連盟を立ち上げ、ボーイスカウト運動の創始者となった。一九三七年当時、八〇歳の彼はすでに陸軍を退役していたが、ここでは第一三軽騎兵連隊大佐であった現役時代の軍服を着て、さまざまな勲章をいっぱいにつけている。

「伝令兵たち」は王室騎兵隊トランペット兵の誤記で、この誤記はおそらくウルフの勘違い。写真は一九三六年、バッキンガム宮殿でトランペット兵らがエドワード八世ないしジョージ六世の即位式でファンファーレを奏したときのものである。左側奥には詰めかけた群衆が映っており、王室行事への庶民の関心の高さがうかがえる。一九三六年は、イギリス国王ジョージ五世が一月に亡くなり、長男がエドワード八世として即位するが既婚のウォリス・シンプソンとの恋愛のために退位を余儀なくされ、同年一二月に弟がジョージ六世として即位するというように、イギリス国王が目まぐるしく代わった年だった。エドワード八世は第一章原注☆5も参照。

「大学での行進」の写真は、正確な年代は不明だが、ケンブリッジ大学の例年の名誉博士号授与式にこれから参加する人びとを写している。場所はケンブリッジで、これから評議員会館に向かうところ。この「行進」は正確には「総長の行進」と呼ばれ、現在も例年の恒例行事として続いている。同写真で先頭を行くのは職杖を持った先導係で、二人目が当時のケンブリッジ大学総長スタンリー・ボールドウィン（一八六七〜一九四七）。ボールドウィンはイギリス保守党の政治家で、三度にわたってイギリス首相を務めており（任期一九二三〜二四年、一九二四〜二九年、一九三五〜三七年）、一九三七年には伯爵に叙せられている。ボールドウィンについては九二〜九三、一三〇〜三一頁も参照。

「裁判官」の写真は、やはり正確な年代は不明だが、ウェストミンスター寺院における例年の行事「裁判官の礼拝」が終了したところ。同行事は毎年一〇月に行われるもので、現在も続けられており、イギリス全土の裁判官、弁護士、政府高官などが集まり、神に祈りを捧げて司法の遵守を誓うというもの。「裁判官の礼拝」終了後、参列者は高等法院首席裁判官を先頭に国会議事堂に移動して、「大法官の朝食」という名の食事会に参加するのが慣例である。写真は長い鬘を肩まで垂らした人物がちょうどウェストミンスター寺院から出てきたところを捉えているが、この人物は当時の高等法院首席裁判官、ゴードン・ヒュワート（一八七〇〜一九四三）である。高等法院首席裁判官は、イギリスの法曹界において大法官に次ぐ第二の要職。ヒュワートは一九二二〜四〇年にこの要職にあり、一九二二年には男爵に、一九四〇年には子爵に叙せられている。ヒュワートについては一九頁も参照。

「大主教」の写真は、正確な年代も行事名も不明だが、写っているのは当時のカンタベリー大主教、コスモ・ゴードン・ラング（一八六四〜一九四五）である。カンタベリー大主教とはイングランド国教会（第一章訳注＊19参照）の最高位の聖職者で、ラングは一九二八〜四二年にこの地位にあった。一九〇九年以降は上院議員も務め、一九四二年には男爵に叙せられた。

第一章

＊1　中世の教会付属学校に起源を持つ、中等教育のための学校の名称。最初は地元の優秀な少年を奨学金つきで勉強させる場だったが、一八世紀には上流階級の少年の躾《しつけ》を行う場へと変容し、一九世紀には大幅な教育改革が行われ、中流階級以上の裕福な家庭の少年を対象とする、エリート男子校の地位を獲得するに至った。有名なパブリック・スクールにウィンチェスター・カレッジ（一三八二）、イートン・カレッジ（一四四〇）、ラグビー・スクール（一五六七）、ハロウ・スクール（一五七二）などが存在する（カッコ内は創立年）。名称には「パブリック」とあるが、公立ではなく私立であり、もっぱら授業料と寄付金を財源にしている。一九世紀半ばには女子向けパブリック・スクールも登場するが、それまでは男子校しかなかった。

＊2　メアリ・キングスリ（一八六二～一九〇〇）。イギリスの女性旅行家。医師であり旅行家であった父の影響から、両親の死後、シエラレオネなどの西アフリカ地方を一人で旅し、帰国後に発表した『西アフリカ旅行記』（一八九七）で一躍有名になった。本文中の引用（「貴方に打ち明けたことが……」）は、キングスリがのちに若い頃を振り返って知人に宛てた手紙の一節。ドイツ語を習うことができたのは、父が娘を自分の助手にして、ドイツ語で書かれた人類学の文献や旅行記を英訳させたかったからだった。

＊3　『ペンデニス』はイギリスの小説家ウィリアム・メイクピース・サッカレー（一八一一～六三）による小説で、主人公アーサー・ペンデニスの成長物語。作中、父が教育資金を年々積み立て、父が早逝したあとは母が引き継いで積み立てたおかげで、一人息子のアーサーは大学に進学できる。在学中、アーサーはさんざん遊んで浪費し、試験にも失敗してしまうが、母と妹ローラが倹約しながら彼を支えてくれたため、どうにか卒業できる。

＊4　イギリスに大学が創設されて以来ということ。何をもって創設とするかは諸説あるが、オックスフォード大学は一二世紀頃、ケンブリッジ大学は一三世紀頃に創設されている。

＊5　ノーフォーク州の実在の一族。一五〜一六世紀のパストン家の人びとが遺した手紙を収めた『パストン家書簡集』（一七八七〜一八二三）からは、一五〜一六世紀のパストン家の息子たちが実家を離れ、イートンやケンブリッジなどで勉強していたことがわかる。

＊6　国王が経験豊かな法廷弁護士に与える称号で、男性の王の在位期間であれば King's Counsel（KC）で、女王なら Queen's Counsel（QC）となり、法廷においてシルクのガウンの着用が認められる。一九三八年当時、女性の勅選弁護士はまだ存在しておらず、ヘレナ・ノーマントン（第一章原注☆4参照）らが女性として初めて勅選弁護士になるのは一九四九年のことである。

＊7　ウルフはここで、当初の男性の〈どうすればわれわれは戦争を阻止できるとお考えですか？〉という問いにあった「われわれ」の範囲を限定し、彼の「われわれ」とは「あなたがた」つまり〈教育のある父の息子〉たちであり、〈教育のある父の娘〉たちは入らないと示している。

＊8　性差別廃止法が施行された年。同法はそれまで女性に閉ざされていた公職、とくに弁護士、裁判官、公務員などの職業を女性に開くものだった。同法について、女性の経済的自立を大きくあと押しするもの、象徴的価値を持つものとウルフは見ているが、法律成立をもって「性差別廃止」そのものが実現したわけではなかったことは、本書第二章で示されるとおりである。

＊9　フランシス・グレンフェル（一八八〇〜一九一五）。イートンを卒業後、イギリス陸軍に入隊、第二次ボーア戦争と第一次世界大戦に参戦。引用はフランシスが軍人だった叔父に宛て、一九一四年八月一五日付で書いた手紙。翌月にはベルギーの戦場で、ドイツ軍の攻撃を受けながらイギリス軍の大砲を守り、ヴィクトリア十字勲章を授与される。一九一五年に戦死。

＊10　ジョン・バカン（一八七五〜一九四〇）は、イギリスの政治家、第一五代カナダ総督（在任一九三五〜四〇）。スパイ小説『三九階段』（一九一五）の作者でもある。

＊11　リヴァスデール・グレンフェル（一八八〇〜一九一四）はフランシスの双子の兄弟。イートンを卒業後、実業

家としてのキャリアを試みるなどしたが、第一次世界大戦勃発とともに陸軍に志願、フランシスと同じ騎兵隊に配属される。引用は一九一四年八月一五日付で友人に宛てて書いた手紙で、翌月、ベルギーの戦場で戦死した。

＊12 ネブワース子爵（一九〇三〜三三）は、イートンとオックスフォードを卒業後、イギリスの保守党議員となり、一九三一年にイギリス空軍予備隊に入隊したが、飛行演習の際に墜落して死亡した。

＊13 ヴィクター・ブルワー＝リットン卿（一八七六〜一九四七）は、ネブワース子爵の父で、一九三一年に国際連盟が満州に派遣したリットン調査団の代表を務めた人物でもある。引用は、ブルワー＝リットン卿が息子のネブワース子爵と一九三三年に交わした会話の回想から。

＊14 ウィルフレッド・オーウェン（一八九三〜一九一八）は代表的な戦争詩人として知られている。一九一五年に志願して少尉となり、第一次世界大戦の西部戦線に赴く。戦場で重傷を負い、療養中の一九一七年、詩人ジークフリート・サスーンと出会い多大な影響を受け、熾烈な塹壕戦《ざんごうせん》の体験をもとにした詩を書くようになる。一九一八年、休戦一週間前に戦死。死後にサスーンが編集した『詩集』（一九二〇）が出版され、大きな注目を集めた。「死にゆく若者への讃歌」などの詩でも有名。

＊15 エドマンド・ブランデン（一八九六〜一九七四）も戦争詩人の一人。一九一五年に志願して少尉となり、西部戦線に赴くが銃火を生き延び、その苛酷な体験を生涯にわたって詩に表現した。また他の詩人の作品の編者、文学研究者としても業績をなしており、『ウィルフレッド・オーウェンの詩集』として、未発表だったオーウェンの詩や構想メモを含め刊行した。日本との関わりでも知られ、一九二四〜二七年には東京帝国大学（現東京大学）でイギリス文学を講じている。

＊16 「スカーバラ会議」とは一九三七年の保守党大会、「ボーンマス会議」とは同年の労働党大会を指す。一九三七年、スカーバラで開催された保守党大会において、ネヴィル・チェンバレン首相は再軍備を強力に進めていると報告した。労働党は一九三五年の党大会以来、すでに再軍備反対から容認へと路線変更していた。「訳者解説」参照。

「年間三億ポンド」の出典は不明。本章訳注＊62を参照。

＊17　イギリス人の男性にとって、自宅はもっとも寛げる場所——という意味の慣用句。

＊18　ヒュワート卿ことゴードン・ヒュワートは、「裁判官」の写真（一一六頁）に登場している人物。写真一覧訳注＊1参照。ウルフはここでの彼のスピーチを『デイリー・テレグラフ』紙の一九三五年一〇月一九日の記事から引用している。聖ジョージ協会とは一八九四年にイギリスで設立された愛国団体で、イギリスの伝統継承を目的とし、代々のイギリス国王がパトロンを務めている。

＊19　イギリスの代表的なキリスト教会組織。三世紀頃のキリスト教伝来以降、イギリスはローマ教皇を首長とするローマ教会の影響下に置かれていたが、一六世紀のイギリス国王ヘンリー八世は自らの離婚問題をきっかけに宗教改革を行い、ローマ教会と訣別し、自らを首長とするイングランド国教会を設立した。それ以降もキリスト教各派の対立は続いたが、一六八八年の名誉革命を機に、代々の国王がイングランド国教会の首長となることが定められ、イングランド国教会はイギリスの「国教」としての地位を獲得した。本書でウルフはたびたびイングランド国教会に言及するが、とくに第三章において、イングランド国教会の聖職における女性排除を議論の俎上《そじょう》に乗せる。

＊20　イングランド国教会はイングランドを二つの管区に分け、さらに両管区を各教区に分けており、「主教」は各教区を代表する聖職者である。

「ロンドン主教」ことアーサー・ウィニングトン＝イングラム（一八五八～一九四六）は、一九〇一～三九年にロンドン主教。第一次世界大戦中も戦争を支持し、従軍牧師として西部戦線に赴いた人物。なお、ウルフの引用する彼の発言のうち、「戦争は悪だが……」以下は同日の記事の中には見つからなかった。

「バーミンガム主教」ことアーネスト・バーンズ（一八七四～一九五三）は、ケンブリッジのトリニティで数学教師を務めたあと（ガンマ関数の研究で知られる）、一九二三～五三年にバーミンガム主教。

ウィニングトン＝イングラムの発言も、バーンズの発言も、一九三七年二月に開催されたイングランド国教会総会（Church Assembly）で述べられたものである。カンタベリー大主教の主催したこの総会では、「キリスト信徒が自国のために武器を取る」ことを認める決議を採択している（『デイリー・テレグラフ』紙、一九三七年二月六日）。

＊21 スペインでは一九三六年の軍事クーデターから内戦が始まり、イタリアやドイツが反乱軍を、ソヴィエト連邦がスペイン共和国政府を支援するというように、国際紛争の様相を呈していた。イギリスとフランスは不干渉政策を取ったが、そのことへの批判も強く、個人としてスペインに赴き、スペイン政府側の民兵に志願する人も少なくなかった。内戦は長期化し、一九三七年のゲルニカ市街地の無差別爆撃のような惨禍をもたらした。ウルフの甥ジュリアン・ベル（一九〇八〜三七）も、看護兵としてスペインに赴き、一九三七年にマドリード郊外で爆撃に遭って亡くなっている。内戦は一九三九年、軍部の勝利によって終結した。

＊22 ギニーはイギリスの貨幣単位で、西アフリカのギニアで産出される金を使っていたことからこの名がある。一ギニー金貨が一六六三〜一八一四年に鋳造されていたが、その後鋳造は中止され、謝礼や寄付などの限られた場面で、一九七〇年代まで、貨幣単位として小切手を切る際などに使用されていた。「訳者解説」を参照。

＊23 「フランスで」というのは第一次世界大戦を、「スペインで」というのはスペイン内戦を指している。それぞれの戦争に際して、「戦争を終わらせるための戦争」「軍事政権を倒すための戦争」と捉えて武器を取る人は少なくなかった。

＊24 イギリスでは株式会社が一七世紀末頃から作られ、ロンドンのシティにおいてその株式が取引されるようになる。女性の株式仲買人が証券取引所に入ったのはようやく一九七三年のことである。

＊25 「一九一四年七月には、すでに二〇万人の女性が金属や化学産業で雇用され、それは終戦までには一〇〇万人近くに達した」（ピーター・クラーク『イギリス現代史　一九〇〇―二〇〇〇』西沢保他訳、名古屋大学出版会、二〇〇四、八九頁）。

＊26 一八〜一九世紀、貴族の家に生まれて貴族の男性に嫁ぎ、自宅でサロンを開くなどして政治的影響力を発揮し

た女性たちである。

デヴォンシャー公爵夫人、ジョージアナ・キャヴェンディシュ（一七五七〜一八〇六）。第五代デヴォンシャー公爵の妻。当時の二大政党の一つ、ホイッグ党を支援し、自宅の晩餐会でホイッグ党の有力政治家たちをもてなした。一七八四年の総選挙の際には、遠縁のチャールズ・ジェイムズ・フォックスの当選を目指し、有権者の邸宅を訪ね歩いて選挙活動をした。

パーマストン子爵夫人、エミリー・ラム（一七八七〜一八六九）。第五代クーパー伯爵と結婚し、伯爵の死後、第三代パーマストン子爵（次注＊27）と再婚。ヴィクトリア時代初期から中期にかけて内務大臣、外務大臣、首相などを歴任したパーマストン子爵を支え、自宅で外交官らをもてなした。

メルボルン子爵夫人、エリザベス・ラム（一七四九〜一八一八）。第一代メルボルン子爵の妻。ジョージ皇太子（のちのジョージ四世）と親密な関係を築くなどして、夫や子どもたちの政治的地位を確かなものにした。パーマストン子爵夫人（エミリー・ラム）は彼女の娘、ヴィクトリア時代初期に首相となって女王を支えた第二代メルボルン子爵は、彼女の息子である。

リーヴェン公爵夫人、ドロテア・フォン・リーヴェン（一七八五〜一八五七）。ロシア貴族フリストフォル・フォン・リーヴェン伯爵の妻。一八一二年〜三四年に夫がロシア大使としてイギリスに駐在中、彼女もイギリスに滞在してイギリス社交界の花形となり、大使としての夫の仕事に貢献した。

ホランド男爵夫人、エリザベス・フォックス（一七七一〜一八四五）。第四代ウェブスター男爵と結婚するが、第三代ホランド男爵と恋愛関係になり、ウェブスター男爵との離婚手続きを経てホランド男爵と結婚。自宅でホイッグ党の改革勢力をもてなした。

アシュバートン令夫人、ハリエット・メアリ・モンタギュー（一八〇五〜五七）。第二代アシュバートン男爵の妻。下院議員から上院議員となった夫を助け、自宅にサロンを開き、政治家や文人らをもてなした。

＊27　いずれも一八〜一九世紀のイギリスの政治家たち。

ウィリアム・ピット　父子で同名であり、父子ともに首相を務めている。父の「大ピット」（一七〇八〜七八）は、南部担当大臣の際の七年戦争（一七五六〜六三）の際に、インド、北アメリカ、アフリカ、カリブ海地域での戦闘によりイギリス植民地を増やした。次男にあたる「小ピット」（一七五九〜一八〇六）は二四歳でイギリス最年少の首相となり、その後一七年にわたる長期政権を率いた。二大政党制の基礎を作り、フランス革命に強硬姿勢で臨み、ナポレオン戦争をイギリス側の勝利に導いた。

チャールズ・ジェイムズ・フォックス（一七四九〜一八〇六）。デヴォンシャー公爵夫人（前注＊26）の支援のもと下院議員となり、その後外務大臣等を務めた。小ピットの長期政権下で、野党ホイッグ党の中心人物として小ピットの政策を批判。フランス革命を支持し、フランスとの戦争に反対した。

リチャード・ブリンズリ・シェリダン（一七五一〜一八一八）。ロンドンの劇場ドルリー・レーンの経営者として身を立て、戯曲『悪口学校』（一七七七年初演）を書いて有名になり、社交界でもてはやされる。一七八〇年、チャールズ・ジェイムズ・フォックス派のホイッグ党議員として下院へ。海軍財務大臣などを務めた。

ロバート・ピール（一七八八〜一八五〇）。アイルランド担当大臣、内務大臣などを歴任後、首相を二期務めた。トーリー党（一八三二年に保守党と改称）の政治家として、金本位制の導入、カトリック解放、穀物法廃止法の導入などを実現。一八二九年にはロンドン警視庁を創設、近代警察の基礎を築いた。

ジョージ・カニング（一七七〇〜一八二七）。トーリー党の政治家で、外務大臣、インド担当大臣などを歴任。その自由主義的な外交政策はカニング外交と呼ばれる。一八二七年、首相となるが四ヶ月で病死した。

第三代パーマストン子爵、ヘンリー・ジョン・テンプル（一七八四〜一八六五）。アイルランド貴族で、トーリー党の下院議員として出発してカニング派となるが、のちにホイッグ党（一八三〇年代に自由党と改称）に合流。戦時大臣や外務大臣を歴任し、首相を二期務める。一八四〇年には中国でアヘン戦争を起こし、一八五四年にはクリミア戦争に参戦し、一八五七年にはインド大反乱を鎮圧するなど、軍事力を伴う高圧的な外交政策により大英帝国の拡大に努めた。

ベンジャミン・ディズレーリ（一八〇四～八一）。保守党政治家、小説家。大蔵大臣などを務めたあと、首相を二期務める。国内では一八六七年の第二次選挙法改正により都市労働者に選挙権を与え、大衆民主主義の先鞭をつけた。対外的には一八七六年にヴィクトリア女王をインド女帝として戴冠させるなど、大英帝国の強化に努めた。

ウィリアム・エワート・グラッドストーン（一八〇九～九八）。保守党出身だが、途中から自由党に転じた政治家。大蔵大臣、陸軍・植民地大臣などのあと、首相を四期務めた。ディズレーリのライバルで、両者で保守党と自由党の二大政党制を築いた。アイルランド自治法案を提出するが、実現には至らなかった。

＊28　邸宅名はいずれも貴族がロンドンに構えていたタウン・ハウス。

人物名はいずれも一九世紀の著名な文人。

シェリダン　前注＊27参照。

トマス・バビントン・マコーリー（一八〇〇～五九）。政治家、詩人、歴史家。下院議員、インド監督局書記官、陸軍大臣などを務めたあと、主著『ジェイムズ二世即位以降のイギリス史』全五巻（一八四八～五九、通称『イギリス史』）を執筆。その歴史叙述は、過去を現在に至る進歩の過程として捉えるという特徴がある。本書一七一、二六六頁に『イギリス史』からの言及がある。

マシュー・アーノルド（一八二二～八八）。詩人、批評家。ラグビー・スクールの校長トマス・アーノルドの長男として生まれる。オックスフォードのベリオール・カレッジを卒業後、視学官としてイギリス全国の学校を視察してまわる仕事をしながら詩作を行った。文芸批評家、社会批評家としても知られ、『教養と無秩序』（一八六九）などがある。訳注第三章＊7も参照。

トマス・カーライル（一七九五～一八八一）。スコットランド出身の歴史家、評論家。代表作に『フランス革命』（一八三七）などがあり、独特の荒削りの文体が特徴的。気まぐれで人付き合いも悪かったが、アシュバートン令夫人のいるバース・ハウスの常連となり、令夫人から慕われる。

＊29　いずれも一九世紀イギリスを代表する女性小説家である。
ジェイン・オースティン（一七七五〜一八一七）。牧師の娘としてハンプシャーに生まれる。一〇代から小説を書き始め、三〇代半ばになって書きためていた小説を次々と発表した。代表作『高慢と偏見』（一八一三）などで高い評価を受け、のちのイギリス国王ジョージ四世にも謁見するが、四一歳で、原因不明の病気（おそらく副腎皮質の機能低下）で急逝した。

シャーロット・ブロンテ（一八一六〜五五）。牧師の娘としてヨークシャーに生まれ、生涯の多くを父の牧師館で過ごす。妹のエミリ、アンと共著で『詩集』（一八四六）を出し、出版当時ほとんど評価されなかったが、一八四七年に小説『ジェイン・エア』（一八四七）で大成功を収める。ロンドンに出て、文人たちとも交流したが、一八五四年にアーサー・ニコルズと結婚したあと、一八五五年、妊娠中に、妊娠悪阻による栄養失調か、腸チフスにより亡くなった。本書第三章では、シャーロットと父パトリック・ブロンテの確執について分析がある（二三八〜三九頁参照）。

ジョージ・エリオット（一八一九〜八〇）。本名メアリ・アン・エヴァンズ。『ミドルマーチ』（一八七一〜七二）などの小説で知られる。エリオットは思想家のジョージ・ヘンリー・ルイスと同棲したが、ルイスには妻がいたため、世をはばかりひっそり暮らした（ルイスと妻は疎遠な関係だったが、一九世紀イギリスで離婚は困難だった）。

＊30　ミセス・カーライルことジェイン・ウェルシュ・カーライル（一八〇一〜六六）は、トマス・カーライルの妻で、機智溢れる手紙を書いたことで知られる。夫に説得され、夫と二人でバース・ハウスを訪れることがあったものの、夫とアシュバートン令夫人との仲を快くは思えなかったらしい。

＊31　厳密には『三ギニー』出版の一四六年前にあたる一七九二年に、イギリスの思想家メアリ・ウルストンクラフトは『女性の権利の擁護』を出版し、女性も政治に参加する未来について記した。その後一八六六年、女性参政権要求は、下院議員だったジョン・スチュアート・ミルによって、女性たちの請願の署名とともに国会に提出さ

れた。地方行政への参政権は一八六九年に得られたが、国政レヴェルでの要求はなかなか認められず、二〇世紀初頭には合法的手段の限界を感じた女性たちがさまざまな直接行動に訴えて注目を集めようとし、これをイギリス政府が弾圧するという事態に至っていた。しかし第一次世界大戦勃発により、女性参政権運動をしていた女性たちはいったん活動を中断。戦争遂行への女性たちの貢献が認められる形で、一九一八年、国民代表法が制定され、三〇歳以上の一定の財産資格を持った女性に参政権が認められる。一九二八年には年齢や財産の制限も撤廃され、男女平等の参政権がようやく認められた。

＊32　女性たちが長いあいだ参政権運動を続けても政府は聞き入れず、それどころか犯罪人と見なし刑務所で服役させたのに、戦争遂行に貢献したら評価した、ということ。同じ暴力が、国家によって犯罪にも偉業にも解釈される事態を皮肉っている。

＊33　アーネスト・ワイルド（一八六九〜一九三四）は、イギリスの法廷弁護士。一九一八〜二二年に下院議員も務めた。一三〇頁も参照。

＊34　ウルフは、女性がその魅力を武器として男性を説得するのは、売春と同じことだと言いたいようだ。ピカデリー・サーカスとは一八一九年に建設されたロンドンの広場で、ピカデリーとリージェント・ストリートという二つの大通りが交差する地点に作られ、その後、シャフツベリー・アヴェニューへの始点にもなった。劇場などの多い繁華街にあり、一九〜二〇世紀には、売春女性の客引きの場として知られていた。

＊35　レイ・ストレイチーの『大義』によれば、一九一九年には労働党により画期的な女性解放法案が提出され、参政権を得たばかりの女性有権者の動向を気にする下院議員からの反対は出なかったが、上院での反対により廃案になった。性差別廃止法は、法律関係の職業や公務員の雇用での男女平等というように絞った形で改めて提案され、可決された（『大義』三七五〜七六頁〔邦訳『イギリス女性運動史――一七九二〜一九二八』三一八〜一九頁〕）。性差別廃止法がこのように政治的駆け引きの中で成立したことを指して、ウルフは「なぜかつながった」と書いていると考えられる。

＊36　イギリスで一九八〇年まで使われていた硬貨。現在の日本円にして二〇〇円ほど。一九四七年までは銀で、その後はニッケルで鋳造されていた。その白色から、ウルフは六ペンス硬貨を本文で月になぞらえる。現実的で卑近な六ペンス硬貨と、神秘的な月とは、たとえば小説家サマセット・モームの『月と六ペンス』（一九一九）のタイトルのように対比的なものと捉えられることもあるが、ウルフは両者を結びつけ、六ペンス硬貨を女性が稼げるようになった重要性を強調している。

＊37　〈教育のある男性〉の報酬単価は一ギニー、その姉妹の労働単価は六ペンスとして、ウルフはここで中流階級男女の所得格差を象徴的に表している。

＊38　パウロ（紀元前後～六四頃）は小アジア（現在のトルコ）生まれのユダヤ人。熱心なユダヤ教徒としてキリスト信徒を迫害していたが、回心体験を経て、キリスト教の伝道者となる。東地中海地域を旅して伝道し、ユダヤ人以外の人びとに開かれた教会組織の設立に尽力したが、やがて捕らえられ、ネロ皇帝のもとで殉教したらしい。『新約聖書』の半分近くが彼の書いた手紙で占められるが、一部はパウロ本人ではなく後継者たちが書いたと推測されている。

＊39　ウルフはテムズ川に架かる橋（おそらくはウェストミンスター橋）の上から、北岸に立ち並ぶ公共建築物を概観している。

聖ポール寺院　ロンドンのシティにある聖パウロを記念する大聖堂。現存のものはクリストファー・レンの設計により一七一〇年に完成。ドーム型の外観により、ロンドンの建築物の中でも一際目を引くものとなっている。

イングランド銀行　イギリスの中央銀行で、一七三九～五二年に、ロンドンのシティに建設された。

ロンドン市長公邸《マンション・ハウス》　ロンドンのシティの長の公邸である。一七三九～五二年に建設。

王立裁判所　ロンドンのウェストミンスター地区にあり、一八八二年に開設される。イングランドとウェールズの控訴院と高等法院がある。この高等法院の長が高等法院首席裁判官である（写真「裁判官」一一六頁を参照）。

ウェストミンスター寺院　ロンドンのウェストミンスター地区にあり、現存の建物の基礎部分はヘンリー三世により一三世紀に建設され、以来、数回にわたって増築が行われてきた。王室の戴冠式や結婚式などを執り行う。歴代の国王・女王と、国家的業績を上げたイギリス人が埋葬されている。

国会議事堂　ロンドンのウェストミンスター地区のテムズ川沿いにある。中世以来、王宮として使われてきた建物で、その後、貴族院（上院）と庶民院（下院）が置かれた。現存の建物の最古の部分は一一世紀に建てられているが、大火などを経て再建が繰り返されている。有名な時計塔（ビッグベン）は、一八三四年に建設された。

*40　ルイ一四世（一六三八〜一七一五）が鬘を流行させて以来、社会的地位の高いイギリスの男性は鬘をつけるようになったが、その後、法廷で裁判官や弁護士などの法曹人が被るものに限定されるようになった。現在も、イギリスの法廷では鬘が法服の一部である。

*41　一三四〇年代にエドワード三世が創設したもので、イギリス国王が臣民と、国内外の王族に授けるもの。王族に贈られるガーター勲章の数は決まっていないが、臣民のガーター勲爵士はつねに二四名以内と数が決まっている。ガーター勲爵士には靴下留《ガーター》めや星章《スター》や青い大綬《サッシュ》などが贈られ（鮮やかな大綬の色から、ガーター勲章を「ブルーリボン」と呼ぶこともある）、受勲者は公式行事の際にはルールに応じてそれらの装飾具を身につける。男性受勲者は靴下留《ガーター》めを左膝につけ、女性受勲者は左腕に巻く習わしである。

*42　〈火掻き棒 poker〉は暖炉の火を調整するのに使う棒だが、ウルフは〈職杖 mace〉をからかってそう呼んでいる。〈職杖〉は国会・教会・大学・軍事パレードなどで権威の象徴として使われる棒で、銀製であったり装飾がついていたりする（写真「大学での行進」四六頁、「大主教」一一六頁を参照）。

*43　大法官と同じくらいの権威が手に入る結婚がしたければ、ということ。大法官はイギリス法曹界の最高位で、首相をしのぐ地位にある。

*44　エドワード七世によって一九〇二年に新設された勲章で、イギリス連邦の加盟国国民を対象に、軍事・科学・芸術・文学における功労者と、文化の振興に尽力した人物に、男女を問わず与えられる。二四名の定員がある。写真「将軍」（三九頁）でも、メリット勲章を表すメダルが首から下げられている。

＊45　この手紙はウルフが実際に受け取ったものを踏まえている。一九三六年に、ケンブリッジのニューナム学寮長パーネル・ストレイチー（一八七六〜一九五一）は、ウルフへの手紙で「古くなった建物を再建し、新しい建物を追加するために」一般の人から寄付金を募ることにしたので支援者になってほしいと依頼し、ウルフは快諾した。この「ニューナム・カレッジ建設基金」については、九三頁にも言及がある。パーネル・ストレイチーは、一九二三〜四一年にニューナム学寮長を務めた。女性参政権運動家のレイ・ストレイチー（第一章原注の訳注＊19）の義妹、フィリッパ・ストレイチー（第一章原注の訳注＊32）の実妹、伝記作家リットン・ストレイチーの実姉にあたる。

＊46　『ペンデニス』（本章訳注＊3）の作中で主人公アーサーが注文を受け、ある版画に添えるべく作った詩。もともとは教会に入っていく意中の女性を、若者が外から見送りながら口ずさむという趣向のもの。

＊47　メアリ・バッツ（一八九〇〜一九三七）は、イギリスの小説家。ロンドン、パリ、シシリー島などを放浪し、ジャン・コクトーら、さまざまな芸術家や作家と交流した。聖杯伝説をモチーフにした小説『狂気で武装して』（一九二八）などがある。急病により急逝し、幼年時代の回想録『クリスタルの飾り棚』は死後に出版された。

＊48　メアリ・アステル（一六六八〜一七三一）は裕福な石炭商人の家に生まれ、家庭で叔父からプラトンを学ぶ。両親の死後、貴族女性やカンタベリー大主教の援助を受けながら著作を発表。『淑女《レディ》たちへの真面目な提案』（一六九四）で、女子教育の必要性について論じ、一七〇九年には女子のための慈善学校を設立した。

＊49　アン王女、のちのアン女王（一六六五〜一七一四）はジェイムズ二世の次女。父のジェイムズ二世が名誉革命でイギリスの王位を追われ、アンの姉にあたるメアリ二世（第三章訳注＊9）がウィリアム三世とともにイギリスの共同統治を行ったあと、王位を継いだ。ジェイムズ二世はカトリックの王として国民の反感を買ったので、娘のアンはイングランド国教会の信徒として育てられた。

＊50　バーネット主教ことギルバート・バーネット（一六四三〜一七一五）はイングランド国教会の聖職者、ソールズベリー主教。ウィリアム三世の推薦により、アン王女の息子にあたるウィリアム王子の個人教師を務めた。

＊51　女性だけで集まる場所というとローマ・カトリック教会の女子修道院のようだから、ということ。イングランド国教会に修道院はない。

＊52　ジョン・ミルトン（一六〇八〜七四）の詩「キリスト生誕の朝に」（一六二九に執筆）の一節「お告げはなかった」をもじった表現。

＊53　本書のキーワード。公的組織から排除されてきた部外者という意味で使われており、〈教育のある男性の娘〉の社会的位置を示すものともなっている。第三章ではこの言葉を使って〈アウトサイダーの会〉が提唱される。

＊54　ケンブリッジにおいてはガートンが一八六九年、ニューナムが一八七五年に、オックスフォードにおいてはレディ・マーガレット・ホールとサマヴィルがどちらも一八七九年に創設された。

＊55　トマス・グレイ（一七一六〜七一）の「音楽のための頌歌《オード》」は、ケンブリッジ大学の音楽教授ジョン・ランダルによって曲がつけられ、一七六九年七月一日、グラフトン公爵が同大学総長に就任した際に初めて演奏された。頌歌《オード》は抒情詩の一種で、荘重で厳密な形式を持つ。グレイは詩人で、同大学の歴史学教授でもあった。代表作「田舎の墓地で詠んだ挽歌」（一七五〇）はその後のロマン派詩の先駆けとして知られている。

＊56　ペンブルック伯爵夫人ことマリ・ド・サンポル（一三〇三頃〜七七）は第二代ペングルック伯爵の妻。一三四七年、ケンブリッジにペンブルック・ホールを創設した。

クレア伯爵夫人ことエリザベス・ド・クレア（一二九五〜一三六〇）はエドワード一世の孫、エドワード二世の姪にあたる。三度にわたる政略結婚を生き延び、豊かな財産をさまざまな寄付に投じた。一三二六年にユニヴァーシティ・ホールを建て、これが一三三八年にクレア・カレッジとなった。

マーガレット・オブ・アンジュー（一四二九〜八二）はヘンリー六世の王妃。一四四八年にケンブリッジに「聖マーガレットと聖バーナードのクイーンズ・カレッジ」を創設。これがのちにクイーンズ・カレッジとなった（女子パブリック・スクールとしてロンドンに設立されたクイーンズ・カレッジとはべつである。第二章訳注＊34参照）。

リッチモンド・ダービー伯爵夫人ことマーガレット・ボーフォート（一四四三〜一五〇九）は、ヘンリー七世の母。一五〇六年のクライスツ・カレッジ創設、一五一一年のセント・ジョンズ・カレッジ創設に関わっている。

＊57　初代学寮長アン・ジェマイマ・クラフ（一八二〇〜九二）のこと。クラフはイギリスの女子高等教育に多大な貢献をなした人物。リヴァプールの木綿商の子として生まれるが、父がビジネスに失敗したことをきっかけに、学校を開いて教師を務めるなどの経験を積む中で女子高等教育の必要性を痛感し、一八六七年、〈女子高等教育促進のための北イングランド協議会〉を立ち上げるに至る。生活は相変わらず苦しかったが、母が死の直前に遺産を受け継ぎ、娘にそのまま譲ったので、クラフはニューナムの初代学寮長を無給で務めることができ、遺産をニューナム運営のために寄付することもできた。

＊58　J・J・トムスン（一八五六〜一九四〇）は物理学者、一九〇六年には気体の電気伝導についての研究業績によりノーベル物理学賞を受賞している。トムスンはトリニティ学寮長として、トリニティで毎年行われている「クラーク・レクチャー」の講演者を依頼する役目にあった。一九三二年に彼はウルフに講演を依頼したが、ウルフは辞退した。

＊59　王立学会は一六六〇年にイギリスで設立された、自然科学の振興団体。

＊60　アン・ジェマイマ・クラフのこと。訳注＊57を参照。一九二一年に損傷を受けたこのブロンズ門は、その後修復され、現在もニューナム・カレッジで使われている。

＊61　ケンブリッジにおいて女子学生に学士号を与えることの可否についての採決は、実際には一八九七年と一九二一年の二度にわたって行われている（本文において、ウルフはこれを圧縮して一つのエピソードのように見せている）。「一七〇七対六六一」という結果は一八九七年のものである。他方、「ブロンズ門を破壊した」というエピソードは一九二一年のものである。一九二一年の採決でも圧倒的多数で否決されたが、その後まもなく、女子学生に学士号は与えるが大学自治には参加させない——という妥協策が採用された。

＊62　軍事費「三億ポンド」は多すぎるかもしれない。本文でこのあとも「三億ポンド」という数字が繰り返されて

いくが、この数字の根拠は不明である。『ホイティカー年鑑』の一九三七年版を参照すると、陸海軍の一九三六年の予算は約一億二〇〇〇万ポンド、これに空軍を合わせても全部で約一億六〇〇〇万ポンドである。ただしイギリスの軍事費が急増しつつあったのは事実である。「再軍費計画はボールドウィンのもとで真剣に始められた。……一九三五年までGNPの二・五パーセントに抑えられていた防衛費は、一九三七年までに三・八パーセントに上昇した」（ピーター・クラーク『イギリス現代史 一九〇〇―二〇〇〇』邦訳、一七九～八〇頁）。

＊63 ブライアント&メイは一九世紀イギリスの代表的なマッチ製造会社の名前。一八八八年にはロンドンの同社の工場で働いていた女工たちが、労働条件の改善を求めてストライキを起こしたことで知られる。同社は一九二七年に統合されたが、「ブライアント&メイ」の名前だけが商標として残った。

＊64 シリル・アルジェンティン・アリントン（一八七二～一九五五）はイートンで校長を務めたあと、ダーラム大聖堂の首席司祭となった。作家としても多作で、評論や詩や小説など五〇冊あまりを書いた。ここでの引用は彼の回想録から。

＊65 以下、この「物語」の「 」内の引用は、一つの例外を除き（次注＊66）、ラヴレス伯爵夫人の回想録「社交界と社交の季節」から。ラヴレス伯爵夫人ことメアリ・キャロライン・ミルバンク（一八四八～一九四一）は保守党議員の娘であり、第二代ラヴレス伯爵の妻となった人物。「社交界と社交の季節」では彼女が結婚した一八八〇年前後の生活のことが語られている。同回想録は『タイムズ』紙（一九三二年三月一九日）に最初に発表され、のちに他の二六人の回想録と合わせて『五〇年――思い出と対比、一八八二～一九三二年のさまざまな情景』（一九三二）に収録された。同書には歴史家G・M・トレヴェリアンの序文も付された。ラヴレス伯爵夫人については、第一章原注☆1、☆24も参照。

＊66 結婚したがらなかったソフィア・ジェクス＝ブレイク（一八四〇～一九一二）に対し、母のメアリ・ジェクス＝ブレイクが語った言葉（マーガレット・トッド医学博士『ソフィア・ジェクス＝ブレイクの生涯』五一頁）。ソフィアは女性医師となり、終生結婚することはなく、のちにソフィアの伝記を書くことになるマーガレット・

トッドをパートナーとして暮らした。ウルフは本書第二章と第三章で、ソフィア・ジェクス＝ブレイクに繰り返し言及する。

＊67　オーケストラは近代的なコンサートホール建設とともに発展してきたもので、室内楽などと比べ、とくに男性奏者が団員に選ばれる傾向が強かった。たとえばロンドンのクイーンズ・ホール・オーケストラは、一九一三年に初めて六人の女性団員を迎えている（西阪多恵子「開かれた連帯」、玉川裕子編『クラシック音楽と女性たち』青弓社、二〇一五所収）。

＊68　女子画学生がヌードモデルとの同室を許されなかったことについては、第三章原注☆26で証言が紹介されている。

＊69　回想録「社交界と社交の季節」より。ラヴレス伯爵夫人はこう続ける――「わたしたちの階級では、息子たち、兄弟、花婿候補が、かなりの割合でいつも海外に駐在していなくてはならない。帰国する男性もいるが全員ではないし、この階級の女性はそのあいだじっと待っていなくてはならない」。

＊70　第二章原注☆17では、「女中に付き添われ」ながら看護をした女性として、モニカ・グレンフェルの名前が挙げられている。

第二章

＊1　〈教育のある男性たち〉の中の平和活動家である。

シリル・エドウィン・ミチンスン・ジョード（一八九一～一九五三）は、イギリスの哲学者。オックスフォード大学のベリオール・カレッジ在学中に、社会改良を目指していたフェビアン協会に入会。卒業後、公務員として働き、一九三〇年にロンドン大学の哲学教授となる。第一次世界大戦時も一九三〇年代も平和主義を訴えた。

ハーバート・ジョージ・ウェルズ（一八六六～一九四六）は、イギリスの小説家。批評家。商人の息子に生まれ、経済的に苦労しつつロンドン大学で理学士の学位を取得する。卒業後、教師をしながら小説を書き始め、SF小説の『タイム・マシン』（一八九五）などを発表。平和運動にも関わり、第一次世界大戦終結時には『国際連盟という発想』（一九一九）を著し、同様の考えを持っていたレナード・ウルフ（ヴァージニアの夫）とも交流した。

＊2　たとえば一例を挙げると――アメリカの女性参政権運動のリーダーの一人、キャリー・チャプマン・キャット（一八五九～一九四七）は、アメリカで一九二〇年に白人女性に参政権が認められて以降、平和運動に力を傾け、〈戦争の原因と治癒のための会議〉を一九二五～四〇年のほぼ毎年開催した。

＊3　女性参政権運動の中心団体の一つで、エメリン・パンクハースト（第二章原注の訳注＊27）と娘のクリスタベル・パンクハーストらが一九〇三年に立ち上げたもの。直接行動を辞さない過激な運動方法で知られ、この団体に属する女性たちは「サフラジェット」と呼ばれた。第一次世界大戦開始とともに活動を中断し、戦争協力に転じる。一九一七年に解散。

＊4　ファシスト党はイタリアのベニート・ムッソリーニ（一八八三～一九四五）が一九二一年に結成した国家ファシスト党のことで、一九二三年にはイタリアに一党独裁を打ち立てた。ナチス党はドイツのアドルフ・ヒトラー（一八八九～一九四五）が結成した国家社会主義ドイツ労働者党のことで、一九三三年に政権を掌握している。『自伝の試み』で、ウェルズはイギリスの女性運動におおむね批判的で、一九一四年を境に沈静化してしまったと見ている。ウルフが本書で引用している箇所の直前では、ウェルズは現在の政治には「ギャング行為とテロ行為」が横行していると述べた上で、こう記している。「崩壊をもたらしている諸力について、女性団体は理解できていないようだ。今日、意識的で前向きな努力が続く中でも、女性の貢献は驚くほど少ない」（同書、四八六頁）。

＊5　前作『自分ひとりの部屋』（一九二九）において、女性が自由にものを考えるためには五〇〇ポンドの年収が必要だと、ウルフは主張していた。しかし実際にはその半額を稼ぐことも難しい――という現実を、ウルフはこ

こで提示している。

＊6　いずれも一七世紀以来の歴史を持つイギリスの政党。
トーリー党を前身とする保守党は、二〇世紀に入り第一野党となっていたが、第一次世界大戦後の一九二二年、自由党との連立内閣を解消して保守党政府を成立させる。以降、労働党政府となった約二年間を除き、一九二〇～三〇年代の大半で政治の実権を握った。三期にわたり首相を務めたスタンリー・ボールドウィン（写真一覧訳注＊1）は、二〇世紀初頭の自由党政府が始めた国内福祉政策を引き継ぎつつ、大英帝国の解体を防ぐことを重要課題とした。

ホイッグ党を前身とする自由党は、二〇世紀に入り与党となり、ハーバート・ヘンリー・アスキス首相の社会帝国主義路線を支持し、対外的には帝国主義を、国内では福祉政策を推進した。第一次世界大戦を連立内閣によって乗り切ったが、戦時下で生じた党内分裂を解決できず、戦後の一九二三年には労働党に次ぐ第三党となった。

＊7　一九〇〇年に、さまざまな労働組合と社会主義団体の連合から労働代表委員会が生まれ、これが一九〇六年に改称して誕生したのが労働党である。一九一八年には社会主義を目指すと明確に打ち出す。一九二三年には第二党となり、第三党となった自由党の協力を得て労働党政府を誕生させるが、スキャンダルによって一〇ヶ月で政権交代となる。一九二九年にも第二次労働党政府が誕生するが、世界恐慌によって党内が分裂して政権交代に。ウルフの夫のレナード・ウルフは労働党の党員で、一九一七年から諮問委員会のメンバーとなり国際問題を担当した。

＊8　奴隷制廃止協会という言葉で、一八～一九世紀イギリスの複数の団体を、ウルフはまとめて呼んでいるようだ。一七八七年に設立された奴隷貿易廃止促進協会は、一二人の男たちによるもので、解放奴隷オローダ・エキアーノ（一七四五頃～九七）によるイギリス各地での講演などをとおして世論を喚起し、一八〇七年の奴隷貿易廃止法をもたらした。その後、一八二三年には反奴隷制協会が設立され、一八三三年に奴隷制度廃止法が成立した。

＊9　〈クレオパトラの針〉はロンドンのテムズ川のほとりに立つ古代エジプトのオベリスクの通称。エジプト総督

ムハンマド・アリー（一七六九〜一八四九）によってイギリスに贈られ、テムズ川堤防上の現在の位置に一八七八年に設置された。高さ約二一メートルの垂直に立つその外観から、ウルフは中立的なものの象徴としてここで言及しているようだ。また、設置の際にはタイムカプセルが埋められ、一八七八年当時の『ホイティカー年鑑』も入れられた。『ホイティカー年鑑』はジョゼフ・ホイティカーが一八六八年に創刊したもので、毎年の時事的な情報が収められ、二〇一七年現在も刊行されている。

＊10　ホワイトホールは、ロンドンのウェストミンスター地区にある通りの名前。トラファルガー広場と国会議事堂を結ぶ道路で、一・五キロメートルほどの長さがある。通りの名前から、転じて官公庁そのものを指すようになっている。

＊11　ウィリアム・アレクサンダー・ロブスン（一八九五〜一九八〇）は、ロンドン・スクール・オブ・エコノミクスの講師で行政法を専門としていた（一九四七年には同大学の教授になった）。フェビアン協会に属する社会主義者でもあり、ヴァージニア・ウルフの夫レナード・ウルフとともに『ポリティカル・クォータリー』誌を共同編集していた。

＊12　一九六〇年代以降の第二派フェミニズム運動が「ガラスの天井」と名づけることになる事態を、ウルフなりの言い方で表現している。

＊13　「ニューナム・カレッジ建設基金」とは、ニューナムの学寮長パーネル・ストレイチーが関わっていたもの（第一章訳注＊45）。ボールドウィン前首相は「基金《ボード》」のスポンサーの一人だった。

＊14　文脈からすると、人事委員会とは正確には Civil Service Commission のことと推測される。国家公務員の縁故採用を改めるために一八五五年に作られた組織で、現在も続いている（http://civilservicecommission.independent.gov.uk）。

＊15　イングランド国教会のカンタベリー大主教とヨーク大主教が任命した、イングランド国教会の聖職者らからなる委員会のこと。正確には「説教壇において……」という指摘をしているのは大主教委員会ではなく、同委員会

の報告書『女性の聖職』（一九三五）を受け、イングランド国教会内部の国教会連合評議会（Church Union Council）である（本章原注☆9）。なお、大主教委員会の『女性の聖職』は、本書第三章で詳しく分析される。

＊16　一九一九年には性差別廃止法が施行されたものの（第一章訳注＊8）、公務員の仕事は既婚女性には開かれず、未婚女性も結婚したら退職しなくてはならないという慣例があった。俗に「マリッジ・バー」と呼ばれるこの慣例が廃止されたのは、外務省を除く各官公庁で一九四六年、外務省では一九七三年のことだった。

＊17　『新約聖書』「マタイによる福音書」第二四章三八節では、キリスト再臨に際しては「食べたり飲んだり娶ったり嫁いだり」という通常の生活は続けられないとあり、そのことにかこつけた表現。既婚女性が公務員になれない事態を皮肉っている。

＊18　ムッソリーニやヒトラーのことを指している。本章訳注＊4参照。

＊19　アドルフ・ヒトラーが、一九三四年九月の国家社会主義ドイツ労働者党（ナチス党）の党大会で、国家社会主義女性同盟に向けて行った演説より。国家社会主義女性同盟は国家社会主義ドイツ労働者党の女性組織として、一九三一年に結成された。同演説についてイギリスでは一九三六年九月一三日付の『サンデー・タイムズ』紙で報道された他、ヒラリー・ニューウィト『女は選ばねばならない』にも詳細な分析がある（同書については第一章原注の訳注＊14参照）。

＊20　毛虫の持つ強力なイメージを、ウルフは詩人ウィリアム・ブレイク（一七五七〜一八二九）の「無垢の予兆」（「葉上の毛虫が／母の悲しみを反復する」）や「病んだバラ」（「見えない毛虫が／夜に舞う」）などの詩からおそらく合成して作り出している。

＊21　一九一八年に年齢制限つきではあれ女性参政権が得られたことを受けて、一九一九年、女性参政権協会全国連合（NUWSS）は平等市民権協会全国連合（NUSEC）と名前を変え、会長もミリセント・ギャレット＝フォーセットからエレナー・ラスボーン（一八七二〜一九四六）に代わった。ラスボーンは一九二九〜四六年に無所属の下院議員も務めている。ラスボーンのもと、同連合は、国家が母親に育児手当を支給することを要求の一

つに掲げていた。

＊22　本文でウルフはイングランド国教会の聖職者の給与が国庫から支払われるように理解しているが、実際には国教会は独自の財源（資産や寄付など）によって運営されている。これは本書を出版後、ウルフが読者から指摘を受けた点である。また、カンタベリー大主教の給与が「一万五〇〇〇ポンド」というのも誤解がある。一九三七年版の『ホイティカー年鑑』によると、「一万五〇〇〇ポンド」はカンタベリー主教区の聖職者全体に支払われる給与額で、その中で大主教の取り分がいくらなのかは不明。

＊23　ブルックスは一七六四年、ホワイツは一六九三年、トラヴェラーズは一八一九年、リフォームは一八三二年、アセニウムは一八二四年にそれぞれ創設された。いずれも二〇一七年現在も存続しており、ブルックス、ホワイツ、トラヴェラーズの会員はいまでも男性限定である（リフォームは一九八一年、アセニウムは二〇〇二年に女性会員を認めた）。

＊24　イギリスのロマン派詩人パーシー・ビッシュ・シェリー（一七九二〜一八二二）の詩「問題」に登場する結びのフレーズ。同詩で、「わたし」は冬の道を歩きながら春になったと想像し、花束をこしらえてだれかにプレゼントしたいと願うが、当てはない。

＊25　「桑の木の周りをまわろう」というリフレインのある、子どもの遊び歌のパロディ。もとの遊び歌では、一人の子どもが歌いながらやってみせたジェスチャーを、他の子どもたちが真似をして遊ぶ。

＊26　一九二五年、ネヴィル・チェンバレン首相のもと「寡婦、孤児、高齢者拠出制年金法」が導入され、一定の資格を持った労働者が年金制度に任意加入できるようになった。同法はその後何度か改正され、一九三七年には加入者枠を広げるための特別条項案が上院で審議されていた。ここでの「年金法案」とはこの特別条項案のことで、男女の取り扱いに差のある案だったので、フェミニストらが強く反対していた。本章原注☆12も参照。

＊27　同一労働同一賃金（equal pay for equal work）は、戦間期フェミニストの大きな課題の一つだった。

＊28　「〈教育のある男性の息子たち〉の隊列」から離脱した二例をウルフは挙げている。

「タスマニアで無為の生活」は、文明そのものから離脱したというニュアンス。タスマニアはオーストラリア南東部の島。一八〇三〜五三年にはイギリスの流刑植民地だったが、一九〇一年、オーストラリア連邦の成立とともにタスマニア州となる。ただしタスマニアにも植民地時代にはイギリス人が島内のアボリジニを強制移住させるなどの血塗られた歴史があり、したがって現実にはこの南の島もイギリスの「文明」から無縁ではなかった。

「かなり粗末な服を着てチャリング・クロスで新聞を売っている」は、何らかの理由で身につけた教育にふさわしい職業を得ることができず、道端で読み古された新聞を売ってその日暮らしをしているというニュアンス。チャリング・クロスは、ロンドンのウェストミンスター地区にある交差点で、官庁街《ホワイトホール》の終点にあたる。

＊29　ライオンと一角獣はイギリス王室の紋章。イギリスおよび当時の植民地の法廷には、裁判官席の背後の壁にこの紋章のレリーフが掲げてあった。現在も、イギリスおよび一部の旧植民地でこの慣習は続いている。

＊30　ウルフはここで、一般の人びとまで巻き込んで行われる公式行事の名前と、関連する建造物の名前を挙げている。

戴冠式とは君主に王冠を授ける行事で、イギリスでは実際の王位継承のときに行われる即位式とはべつに、王位継承から数ヶ月経ったあとで行われるのが習わしである。ウェストミンスター寺院で王族、貴族、軍人、公務員などが見守る中、カンタベリー大主教が新しい国王の頭に王冠を載せる。一九三六年は、エドワード八世が一月に即位したが一二月には退位、弟がジョージ六世として改めて即位するという異例の事態が起きたため、エドワード八世のために予定していた戴冠式をジョージ六世の戴冠式に切り替えねばならないという混乱があった。結局、ジョージ六世の戴冠式は一九三七年五月に行われた（このときのいきさつは映画『英国王のスピーチ』に詳しい）。一般の人びとは戴冠式に参列できないが、寺院から出てくるきらびやかな人たちを眺めたり、バッキンガム宮殿の庭に詰めかけて、バルコニーに出てくる王族を祝ったりした。「伝令兵たち」（四二頁）「大主教」（二二一頁）の写真も参照。

ロンドン市長就任パレードは、一六世紀以来の行事で、毎年行われるもの。ロンドン市長（正確にはロンドン中心部にあるシティの長）は一年任期で毎年選出される。一一月の第二土曜日に王立裁判所で任命を受けたあと、パレードを行う。

戦没者記念碑は、一九一九年、第一次世界大戦終了後に建てられ、官庁街《ホワイトホール》の路上に立つ。一九一九年の勝利パレードに間に合うように最初は木製だったが、その後石造りの記念碑に置き換えられた。碑はいくつかの長方形を積み上げた形で、「栄光ある死者」と刻まれている。毎年一一月の「追悼の日 Remembrance Day」には、イギリス軍の兵士たちと大勢の一般の人たちが見守る中、国王が花を捧げ、その後、参列者が黙禱する。この追悼式は一九一九年以降、現在も続けられている。

＊31　ウルフはロンドン&イギリス女性雇用協会の図書室を念頭に置いている。本書の資料収集のためにウルフは同図書室を利用し、司書のアドヴァイスを受けた。同図書室はその後フォーセット・ライブラリー、ウィメンズ・ライブラリーと名を変えたが、女性関係の貴重な資料を揃えた図書館として、現在はロンドン・スクール・オブ・エコノミクスの管理下で開館されている。

＊32　一八六九年というのは、ソフィア・ジェクス＝ブレイクがエディンバラで医学を学び始めた年だが、次の段落で、ウルフはその一〇年ほど前に遡ってジェクス＝ブレイクの人生をたどる。ジェクス＝ブレイクが二〇歳前後の頃である。

＊33　ドクターズ・コモンズはロンドンのシティにあった教会裁判所などを含む施設。離婚や遺産相続など、教会法に関わる案件を扱っていたが、一八五七年の裁判制度改革でその存在意義を失い、事実上の閉鎖となった。

＊34　前年の一八五八年、ソフィアは両親の反対を押し切り、ロンドンのクイーンズ・カレッジに入学した。一八五九年に打診されたのは同校で数学を教える仕事だった。

クイーンズ・カレッジは、一八四七年に、ロンドン大学キングズ・カレッジの教員たちが、ロンドンのハーリー・ストリートに設けられた女性家庭教師のための宿泊所で、女性家庭教師の育成を目的として講義を始めたことに端を発する。一八四八年、キングズ・カレッジのジョン・フレデリック・デニスン・モーリス（一八〇五〜

七二）が校長となり、正式に女子中等学校としてスタート、イギリス初の女子向けパブリック・スクールとなった。現在も続いている。

＊35　トマス・ウィリアム・ジェクス＝ブレイク（一八三二～一九一五）は、ソフィアの八歳年上の兄。ラグビー・スクール、オックスフォード大学のユニヴァーシティ・カレッジを卒業後、パブリック・スクールで教師を務め、校長などの管理職に就いた。のちにイングランド国教会に属するウェルズ大聖堂の首席司祭となる。

＊36　エディンバラはスコットランドの首都。同地のエディンバラ大学は一五八三年に設立された名門大学。本文で、ソフィア・ジェクス＝ブレイクの医学生としての研修にはエディンバラ王立診療所のみが関与していたような書き方をウルフはしているが、実際は同大医学部が中心的役割を果たした。

＊37　一八六九年、ソフィア・ジェクス＝ブレイクがエディンバラ大学医学部に入学許可を求めたところ、「一人の女性のみのために便宜を図ることはできない」と言われたため、彼女は新聞広告で仲間を募り、他の六人の女性とともに入学許可を申請した。この申請は認められ、七人は医学部での勉強を始めたが、彼女たちに反感を募らせる教員や男子医学生が露骨な嫌がらせを続けていた。王立診療所での実習はエディンバラ大が義務づけたものであり、診療所でも彼女たちの実習を許可していたが、一八七〇年、いざ実習が始まろうとした際に、エディンバラ大の男子医学生らが妨害した。ただしこの騒動が新聞に報道されたことで、学内で彼女たちを支援する男子学生も現れ、イギリス中で彼女たちを支持する声も高まった。

＊38　「もっと巧妙で、もっと効力のある手口」とは、一八七三年、ソフィア・ジェクス＝ブレイクら七人の女子医学生がエディンバラ大学医学部の卒業要件科目をすべて受講し、すべての試験を受けて優秀な成績を収めたにもかかわらず、大学側が学位を出さず、医師としての開業資格を与えることを阻んだ——という事態を指していると考えられる。その後、一八七七年にジェクス＝ブレイクはドイツのベルン大学で学位を取得し、女性に門戸を開いたばかりのアイルランド王立診療所で、同年のうちに開業資格を得た。彼女はエディンバラで開業したほか、ロンドンとエディンバラに女子医学校を設立するなど、女子医学教育の普及に尽くした。彼女といっしょにエデ

ィンバラ大に入学した他の六人についても、一人はロンドンの女子医学校の運営にまわり、一人は結婚と育児のために学業を続けられなかったが、残りの四人は医師になった。

*39　いずれもアメリカの大富豪。
ジョン・ピアポント・モルガン（一八三七〜一九一三）は、父の金融会社を引き継ぐとともに、鉄道、鉄鋼、海運、電気などのさまざまな産業においてトラストを形成、支配力を振るった。美術品のコレクターでもあった。モルガン財閥の始祖となり、モルガン財団を設立した。
ジョン・デイヴィスン・ロックフェラー（一八三九〜一九三七）は、石油事業に成功し、鉄道、銀行、山林などに投資して財産を築いた。晩年は慈善事業に取り組み、シカゴ大学の設立にも多額の寄付により貢献した。ロックフェラー財閥の始祖となり、ロックフェラー財団を設立した。

*40　「女性党 a woman's party」という言葉で、ウルフは特定の既成政党を指しているわけではないが、一九一七〜一九年にはクリスタベル・パンクハーストらが「女性党 The Women's Party」を作るなど、女性による女性のための政党を作ろうという動きはいくつか存在していた。

*41　ウルフはここで鎮痛薬の使用によるいわゆる無痛分娩の普及を求めている。一九三〇年代当時、厳密にはクロロフォルムを鎮痛薬として使うものではないが、無痛分娩の普及を求める声が上がっていた。

*42　『新約聖書』には、たとえば「駱駝が針の穴を通るほうが、富む者が神の国に入るより簡単である」（「マタイによる福音書」一九章二四節）などのキリストの言葉がある。

*43　本書執筆のかたわら、ウルフは友人であった美術批評家ロジャー・フライ（一八六六〜一九三四）の伝記を書くための準備にも取り掛っていた。ロジャー・フライは、一九〇六年〜一〇年にニューヨークのメトロポリタン美術館の学芸員となり、美術品の買いつけを行ったが、フライがそのポストに任命されたのは、同美術館の理事をしていたピアポント・モルガンの強力な推薦によるものだった。当時のフライの手紙をとおしてモルガンの人柄を理解したウルフは、『ロジャー・フライ伝』（一九四〇）において、美術品への鑑識眼のない人物、何でも札

束で解決しようとする強引で横柄な人物として、モルガンを描き出すことになった。

＊44　ウィリアム・シェイクスピア（一五六四〜一六一六）はイギリスの詩人・劇作家、パーシー・ビッシュ・シェリーはイギリスのロマン派詩人（本章訳注＊24参照）、レフ・トルストイ（一八二八〜一九一〇）はロシアの小説家。「堅固な現実世界」の彼方を見せてくれる文学者として言及されている三人だが、やや唐突なので、草稿の段階では先行する議論がありながら最終稿では削除され、この言及だけが残ってしまったのかもしれない。

＊45　ウルフはここで〈母語 mother tongue〉という言葉を、子どもの頃習い覚えた第一言語という一般的な意味で使っているが、このあと一九世紀の「母たち」の言葉の行間を読み、「母たち」の行動を律していた「教師たち」を名指すという作業をウルフは進めていくので、〈母語〉という言葉にはもう一つの意味——「母たち」の舌先にありながらはっきりとは語られなかったもの——という意味も潜んでいるかもしれない。

＊46　チャールズ・ゴア（一八五三〜一九三二）はウスター、バーミンガム、オックスフォードの主教を歴任した。

＊47　ウィリアム・ラルフ・イング（一八六〇〜一九五四）はケンブリッジ大学で神学教授を務めたあと、一九一一〜三四年に聖ポール寺院の首席司祭を務めた。長年にわたり『イヴニング・スタンダード』紙にコラムを執筆していた。

＊48　ロンドンのシティにある街路。かつて新聞社や印刷所が密集していた。

＊49　シドニー・ロウ（一八五七〜一九三二）はイギリスのジャーナリスト。『スタンダード』紙の主幹記者で、文芸欄の担当者でもあった。

＊50　「ヒュー卿」ことヒュー・リチャード・ヒースコート・ガスコイン＝セシル卿（一八六九〜一九五六）は保守党の下院議員。「亡妻の姉妹に関する法案」は一九〇一年に提案され、妻の死後、寡夫が亡妻の姉ないし妹と結婚できるようにするものだったが、ガスコイン＝セシルはキリスト教のモラルに反するという理由で反対し、他の議員らとともに投票室でいわゆる牛歩戦術に出たため廃案となり、一九〇七年まで可決されなかった。

＊51　ウィンストン・レナード・スペンサー・チャーチル（一八七四〜一九六五）は、イギリスの政治家。サンドハ

ースト士官学校で学び、陸軍に入る。その後一九〇〇年に下院議員となり、政治家としての長いキャリアを始める。さまざまな大臣職を歴任し、一九四〇年、第二次世界大戦中に首相となり、強力なリーダーシップを発揮してイギリスを含む連合国側に勝利をもたらした。歴史家、文筆家としても知られ、一九五三年にはノーベル文学賞を受賞。

*52　プラトンの『国家』第七巻に出てくる有名な比喩。洞窟の中の囚人たちは、縛られ動くことができず、壁に映し出される影ばかり見ている。その結果影を本物と誤認してしまい、本物を見ても現実味が沸かない。

*53　第七代ロンドンデリー侯爵、チャールズ・スチュワート・ヘンリー・ヴェイン゠テンペスト゠スチュワート（一八七八〜一九四九）。イートンとサンドハースト士官学校を卒業、職業軍人として第一次世界大戦に従軍。北アイルランド出身の貴族という出自を買われ、政界で活躍し、一九三一〜三五年に空軍省大臣を務めたが、ナチス・ドイツとの関係を疑われ、一九三五年には政界を追われる。一九三六年にはやがてドイツ大使となるヨアヒム・フォン・リッベントロップを個人的にもてなすなどして、ドイツとの関係の強化に務めた。ウルフの引用しているスピーチは、ベルファストのクイーンズ大学卒業式でのもの。

*54　ヨハン・ヴォルフガング・フォン・ゲーテ（一七四九〜一八三二）は、ドイツを代表する作家の一人。引用は詩劇『ファウスト』（一八〇八〜三二）末尾の合唱から。

*55　フローレンス・メリアン・ストウェル（一八六九〜一九三六）はオーストラリア生まれの古典学者。一八八九年、イギリスに渡りケンブリッジのニューナム・カレッジに入学。一八九四〜九五年には同カレッジの古代ギリシャ文学の個別指導教員《ドン》となるが、病気がちだったために続けられなかった。共著者のディキンスンについては第一章原注☆23参照。

*56　聖ポール寺院はロンドンの大聖堂（三六頁に既出）。〈死は生命の扉なり《Mors Janua Vitae》〉というラテン語は、キリスト教の建築物に刻まれることがあるが、聖ポール寺院のアーチに刻まれているかは不明。

*57　ウルフは『自分ひとりの部屋』においても、語り手に本棚の本をたどらせて、そこにないものがあると指摘し

ていた（たとえば『自分ひとりの部屋』片山亜紀訳、平凡社ライブラリー、二〇一五、八一、八九頁）。

*58 川本静子『ガヴァネス――ヴィクトリア時代の〈余った女〉たち』みすず書房、二〇〇七によれば、かつて「ガヴァネス」は王室や貴族の子女の教育係であり、世間知に長け学識の高い女性がなるものとされ、敬意をもって扱われていたという。しかし一九世紀に入り、中流階級でも「ガヴァネス」を雇うことが一般化するにつれ、その地位は低下する。「女性家庭教師《ガヴァネス》」とは、中流階級および上級階級の家庭に住み込み、子どもたちに基礎教育を施すと同時に子守役をする女性を指すものとなった。複数の子どもの教育を一人で任されたり、子どもたちの衣服の繕いものまで要求されたりと、さまざまな困難のつきまとう仕事だった。

*59 チャールズ・トムリンスン（一八〇八～九七）は自然科学者・ダンテ研究者。姪のメアリ・トムリンスンはチャールズの生涯をたどり、叔父チャールズと叔母サラがともに本を書いていたと説明する際に、叔母の本『姉妹たち』（一八五八）に触れている。

*60 ネリー・ウィートン（一七七六～一八四九）は、一八〇九～一一年、一八一二～一四年に、それぞれべつの家庭で「女性家庭教師《ガヴァネス》」を務めた。これは「女性家庭教師《ガヴァネス》」の仕事が一般化し、扱いも変化してきた時期に相当する。

*61 アン・ジェマイマ・クラフについては第一章訳注*57を参照。アーサー・ヒュー・クラフ（一八一九～六一）はアンの一つ年上の兄で、詩人。ラグビー・スクールに進学し、教育者として名高かったトマス・アーノルド校長の薫陶を受ける。一家が困窮する中、奨学金を受けてオックスフォードのベリオール・カレッジに入学し、卒業後は同大学のオリエルの特別研究員《フェロー》となるが、宗教的懐疑のために辞職。母や妹を財政面で支える必要もあり、ロンドン大学の学生寮の寮長を務めたり、教育庁の審査官を務めたりして生計を稼ぐかたわら、宗教的懐疑や自己不信などを素材とする詩を書いた。一八六一年、マラリアにかかり死去。妹のアンとは心の通じ合う関係で、そのことは本書第三章に言及がある（一九〇頁）。

*62 ジョゼフィン・エリザベス・バトラー（一八二八～一九〇六）は、イギリスのフェミニスト、社会活動家。結

婚して四人の子をなしたが、末子を事故で喪ったことが転機となり、売春女性の救済を始める。イギリスでは一八六四年から性病予防法が施行され、警察官が売春婦と判断した女性には医療検診が義務づけられた。この検診に応じた女性は売春婦として登録され他の生活への道を断たれ、応じなければ懲役刑に処された。バトラーはこの法律を深刻な問題と捉え、一八六九年に性病予防法廃止女性全国協会を作ってさまざまなキャンペーンを行い、一八八六年には法律廃止に追い込んだ。また、売春の斡旋が公然と認められていること、一〇代の少女の売春が行われていることも問題視し、『ペル・メル・ガゼット』紙の編集長W・T・ステッドに頼んで記事にしてもらい、一八八五年のうちに刑法改正を成立させた。その結果、性行為同意年齢は一三歳から一六歳に引き上げられた。

他にも、バトラーは女子教育の充実、女性参政権要求、既婚女性の権利要求などにも関わった。バトラーの視点および活動方法は画期的で、後世のフェミニストにも大きな影響を与えた。ウルフも本書でたびたびバトラーに言及している（一八六〜八七頁などを参照）。

＊63 ガートルード・ベル（一八六八〜一九二六）はイギリスの旅行家・考古学者・政府行政官。イングランド北部の製鉄王の娘として生まれ、ロンドンのクイーンズ・カレッジ（本章訳注＊34）を卒業後、オックスフォード大学にて開設まもない女子学寮レディ・マーガレット・ホールに進学、歴史学を専攻して最優良の成績で卒業。その後、叔父がイギリス大使を務めていたペルシャ（現イラン）を始め、世界各地を旅してまわる。第一次世界大戦開始後、中東情勢に詳しく多言語に通じている能力を買われ、T・E・ロレンスとともにカイロの陸軍情報部に勤務。戦後はイラクにとどまり、新政権発足に尽力した。

＊64 『弟子』（一八八九）はフランスの作家ポール・ブールジェ（一八五二〜一九三五）が書いた小説。ある哲学者に心酔した青年が、その哲学者の持論どおりに貴族の令嬢を誘惑して恋愛をしかけ、ついに自殺させてしまう。出版と同時にベストセラーとなった。

＊65 本書第一章でウルフは、メアリ・キングスリらの証言をもとに、〈教育のある男性の娘〉は教育を受けていないのだから戦争を阻止する方法を考えてほしいと言われても難しいと主張していた。しかしここからは「有償の

教育」は受けていないという発言のいわば裏を読むようにして、戦争を阻止する方法のヒントを過去の〈娘〉たちの言動から引き出していく。

＊66　フローレンス・ナイティンゲール（一八二〇～一九一〇）はイギリスの看護師、統計学者。大地主の娘として生まれ、家族の反対を押し切って看護師になり、それまで独立した職業と見なされていなかった看護職の近代化に尽力した。クリミア戦争（一八五三～五六）の際には、友人でもあったシドニー・ハーバート戦事大臣の特命を受け、看護師を率いて戦地に赴き、イギリス陸軍の衛生状態の改善に努めた。傷病兵への献身的な看護から「灯火《ともしび》を掲げたレディ」と呼ばれた。

＊67　「家庭教育とその結果を非難した有名な言葉」は、ナイティンゲールが一八五二年に書いたエッセイ「カッサンドラ」に出てくる。同エッセイはイギリスの富裕層の娘たちが無為の生活を強いられていることを弾劾《だんがい》するもの。ナイティンゲールは生前このエッセイを出版しようとしたが、その表現の過激さゆえにジョン・スチュアート・ミルらに止められた。同エッセイは彼女の死後、レイ・ストレイチーの『大義』（一九二八）の一部として出版された（邦訳では『ナイティンゲール著作集』全三巻、碓井坦子ほか編訳、現代社、一九七七、第三巻に収録されている）。ウルフは「家庭教育」に苦しんだナイティンゲールが「クリミア戦争を当然ながら諸手を挙げて歓迎した」と表現することで、第一章後半の「無意識において〈われわれの栄《は》えある戦争〉を望んだ」（七五頁）女性の一人になぞらえている。

＊68　イギリスでは第一次世界大戦を“the Great War”と称することがある。ウルフはこの呼称をあまり使わないが、ここではあえて使い、戦争を家庭から解放してくれるものと捉えた女性たちの期待を表現している。

＊69　エミリ・ブロンテ（一八一八～四八）は詩人・小説家で、シャーロット・ブロンテ（第一章訳注＊29）の妹。イギリスのヨークシャーに生まれ、近隣の学校で学んだり、ブリュッセルの学校でフランス語やピアノを習ったこともあったが、生涯のほとんどを父の牧師館で過ごした。二〇〇篇前後の詩と小説『嵐ヶ丘』（一八四七）を遺し、肺結核がもとで三〇歳にして亡くなった。『嵐ヶ丘』は二〇世紀後半になってから高く評価され、世界文

学の一つと数えられている。ウルフは本書第三章（二二五～二二六頁）で、エミリ・ブロンテをキリスト教の女預言者にたとえる。

＊70 クリスティナ・ロセッティ（一八三〇～九四）はラファエル前派の詩人。イタリア人亡命者にしてダンテ研究者の父と、敬虔なイングランド国教会の信徒であった母のもとに生まれ、両親から家庭で教育を受ける。代表作に「鬼の市」（一八六二）など。画家で詩人のダンテ・ガブリエル・ロセッティは兄。

＊71 ウルフは一九九〇年頃まで一般的だった水銀体温計になぞらえて語っている。

＊72 イギリスの国立の美術館や博物館は、伝統的に入場料を取らないものが多い。とくに二〇〇一年以降の法律により、二〇一七年現在、特別展を除き、すべての国立美術館と博物館が無料になっている。

＊73 ソフォクレスの悲劇『アンティゴネー』は、国家権力への抵抗の物語として、ヨーロッパの文学作品で広く引用されてきたものである。劇中で、先王オイディプスの娘アンティゴネーは兄の亡骸を埋葬し、叔父である新王クレオンの禁を犯す。

＊74 架空の名士だが、サンプスン・レジェンドという名前は、イギリスの劇作家ウィリアム・コングリーヴ（一六七〇～一七二九）の喜劇『愛には愛を』（一六九五初演）に登場する父親の名前からおそらく借りたもの。たくさんの肩書きは、肩書きを誇示する男性文化を皮肉って、ウルフが付け加えたものである。

第三章

＊1 デヴォンシャー公爵とは、一六世紀以来、キャヴェンディシュ家が世襲しているイギリス貴族の爵位。ウルフが本書を執筆していた当時は、ヴィクター・クリスティン・ウィリアム・キャヴェンディシュ（一八六八～一九三八）が九代目のデヴォンシャー公爵だった。カナダ総督などを務めた人物で、一九一六年にガーター勲章を受勲している。

＊2　ピンダロス（紀元前五二二頃〜紀元前四四二頃）は、古代ギリシャの詩人。ギリシャ語とラテン語は、いわゆる「古典」として、イギリスの男子パブリック・スクールの必須科目であり、大学においても継続して勉強することが強く推奨されていた。ウルフはピンダロスを女性労働者にはおよそ近づきにくい学問の象徴として挙げている。

＊3　いずれも中世に設立されたヨーロッパ各国の有名大学。イギリスのケンブリッジやオックスフォードと同様、これらの大学でも伝統的に女子学生を受け入れず、一九世紀後半から門戸を開くようになった。
ソルボンヌ大学はフランスのパリ大学の一部。一二五七年に設立。

ハイデルベルク大学はドイツのループレヒト・カール大学ハイデルベルクの通称。一三八六年に設立。

サラマンカ大学はスペインのサラマンカにある。一二一八年に設立。

パドヴァ大学はイタリアのパドヴァにある。一二二二年に設立。

ローマ大学はイタリアのローマにあり、現在ではローマ・ラ・サピエンツァ大学と改称されている。一三〇三年に設立。

＊4　ケンブリッジにもオックスフォードにも女性のイギリス文学教授がいないという意味では、一九三八年時点のウルフのこの指摘は正しいが（ケンブリッジでは一九三九年に考古学の女性教授が、オックスフォードでは一九四八年に国際関係論の女性教授が誕生している）、教授という職位にはなくても、イギリス文学やその他の学問分野において講義や学生指導にあたっていた女性教員はすでに数多く存在していた。

＊5　ナショナル・ギャラリーはロンドンのウェストミンスター地区にある美術館で、一八二四年に開館、ヨーロッパ近代美術のコレクションがある。隣接するナショナル・ポートレート・ギャラリーは、一八五六年に開館、肖像画を中心とする美術館。大英博物館はブルームズベリー地区にある博物館で、一七五三年に開館、世界中の美術品や工芸品などの膨大なコレクションがある。ウルフはこれらの美術館や博物館の理事、学芸員、アドヴァイザーなどに女性が名前を連ねていないと指摘している。

＊6　ジョージ・エリオット（第一章訳注＊29）は、作家メアリ・アン・エヴァンズが小説を書くときに使ったペン

ネーム。プライヴァシーを明かしたくない、女性作家の書いたものという先入観を持って読んでほしくないという他に、すでに本名で評論を書いており、小説はまた別個に評価してほしいなどが理由だった。

ジョルジュ・サンドは、フランスの作家オロール・デュパン（一八〇四～七六）のペンネーム。男性小説家ジュール・サンドーと最初の小説を共作したあとで、ジョルジュ・サンドを名乗るようになり、以来一〇〇冊以上の小説、評論、政治パンフレットなどを書き継ぐ。田園小説『愛の妖精』（一八四八）の作者として、また作家アルフレッド・ド・ミュッセや作曲家フレデリック・ショパンの恋人として有名なサンドだが、近年では思想家としての再評価が進む。本章原注☆35も参照。

＊7　ミルトン、ゲーテ、マシュー・アーノルドは、いずれも著名な文人。ジョン・ミルトン（一六〇八～七四）は詩人で、叙事詩『失楽園』（一六六七）が代表作だが、他にもさまざまな詩を遺しており、ウルフの本作品にも引用がいくつか織り込まれている。ゲーテとアーノルドは、それぞれ本文一三七～三八頁、二八頁に既出。アーノルドの評論『教養と無秩序』（一八六九）は、〈文化＝教養〉論として名高く、文化をキリスト教などに見られるヘブライズムと、ギリシャ・ローマ文学などに見られるヘレニズムの拮抗するものとして理解している。

＊8　ミセス・オリファントことマーガレット・オリファント（一八二八～九七）は、スコットランド生まれのベストセラー作家。生涯にわたり一〇〇冊近い小説、二五冊の評論と、その他短篇小説やエッセイを数多く書いている。夫が早逝したため、三人の自分の子どもたちを養い（うち息子二人はイートンとオックスフォードに送り出した）、自分の兄やその子どもたちの面倒も見た。

近年の批評家は、ミセス・オリファントの『自伝』（一八九九）にはかなりの自己韜晦《とうかい》があると指摘し、ここでのウルフとは異なる読み方をしている。たとえば松本三枝子『闘うヴィクトリア朝女性作家たち――エリオット、マーティノー、オリファント』（彩流社、二〇一二）を参照。

＊9　メアリ（一六六二～九四）とは、イギリスの名誉革命期の女王のこと。オランダ総督であったウィレム三世に嫁ぎ、オランダに住んでいたが、父のジェイムズ二世が強硬なカトリック政策を行い議会と対立した際に、議会

の要請を受け、夫とともにイギリスに侵攻して名誉革命の一翼を担った。その後、メアリとウィレム三世は、それぞれメアリ二世、ウィリアム三世として、イギリスを共同統治することになる。マコーリーはメアリが嫌々ながらも義務感から王位に就いたことを褒めている。

＊10　ヴァージニア・ウルフとレナード・ウルフ夫妻は、一九一七年に自宅の一室に印刷機を置き、出版社ホガース・プレスを立ち上げた。ヴァージニアの小説は、第三作以降、すべてこの出版社から出ている。同社は、同時代イギリスの新しい小説、詩、評論などを世に送り出したほか、一九二四年からはフロイトの著作の英訳出版を開始したことでも知られている。

＊11　『自分ひとりの部屋』において、個室とは何よりも作家が創造するために一人で引きこもるプライヴェート・スペースだったが、本書では批評家と作者が二人で語り合うカウンセリング・ルームというイメージが追加されている。

＊12　ベン・ジョンスン（一五七二〜一六三七）、ウィリアム・シェイクスピア（一五六四〜一六一六、一二八頁で既出）はともにエリザベス朝時代の劇作家。ジョンスンがマーメイド亭（ロンドンのシティにあった酒場）の常連で、飲みながら仲間と文学談義をしていたことはわかっているが、そこにシェイクスピアも加わっていたというのは一九世紀のジョンスン研究者が広めた伝説のようである。この伝説に基づき、一九世紀にはマーメイド亭のシェイクスピアを描いた絵画も出まわっていた。

＊13　ミルトンは本章訳注＊7を参照。ジョン・キーツ（一七九五〜一八二一）はイギリスのロマン派詩人。『エンディミオン』（一八一八）、「小夜啼鳥《ナイティンゲール》に寄せる頌歌《オード》」（一八二〇）などで有名。

＊14　ロンドン市長就任パレード（第二章訳注＊30参照）の二日後の催されるロンドン市長就任披露宴のこと。「海亀」は海亀スープへの言及か。

＊15　「フェミニスト」という言葉を用済みとするウルフの主張は、その後の批評家のあいだで議論を呼んできた。たとえば、ウルフが「フェミニスト」を「女性の権利を擁護する人」と定義していることに注目し、ウルフはこ

の語をごく狭い意味に捉え、男女平等という観点でものを見ることもなければ、戦争を阻止するという問題にも結びつけようとしない人のことだと解していた、したがって「フェミニスト」を用済みにするのは理にかなったことだった――と考える批評家もいる。しかしその一方で、ウルフの「自分の生活費を稼ぐという権利はすでに勝ち取られた」という発言を問題視して、女性が食べていけるだけの収入を得ることは当時もいまも実際には難しいのだから、「フェミニスト」の細かな定義はどうあれ、用済みとするのはまったくの時期尚早である――と批判する批評家もいる。

＊16　とくにナチス・ドイツ政権下のユダヤ人を指す。一九三三年に政権を握ったヒトラーは反ユダヤ人政策を掲げ、三三年のうちにユダヤ人を公職から追放、三五年には公民権を奪った。その結果、ユダヤ人はドイツ人の隣人たちからも日常的な嫌がらせや暴力を受けるようになり、二七～三〇万人が亡命した。本章訳注＊63も参照。

＊17　ウィリアム・ワーズワス（一七七〇～一八五〇）は、イギリスの代表的なロマン派詩人。妹のドロシー・ワーズワス（一七七一～一八五五）とは生涯を通じて親しく、いっしょに遠出をしては体験をわかち合い、妹が日記に書いて兄が詩にすることも多々あった。

＊18　「雀の巣」はワーズワス『二巻の詩集』（一八〇七）所収の抒情詩で、詩人は幼いときに妹とともに雀の巣を見た体験を振り返っている。ワーズワス八歳のときに母が早逝し、兄妹はそれから九年間別れ別れになっていた。

＊19　イギリス政府は一九三五年には空襲注意省、一九三七年にはその下に空襲警備局を作り、市民から八〇万人の空襲警備員を募集するとともに、空襲注意法を発令。市井の「真っさらな壁」には空襲警備員募集のポスターや、空襲時の避難方法の指示書が貼られた。

＊20　たとえば一九一四年の国籍法には「イギリス国民の妻はイギリス国民と見なし、外国人の妻は外国人と見なす」と明記されており、この不平等な取り扱いの是正は、大英帝国内の各地のフェミニストが重要課題の一つとして認識していたものだった。一九四八年の国籍法においてようやく改正された。

＊21　イギリスによるインド支配は、一八世紀にイギリス東インド会社がインドのベンガル地方を植民地化したのが

始まりである。一八五七年のインド大反乱をきっかけにイギリス政府はインドを直轄植民地とするが、インド人の側では民族運動が高まっていくことになった。一九一九年にはガンディー（一八六九〜一九四八）による非暴力的な不服従運動が開始され、インド大衆を巻き込んでいく。一九四七年に東パキスタンと分離独立した。

　イギリスによるアイルランド支配は、一二世紀のヘンリ二世の侵入に始まる。一七九八年には独立を目指して武装蜂起がなされるが、鎮圧され、一八〇一年にイギリスに併合される。一九一六年のイースター蜂起の際には、イギリス政府による徹底した鎮圧から反イギリス感情が広がり、一九一九〜二一年の独立戦争を経て、一九二二年にアイルランド自由国が成立。ただし北部のアルスタ六州はイギリスにとどまった。

*22　本書の中でもとくに有名な一節。カール・マルクスとフリードリヒ・エンゲルスの『共産党宣言』（一八四八）の「労働者は国を持たない」という一節や、女性参政権運動の中で繰り返された「女は国を持たない」という言葉を踏まえていると指摘されている。

*23　「臆病の象徴《しるし》としての白い羽根」とは、第一次世界大戦が勃発した一九一四年、もと海軍中将チャールズ・フィッツジェラルド（一八四一〜一九二一）が〈白い羽根勲章〉を考案し、女性たちを説得して平服の男性に白い羽根を手渡してもらうことにしたエピソードに基づく。これがイギリス中に広まり、女性参政権運動家のエメリン・パンクハーストや、逆に女性参政権に反対していたミセス・ハンフリー・ウォードなども加わって、男性に白い羽根を渡して戦場に行くよう促すことが流行した。本書でウルフはしばしばこのエピソードに触れている。第三章原注☆23も参照のこと。

*24　ジョン・ミルトンの詩「陽気な人」（一六四五）の一節。もとの詩では、女性たちが騎士や貴族の知恵比べや力比べを見て、だれが優れているかを「輝く瞳」で判定する。

*25　サミュエル・テイラー・コールリッジの物語詩「老水夫の歌」（一七九八）に基づく厄介者のイメージ。航海に出ていたときに老水夫はアホウドリを殺してしまい、そのあとまるで呪いにかかったかのように船が動かなくなる。乗組員一同は喉の渇きに苦しみ、非難がましく老水夫を見る。老水夫は十字架ならぬアホウドリが首に架

かっているように感じる。

＊26　ロンドン中心部の繁華街で、大型店が軒を並べる。本書が出版された当時、生花や果物などを売る大道商人が多くいた。

＊27　ウーリッジはロンドン東部、テムズ川沿いの街で、一七世紀から兵器工場があった。一八〇五年にジョージ三世が王立兵器工場《ロイヤル・アーセナル》と命名、武器の開発、製造、保管のための工場や倉庫が建てられた。規模としては第一次世界大戦時に最大になり、女性労働者を含む八万人が働いた。終戦後は規模が縮小したが、本書執筆当時、次の戦争に向けた軍備増強が再開され、やがて第二次世界大戦下では三万人を超える工場労働者が働いた時期もあった。その後、工場移転などが相次ぎ、一九九四年に王立兵器工場《ロイヤル・アーセナル》は操業停止になった。現在ではおもに住宅地として再開発されている。

＊28　ウルフは引用していないが、同記事によるとキャスリン・ランスは平和誓約連盟（Peace Pledge Union）のメンバーだった。平和誓約連盟は、聖ポール寺院の司教座聖堂参事会員ヒュー・リチャード・ローリー・シェパード（一八八〇〜一九三七）が一九三四年に立ち上げた団体で、「わたしは戦争を放棄します、いかなる形態の戦争も支持しません、戦争をもたらすあらゆる原因の除去に努めます」という誓約に署名すればだれでも会員になれるというもの。バートランド・ラッセル、オルダス・ハクスリー、ストーム・ジェイムスンら、ウルフ周辺の知識人も名を連ねていた。同連盟はいまも活動中である（http://www.ppu.org.uk/）。

＊29　ノーサンプトンシャー州はイングランド中東部の州。ウェリンバラは同州の街。

＊30　ピーターバラ・スタジアムは一九一三年に開場、その後ロンドン・ロード・スタジアムと改称され、さらに現在ではABAXスタジアムという名前になっている。

＊31　雇用者の思惑を気にして、労働者の声を代弁してくれそうな労働党には投票しにくいということ。

＊32　サミュエル・テイラー・コールリッジの幻想詩「クーブラ・カーン」（一八一六）の一節。モンゴル帝国第五代皇帝クーブラ・カーンことフビライ・ハンは、洞窟の水音の中に闘争の「予告」を聞きつける。

＊33 ヨーク大主教は、イングランド国教会においてカンタベリー大主教に次ぐ高位聖職者。

＊34 公式行事で使われる席次表における優先順位のことを語っている。最初に王族で、カンタベリー大主教、大法官、ヨーク大主教、首相と続く。

＊35 イングランド国教会ではジェイムズ一世下で英語に訳された『欽定訳聖書』（一六一一）が長年使われてきたが、一九世紀に現代的な英語に改めた『改訳聖書』（一八八一～九四）が出された。ウルフはおそらく『改訳聖書』のことを指している。

＊36 いずれも『新約聖書』に出てくる、女性のキリスト信徒たち。リディアは「使徒行伝」第一六章で、パウロの説教に心動かされてキリスト信徒になる。クロエは「コリント人への第一の手紙」第一章で、キリスト信徒の集会を開いている女性として、パウロが言及する。エウオディアとシンティケは「フィリピ人への手紙」第四章で対立をパウロに戒められる。トリファイナ、トリフォサ、ペルシスは「ローマ人への手紙」第一六章で、パウロに呼びかけられる。

＊37 ニカイア公会議とは、三二五年ローマ皇帝コンスタンティヌス一世が招集した、キリスト教最初の全教会規模の会議のこと。女性執事（deaconess）は、中世のキリスト教会に存在した役職で、女性信徒の指導などにあたった。一九世紀のキリスト教復興運動の中で復活し、イングランド国教会では一八六二年に最初の女性執事が叙任されている。なお『女性の聖職』は、主教、司祭、執事の三聖職に女性の参入を認めるのではなく、この女性執事職の充実を提言している。

＊38 『新約聖書』の「テモテへの第一の手紙」「テモテへの第二の手紙」「テトスへの手紙」の総称。「牧会《ぼっかい》」すなわち教会の運営に関わる内容が書いてあるので、この名がある。現在では、パウロ本人ではなく、パウロの後継者たちが書いたものだと考えられている。

＊39 大主教以下、女性執事までの各年収について、ウルフが何を典拠としているかは確認できなかった。大主教の年収が「一万五〇〇〇ポンド」全部ではないことは、第二章訳注＊22を参照。女性の教区委員の年収は、『女性

の聖職』五八頁の記載どおりである。
＊40　ロレンス・ウィリアム・グレンステッド（一八八四〜一九六四）は、イングランド国教会の聖職者、神学者。ノロス教授職とは寄付金の提供者の名前を冠につけた教授ポストで、オックスフォード大学のオリエル・カレッジのもの。グレンステッドは一九三〇〜五〇年に同職にあった。『宗教の心理学』（一九五二）などの著書が日本でも紹介されている（小口偉一他訳、社会思想研究会出版部、一九六一）。
＊41　「固着」とは、フロイト精神分析で使われる言葉で、発達段階のどこかにとどまってしまうこと。グレンステッドは、何かの事柄（この場合は聖職への女性の参入）に関して大人の男性が幼児期にとどまっていると思われる非合理な反応を示すとき、そこに「幼児性固着」があると見ているようだ。
＊42　「エディプス・コンプレックス」とは、子が異性の親に性的欲望を抱くこと。「去勢コンプレックス」とは、男児の場合は母に性的欲望を抱いたために、父から去勢により罰されるのではないかと不安に思うことであり、女児の場合はペニスを切り取られたのではないかという空想を持つこと。いずれもフロイト精神分析の主要概念。
＊43　ウルフは『三ギニー』構想にあたり、小説と評論を組み合わせた作品を書こうとしていた。やがてその試みを諦め、小説部分と評論部分をべつべつに書くことにして、小説のほうを『歳月』（一九三七）として先に発表している。「クロスビー」と「ローヴァー」は、『歳月』に出てくる登場人物と犬である。
＊44　ソフォクレスが『アンティゴネー』を書いた紀元前五世紀には、ということ。イスメネはアンティゴネーの妹。
＊45　エドワード・バレット・モルトン＝バレット（一七八五〜一八五七）は、詩人エリザベス・バレット（第二章原注の訳注＊16）の父。ジャマイカに生まれ、祖父からジャマイカとイギリスの広大な土地を受け継いだ。本書執筆当時、彼が娘の結婚を許さなかったことは、ルドルフ・ベシエの芝居『ウィンポール・ストリートのバレット家』が一九三一年に上演され、人びとのよく知るところとなっていた。
＊46　パトリック・ブロンテ（一七七七〜一八六一）は、アイルランドの農家に生まれ、奨学金を得てケンブリッジのセント・ジョンズ・カレッジで学び、イングランド国教会の聖職者となった。結婚して六人の子どもを得て、

その三番目がシャーロットである。最近の研究では、偏屈な父親というイメージはミセス・ギャスケルら伝記作家が誇張して広めたものであり、アーサー・ニコルズとの結婚には反対したものの「つねに結婚に反対」ではなかったようだ。奥村真紀「パトリック・ブロンテ――『厳格な父』の神話」岩上はる子ほか編『ブロンテ姉妹と15人の男たちの肖像』ミネルヴァ書房、二〇一五、所収を参照。

*47　小説家シャーロット・ブロンテ（第一章訳注*29）のこと。アーサー・ニコルズがプロポーズしたのは一八五二年。『ジェイン・エア』出版の五年後で、ニコルズが三三歳、シャーロットが三六歳、パトリックが七四歳のときだった。

*48　本書のもとになった一九三一年の講演でも、ウルフは「家庭の天使」を殺さなくてはならないと主張していた。この講演の概要は、のちにまとめられたエッセイ「女性にとっての職業」（第二章原注の訳注*1）でたどることができる。

*49　「ティード先生」ことミセス・ティードは、女性家庭教師《ガヴァネス》を務めたあと学校を経営していた。ソフィは一〇歳前後のときにこの学校に通い、その後も文通などを通して親しくしていた。

*50　ジョン・バーク（一七八六〜一八四八）が編纂した『イギリスとアイルランドの地主ジェントリーについての家系と歴史の事典』のこと。一八三三〜三五年に第一版が出版され、二〇〇一〜〇六年には第一九版が出ている。

*51　ベンジャミン・リー＝スミス（一七八三〜一八六〇）は非国教徒の家庭に生まれる。父のウィリアム・スミスは政治家で、黒人奴隷解放運動などに尽力。ベンジャミンは一八二六年に帽子職人をしていたアン・ロングデンと出会い、身分違いの関係だったために結婚はできなかったが、五人の子どもをなし、アンが結核のため一八三四年に早逝するまで家族でいっしょに暮らした。のちベンジャミンも父と同様に政治に関わり、一八三五〜四七年に下院議員を務める。

*52　ロイヤル・アカデミー・オブ・アーツは、一七六八年、美術の振興や教育を目的としてジョージ三世が設立した組織。王立美術院とも。正会員は四〇名、準会員は二〇名（一八七六年から三〇名）と定められ、投票によっ

て会長一名が選出される。一七六八年以降、ロンドンのピカデリー地区のバーリントン・ハウスにあり、美術学校と美術館を併設している。なお、ウルフの姉ヴァネッサ・ベル（一八七九〜一九六一）は、一九〇一年にロイヤル・アカデミー美術学校に通っている。その後、ベルはマネやセザンヌなど後期印象派の画風を受け継ぐ画家となり、ウルフの創作活動にも大きな影響を与えた。

＊53　エミリ・デイヴィス（一八三〇〜一九二一）はイギリスのフェミニストで、おもに女子教育改革と女性参政権運動に尽力した。ガートン設立は一八六九年で、一八七三〜七五年にはガートン学寮長を務めた。

＊54　「涙、苦い涙……」は、アルフレッド・テニスンの『プリンセス』（一八四七）に出てくる一節「涙、怠惰な涙、なぜ涙が出るのかわからない」のもじり。

＊55　この段落で、ウルフは一九世紀の女性たちが望みながらもなかなか口にできなかった願望をコラージュにしている。本書ですでに言及のあった願望もあれば、初めて言及されているものもある。あえて人名を補えば以下のようになる。

「化学の勉強が……」「「謹んで告白……」」「アフリカを……」　メアリ・キングスリのこと。第一章訳注＊2参照。

「「彼女はベッドに……」」　メアリ・キングスリの女友だちのこと。この友人は、求愛者が屋根を伝うという危険を冒して彼女に会いに来ようとしているのに対し、会うのを拒絶し、帰ってもらいたがっている。

「ギリシャやパレスティナで……」　ガートルード・ベルのこと。第二章訳注＊63参照。

「音楽の勉強が……」　おそらくウルフの友人であった作曲家エセル・スマイス（一八五八〜一九四四）のこと。本書「訳者解説」も参照。

「絵を描きたい……」　ローラ・ナイトのこと。本章原注の訳注＊29参照。

＊56　本書第一章でのウルフは、家庭から解放してくれるものであれば戦争であろうと女性たちは受け入れてしまったと、家庭に閉じ込められていた彼女たちの無意識の力に批判的だったが（たとえば七五頁）、ここでは抑圧を跳

ねかえす力として肯定的に見ている。無意識の衝動には一つではない可能性があると、ウルフは言いたいようだ。

＊57 ボンド・ストリートもピカデリーも、ロンドンのウェスト・エンドの大通りの名前。いずれも小売店、会員制クラブ、邸宅などが立ち並ぶファッショナブルな通りだが、ウルフによれば、ヴィクトリア時代の〈教育のある男性の娘たち〉は、同じ階級の男性こそむしろ危険だと教えられていたため、一人では出歩けなかった。たとえば第二章原注☆18を参照。

＊58 ノルウェーの劇作家ヘンリック・イプセン（一八二八〜一九〇六）の『人形の家』（一八七九初演）では、主人公のノラは最後にドアをバタンと閉めて家を出て、夫を一人残していく。『人形の家』は一八八〇年代からイギリスでも上演されて評判になっていたが、ウルフは一九三六年三月三日に同作品を観て、翌日の日記にこう記している――「面白い芝居で、わたしの努力にも光を投げかけてくれる」。

＊59 バートランド・ラッセル（一八七二〜一九七〇）は、イギリスの哲学者、数学者、批評家、平和運動家。一九五〇年にノーベル文学賞を受賞。専門分野以外にも幅広いテーマで評論を書き、日本でも広く紹介されている。『科学の眼』（矢川徳光訳、創元社、一九四九）や『怠惰への賛歌』（堀秀彦ほか訳、平凡社ライブラリー、二〇〇九）など。

＊60 本文にすでに出てきた「父たち」の言葉のコラージュ。発言者が特定できるもののみ記す。「家庭こそ……」「政府は仕事を……」『デイリー・テレグラフ』紙への投書者の言葉。九八頁参照。「二つの世界が……」ヒトラーの演説。一〇〇頁参照。「われわれの食事の……」表現は変えているが、C・E・M・ジョードの発言。八三頁参照。

＊61 テニスンの哀歌「イン・メモリアム」（一八五〇）の詩行を踏まえた表現。「でもわたしは何者だろう？／夜泣きする子どもだ／明かりがほしくて泣いている子どもだ／言葉にならずに涙が出てくる」。

＊62 ソフォクレスの『アンティゴネー』より、クレオンの言葉。

＊63 ホロウェイはロンドンにある刑務所で、一九〇二年以降、女性のみを収容する。一九〇六年以降、多くのサフ

ラジェット（第二章訳注＊3）が収監されたのもこの刑務所だった。強制収容所とは、戦争などの非常事態において、裁判によらずに市民を強制的に収容する施設のことで、ここではナチス・ドイツが一九三三年以降、各地に建設した強制収容所を指す。共産党員、聖職者、「常習的犯罪者」とされた人びと、ユダヤ人、同性愛者、占領地域の人びとなどが収容され、矯正や強制労働が目的とされた。一九四一年以降、ヒトラー政権がヨーロッパに住むすべてのユダヤ人の絶滅を政策と掲げたあとは、アウシュヴィッツ強制収容所などでユダヤ人の大量虐殺が行われた。

第一章原注

＊1　エリザベス・ホールデン（一八六二〜一九二〇）は、スコットランドに生まれ、通信教育で看護学を学んだあと、一九〇九年に篤志従軍看護団（VAD）の設立に関わる。この看護団は一般女性にも看護の訓練を施すもので、第一次世界大戦前夜には五万人の女性を組織化した。またホールデンは、女性参政権運動にも尽力。デカルトの『方法序説』やヘーゲルの『哲学史』の英訳もしている。本章原注☆5、第三章原注☆4、☆24にもホールデンへの言及がある。

＊2　ホラス・アネスリー・ヴァチェル（一八六一〜一九五五）はイギリスの作家。イギリスの上流階級に生まれ、ハロウとサンドハースト士官学校で学び、陸軍に配属されるが辞してカリフォルニアへ。農場経営に携わったのちイギリスに戻り、学校物語などを書いて人気を博した。引用のエピソードは、長年イギリスを離れていた彼が、一八九〇年頃、帰国して人びとに引き合わせてもらったときの回想。

＊3　トマス・ギズボーン（一七五八〜一八四六）はイングランド国教会の副牧師で、クラパム・セクトという社会改革を目指したグループの中心メンバーだった。

＊4　ウィリアム・サッカレーによる『ペンデニス』序文に言及していると思われる。序文では、ヘンリー・フィー

ルディングの『トム・ジョーンズ』（一七四九）以来、男性の持つ十全の力が表現されてこなかったと述べられ、「われわれは男性に着飾らせ、通俗的な笑みを浮かべさせねばならない。芸術で自然を表現しようとしても社会が認めない」と記されている。

＊5　ダービシャー州のチャツワースには、デヴォンシャー公爵家のカントリー・ハウスと広大な地所がある。狩猟はそこで行われたもの。

＊6　キャサリン・ウォルターズ（一八三九～一九二〇）のニックネーム。リヴァプールに生まれ、ロンドンに出て高級娼婦となった女性で、貴族や皇太子を愛人とし、ロンドンの高級住宅街メイフェアに家を構えた。乗馬がうまく、ハイドパークで馬に乗る姿が注目を集めた。

＊7　ヘレナ・ノーマントン（一八八二～一九五七）は、一九一九年の性差別廃止法制定後、ただちに法曹院で研修を受け、一九二二年、女性として二番目の法廷弁護士となり、一九四九年に勅選《KC》弁護士に任じられた。結婚しても通称を通し、女性参政権、同一労働同一賃金、婚姻法の改善などを求めてフェミニズム運動に関わった。

＊8　女性参政権運動の一翼を担った〈イギリス女性参政権協会〉を母体として、男女平等の参政権が獲得できた一九二八年に生まれた団体。

＊9　『リジストラータ』は、アリストファネス（紀元前四四六頃～紀元前三八五頃）による古代ギリシャの喜劇。

＊10　イギリスの大地主で下院議員だったヘンリー・チャプリン（一八四〇～一九二三）の伝記で、執筆者のロンドンデリー侯爵夫人は第七代ロンドンデリー侯爵（第二章一三四～三五頁）の妻。ヘンリー・チャプリンの長女にあたる。ここで取り上げられているのは、チャプリンと一時期親しい関係にあった女性が、知り合いの牧師に便宜を図ってほしいと手紙を書いてきたというエピソード。

＊11　マクベス夫人はシェイクスピアの悲劇『マクベス』に登場する女性で、将軍マクベスの妻。魔女の予言に心乱れる夫をそそのかし、王殺しを遂行させるが、夫がその後も殺人を繰り返す中で不安に苛まれ、最後には自殺してしまう。

＊12　D・H・ロレンス（一八八五～一九三〇）はイギリスの作家で、『息子と恋人』（一九一三）、『チャタレー夫人の恋人』（一九二八）などの小説で知られる。引用の手紙は一九一三年、友人に宛てたもの。

＊13　エドワード八世（一八九四～一九七二）は、父のジョージ五世を継いで一九三六年一月にイギリス国王となったが、ウォリス・シンプソンとの結婚をボールドウィン首相らに反対され、同年一二月に退位した。退位の翌日、ラジオ放送でスピーチを行い、「愛する女性の助力と支えがなくては、国王としての重大な責任や義務を果たすことが思うようにできないのです」と述べた。

＊14　ヒラリー・ニューウィト（一九〇九～二〇〇七）はスコットランド出身のジャーナリスト。一九二六～二九年にジュネーヴでフランス語を学び、一九二九年にフランクフルト大学で経済学と社会学を学び始めるが、ナチス党の台頭によりイギリスに帰国。ロンドンで女性運動に関わる中でヨーロッパ各国の現状を伝える必要を感じ、一九三六年、ヨーロッパ各国を視察旅行してその結果を『女は選ばねばならない』にまとめた（ニューウィトはその後カナダに渡った）。原注での引用は同書第二章「ファシズム」から。こののち一九三八年三月にはナチス・ドイツ軍がオーストリアに侵入し、オーストリアはドイツに併合される。

＊15　マルシャル・フォン・ビーベルシュタイン（一八四二～一九一二）は帝政ドイツの政治家、外交官。ホールデン（本章原注の訳注＊1参照）は彼がドイツ大使としてイギリスに滞在していたときに晩餐会で同席しており、その際の発言を伝えている。

＊16　オーガスティン・ビレル（一八五〇～一九三三）はアイルランド担当大臣だった人物。ビレルは下院に参集する途中でたまたま襲撃に遭った。

＊17　アルメリック・ウィリアム・フィッツロイ（一八五一～一九三五）は枢密院議長だった人物。『回想録』は国王とその周辺に起きた事柄についての日記である。

＊18　ハーバート・ヘンリー・アスキス（一八五二～一九二八）は、自由党所属の政治家で、一九〇八～一六年に首相を務めた。第一次世界大戦前には女性参政権に強固に反対していた。

＊19　レイ・ストレイチー（一八八七～一九四〇）はイギリスのフェミニスト。旧姓コステロ。一九〇五年にケンブリッジのニューナムに入学、女性参政権運動に目覚め、ミリセント・ギャレット＝フォーセットを会長とする女性参政権協会全国連合（NUWSS）の中核メンバーとなる。一九一一年にオリヴァー・ストレイチーと結婚、ストレイチー姓に。女性参政権実現後も、女性の雇用拡大と男女平等賃金を求めて活動を続けた。『大義』（邦訳『イギリス女性運動史――一七九二～一九二八』）を一九二八年に出版。

＊20　ベッドフォードシャーにある、ベッドフォード公爵家のカントリー・ハウス。フレデリック・ハミルトンの母は第六代ベッドフォード公爵の娘だったので、ウォバーン・アビーの名前が出てくる。彼女が一八三二年に結婚する前の時期についての回想である。

＊21　ハリー・アルフレッド・マカーディ（一八六九～一九三三）は、裁判官。判決で長々と社会情勢の考察を行うことで有名だった。

＊22　一九三一年一一月に、マーシャル&アマンド服飾店が、ドレス代の支払いを求め、フランコー夫妻を相手取って起こした裁判の判決において、マカーディ裁判官が述べた言葉。

＊23　フランシス・メイネル（一八九一～一九七五）は出版業者。

＊24　エドワード七世（一八四一～一九一〇、在位一九〇一～一〇）のこと。遊び好きで浪費家だった。

＊25　ジョン・メイナード・ケインズ（一八八三～一九四六）はイギリスの経済学者。第一次世界大戦後には『平和の経済的帰結』（一九一九）を著し、イギリスを含む戦勝国からドイツへの莫大な賠償金要求を批判。また『雇用・利子および貨幣の一般理論』（一九三六）では経済への政府の積極的介入を説き、世界各国の経済政策に大きな影響を与えた。ここでの引用は『ネイション&アセニウム』誌、一九三一年一一月一七日号、五一二～一三頁に掲載された書評から。ケインズ自身はケンブリッジのクレア・カレッジに隣接するキングズ・カレッジの卒業生で、卒業後は特別研究員《フェロー》だった。同書評で、ケインズは豪華な二巻本からなるクレアの沿革誌を手放しで礼賛している。なお、ケインズはウルフの友人サークル「ブルームズベリー・グループ」の一員でもあった。

＊26　エドワード・ギボン（一七三七～九四）は『ローマ帝国衰退史』（一七七六～八八）で有名。一七五二年にオックスフォードのモードリン・カレッジに入学するが、一四ヶ月しか在籍していない。

＊27　エドワード・ピュージー（一八〇〇～八二）、ジョン・ヘンリー・ニューマン（一八〇一～九〇）は、それぞれ一八二三年、二二年にオリエルの特別研究員《フェロー》になった。一八三三年には両者ともオックスフォード運動と呼ばれるイングランド国教会の信仰復興運動を始める。のちにニューマンはカトリックに改宗。

＊28　ジョージ・バラード（一七〇六～五五）は独学の古英語研究者。『イギリスのご婦人方の略伝』（一七五二）で、メアリ・アステルを含む六〇人以上の女性の略伝を執筆した。

＊29　エリザベス・エルストブ（一六八三～一七五六）は古英語研究者。イートン、ケンブリッジ、オックスフォードに行った兄から教えを受けながら、古英語を学ぶ。メアリ・アステルの協力を得て、『イギリス・サクソン語の文法の基礎』（一七一五）を出版した。

＊30　レディ・エリザベス・ヘイスティングス（一六八二～一七三九）。第七代ハンティンドン伯爵の娘に生まれ、年収三〇〇〇ポンドの財産を受け継ぎ、その多くをさまざまな支援に使ったことで知られる。メアリ・アステルがチェルシーに慈善学校を開いた際にも財政援助をした。

＊31　ウォルター・バジョット（一八二六～七七）は、『エコノミスト』誌の編集長として政治や経済に関する記事を執筆。『イギリス憲政論』〔一八六七〕（小松春雄訳、中央公論新社、二〇一一）は政治学の古典とされている。

＊32　フィリッパ・ストレイチー（一八七二～一九六八）はイギリスのフェミニスト。母のレディ・ジェイン・ストレイチーとともに、ミリセント・ギャレット・フォーセットの女性参政権協会全国連合（NUWSS）の中核メンバーとなる。一九一四～五一年にはロンドン＆イギリス女性雇用協会の幹事を務めた。レイ・ストレイチーの義姉パーネル・ストレイチーとリットン・ストレイチーの実姉にあたる。

＊33　ヘンリエッタ・マリア・スタンリー（一八〇七～九五）は第二代スタンリー・オブ・オルダリー男爵の妻。女子教育に尽力し、ロンドンのクイーンズ・カレッジ（第二章訳注＊34）や、ケンブリッジ大学のガートン・カレ

ッジの運営に関わった。哲学者バートランド・ラッセル（第三章訳注＊59）の祖母にあたる。

＊34 アリントンは、男子パブリック・スクールでは監督生から下級生への体罰が健全に機能していると論じたあとで、女子パブリック・スクールでは同じ制度を取り入れるのは難しいとしてこの発言に至っている。ウルフはあえてその文脈を無視して、アリントンの言葉を取り込んでいる。

＊35 第五代ローズベリー伯爵、アーチボルド・プリムローズ（一八四七〜一九二九）。イートンを卒業後、オックスフォードのクライスト・チャーチに進学。自由党所属の上院議員として要職を歴任、一八九四〜九五年には首相を務めた。富豪ロスチャイルド家の一人娘と結婚し、莫大な財産があった。

＊36 ロンドンのクイーンズ・カレッジ（第二章訳注＊34）を卒業したドロシア・ビール（一八三一〜一九〇六）が、グロスターシャー州に一八五三年に設立した全寮制の女子中等教育機関で、女子向けのパブリック・スクールにあたる。

＊37 マルセル・プルースト（一八七一〜一九二二）はフランスの小説家。大作『失われた時を求めて』（一九一三〜二七）は、登場人物の意識を重層的に描くなど現代的な手法で書かれており、モダニズム文学の傑作とされている。ウルフの日記や手紙をたどると、彼女は一九二二年から三四年にかけて、原書や英訳でじっくり読み進めたらしい。

＊38 レディ・マーガレット・ラセルズ（一八五三〜一九二七）は、第四代ヘアウッド伯爵の次女。一八七六年には第五代デザート伯爵と結婚している。

＊39 セント・ヘリア令夫人ことスーザン・エリザベス・メアリ・ジュヌ（一八四五〜一九三一）は、社交界の女性として有名で、ここで引用されている回想録など、さまざまなエッセイを書いている。生涯にわたり二度の結婚をしており、一八七一年、第二代スタンリー・オブ・オルダリー男爵の次男、ジョン・コンスタンティン・スタンリー・オブ・オルダリー大佐と結婚したのが最初で、大佐の死後、一八八一年にフランシス・ジュヌと結婚したのが二度目。本文で言及されている結婚は、既婚女性財産法が成立した一年後、一八七一年のときのもの。な

お、二度目の結婚で夫となったフランシスは、裁判官としての功績から一九〇五年に男爵の位を授けられてセント・ヘリア男爵となったので、妻の彼女もセント・ヘリア男爵夫人となった。第三章原注☆1にも彼女への言及がある。

*40　アンソニー・ホープ・ホーキンズ（一八六三〜一九三三）はイギリスの小説家・劇作家。『ゼンダ城の虜』（一八九四）などの冒険小説で知られる。

*41　ジノ・ワトキンスことヘンリー・ジョージ・ワトキンス（一九〇七〜三二）はイギリスの探検家。ケンブリッジ大学に在学中から北極地方の探検を始め、ノルウェーのエッジ島、カナダのラブラドール地方などに赴く。グリーンランドでの探検中、カヤックに乗ったまま行方不明となる。

*42　ゴールズワージー・ルイス・ディキンスン（一八六二〜一九三二）はイギリスの哲学者、政治学者で、国際連盟の発案者の一人。ウルフの友人サークル「ブルームズベリー・グループ」の一員でもある。ケンブリッジのキングズ・カレッジに学び、卒業後は農場で働いたり、イギリス各地の公開講座で講師を務めたりしたが、一八八七年にキングズ・カレッジの特別研究員《フェロー》に選ばれ、一九二〇年に退職するまで同カレッジの教員として過ごした。

*43　ジョン・バウドラー（一七四六〜一八二三）は、法律家として働いたあと、イギリス社会の道徳性向上を訴えるパンフレットを出版して有名になった。シェイクスピア作品の改訂版『ファミリー向けシェイクスピア』（一八〇七）で知られるトマス・バウドラーとヘンリエッタ・マリア・バウドラーは、彼の弟と妹にあたる。

*44　バーナード・マンデヴィル（一六七〇〜一七三三）は、オランダ生まれのイギリスの医者・諷刺家。『蜂の寓話』は一八世紀初頭のイギリス社会の辛辣な批判になっている。

第二章原注

*1　一八九七年、ミリセント・ギャレット＝フォーセットを会長とする女性参政権協会全国連合（NUWSS）が

作られ、女性参政権運動の中心的組織の一つとなったが、ロンドン＆イギリス女性雇用協会は同連合から派生した組織の一つで、フィリッパ・ストレイチー（第一章原注の訳注＊32）が幹事を務めていた。ウルフはストレイチーの招きで一九三一年一月二一日に同協会で講演を行い、この講演が本書構想のもとになった。同講演は「女性にとっての職業」という題のエッセイにまとめられている（ヴァージニア・ウルフ『女性にとっての職業──エッセイ集』出淵敬子ほか監訳、みすず書房、一九九四、所収）。

＊2　エディス・ザングウィル（一八七九〜一九四五）はイギリスのフェミニスト、平和運動家。

＊3　ヘレナ・ルーシー・マリア・スワンウィク（一八六四〜一九三九）は、イギリスのフェミニストで、女性参政権協会全国連合（NUWSS）の中心メンバー。一貫した平和主義者でもあった。画家ウォルター・シッカートの妹にあたる。

＊4　一九〇七年に女性社会政治連合（WSPU）から分裂し、シャーロット・デスパード（一八四四〜一九三九）を会長として作られた組織。

＊5　「四万二〇〇〇ポンド」はパンクハーストらの女性社会政治連合（WSPU）の収入となっているが、実際にはミリセント・ギャレット＝フォーセットの女性参政権協会全国連合（NUWSS）の収入。なお、ウルフはストレイチーの『大義』を出典としつつ「二万六七七二ポンド一二シリング九ペンス」を女性自由連盟の支出としているが、同書にこの金額は見当たらない。

＊6　アヤソフィアは現トルコのイスタンブールにある建物。六世紀にキリスト教の聖堂として建てられ、一五世紀にイスラム教のモスクとなり、一九三五年から博物館になった。ポンペイはイタリアにあった古代都市で、一世紀に火山の噴火によって地中に埋没。一八世紀に発掘がはじまった際に、あからさまに性を表現した絵画や彫刻が数多く発見された。ウルフが何をもって〈女は不浄である〉〈女は純粋すぎる〉という原則があるとしているのか不明瞭だが、おそらくはイスラム教の考え方と、観光地ポンペイで女性旅行者には猥褻なものを見せまいとする風習を指している。ウルフは両地を旅行したことがあった。

＊7　ハリエット・マーティノー（一八〇二～七六）は、イギリスの文筆家、ジャーナリスト。『経済学例解』（一八三二～三四）は物語を交え、経済学をわかりやすく解説したもの。文学、経済学、歴史学などの領域を横断する作品で知られる。性病予防法廃止や女性参政権など、フェミニズムのさまざまな要求を支持した。

＊8　フローラ・ドラモンド（一八七八～一九四九）はイギリスの女性参政権活動家。マンチェスターの仕立屋の娘として生まれる。一九〇六年から女性社会政治連合（WSPU）のメンバーとなり、集会などで組織力を発揮し、「将軍」のニックネームで呼ばれた。サフラジェットとしての直接行動により、ホロウェイ刑務所にも三回服役している。

＊9　ジョン・スクワイア（一八八四～一九五八）はイギリスの詩人、文芸評論家、編集者。『ニュー・ステーツマン』や『ロンドン・マーキュリー』などの編集者を務め、新しい作家を世に送り出したことで知られる。「焼いたり叩いたり……」は、一九一二年以降、女性参政権運動の中でも戦闘派の女性社会政治連合（WSPU）が行ったことを指すが、明らかな政治目標を掲げた運動をたんなる暴力沙汰として表現することを、ウルフは「小馬鹿にした調子」と批判している。

＊10　ジョン・シンガー・サージャントによる作家ヘンリー・ジェイムズの肖像画は、ロイヤル・アカデミーの美術館に展示されていたが、そこにサフラジェット〔第二章訳注＊3〕のメアリ・アルダムが切り込みを入れた。一九一四年五月四日のことである。同年三月には、サフラジェットのメアリ・リチャードスンが、ロンドン・ナショナル・ギャラリーに展示されていたヴェラスケスの『鏡のヴィーナス』に切り込みを入れている。前年の一九一三年に選挙法改正法案がまたしても通らず、刑務所に服役中のサフラジェットたちを統制する法律が新たにでき（「囚人の体調悪化による仮釈放法」、通称「猫とねずみ法」）、サフラジェットたちの怒りは高まっていた。

＊11　レオポルド王子（一八五三～八四）は、ヴィクトリア女王とプリンス・アルバートの八番目の子。それまでの七回の出産が苦痛だった女王は、鎮痛薬に詳しかった若手の内科医ジョン・スノウを医療チームに加えてレオポルドを出産した。九番目のビアトリス王女出産の際も、スノウに鎮痛薬を処方させた。

＊12 『デブレット貴族名鑑』はジョン・デブレットが一八〇二年に創刊したもので、イギリス貴族と爵位や紋章などの目録。大英帝国勲章はジョージ五世が一九一七年に新設した勲章。定員はなく、文化や社会活動における功労者に広く授与されている。

＊13 ミセス・ナソー・シニアことジェイン・シニア（一八二八〜七七）は、『トム・ブラウンの学校生活』（一八五七）の作者トマス・ヒューズの妹にあたる。慈善活動を評価され、一八七三年に救貧院視察官補佐に任命され、イギリス最初の女性公務員となる。救貧院の少女たちの窮状を報告書にまとめるが、その手法や提言について、主任視察官からいわれのない攻撃に遭う。オクタヴィア・ヒルはシニアの古くからの友人で、一八七四年に報告書を出版した際、これからさらにどんな攻撃に遭うのかと怯えるシニアを励ますものだった。

＊14 モニカ・グレンフェル（一八九三〜一九七三）は、フランシス・グレンフェル、リヴァスデール・グレンフェル（一五〜一六頁参照）の従妹にあたる。モニカは一人で外出することを家族から許されていなかったため、第一次世界大戦時に看護師として志願するために病院を訪問した際、女中に付き添ってもらわねばならなかった。同年、フランスの戦場に赴いたときには女中を伴わず、彼女はそこで兄のジュリアン・グレンフェルを含む戦傷者を看護した。のち一九二四年にイギリス空軍将校ジョン・サモンドと結婚し、サモンド姓になった。

＊15 ピカデリーはロンドンのウェスト・エンド（中央から西側に広がるエリア）の繁華街。社交クラブや貴族の大邸宅が立ち並んでいた。ホワイトチャペルはロンドンのイースト・エンド（中央から東側に広がるエリア）の一地区で、かつては貧困地域で、一九世紀末には「切り裂きジャック」事件が起きるなど物騒でもあった。

＊16 エリザベス・バレット（一八〇六〜六一）はイギリスの詩人。一八四五年に詩人ロバート・ブラウニングと文通を始め恋が芽生えるが、自分が結婚することを父が認めないとわかっていたので秘密裏に結婚した。その過程で、バレット周辺で他に秘密を知っていたのは女中エリザベス・ウィルスンのみだった。ウルフの『フラッシュ——ある伝記』（一九三三）はバレットの伝記で、バレットの飼い犬の視点から語られている。

＊17 メアリ・タルボット（?〜一八九七）はイギリスのウィリアム・グラッドストーン首相（二七頁参照）の姪。

ガートルード・ベルと同様、オックスフォード大学レディ・マーガレット・ホールに進学し、ベルの親友となる。セツルメントとは社会改革運動の一つで、貧困地域に家を建て、富める者がそこに住み込んで地域の人びとと交わることによって社会改革を目指すもの。ホワイトチャペルはかつては移民の集まる貧しい地域で、一八八四年にトインビーホールとして最初のセツルメント・ハウスが作られていた。タルボットは一八八九年前後にトインビーホールに関わっていたらしい。

＊18　いずれも『新約聖書』に収められ、パウロがキリスト信徒に宛てた手紙という形式を取る。次注☆18で、ウルフは「コリント人への第一の手紙」を取り上げ、女性を男性に従属させようとする、その内容を吟味している。

＊19　イギリスの著名人の略歴を集めた事典で、初版は一八八五年から一九〇〇年にかけて刊行され、全六三巻となった（以降補遺が出され、現在はオンライン上でも閲覧できる）。ウルフの父レズリー・スティーヴン（一八三二～一九〇四）が初代の編集主任を務めた。

＊20　「リディア」は第三章訳注＊36を参照。エルネスト・ルナン（一八二三～九二）はフランスの宗教史家。

＊21　「庭師」はジョゼフ・パクストン（一八〇一～六五）のこと。庭師の徒弟から第六代デヴォンシャー伯爵の付き人になり、最後は建築士として身を立て、一八五一年の万国産業博覧会の際には水晶宮を建てた。

＊22　ウェスト・エンドはロンドン中央から西側に広がる富裕な地域で、本注に登場するボンド・ストリート、リージェント・ストリート、ピカデリーは、いずれもこの地域の代表的な通りの名前。

＊23　ホワイトチャペルはロンドンのイースト・エンドにある一地区。セヴン・ダイヤルズはロンドン中心部にある七差路。いずれも一九世紀には犯罪の起きやすい、危険な地域として知られていた。

＊24　チャールズ・キングスリ（一八一九～七五）は、イングランド国教会の聖職者、社会改革家、小説家。小説『水の子どもたち』（一八六二～六三）で知られている。メアリ・キングスリ（一〇頁）の父方の伯父にあたる。

＊25　ウルフがここで引用している『ジョゼフィン・バトラー』では、非嫡出子の養育費は、女性参政権により改善したことの一例として言及されている。「一九一八年に女性が参政権を得ると、国会はこの額を一〇シリングに

引き上げたが、何の騒ぎにもならず、反対も出なかった。一九二三年には新しい庶子法が制定され、一週間に二〇シリングまで支払われることになった」（二〇一頁の本文注）。第一章原注☆7も参照。

＊26　アプトン・ビール・シンクレア（一八七八〜一九六八）はアメリカのノンフィクション作家、小説家。『石油！』（一九二七、高津正道訳、平凡社、二〇〇八）などがある。

＊27　エメリン・パンクハースト（一八五七〜一九二八）は女性参政権運動家。マンチェスターに生まれ、一〇代から女性参政権運動に関わる。一九〇三年に女性社会政治連合（WSPU）を、三人の娘たち（クリスタベル、シルヴィア、アデラ）とともに設立。参政権要求をあの手この手で躱《かわ》そうとする政府に苛立ち、さまざまな直接行動に訴えては、ホロウェイ刑務所に繰り返し投獄された（女性参政権運動を描いた映画『未来を花束にして』ではメリル・ストリープがエメリン役を演じる）。

＊28　ラバは雄のロバと雌の馬を交配させて作られる家畜。身体が頑強なので人間にとっては便利だが、不妊であり子孫を残すことはできない。ラバはその身体の一部に「損傷を受け mutilated」たりはしないので、ウルフが何か勘違いをしている可能性はあるが、プロパガンダへの利用によって文学の質が低下するたとえとして、ウルフはラバを使いたいようである。

第三章原注

＊1　ウィリアム・バトラー・イェイツ（一八六五〜一九三九）はアイルランドの詩人・劇作家。アイルランド文芸復興運動を起こし、劇場を設立して仲間と新作を上演した。詩は幻想的で、長い創作活動の中で現代的な境地も開いた。一九二三年にはノーベル文学賞を受賞。『配役表』（一九三六）は晩年に書かれた自伝で、若くして病死したジョン・ミリングトン・シング（一八七一〜一九〇九）の死を悼む一章がある。シングは劇作家で、イェイツとともにアイルランド文芸復興運動に関わった。

＊2　フランスで女性参政権が認められたのは一九四四年のことである。

＊3　王立文学協会は一八二〇年、イギリス・アカデミーは一八九九年に設立され、現在も続いている。ウルフは一九二七年に、王立文学協会で開催されたヴィタ・サックヴィル＝ウェストの朗読会に行っているので、これらの団体の存在についてあえてとぼけた発言をしているようだ。

＊4　大英博物館内の図書館は一八五七年に増設され、カール・マルクスやメアリ・ストープスなど、多くの文人が通って書物を著すことになった。一九九八年以降、図書館はロンドンのセント・パンクラスに移動したが、閲覧室の建物だけは大英博物館内に保存され、一般公開されている。ちなみに『自分ひとりの部屋』（一九二九）でも、語り手が思索に耽《ふけ》る場所である。

＊5　ミセス・マコーリーことキャサリン・マコーリー（一七三一～九一）はイギリスの歴史家。全八巻からなる『ジェイムズ一世即位から革命までのイギリス史』（一七六三～八三、通称『イギリス史』）を書いて一躍評判になった。同じ歴史家のトマス・マコーリー（第一章訳注＊28）『イギリス史』を執筆している。

＊6　ダグラス・フランシス・ジェロルド（一八九三～一九六四）はイギリスの新聞記者・雑誌編集者。ムッソリーニやフランコに傾倒していた。

＊7　一八五九年、オーストラリアへのイギリス人入植者が、ウサギ狩り用のウサギをイギリスから取り寄せたことがもとで、それまでオーストラリアにはいなかったウサギが住み着き、繁殖するようになった。ウサギは牧草を食べてしまうためオーストラリアの牧羊業が危機に陥ったが、ウサギの繁殖は速く、駆除も難しかった。一九三八年に、ミクソーマウィルスを使ったウサギ駆除が試験的に導入され、一九五〇年から本格的に実施されていく。一九三八年時点で、ウルフはこの試験的な駆除のことをどこかで聞いていたのかもしれない。

＊8　キーツはイギリスのロマン派詩人（本章訳注＊13）。アルフレッド・テニスン（一八〇九～九二）はキーツの次世代のイギリスの詩人。一八一八年にはキーツの『エンディミオン』が、一八三〇年にはテニスンの最初の詩集『抒情詩を中心とする詩集』が、それぞれ『クォータリー』誌で酷評された。なお、テニスンの研究書の著者

ハロルド・ニコルスン（一八六六〜一九六八）は、ウルフの友人ヴィタ・サックヴィル＝ウェストの夫である。

＊9　エドマンド・ゴス（一八四九〜一九二八）はイギリスの詩人・劇作家・批評家。三〇代半ばでそれまでの講演をまとめた『シェイクスピアからポウプまで』（一八八五）を出版した際に、批評家チャートン・コリンズ（一八四八〜一九〇八）から細かな間違いをあげつらわれた。

＊10　マルセル・プルーストの小説（第一章原注の訳注＊37）。作中で、語り手はゲルマント公爵夫人に憧れ、貴族たちの世界に引き入れられていく。

＊11　『わたしたちの知る生活』は、ウルフ夫妻のホガース・プレスから刊行され、ウルフは序文を寄せている（ヴァージニア・ウルフ『女性にとっての職業――エッセイ集』出淵敬子ほか監訳、みすず書房、一九九四、に「婦人協同組合の思い出」として序文が収録されている）。女性労働者協同組合は、一八八三年に設立された団体で、マーガレット・ルウェリン＝デイヴィス（一八六一〜一九四四）は同組合の書記だった。ウルフは夫レナードを通じ、ルウェリン＝デイヴィスと親交があった。なお、同組合は第二次世界大戦直前まで平和主義を訴えた。

＊12　ジョゼフ・ライト（一八五五〜一九三〇）はイギリスの言語学者。ヨークシャーの石切工の息子として生まれ、六歳から働いたが、言語の面白さに惹かれて夜学に通った。ハイデルベルク大学への留学などを経て、オックスフォード大学に迎えられ同大教授になる。

＊13　ルイ・ドラプレ（一九〇二〜三六）はフランスの新聞『パリ・ソワール』のスペイン特派員。一九三六年、フランスに戻ろうとしていたときに何者かに撃たれて死亡。死後に出版された『マドリードの殉教』は、共和軍側から見たスペイン内戦（第一章訳注＊21）の貴重な記録である。

＊14　エマ・リンダ・パーマー・リトルジョン（一八八三〜一九四九）はシドニー出身のフェミニスト。一九三七年に、ジュネーヴの「男女平等インターナショナル」の会長になっている。『リスナー』はイギリス放送協会（BBC）が発行していた週刊誌。

＊15　ウィリアム・アレクサンダー・ジャハディ（一八九五〜一九七七）は帝政ロシア生まれのイギリスの小説家。

＊16　パウル・フォン・ヒンデンブルク（一八四七～一九三四）は、プロイセン王国の軍人、のちドイツ大統領。第一次世界大戦中の作戦で勝利を得たため国民的人気があり、戦後のヴァイマル共和制下のドイツにおいて第二代大統領に選出された（任期一九二五～三四）。一九三三年、第一党となったナチス党党首ヒトラーを首相に任命し、ヒトラーへの全権委任を認め、彼の独裁制に道を開くことになった。

＊17　「雅歌」は、『旧約聖書』中の作者不詳の詩。男女の愛を謳っている。

＊18　『ハムレット』は、ウィリアム・シェイクスピア（一一二八、一八〇頁に既出）の悲劇で、一五九九～一六〇二頃に書かれたと推測されている。王子ハムレットが父王殺しの復讐をめぐって煩悶する。有名な独白に「弱きもの、汝《なんじ》の名は女」「生きるべきか死ぬべきか、それが問題だ」など。

＊19　ジョン・バークが一八二八年に創刊。イギリス貴族の爵位や紋章などを記す。

＊20　裁判所が扶養料を払うように夫に命じること。

＊21　「E・F・フレッチャー卿」とあるのは新聞記事の誤りで、正しくはレジナルド・フレッチャー（一八八五～一九六一）。第一次世界大戦を海軍士官として従軍後、一九二三～二四年は自由党員として、一九三五～四二年は労働党員として下院議員を務め、第二次世界大戦後はアトリー内閣で航空大臣やキプロス総督を務める。一九三六年七月三一日の下院では、独裁者たちは民主主義的決定プロセスを無視して迅速に行動を起こすので、外務省は大局を見つつ「独裁者らに立ち向かう」必要があると説いた。

＊22　ジョージ・バーナード・ショー（一八五六～一九五〇）は、アイルランド生まれのイギリスの劇作家、批評家。代表作に『ピグマリオン』（初演一九一三）などがあり、一九二五年にはノーベル文学賞を受賞している。社会改革を求めるフェビアン協会の熱心な推進者でもあった。

＊23　ギルバート・キース・チェスタトン（一八七四～一九三六）はイギリスの小説家、批評家。ブラウン神父を探偵とする一連の推理小説で知られる。アルフレッド・リチャード・オラージュ（一八七三～一九三四）はイギリスのジャーナリストで、一九〇七～二四年に『ニュー・エイジ』誌を編集。

＊24　リチャード・バードン・ホールデン（一八五六～一九二八）は、陸軍大臣や大法官などの要職を務めた。陸軍大臣時代の一九〇五年から一二年にかけての「ホールデン改革」は、イギリス陸軍の大幅な組織改革で、結果として第一次世界大戦に備えることになった。ドイツ哲学にも造詣が深く、ショーペンハウエル『意志と表象の世界』の共訳も残した。

＊25　リリー・ラングトリー（一八五三～一九二九）は、ジャージー島の教区牧師の娘。結婚してロンドンに移り住んだあと、ラファエル前派の画家のモデルとして注目され、一八八一年、オスカー・ワイルドの助言を受けて女優となり人気を集めた。エドワード皇太子（のちのエドワード七世）と浮名も流した。

＊26　ミス・コリアことマーガレット・コリア（一八七二～一九四五）はイギリスの画家。犬や馬など動物を題材にした絵で知られる。コリアは一八九八年にロイヤル・アカデミー美術学校を卒業後、一九一五年、東アフリカ（現在のケニア共和国）に移住した。絵を描くかたわら、農園を経営して生涯を過ごした。

＊27　フランシス・バーナード・ディクシー（一八五三～一九二八）はイギリスの画家。文学作品や歴史を題材にした絵と、上流階級の女性をモデルにした肖像画をよく描いた。一八九一年にロイヤル・アカデミー正会員に選ばれ、一九二四～二八年に会長を務めている。

＊28　フレデリック・レイトン（一八三〇～九六）はイギリスの画家・彫刻家。聖書や古典を題材とした絵が多い。一八六八年にロイヤル・アカデミー正会員となり、一八七八～九六年に会長を務めていたので、コリアは会長に直訴したことになる。

＊29　ローラ・ナイト（一八七七～一九七〇）はイギリスの画家。一九三六年に、女性として初のロイヤル・アカデミー正会員になる。生まれてまもなく父が、一〇代半ばで母も亡くなったために、経済的困窮の中で絵を学んだ。ノッティンガム美術学校には母が非常勤講師をしていた縁で、一三歳のときに授業料免除で入学でき、一五歳で教える側に立ち収入を得ている。画家としての長いキャリアの中で、風景画、人物画、戦争画などの幅広いジャンルの絵を描いたが、美術学校でヌードモデルを前に描くことが許されなかった体験をもとに制作された「自画

像」（一九一三）は有名である。発表当時は物議をかもし、ロイヤル・アカデミーでは展示を拒絶されたが、ナイトの死後、この絵はナショナル・ポートレート・ギャラリーが購入し、同館がいまも所蔵している。

＊30　ロンドン女子医学校は、ソフィア・ジェクス＝ブレイクらが一八七四年に設立した、イギリスで最初の女子医学生のための学校（第二章訳注＊38）。王立獣医学校は一七九一年に設立された学校。一九二二年に女子学生に門戸を開いたことを受けて、獣医師免許が得られないままアイルランドで開業していたエイリーン・カスト（一八六八〜一九三七）が、同年中に免許を得ている。

＊31　ジュリアン・ソレル・ハクスリー（一八八七〜一九七五）はイギリスの生物学者。ダーウィンの進化論を継承、発展させた。

＊32　この結末部分について、ウルフの意図はつかみにくい。男女差別が唾棄すべきものになっても、「強制や支配」のすべてが唾棄すべきものになるわけではない、何らかの形で残る――と言いたいのだろうか？

＊33　四季裁判とは、一九七〇年代まで、イギリス各地で定期的に行われていた裁判のこと。エリザベス・ギャレット＝アンダースン（一八三六〜一九一七）は、イギリスの医師で、女性参政権協会全国連合を率いたミリセント・ギャレット＝フォーセットの姉。医師というキャリアを女性に閉ざしていたイギリスにおいて、一八六〇年、ロンドンのミドルセックス病院に看護師として入り、病院附属の医学学校への登録許可を得るが、男子医学生らの妨害に遭う。その後、一八六五年に薬剤師免許を取得し、ロンドンで診療所を開業したあと、一八七〇年にパリ大学で医学博士号を取得。一八七四年にはソフィア・ジェクス＝ブレイクらとロンドン女子医学校を立ち上げ、講義を担当し、八三〜一九〇二年には学長を務める。一九〇八年にはサフォーク州のオールブラ市で市長に選出され、イギリス初の女性市長となった。

＊34　アメリア・イアハート（一八九八〜一九三七）はアメリカの女性飛行家。二〇代で飛行機に魅せられ、二年間かけて操縦を学ぶ。一九三二年に大西洋単独横断飛行を実現。チャールズ・リンドバーグの一九二七年の単独横断飛行に続いて二人目、女性では初めての単独横断飛行となる。一九三七年、赤道上を伝い、途中で停泊しなが

らの世界一周飛行を試みるが、太平洋上で行方不明になる。『最終飛行』（一九三七）はこの最後の飛行の各停泊地で書き継がれたエッセイを集めたもの。イアハートの夫によって出版された。

＊35　一九三五年八月一二日の『タイムズ』紙の記事によると、アドルフ・ヒトラーはナチス党員にこう演説している――「われわれの平和を乱す者たちの相手は、平和主義者どもの国ではない。男たちの国である」。ウルフがこの記事を切り抜いて保存していたことから、原注の「「平和主義者の国と男たちの国」はべつのものだ」は、この演説への言及と考えられる。

＊36　プリンス・フーベルトゥス・レーヴェンシュタイン（一九〇六～八四）はオーストリア生まれの反ナチズム活動家。ドイツ貴族の血を引く。一九三一年にハンブルク大学を卒業後、政治ジャーナリストとなり、ヒトラーの脅威を警告。一九三三年にはドイツを離れ、その後アメリカに亡命しナチスによるユダヤ人迫害などの事実を訴えた。第二次世界大戦後は西ドイツに戻り、一九五三～五七年には国会議員を務めた。『過去の克服』は彼の自伝。

＊37　『友人』はもともとコールリッジの発行した雑誌で、一八〇九～一〇年に二八号まで出された。コールリッジは各号に書いた自分のエッセイをあとで三巻の書物にまとめた。ジャン＝ジャック・ルソー（一七一二～七八）はフランスの思想家。コールリッジはルソーの『社会契約論』第一巻、第六章から引用している。

＊38　ウォルト・ホイットマン（一八一九～九二）はアメリカの詩人。南北戦争などに揺れるアメリカ社会での体験を、斬新な自由詩で表現した。詩集『草の葉』を一八五五年に出版し、生涯にわたってその増補・改定版を出していった。ウルフの引用は一八六七版で初めて登場した「思索」という題の自由詩から。本書以外の評論でも、イギリス文学には欠落しているものがあるとして、ウルフは『草の葉』を高く評価している。

＊39　『わたしの生涯の物語』（一八五四～五五）は、ジョルジュ・サンドが四〇代から五〇代にかけて執筆した自伝。かなりの大著で、全篇にわたって社会史の中に自分を跡づける試みになっている。ウルフが引用したのは、サンドがフランス革命時代を生きた両親について詳細に語ったあとで、自分の意図を説明している一節。

訳者解説

片山亜紀

本書の原題 *Three Guineas* は、ヴァージニア・ウルフが本文中で三つの非営利団体に寄付するお金の総額を表している。第一章では女子学寮建て替え基金に一ギニー。第二章では女性の就職支援団体に一ギニー。第三章では「文化と知的自由を護る」協会に一ギニー。「ギニー guinea」は、かつてイギリスで使われていた通貨単位で、一・〇五ポンドに相当する。一ギニー金貨が鋳造され出回っていた時期もあったが、ウルフの時代にはもう金貨としては流通しておらず、献金や謝礼などの一定の目的で小切手などで支払う際に限って、通貨単位として書きつけられるだけになっていた。

当時の三ギニーはいまの日本の円に換算するといくらになるか、正確な数字を挙げることは難しい。ウルフ研究者のナオミ・ブラックは、一九三八年の一ギニーは一九九〇年代の三〇アメリカドルに相当すると述べており（『三ギニー』一七五頁）、それならば日本円にして約三千円だから、三ギニー＝約九千円ということになる。しかし、ウルフは一九三八年に画家であった姉ヴァネッサ・ベルに *Three Guineas* のカバーを描いてもらい、その謝礼として五ギニー払ったともあり（前掲書、一七五頁）、プロの画家の報酬が一万五千円というのはいささか安すぎる気がする。インターネット上のいくつかの換算サイト（たとえば https://www.measuringworth.com）で計算すると、三ギニー＝二万五千〜一六万円くらいのかなり幅のある数字が出てくるので、ここはひとまず三万円くらいと了解しておくのがよいのではないだろうか。三ギニー＝三万円。日々の生活に消えていく金額ではあるが、稼ぎ出すのにはそれなりに労力がいる金額──である。

金額をタイトルにつけるというのは、元手がないと何も始まらないというウルフの信条表明と言える。評論『自分ひとりの部屋』（一九二九、邦訳、平凡社ライブラリー、二〇一五）で、ウルフは「女性が小説を書くためには年収五〇〇ポンドと自分ひとりの部屋がなくてはならない」という有名な主張を展開した。五〇〇ポンドはざっと換算して五〇〇万円、当時も現在も女性の収入としてはかなりの高額だが、これはそのくらいの余裕がなければ自由な発想など出てこないはずだという、ウルフの心意気でもあった。『自分ひとりの部屋』の続篇として書かれた本書では、お金の大切さを意識しているという意味では前著の主張が引き継がれてはいるものの、「女性が一年に二五〇ポンドの収入を得ることはなかなかない」（八五頁）と、当時の女性の現実に即した数字が示される。ここにはウルフのフェミニズムの深化がうかがえる。

しかし、本書はフェミニズム論というだけではなく、反戦論でもある——本書の副題「戦争を阻止するために」は、本書のテーマを汲み取って訳者がつけたものである。「戦争を阻止する」ためには、女子学寮の建て替え、女性の就職、「文化と知的自由を護る」こと、つまりは社会全体の大掛かりな改革が必要なのだと、ウルフは説いている。どうしてそうなのか、何からどう始めればよいのかを、ウルフはさまざまな媒体——書き損じの手紙、書き上げた手紙、想像上の呼びかけ、伝記、年鑑、談話、新聞、雑誌記事、写真、後注など——を使って示し、読者一人ひとりに検討してほしがっている。

＊

いま、本書は『自分ひとりの部屋』の続篇として書かれたと記したが、『自分ひとりの部屋』をすでにお読みになった方は、ひょっとすると意外に思われるかもしれない。『自分ひとりの部屋』を味わい深くしていたもの、つまり散策しながらの思索や、ワイングラスを傾けながらの語らいは、本書にはない。本書のウルフは飲まず食わず、時間に急かされながら、テーブルでひたすら手紙の返事を書いている。

両作品のトーンがなぜここまで違うのかは、本書の成立過程からうかがえるだろう。本書の構想から完成まではおよそ七年の年月がかかり、ウルフを取り巻く状況は大きく変化した。その変化の過程を、ハーマイオニー・リーによるウルフの伝記などの資料から再構成してみると、およそ次のようになる。

まずは『自分ひとりの部屋』の続篇を書こうとウルフが思い立った背景には、作曲家エセル・スマイスとの出会いがあった。同書に感銘を受けたスマイスがウルフにファンレターを送ったことがきっかけとなり、一九三〇年二月頃、ウルフはスマイスと初めて対面し、親交を深めることになった。ウルフ四八歳、スマイス七一歳である。スマイスは当時としては数少ない女性作曲家で、女性参政権運動が白熱していた一九一〇年前後には、戦闘的なサフラジェットとして鳴らしてもいた。自分の武勇伝を語り始めると止まらないスマイスの人柄に、ウルフは魅せられ、大いに刺激を受けた。

その後一九三一年一月二一日、ロンドン&イギリス女性雇用協会のフィリッパ・ストレイチーの依頼を受けて、ロンドンのウェストミンスター地区のホールで、スマイスとウルフは「音楽と文学」というタイトルの講演を行った。二〇〇人の働く女性たちからなる聴衆を前に、ウルフはいつになく率直に、職業作家としての自分の体験を振り返った。ウルフは言う。自分は書評家として仕事をしながら、女らしく控えめにしていなさいと囁きかける声――ウルフはヴィクトリア時代の詩のタイトルを借り、この声を「家庭の天使」と名づける――と格闘し、最後にはようやく「殺す」ことができた。しかし小説家として、「女性たちの身体」について語るということはまだできていない――。

このときの講演をもとにウルフは『自分ひとりの部屋』の続篇を構想し始め、小説『波』（一九三一）を完成させるとすぐ執筆に取りかかった。この時点では、架空の講演録と架空の小説の抜粋を順々に挟み、講演録のほうで小説の解説をするという構成になっていた。小説のほうに登場するのは「パージター家」の兄弟姉妹で、先の講演でこれからの課題と認めていたもの、つまり「女性たちの身体」に焦点が据えられ、家庭の中に閉じ込められた女性たちの性的抑圧と、一歩家庭の外に出たときの性被害の体験が描かれた——たとえば末娘ローズは、夕方に玩具店に一人で行こうとして路上で痴漢に遭い、怖い思いをするが、そのことを姉にも兄にも打ち明けられないというように（ウルフ『パージター一家——「歳月」の小説‐評論部分』四二～四九頁）。

けれども、ウルフは一九三三年頃にはこの「小説‐評論 novel-essay」という構想を断念してしまう。構成にいくつか問題があり、このまま書き進めることはできないと判断したらしい。結局、架空の講演録はすべて削除して、小説部分だけで完結させることになる——これはその後、小説『歳月』（一九三七）として出版される。一方、ウルフが架空の講演録の中で言いたかったことは、一つの評論としてまとまっていくことになる。

とはいえ当初の構想に「戦争を阻止する」というテーマはなかった。これが中心テーマになっていった背景には、一九三〇年代の国際情勢の急激な変化がある。一九三〇年代とは、第一次世界大戦が終結してから十数年しか経ていないというのに、世界がまたもや次の大きな戦争へと傾斜していった時期だった。日本が一九三一年に中国東北部（満州）に侵攻、イタリアが一九三五年にエチオピアに侵攻し、第一次世界大戦後の国際連盟による協調路線を大きく揺るがせる（その後日本は一九三五年、イタリアは一九三七年に国際連盟を脱退する）。ドイツは一九三三年に国際連盟を脱退したうえで、非武装地帯と定められていたラインラントに一九三六年に進駐した。同年にスペインでは内戦が起き、ドイツ、イタリアはクーデターを起こした反乱軍を、ソヴィエト連邦は共和国政府を支援し、スペイン内戦は国際的な戦争の様相を呈した。こうした情勢の急変に対し、イギリス政府は対外的には宥和政策を掲げつつ、国内では一九三〇年代半ばから、来たるべき戦争に向けて再軍備を進めていく。

ウルフはこれらの政治動向を把握しやすい位置にいた。彼女の夫レナード・ウルフは労働党の諮問委員であり、ヴァージニア・ウルフ本人も、作家に政治的発言が求められた一九三〇年代にあって、声明への署名や団体への加入を依頼される機会が多々あったからである。その中で一九三五年一〇月一日、彼女は夫とともにイギリス南部のブライトンで開催されていた労働党大会に出席して、構想中の評論と政治を強く結びつけることになる。この日の大会では、労働党党首ジョージ・ランズベリーが「軍事力で世界に恒常的平和と恒常的親善がもたらされたためしはこれまでなく、これからもないだろう」と演説し、再軍備派のアーネスト・ベヴィンがその演説を手ひどく糾弾した（リアノン・ヴィカーズ『労働党と世界』第一巻、一一五頁）。この応酬によって、ランズベリーは数日後に党首辞任を余儀なくされ、最大野党であった労働党は平和主義路線を修正し、イギリス保守党政府の再軍備を支持していくことになった。

この歴史的瞬間に立ち会うことになったウルフは、翌日の日記にランズベリーとベヴィンの応酬についての印象を記しつつ、二人のあとに続いた女性党員たちの発言のことも書き留めている。

ベヴィンがランズベリーを攻撃するさまは、とても劇的だった。ランズベリーの応答にわたしは涙が出たけれど、ランズベリーは演技をしているとわたしは思った——虐げられたキリスト信徒を無意識に演じている。ベヴィンも演技をしていると思った。大きな両肩のあいだの頭を亀みたいに縮めながら、ランズベリーに向かい、ご自分の良心を喧伝してまわるのはやめていただきたいと言った。では人間としてのわたしの義務とは、何だろう？女性代表の声はとてもか細く、存在が希薄だった。月曜に、わたしたちはもう皿洗いを辞めるつもりですと一人が発言した。かよわくて小さい、でも本物の抗議だった。

（『ヴァージニア・ウルフの日記』アン・オリヴィエ・ベル編、第四巻、三四五頁）

そして二週間後の日記にはこう記される――「三日間、『次の戦争』〔評論の仮題〕について熱狂状態。ブライトンの労働党大会に出たことで、わたしとこの新しい本を隔てていた障壁が取り払われたと、もう書いただろうか？　一章を走り書きしようとする衝動を抑えられない」（前掲書、三四六頁）。

党大会での出来事のどこが評論の突破口になったのかは、これらの日記の記載と完成した『三ギニー』を手掛かりに推察するしかないが、まずは平和主義があえなく撃退されたこと、そして平和主義であろうと再軍備であろうと、男たちが会議という場の支配権を握っていることが、おそらくウルフの強く感じたことだと思われる。女性党員の「皿洗いを辞めるつもり」という発言がどういう趣旨でなされたものかは不明だが、労働者階級の女性の立場を代弁するものだと考えると、ウルフは中流階級の女性、つまり〈教育のある男性の娘〉としての自分の立ち位置から言えることがあると、このとき気づいたのかもしれない。

『歳月』を完成させるために評論（『次の戦争』）の執筆はなおもしばらく棚上げになるが、一九三七年に入り、ウルフはようやく集中して評論の執筆に着手する――この時点で複数の手紙への返信という形式はすでに定まっていた。しかしその彼女を悲嘆に暮れさせる出来事が起きる。甥のジュリアン・ベル（ウルフの姉ヴァネッサ・ベルの長子にあたる）が内戦中のスペインに赴き、スペイン政府側についた国際旅団の看護兵として戦争に加わり、その一ヶ月後に救急車を運転中に爆撃に遭い、二九歳の若さで亡くなったのだった。ウルフにとって彼の死は大きな痛手だったが、戦争に対する自分の見解をどうあっても言わねばならないと、改めて思うことにもなった。

こうしておよそ七年の年月をかけ、往年のフェミニスト闘士との出会い、一九三〇年代の政治状況の悪化、甥の死などを経て、『三ギニー』は完成を見た。日々の生活を丹念に描き出して楽しむ余裕などなくなってしまった——というのが、当時のウルフの状況だったと思われる。『三ギニー』の執筆は一九三八年四月頃には終わり、二ヶ月後の六月に出版されている。

＊

それでは、『三ギニー』における戦争への見解とはどのようなものだろうか。その詳細はウルフの文章を読み込んでいただく他はないが、ここでは訳者がポイントと考えるところを拾ってみたい。

ウルフの見解における最大の特徴は、戦争の原因を、経済的不況や外交上の失敗などではなく、男性たちの潜在意識に見ていることだろう。ウルフによれば、この男性たちとは、当時のいわゆる「ならず者国家」、つまりドイツ、イタリア、スペイン、そして日本の男性たちに限るものではない。しばしば民主主義の発祥の地と言われるイギリスの男性たちの中にも、戦争を生じさせるメンタリティがあるというのが彼女の主張である。

たとえば第一章で「文化と知的自由を護る」協会の男性に返信を書きながら、また女子学寮建て替え基金の女性からの手紙を開きながら、そして第二章でも就職支援団体の女性に返信を書きながら、ウルフはロンドンで、オックスフォードやケンブリッジで働く男性たちを見るようにと読者を誘う（五枚の写真を挟み込むことによって、ウルフは実例まで提供している）。彼らは衣装、勲章、儀式、称号などをとおして各自の社会的地位をおたがい誇示し合っている。ウルフは言う――「この行為が競争心と嫉妬心を煽り、そうして戦争に向かう気質が養われる」（四三頁）。つまり、こうした示威行動の際に刺激される潜在意識こそ、社会を戦争へと向かわせる原動力になると捉えている。

これら「競争心」「嫉妬心」などの潜在意識――ウルフは他にも「幼児性固着」（二三〇頁）、「虚栄心」（第三章原注☆10）などを追加する――に突き動かされた男たちは、手始めにいちばん身近な他者、つまり女性たちを排除するか、完全に排除しないまでも劣位に位置づけようとする。本書全体をとおして、男たちがさまざまな場面で女性排除／差別を行ってきたこと、そして執筆当時も行っていたことを、ウルフは繰り返し告発する。たとえば大学で勉強したいという女性の望みはたびたび妨害に遭い、一九世紀半ばには女子学寮が設立されたものの、一九三〇年代当時、まだ女子学寮は男子学寮と対等ではない（第一章）。たとえば官公庁の女性公務員は、性差別廃止法が施行されてから二〇年近く経つというのに、低い職階にとめおかれている

（第二章）。たとえば医者になりたい女性は、一八六九年には男子医学生たちのハラスメントに遭い（第二章）、一九三五年当時も限られた病院でしか訓練を受けられない（第三章原注☆26）。たとえばイングランド国教会では女性は聖職に就けず、一九三五年に聖職者らが審議してなお、その方針は覆されなかった（第三章、イギリスで女性が初めて三聖職、つまり執事、司祭、主教になったのは、もっと時代が下って一九八七年、一九九四年、二〇一五年になってからのことである）。たとえばブリストルのある家庭では、夫が妻に敬語を使えと命令する（第三章原注☆22）——。

このように、女性排除と女性差別は各種領域ではびこっているとウルフは指摘する。しかし排除され、差別される側の女性たちが黙っているのでなければ、この構造は変えられるはずである。ここに、ウルフの戦争観の第二の特徴がある。ウルフは女性たちを文明の救済者のように祀り上げる声に幾度となく警戒しつつも、彼女たちが男性たちと同じやり方ではなく異なるやり方で社会参画するなら、社会を変えていくことができる、引いては戦争を阻止することができると考えているのである。

こうした目論見のもと、ウルフは各章で具体的な提案をしているが、その中には現代のわたしたちに直接響くものもある。たとえば第一章では、女子学寮建て替え基金の女性に向けて、ウルフは女子学寮での新しい教育方法についてさまざまな提案をするが（六五〜六七頁）、その中で「分離することや専門分化することではなく、組み合わせること」を教えねばならないと主張している。これは蛸壺化した教育ではなくリベラル・アーツによる幅広い教養を——という主張として、現代にも通じるものだろう。

第二章では、ウルフは一九世紀の女性活動家たちの伝記から、「職業を実践しながら……戦争を阻止したいと考える」(二三九頁)人間でいるための方法を探る。ウルフが提唱するのは、四つの道徳律——「貧しくあること」「純潔であること」「嘲笑すること」「偽りの忠誠心から自由であること」——に従うことである(二四五~五〇頁)。このうち「偽りの忠誠心からの自由」は、勤務先の会社に忠義を尽くすあまり自分を見失ってはいけない、すなわち「社畜になるな」という戒めと似たものと捉えれば、戦後日本の男性たち、そして現在就職活動中の若い男性、そして女性にも、なじみのある考え方である。

第三章では、ウルフは女性の物書きに対し、スポンサーの都合に振り回されてばかりの腐敗メディアと訣別しようと呼びかける。ウルフによれば、「戦争の真実がわかれば、戦争の栄光など……潰れて死んでしまう」ものであり、「芸術の真実がわかれば……戦争遂行など……退屈なゲーム」に見えるものだから(一七七~七八頁)、物書きは自分の印刷機とタイプライターと複写機を使い、自分なりの配布方法で真実を伝えねばならない。ウルフは夫とともに出版社を運営した経験からこのように主張しているが、これはブログやツイッターなどでの個人による情報発信を予感させる。

同じく第三章後半で、ウルフが提唱する「アウトサイダーの会」は、名誉会計係も秘書も委員会も置かず、事務所も設けず、女性たちが緩やかに連帯しながら個人ベースで積極的かつ消極的な実験を繰り返し、兵器や競争によらない文化を作り出そうというものである（二九四〜二一八頁）。これもインターネット時代、他人と緩やかにネットワーキングできる現在だからこそ、より想像しやすい活動形態だろう。

＊

前述したように、ウルフは一九三八年四月頃には『三ギニー』の執筆を終えている。一九三〇年代の国際情勢のうちウルフが本書でフォローしているのは、同年三月のドイツによるオーストリア併合までである（第二章原注☆3）。同年九月のミュンヘン会談でイギリスとフランスはなおも宥和政策を続け、ドイツによるチェコスロヴァキアの一部併合を認めた。一〇月、ドイツ在住のユダヤ人約一万七〇〇〇人が追放され、一一月にはナチス突撃隊がドイツ全域でユダヤ人にすさまじい暴力を振るい、住居を破壊し、一〇〇人余りを殺害し（水晶の夜）、ここからユダヤ人迫害はいっそうの凄惨さを極めていく。その後一九三九年九月のドイツによるポーランド侵攻を機に、イギリスとフランスはドイツに宣戦布告、第二次世界大戦が始まった。

このような事態にあって、ウルフは『三ギニー』を書き終えたあとも政治参加の姿勢を保ち続けていた。一九三九年二月には、『三ギニー』の自筆原稿を売ってドイツ難民救済の資金に充てたいというアメリカの作家メイ・サートンの依頼に応じ、原稿を寄贈している。一九四〇年一月にはフェミニストにして教育改革家の友人シーナ・サイモンに宛てた手紙で、戦後を見越した発言をしている。

戦争が終わったら、どうやって生きてきたかを語り合いましょう。男性の仕事と女性の仕事を総点検しましょう。戦後になれば、男性の抱える障害を取り除くこともできるかもしれません。性別の特徴というものは変えられるのではないでしょうか？　この変化に向けて、女性運動はどのくらい目覚ましい実験となっているのでしょうか？　わたしたちが次にすべき仕事とは、男性解放ではないでしょうか？

（ヴァージニア・ウルフ『書簡集』第六巻、三七九頁）

「男性の抱える障害」とは、『三ギニー』で問題にされているような、男性たちの中で培われ増幅される潜在意識のことを指していると思われる。この引用からはウルフが第二次世界大戦開始後もなお希望を捨てず、長期的展望を持っていたことがわかる。

しかしながら、一九四〇年九月にはロンドン空襲が本格化し、ウルフ夫妻のロンドンでの住居も破壊され、サセックス州のロドメルにあったもう一つの住居に引きこもるようになると、ウルフの閉塞感は強まっていった。ドイツによるイギリス上陸は目前に迫っていると考えられ、ナチスの逮捕者リストには大勢のイギリスの知識人が名を連ねているという噂もあった。夫レナード・ウルフはユダヤ人であり、ウルフ夫妻のこれまでの知的・政治的活動を考えると、リストに夫妻の名前があるのは必然と思われた（戦後、本当に名前があったことが確認されている）。ほぼ書き上げていた小説『幕間』に確信が持てなかったことも相まって、ウルフは一九四一年三月、ロドメルで入水自殺をして五九年の生涯を閉じた。

したがって、『三ギニー』は第二次世界大戦も阻止できなければ、作者自身の自殺も阻止できなかったことになる。だが戦争を阻止するには文明全体を変えなくてはならないと訴える本書に即効力を期待しても、ないものねだりかもしれない。本書が出版されるとすぐ、多くの一般読者からウルフに手紙が寄せられ、ウルフの主張を支持して自分でもアウトサイダーの会を始めたいと書いてくる手紙もあったが、現実離れした本だと非難する手紙もあった。周辺の人びとの反応も二分され、エセル・スマイス、シーナ・サイモン、そしてウルフが引用したフィリッパ・ストレイチーらは本書を絶賛したが、ヴィタ・サックヴィル＝ウェストは間違った議論だと感じ、ジョン・メイナード・ケインズは沈黙し、E・M・フォースターはファシズムへの抵抗とフェミニズムを結びつけることとじたいを無意味と捉えた。書評家の意見も大きく割れる中、批評家Q・D・リーヴィスは「万国の害虫ども、団結せよ！」という辛辣な書評を書き、ウルフの階級認識を批判した(『スクルーティニー』一九三八年九月号)。

その後、リーヴィスらの「スクルーティニー派」が英米の文学批評において影響力を持ったこともあり、ウルフの作品全般があまり読まれない時期もあったが、一九六〇年代以降の第二波フェミニズム運動の中でウルフは大きく再評価され、『三ギニー』も一九九〇年代から読み直されていくことになる。なかでも前述の研究者ナオミ・ブラックは、「ウルフのフェミニズムがもっとも明確に表現されたもの」と捉え、ウルフの思想の集約点と位置づける(『三ギニー』「序論」、xiii頁)。平和運動や戦争論の文脈でも、大作家の書いた戦争論として、言及はされても評価が低いという時期があったが、たとえばアメリカの政治学者シンシア・エンローは『策略——女性を軍事化する国際政治』(二〇〇〇、佐藤文香訳、岩波書店、二〇〇六)において『三ギニー』を基盤にして議論を発展させるなど、本書は現代社会を考える際の基本文献の一つに数えられるようになってきている。

訳者としても、ぜひ多くの方々に本書を読んでいただきたい。ウルフの時代と比べれば、女性の首相、女性の防衛大臣、そして女性兵士も珍しくない時代になったが、こと日本に絞って考えると、大学への進学率には男女でまだ開きがあり、フルタイムで働く男女を比べると、最新の二〇一六年の調査でも、女性の賃金は男性の七三パーセントでしかない(『日本経済新聞』二〇一七年二月二三日)。その一方で、日本は世界でも有数の長時間労働国であり、二〇一六年だけで二万五千人を超える人びとが自殺を選び、その約七割は男性で占められている（内閣府自殺対策推進室『平成二六年中における自殺の状況』）。これらの事実を考えるに、安倍政権の言う「輝く女性」が、男性並みに長時間労働をすればいいということではないだろう。そして戦争の危険は去らないどころか、戦争とテロは世界各地で頻発しており、わたしたちの多くはそのことになすすべもない。戦争を放棄したはずの日本がまた戦争に向かいつつある気配もある。こうした現状下で男女がどんな社会を創っていけばいいのか、戦争を阻止するにはどうしたらいいのか、本書が格好の手掛かりとなるよう願っている。

＊

訳出について。*Three Guineas* にはすでに『三ギニー――戦争と女性』（みすず書房、二〇〇六）として出淵敬子氏による邦訳があり、参考にさせていただいた。この場を借りてお礼を申し上げたい。また、出淵氏も監訳者として関わっておられるレイ・ストレイチーの邦訳『イギリス女性運動史――一七九二〜一九二八』は、ウルフが本書執筆のために大いに依拠した本である。詳細な注も含め、大いに助けになった。

Three Guineas の訳出にあたって難問の一つだったのが、三人の名誉会計係への呼びかけをどう訳すかだった。ウルフは男性の会計係には“Sir”と呼びかけ、女性の会計係には“Madam”と呼びかけることで両者を区別しているが、これらの呼びかけに相当する日本語はない。悩ん

だ末、男性の会計係を指す二人称には「貴兄《あなた》」を、女性の会計係を指す二人称には「貴姉《あなた》」を使うことにした。ウルフは中流階級の女性を「教育のある男性の娘」と、家族関係を表す言葉を使って表しているので、訳者が二人称を「貴兄／貴姉」と訳出しても、そう見当違いではないだろうという判断もあった。しかし「あなたがた」については、漢字を当てはめるとあまりに人工的なので、平仮名のままにした。

また、〈アウトサイダーの会〉は戦争に"indifference"を貫かねばならないとウルフは言うが（一九五頁）、この言葉をどう訳すかも悩んだ。出淵氏は「無関心」と訳されており、英語圏でも（とくに『三ギニー』が批判される際に）この意味合いで受け止められてきた。しかし、ウルフ自身が"indifference"という言葉に表される態度は「きわめて複雑でありながらきわめて重要」（一九五頁）と語っており、その後の彼女の議論の流れからも、むしろ理性をもって軍事主義から距離を取ることを意味していると捉えられるので、本書では「中立性」と訳すことにした。「無関心」というと現実逃避的な含みがあるが、『三ギニー』は最後まで「平和の夢」（二六一頁）を退けて現実を見据えていることからも、「中立性」のほうが整合性が高いと判断した。

なお、本書には長い原注と訳注がついている。原注はウルフによるものであり、本文の傍証や注釈になっているが、本文では抑えられている怒りも原注では大いに表現されているので、ぜひ一読をお勧めしたい。また、原注における出典の表記は、なるべく本文中に回し、頁数の明らかな誤りは訂正し、人名表記も統一したことをお断りしておく。

訳注は訳者がつけたもので、人名や事例、日本の読者になじみが薄いと思われる表現について解説を補った。本文中に訳注番号が点在し、煩わしくなってしまったことをお許しいただきたい。訳注を参照しなくても本文をたどることに問題はないので、まずは本文でウルフの議論の流れを追っていただき、その上で気になった点があれば、訳注を参考にしていただければと思う。

本文中に言及されている文献は膨大な数に上る。できるだけ原典にあたり確かめるようにしたが、入手できないものもあった。訳出および注記作業においては正確さを心がけたが、誤訳・誤記が残ってしまったとしたら、もちろんすべて訳者の責任である。

参照した主要参考文献を挙げておく。

ウルフ、ヴァージニア『三ギニー——戦争と女性』出淵敬子訳（みすず書房、二〇〇六）

Woolf, Virginia, *A Room of One's Own* / *Three Guineas*, ed. by Michèle Barrett (Penguin, 1993)

——, *Three Guineas*, ed. by Naomi Black (Blackwell, 2001)

——, *A Room of One's Own* / *Three Guineas*, ed. by Anna Snaith (Oxford University Press, 2015)

新井潤美『パブリック・スクール——イギリス的紳士・淑女のつくられかた』（岩波新書、二〇

一六)
井野瀬久美恵『女たちの大英帝国』(講談社現代新書、一九九八)
ウォラック、ジャネット『砂漠の女王——イラク建国の母ガートルード・ベルの生涯』内田優香訳(ソニー・マガジンズ、二〇〇六)
大谷嘉代子「エセル・スマイス——イギリスのオペラに新風を送った強者《つわもの》」小林緑編著『女性作曲家列伝』(平凡社選書、一九九九)
クラーク、ピーター『イギリス現代史 一九〇〇〜二〇〇〇』西沢保ほか訳(名古屋大学出版会、二〇〇四)
ストレイチー、レイ『イギリス女性運動史——一七九二〜一九二八』出淵敬子ほか監訳(みすず書房、二〇〇八)
日本ヴァージニア・ウルフ協会ほか編『終わらないフェミニズム——「働く」女たちの言葉と欲望』(研究社、二〇一六)
ベッセル、リチャード『ナチスの戦争一九一八—一九四九——民族と人種の戦い』大山晶訳(中公新書、二〇一五)
Lee, Hermione, *Virginia Woolf* (Chatto & Windus, 1996)
Hussey, Mark, *Virginia Woolf A-Z* (Oxford University Press, 1995)

＊

最後に、本書の完成までにじつにたくさんの方々のご助力を得たことに感謝したい。もう何年も前になってしまうが、海老根宏先生、高橋和久先生、ジョージ・ヒューズ先生、ローナ・セイジ先生からは、ウルフの作品との基本的な接し方をじっくり学ばせていただいた。獨協大学の同僚、柿田秀樹氏に獨協国際フォーラム「〈見える〉を問い直す」に誘っていただき諸先生の研究に接したことは、かけがえのない刺激になった。大学図書館の高浜みのりさん、林真弓さん、丸山明さんには、出典をたどる作業に幾度となくお付き合いいただいた。同大学でわたしの担当する「演習」および「英語専門講読」を受講した学生とは、ウルフその他の英文学を精読する醍醐味を共有でき、大いに励みになった。細谷実氏には訳文についての貴重な指摘を受けた。山中栄子さん、雨宮はるなさん、榎本雅子さん、ラウル・エルナンデス・アブレウさんにもそれぞれご協力いただいた。両親は支えとなってくれ、晶人からは励ましをもらった。平凡社の竹内涼子さんには『自分ひとりの部屋』に続き、本書でもたいへんお世話になり、たくさんの的確な助言をいただいた。改めて感謝したい。

二〇一七年九月　本書が戦争のない未来への糧となることを願いつつ

[著者]

ヴァージニア・ウルフ Virginia Woolf（1882-1941）

ロンドン生まれ。文芸評論家のレズリー・スティーヴンの娘として書物に囲まれて育つ。1904年より、知人の紹介で書評やエッセイを新聞などに寄稿。父の死をきっかけに、兄弟姉妹とロンドンのブルームズベリー地区に移り住み、後にブルームズベリー・グループと呼ばれる芸術サークルを結成。1912年、仲間の一人、レナード・ウルフと結婚。33歳から小説を発表しはじめ、三作目の『ジェイコブの部屋』（1922）からは、イギリスでもっとも先鋭的なモダニズム芸術家のひとりとして注目される。主な作品に『ダロウェイ夫人』（1925）、『灯台へ』（1927）、『オーランドー』（1928）、『波』（1931）などがある。また、書評家としても知られ、『自分ひとりの部屋』（1929）や『三ギニー』などの批評は書評の蓄積のうえに行われたものだった。彼女には出版業者としての側面もあり、彼女の著作のほとんどは、夫とともに設立したホガース・プレス社から刊行された。生涯にわたって心の病に苦しめられ、第二次世界大戦中の1941年、サセックスのロドメルで自殺し、59年の生涯を閉じた。

[訳者]

片山亜紀（かたやま・あき）

獨協大学外国語学部准教授。イースト・アングリア大学大学院修了、博士（英文学）。イギリス小説、ジェンダー研究専攻。共著に『フェミニズムの名著50』（平凡社）、『現在と性をめぐる９つの試論』（春風社）。訳書にC.デュ・ピュイ＋D.ドヴィチ『癒しのカウンセリング――中絶からの心の回復』（平凡社）、ピルチャーほか『ジェンダー・スタディーズ』（共訳、新曜社）、トリル・モイ『ボーヴォワール――女性知識人の誕生』（共訳、平凡社）、ラシルド＋森茉莉ほか『古典BL小説集』（共訳）、ヴァージニア・ウルフ『自分ひとりの部屋』（ともに平凡社ライブラリー）など。

平凡社ライブラリー 860

三《さん》ギニー　戦争《せんそう》を阻止《そし》するために

発行日…………2017年10月10日　初版第１刷

著者……………ヴァージニア・ウルフ
訳者……………片山亜紀
発行者…………下中美都
発行所…………株式会社平凡社
〒101-0051　東京都千代田区神田神保町3-29
電話　(03)3230-6579［編集］
(03)3230-6573［営業］
振替　00180-0-29639
印刷・製本……株式会社東京印書館
ＤＴＰ…………平凡社制作
装幀……………中垣信夫

ISBN978-4-582-76860-2
NDC分類番号934.7　Ｂ６変型判(16.0cm)　総ページ408

平凡社ホームページ http://www.heibonsha.co.jp/

落丁・乱丁本のお取り替えは小社読者サービス係まで
直接お送りください（送料、小社負担）。